U0024028

周芬伶論

從「閨秀」到「越界」書寫

| 黃益珠　著 |

自序

讀中文系的我常問「文學」是什麼？是經世濟國？是道德觀？是喃喃自語的哀傷？旅途自見自聞的體驗？難以自拔的忿怒與喜悅？或暗夜的遊魂，想找尋生命靈魂的終點？但終點又是什麼？只能在一次次的試驗與錘鍊中找答案，人總是要走過才知道自己是什麼。

我的文學試煉室，是一份對文學與個人生命的體認，種種想法的觸礁、矛盾，或頓悟、喜樂的抒懷，以一種實驗的方式來找尋自我的認同，進而對自我的重新定位。來世上這一遭的價值與位置究竟是什麼？出路又是什麼？我執的、墮落的、振奮的、消極的、衝突的、冷漠的、熱情的……，什麼樣的自己才是生命的原貌？只有不斷的探索、找尋、矛盾與衝突才能還給我渾沌後的原色，一種朗朗出清無飾無掛的磊落。

而遇見「周芬伶」，一位剛柔兼具的女子，在世間的旅途中，以靈魂返照，發出自照鑑人的琥珀光，對女性心理意識的探索直指幽微，並在書寫中回歸了愛與自由。如此以「真誠」的經驗寫出真理，只為證明自我，並非反駁，正如尼采在《人性，太人性》中所說：「人發現了自我便是一種勝利，但其過程是痛苦的，人類因為自覺而有了一大步的歷史進程，是要求自由的意志。於是人類學會了『翻轉』固定的思考模式，開始懷疑世事沒有唯一的絕對。」

這本《周芬伶論——從「閨秀」到「越界」書寫》，即闡述周芬伶的大「翻轉」亦通過自我的覺醒來宣告「女性的原色」。其如何以感動代替反駁，以真誠解答真理，如果曾被周芬伶文本感動的人，一定能了解此書背後的意義——「女子書寫並非子虛烏有，她正以繁花盛景的姿態炫目於新世紀」。

在長達二十三萬多字，一千個日子的廝磨裡，我不斷地在探索、找尋、矛盾與衝突中找到文學的「答案」，文學試煉室第一個成品出爐。

感謝張瑞芬、周芬伶、楊翠與陳器文老師給我的幫助及鼓勵，感謝對此書曾經付出的人，感謝正在閱讀的您。

黃益珠於台中

2008年4月8日

目次

第一章　緒論

《影子情人》是我初識周芬伶文字的印象。其序〈我的祕密情人〉中，「妖女」、「巫力」斗大的印入眼簾，那是一種呼喚，在我原始血液中的重疊，我那操日語、閩南語、山地語的客籍外婆，除了開一家雜貨店營生外，最主要的經濟來源就是幫小孩收驚與上山採藥草賣錢。周芬伶的「妖女」、「巫力」指的是寫小說的女性所散發出來的抗爭力量，《影子情人》文本中的女性也是依此力量而生，她們所抗爭的不只是父權的社會與文化，還包括上天、命運與「她」們自己。這不也是外婆的「巫力」嗎？也是每個女孩潛藏的「力量」，在人生決定性一刻時被激發，與女性特有的陰柔融合在大自然的魔力中，創造出自我生存的方式，那就是周芬伶所謂的「巫力」。

周芬伶的「巫力」還隱藏在《醜醜》、《小華麗在華麗小鎮》、《妹妹向左轉》中，那是用童話包裝的「童女之言」，表達出早期周芬伶的女性意識，那時的書寫節奏輕快、明朗、富有冒險性，是一個極具行動力的周芬伶。與《絕美》、《花房之歌》、《閣樓上的女子》相對照，在散文世界的周芬伶，卻帶著古典氣質、美人抑鬱的形象，與「醜醜」、「小華麗」形成一體兩面的分裂。究竟周芬伶的書寫是熱情爽朗的豪邁女子？或古典善感的多情女子？一直是吸引我探究其文本的原因。

作家與其文本形象常常令讀者好奇，我感受過廖玉蕙爽朗直率的語言魔法、也看到黃春明滄桑的臉中顯現的孤獨，與范銘如的前衛時髦形象，但在周芬伶的文本中，卻是三者合一。在我讀完《熱夜》、《汝色》、《世界是薔薇的》，一股女性的共鳴自心底竄燒起來，周芬伶寫的是世間女子，擁有世間情態，不需誰為其定名，唯一的名字就是「女人」。所以，周芬伶的文字顯得多變、交混、融合、面目模糊、個性卻是清晰的。直到我到東海旁聽周芬伶的「散文與傳記研究」，才有機會近距離的認識她，及肩的直髮、略瘦的雙頰，手上的戒指、水晶串珠形成西藏、印度的神祕風，穿著與服飾搭配獨具個人女性的柔媚色彩。周芬伶常帶有作家習慣性的思考，她的口語與文字同具有文學性，講述的脈絡具有邏輯性，回饋學生的反思具有哲理性。她的上課「步調」屬快板，毫不拖濘，重點清晰、引證精確，系統分明、由易入難，尤其以詰問方式引導學生從被動轉為主動學習，又顯現其灑脫果決的一面。

周芬伶兼具作家與學者的雙重角色，其文字的生命多元、複雜、包容，都指向女子「心靈幽微」的複現，其真實的生命輾轉、迂迴、錯迕，卻讓她的「心靈」指向光明。自言平均每三年出一本書的周芬伶，至今二十二年的創作歷程，除去教材編輯與劇本不算，共有二十三本。近年看到《母系銀河》（2005）、《仙人掌女人收藏書》（2006）、《紫蓮之歌》（2006）、《粉紅樓窗》（2006）、《芳香的祕教：性別、愛欲、自傳書寫論述》（2006）、《聖與魔：台灣戰後小說的心靈圖像 1945－2006》（2007），其以倍數增加的趨勢，透露出周芬伶正展現她旺盛的生命力與創作力。周芬伶在《世界是薔薇》的後序強調「女子書寫並非子虛烏有」，並以自身出發，書寫女子百態，欲掙脫父權的二元對立，建立女性的王國，是什麼讓她從「傳統的美文書寫」到「顛覆父權的陰性書寫」[1]？這樣的轉變歷程恰好呈現台灣女性散文從古

[1] 「陰性書寫」由法文「écriture féminine」轉譯而來，中譯有「女性書寫」／「陰性書寫」皆可，但其轉譯的妥適性仍有待商榷，基本上中文並沒有一詞可以涵蓋「écriture féminine」所闡述的一種未來、積極、正面的假設與可能性。故本書無意在轉譯的語彙上侷限，僅就從女性主義立場出發，以「陰性書寫」一詞為論述概念符碼，擷取其欲打破性別／階級的二元對立思維模式。而本書因牽涉女性作家的書寫歷程，故論述中的「女性書寫」無關轉譯問題，僅就以中文的字面意義解釋為「女作家的寫作」。為避免混淆，本書中「女性書寫」指的是以女性身分的書寫，有性別上的限定。「陰性書寫」

典情懷到女性自覺的歷史脈絡。周芬伶的「散文變」為什麼變？變成什麼？對文學有何影響？實應從女性散文史的觀察點切入。

現代散文史的脈絡，多由五四談起。台灣大多參考一九八一年楊牧編的《中國近代散文》（洪範出版），及一九八五年李豐楙編的《中國現代散文選析》（長安出版）作為微型散文史的脈絡依據。時至今日，以「台灣」為立足點的文史觀點，已逐漸修正直接從五四移植到台灣的「中國」現代散文脈絡，並意識到所謂「現代散文」必須涵蓋中國與台灣兩條平行線的分立發展。張瑞芬於二〇〇七年以史觀和理論串聯成《台灣當代女性散文史論》[2]，即持此觀點。故筆者下列分期及闡述同時參考《台灣當代女性散文史論》與李豐楙論述，以現代散文女作家的「正典」[3]形象及其文史的縱軸，分析其對周芬伶文學生成與發展的影響。

周芬伶出生於五〇年代，當時雖然台灣的女性散文史早已萌芽展枝，但李豐楙更推崇男性作家在反映大時代上的「陽剛之聲」，具有「時代意識」的崇高使命感，而成為文學主流。這並非只有李豐楙之見，九〇年代以前所見的文學評論大致也持相同論點，通常將女性作家冠以「閨秀文學」，解讀不一。[4]近年應鳳凰、陳芳明、郭淑雅、范銘如及梅家伶的論述，才予五〇年代女性文學在時代中的正面意義。[5]而邱貴芬認為「閨秀文學現象」則與當時台灣隱含的

則有跨越性別的概念，只要是以「女性特質」作為書寫的技巧或策略以鬆動父權為目的的皆可言之，即「陰性書寫」與性別無關，下節有詳述。

[2] 張瑞芬，《台灣當代女性散文史論》，台北：麥田出版社，2007 年。

[3] 所謂「正典（canon）」一詞又稱「典律」，王德威〈典律的生成〉有很明確的解釋。見王德威，《如何現代，怎樣文學：19、20 世紀中文小說新論》，台北：麥田出版社，1998 年，頁 428-430。

[4] 「閨秀文學」指稱早期女性小感小知，帶有天真浪漫情懷的小格局主題，多有貶抑之意。目前台灣文學斷代的方法熱門討論的有：葉石濤《台灣文學史綱》、彭瑞金《台灣新文學運動四〇年》、陳芳明《台灣新文學史》（未出版）、邱貴芬《日據以來台灣女作家小說選讀》。

[5] 參考應鳳凰，〈《自由中國》、《文友通訊》作家群與五〇年代台灣文學史〉，《文學台灣》，1998 年 6 月。陳芳明，〈第十二章／五〇年代的文

政治權力相關。[6]五、六〇年代的女性作家擅寫地方特色，將日常生活在地化，她們慢慢地偏離五四傳統的感時憂國與拋棄當時父執輩的反共國策，呈現母性的、柔美的、現實的、強韌的落地生根性，其作品語法展現的細膩、矛盾、差異與轉變，完全與男性作家的風格截然不同，這是當時女性作家的特殊性。

張瑞芬《台灣當代女性散文史論》提及，長達二十年裡，五〇年代最具代表與影響力的要算是徐鍾珮、鍾梅音與林海音。徐、鍾散文的重要在於呈現了外省遷台第一代的在地化寫作，並開啟了旅遊文類的先聲，尤其散文中隱現的女性意識與母職的徬徨，一方面呈現了五〇至六〇年代女性文學的保守，一方面讓女性散文有了自我覺醒的動能，故不容忽視。相同崛起五〇年代的琦君，主要影響力則在六〇至八〇年代，其抒情溫婉的母性與童心，撫慰了千萬讀者的心，被列居當代台灣女性散文的「主導文化」與「主流價值」的典範位置。張秀亞與艾雯，則分別以北方簡潔雅淨與南方迴旋迂緩成為台灣散文抒情美文的先驅。張秀亞承繼京派文學及西方文論的移植，立下六、七〇年代的藝術高峰，更影響了喻麗清、呂大明多人，成為指標性的人物。

六〇年代在現代主義的衝激下，形成保守與前衛的裂變，也促使台灣當代文學開始偏離中國五四文學以降的寫實傳統。這之間，中國古典風的張曉風、林文月、喻麗清、呂大明，與本土劉靜娟、丘秀芷等都是崛起於六〇年代中後期，並跨越七〇至八〇年代的主

學侷限與突破〉，《聯合文學》，2001 年 6 月，頁 164-177；〈第十三章／橫的移植與現代主義之濫殤〉，《聯合文學》，2001 年 8 月，頁 136-148。郭淑雅，《國族的魅影，自由的天梯──《自由中國》與聶華苓文學》，台中：靜宜大學中國文學研究所碩士論文，2001 年。范銘如，《眾裏尋她：台灣女性小說縱論》，台北：麥田出版社，2002 年，頁 90。梅家玲，《性別，還是家國？：五〇與八、九〇年代台灣小說論》，台北：麥田出版社，2004 年，頁 90。

[6] 邱貴芬，〈族國建構與當代台灣女性小說的認同政治〉，《仲介台灣‧女人：後殖民女性觀點的台灣閱讀》，台北：元尊出版社，1997 年，頁 37-73。

流作家。但趙雲以電影手法與小說越位入文、張菱舲實踐余光中散文理念、李藍承接張愛玲的現代主義影響，都是極重要卻被遺忘的作家。她們在台灣散文發展中，代表技巧現代化與銜接後現代思潮的文學啟蒙作用。另簡宛、荊棘、陳少聰、蔣芸、陳克環、丹扉多人，也呈現六〇年代多音與世代交替的意義。

從以上可以看出女作家的新舊傳承，老將創作不輟，新生成績亮麗，而張曉風的出現也代表了新世代的發聲。大多的學者只注意到此期的女作家對隨筆有其偏好，書寫自我天地，仍以愛與美為書寫主流。但此時有些女作家已開始注意到女性的「內心世界」，包括女性的慾望、想像、記憶、情緒，即佛洛依德所說的「無意識世界」，也注意到女性在社會規範與傳統思考下的壓抑，雖然書寫仍停留在保守／邊緣的階段，卻是開啟女性自覺曖曖的發端。

七〇年代我國與美斷交後外交陷入困境，此時國際金融風暴捲襲全台，使台灣人開始思索政治主體性與本土文化性的重要，「鄉土文學」即是在此種雙重意義下如火如荼地展開，中國意識與台灣意識兩股潮流匯集於七〇年代。周芬伶於七〇年代進入中文系的傳統美文養成，此期古典派的女作家如胡品清的柔美溫婉、張曉風《步下紅毯之後》的風格轉變成為典範，而林文月集研究與寫作於一身，是將中文素養轉化為現代文學的典型，傳承了出身學院又能創作的「學院派」女作家之風，如謝霜天、洪素麗、陳幸蕙等人，她們將中國的古典情韻與精緻技巧表現在現代散文上，形成女性文學特有的「典麗」之筆。另外，以丘秀芷、季季、謝霜天、白慈飄所帶動的鄉土寫實風潮，也引動劉靜娟等人以女性散文對本土題材與身分認同的開發。七〇年代的美學，正以古典傳統與本土精神這兩股風潮，創造下一個世代的融合。

其中值得一提的為張愛玲，雖然她並非台灣在地作家，但她的散文〈流言〉及其他小說作品集結在台灣出版後，形成一股「張愛玲」旋風。張健在《張愛玲的小說世界》序稱她「才情橫溢而又世故練達」。她用字精準，將感官寫入文字，呈現一種雙關的歧義性，營造的「豔異」氛圍，孕育出七〇年代中期以下至八〇年代中葉的「閨秀文學」，其實與「張派」、「三三」作家都是系出同門。如：袁瓊瓊、蘇偉貞、蔣曉雲、朱天文、朱天心、李藍、鄭寶娟、張讓、洪素麗都受到啟發。餘波盪漾至九〇年代的戴文采、周芬伶、蔡珠兒，在含蘊吐納之間，逐漸走出自己的散文道路。

八〇年代以降的女性散文，眾聲雲集，周芬伶亦以散文《絕美》出航。《台灣當代女性散文史論》一書認為此期有三項發展值得重視。第一，自然寫作到生活寫作。[7]它的重要在於散文類別和主題的跨越，出自女性作家之手具多元而感性的特質，是集知性與感性／寫實與抒情為一體的文學。如：林文月、凌拂、丘彥明、方梓、蔡珠兒、李欣倫、黃寶蓮都是典型的代表。甚至鍾怡雯、張小虹、周芬伶的戀物書寫，也頗具開創性。生活寫作開拓出女子以自己的生活史，消解了「抒情」與「寫實」二元的傳統散文，雖受八〇年代韓韓、馬以工、心岱、乃至沈花末詩筆下的花木與鄉愁、洪素麗本土「詠物」的關懷影響，但外形與內涵已有別異了。女散文家的生活寫作著重文字細膩、細節與情緒流動的描寫，與男作家欲為自然寫史的宏圖不同。

第二，旅行文類與女性意識的結合。女性場域的遷移涵蓋了主體意識與自我追尋的意義。第一代旅行文學從謝冰瑩、林海音、徐鍾佩、鍾梅音、王琰如、羅蘭、鄭麗園、呂大明、鄭寶娟等，寫出了旅外的尋奇與報導。第二代的程明琤、席慕蓉、師瓊瑜、林佩芬等，以尋找精神原鄉作為返鄉探親寫作主旨。三毛、柯翠芬、蘇偉貞、鍾文音、陳玉慧以情愛糾葛入文；鍾文音、張讓寫出女性意識的省思；陳玉慧、李黎、荊棘擺盪在流浪與回家之間的離散。第三

---

[7] 亦可稱為「自然寫作／環境寫作／田園寫作」。張瑞芬認為是從七〇年代報導文學開始，直到晚近，更發展出一種藉外物書寫內心世界或情感回憶的趨勢，才名為「生活寫作」。

代的張讓、張惠菁、愛亞與黃寶蓮等，以女性的空間感取代時間地位。三代的旅行散文從奇聞報導到自我的追尋、記憶與感覺的探觸，其自我意識與女性自覺開拓出散文更寬闊的視野。

第三，身體、自傳與家族史的建構。女性從文學的客體過渡到主體，和性別意識、家庭背景及歷史的演進有關。早期謝冰瑩、蘇雪林、徐鍾珮、林海音等，以小人物奮鬥史出發。七〇年代的三毛，以「私小說」擺脫傳統寫實的男性手法，加入女性的浪漫奇想，成為傳奇型的傳記。鍾梅音、徐鍾珮、蘇雪林、張愛玲，到陳幸蕙、朱天心、李黎、龍應台，到簡媜、周芬伶與鍾文音，她們寫出了女兒到母親／女人身分的認同是失焦而模糊的，是撕裂、矛盾的迷惘。平路、李昂、施叔青、郝譽翔則以「去中心」的解構思考反映了女性空間的細緻、抽象且具情感的流動性，在瑣碎的事物中以跳躍、片段的記憶去拼貼歷史的版圖。女性建構的家族史，大多為心理意識的闡述，記憶中的聲音、影像與味道，消退了父權線性史觀所謂的「大敘述」，發展出以自我為核心畫圓的共時事件，渴望在分裂與離散中追尋完整的自我。近年來，周芬伶、鍾文音、利格拉樂·阿𡠄的母系家族書寫、簡媜的家國史觀，更豐富了男性史觀的偏狹。女性身體、自傳與家族史的建構，所散發的訊息與書寫技巧是多元的、策略的、非主流的、跨文類的與想像空間的，可謂台灣文學史的一大突破。

綜合半世紀的台灣女性散文版圖，可以看到台灣散文以中國古典美學傳承，六〇年代在各種西方文學思潮的洗禮下，女性散文雖有著保守的外表，但其力求突破的血液卻暗潮洶湧。至中美斷交後本土意識崛起，形成中國的典雅傳統與在地鄉土寫實兩派美學的角力，雖然以張曉風為主的回歸古典中國性取勝，但劉靜娟等人的本土題材與身分認同，卻開啟了下一世代的書寫之窗。八〇年代以降的生活散文、旅行散文、家／國族散文，女性以特有的特質取回了發言權，並以繁花盛開之貌開創了女性散文書寫的無限可能。

周芬伶出生於五〇年代，台灣恰興女性書寫的開端，女性有了書寫的環境與能力，女性作家便以自身為圓心，週遭事物、情感為半徑畫圓，成就了殊異的「女性特質」主題，與當代男性的家國／大河主題截然不同。七〇年代的「古典」與「鄉土」之流，讓周芬伶在古典的書寫中涵蘊鄉土的熱情與語言。至八〇年代以來，台灣更呈現一片女作家繁花似錦的世代，因為時代背景的轉變，女性作家從自覺到自我的「主體」意識，她們開始「認同自我」與「書寫自我」。周芬伶的女性書寫主題／人物從父權體制下的沉默到以女性為中心敘述的建構，她如何闡述女性追求主體時所展露的女性意識、建構自我，又如何掙脫、嘲諷與蛻變，這樣的書寫轉變又為下個世代帶來什麼影響？周芬伶從「閨秀」文學到「越界」書寫，呈現了多變且自我開放的寫作轉折。本書即以周芬伶為研究對象，探討其書寫歷程、主題、策略及其風格轉變的背後意義，進而作為台灣、當代、女性、散文書寫的參照樣本。

第一節　研究動機與目的

一、研究動機

筆者因接觸女性主義及現代文學，發現台灣女性散文研究相較於小說、現代詩研究而顯得匱乏，而台灣文學史也大多以小說發展脈絡為主，散文的區塊往往處於移植或蜻蜓點水的論點，更遑論女性散文的系統整理。身為女性研究者，筆者想以台灣本土的女性散文書寫做為研究的範圍，但因牽涉的範圍非常廣泛，囿於時間、能力有限，本書大致以「陰性書寫」觀點出發。想以台灣女性散文書寫中具有「女性意識」、力求「書寫突破」及能引動讀者對自我主體的「自覺思辯」三大方向，來尋找散文陰性書寫端倪，從大量文本中篩選出最具代表性的女作家做為初步的研究對象。如此比對之後，發現周芬伶的出生、背景及其文本特色、創作觀正好站在台灣女性書寫承先啟後的時代位置，而近年其女性書寫的手法也逐漸符合了陰性書寫的技巧。因此藉由周芬伶書寫歷程的轉變與書寫策略的目的，來分析台灣當代女性散文作家對女性主體位置的階段性認同與發展。

首先，筆者認為周芬伶是一個書寫歷程很特別的作家。她的散文早期被喻為「天真、清新與美」、「具有女性浪漫的情懷」、「書寫對親人、萬物、天地的關愛」……等來評價她的風格。一九九六年其《熱夜》一系列文本出版之後，出現「女史／叛逆／認同母系／對男性文化的諷刺」……等的評論，學者也逐漸觀察到周芬伶書寫風格的轉變。二○○二年的《汝色》、《世界是薔薇的》問世之後，「自剖的身體／情慾書寫」、「不再尊崇傳統美文的形式，直探人性幽微心靈書寫」的評述甚至佐以「西蘇的陰性書寫」或「後現代」及「酷兒理論」去評價她的文本，結論出她近年以「尋求女性主體」、「跨越父權束縛」、「對性／別差異的肯定」為寫作主題。這樣從傳統美文書寫到近年陰性書寫是如何轉變的？筆者認為在文學研究上是很值得探討的。從另一個角度來看，周芬伶的出身背景很傳統，她生長在父系觀念濃重的屏東家族及古典中文系的求學歷程，對於傳統與古典應有很深刻的養成。尤其，周芬伶崛起於八○年代的文壇，早期以「閨秀文學」稱之，不但受到女作家的默認，一般社會、學界也如此歸類，當時散文女作家的形象更標榜著「光明華美」的母性情懷為主，周芬伶自言早期的書寫也是遵循傳統的中文系步調而來……。但在這樣的背景下，周芬伶近十年來的創作卻越來越前衛，不僅探觸到傳統女性散文的禁區，更是推崇「華美光明」的傳統主題所不為的。是什麼引動周芬伶大膽的以「文體越界與性別越界」做為書寫策略，以「身體／情慾／同性戀／疾病」等主題作為闡述她的人生／文學理念？是否與時代背景或現代男女平權觀念有關？是筆者研究切入的角度。

第二，周芬伶是一個多元身分與跨界創作的作家。放眼台灣當代女性散文家，以「女性私密挖剖」為主題的跨文類寫作極少，尤其還兼含了學術研究、小說、雜文、戲劇、兒童青少年文學創作，周芬伶無疑是當今的佼佼者。她的作品屢屢入選年度散文選與小說選，九十三學年度，散文〈傘季〉被康軒出版社選入國中國文教材；〈小王子〉被三民出版社選入高中國文第三冊，更肯定了她在文學的地位。周芬伶目前仍不斷在各大報章雜誌發表作品，隨著年齡的成長與閱歷的豐富，越寫越精，越寫越純，越寫疆界越廣。站在時間之眼，周芬伶的書寫恰承閨秀文風；下起台灣後現代解構的女性散文越界書寫。而近年來她的創作日漸受到矚目，評論她的人也越來越多，幾個重要有名的文學獎她也擔任評審的工作，就文學市場上來看，她身兼文學的製造者、傳播者及經典的制定者；就文學創作上來看，創作長達二十幾年仍歷久彌新者不多；並能同時跨足三種文類創作的人鮮少；能兼具多元創作、研究與教學的更是屈指可數。這樣多面的周芬伶，無論站在那一個位置，都有她獨特的形象，而這些形象卻又彼此交混著，展現在她獨具個人風格的創作之中，形成一種重疊／渲染／暈眩的美感，即稱「周芬伶體」：一種跨越疆界混融的自傳體，她書寫生活，生活塑造她的文學。是什麼讓周芬伶能同時兼容不同文類的創作？又她在文學市場的各種身分之下，想要創造的是什麼樣的時代文學精神？實在值得深究。

第三點，筆者比對與周芬伶年齡相近的作家，及且仍在創作者，如陳幸蕙、蘇偉貞、朱天文、黃寶蓮、張讓、陳玉慧……等之後，發現周芬伶的出生為本省屏東閩南與馬卡道平埔族血統、中文系求學背景、直探女性主體的文本特色及越界的創作觀，以上正好站在「本土在地家族書寫／中生代中文系／以散文做性別情慾書寫」的位置，這樣便與這些女作家有很大的區分。更重要的是目前周芬伶的相關研究只有一本專書，且以小說為主，實在有極大的探討空間。在當代文學史的分類上，常以十年做為一個文學的風格探討，而周芬伶已有二十年幾的創作歷程，她的文學與生命、她的創作精神與文學理念代表的是什麼樣的時代精神與意義？雖然她正值寫作健旺的青壯之年，二十餘年的寫作亦足以為女性文學做一個歷史的標記，因此設定周芬伶為研究對象，希望能為她的文學史定位再作探討。

基於以上三個理由，及至本書研究時間為止，周芬伶出版了自認為較完整的文學史《聖與魔：台灣戰後小說的心靈圖像 1945－2006》，展現出她近年文本與史學觀逐漸呈現「女性／心靈」的探索脈絡，在時間點上本研究應該有最大的研究效益。故本書打算站在前人研究的基礎上，以「周芬伶論——從『閨秀』[8]到『越界』書寫」為題，藉由她書寫及轉變歷程的個案來觀察台灣女性文學的發展。

二、研究目的

周芬伶從《絕美》出發，一路寫來的自傳與家族史，評論者以「史家之筆」、「認同於母親傳統」與「在文本中不斷追尋女性平等之路」……等為周芬伶下定義。然筆者觀察分析周芬伶的創作主題都是從「我」出發，她追溯於自己的出生／血源，她關注於家族的盛興衰敗，她記錄著身體場域的移動，這些跳躍、斷裂、以身體感知的表達方式，展現出周芬伶女性尋求主體性和歷史詮釋權的方法。所以，筆者希望能從周芬伶的創作歷程與主題上分析／釐清其創作思想、語言使用及書寫的意義，進而延伸出周芬伶的主體追尋與新的自我建構之路，這是本書的第一個研究目的。

---

[8] 「閨秀」一詞，現今很多學者認為有貶抑女性之意，而且現今女性的社會位置也不能以「閨秀」稱之，「閨秀」的定義與以往大相逕庭，本書仍以「閨秀」為題，是以為這是時代的產物，代表那個時代的文學觀念，早期西方女性文學也以「瘋婦／妖女」的形象反對父權的二元對立，如此本書即以「閨秀反閨秀」的精神去闡發周芬伶的書寫。

出身中文系的周芬伶，早期以散文享譽文壇，其書寫方向原本承繼琦君、林文月，卻在近年書寫方向大逆轉，從女性家族史的建構、口述歷史的女史記錄至近期的女性身體寫作，她所關注的都是「女人」，她建立的是一個屬於「女性的王國」。周芬伶的女性書寫讓她從自身家族史的探索出發，以「情」為寫作主題，圍繞著所生、所長、所見、所聞的特殊人生經歷。至《熱夜》、《妹妹向左轉》、《女阿甘正傳》一系列的主題讓評論家開始注意她寫作風格丕變的原因與文本的價值。家族的衰退與婚姻的崩裂讓她在大凶險中混沌浮沉，以「物」宣情的象徵開始今昔對照釋放，她選擇真誠的面對自己的身體／感覺，運用跨文類的寫作將女性的身體／情慾／自主性一一剖析，周芬伶的女性意識所創造的「歧異／多面」竟與早期的散文寫作風格有了迥然不同的改變。這是周芬伶建構的女性王國，也讓人發現其女性書寫的歷史。本書將耙梳周芬伶所有文本與其相關報導／論述，整理有關周芬伶文本中的女性意識，並更進一步分析、評價其女性意識與其女性書寫有何因果關係，這是本書的第二個研究目的。

從女性文學發展的縱貫線來看，八〇年代被視為「女性文學」的年代，許多傑出的女作家展現出前所未有的旺盛創作力。她們寫出女性的內心世界與社會處境，超越傳統禁忌敢於處理情慾主題，或闖入男性的政治領域吹起女見時事旋風。八〇年代的女性文學，以女性小說為主流，如施叔青、李昂、袁瓊瓊、蕭颯、廖輝英、蕭麗紅、蘇偉貞……，而大多的研究與論述也以小說為主。此期的女性散文，如三毛、張曉風、席慕蓉、愛亞、陳幸蕙、林文月、喻麗清……等，多數卻仍停留在發揚傳統的抒情婉約的風格。周芬伶常在文學講座中提出「女性書寫在小說和新詩都演進了，而散文演進了嗎？」[9]二〇〇二年陳芳明論《汝色》一書：「周芬伶可能是第一位作家利用散文形式，對情慾、情緒、情感等等私密的議題進行深

[9] 參見2005年印刻文學營散文組講義，或麥田講堂等。

挖、鑽研、追索。」、「自剖性的散文在文學發展史上並非罕見。但是，像周芬伶這樣敢於把不堪的、禁忌的思維呈現出來，可能是台灣女性散文值得注意的現象。」[10]道出了女性散文書寫的轉折，及周芬伶不斷在散文實驗的成果。這是一個重要的訊息，二〇〇二年周芬伶的《汝色》無疑是一個有趣的觀察點：周芬伶以大膽的「文體越界與性別越界」做為書寫策略，所代表的意義為何？周芬伶從中文系女作家到虛構性／「惡之華」／瘋癲與邊緣的散文越界，筆者希冀藉由對其文本的整理、比較與綜合分析後，釐清周芬伶的書寫策略／寫作技巧，如何從「閨秀風格」轉入「越界書寫」，這是本書的第三個研究目的。

總結以上，本書最後企圖以女性的身分來看周芬伶的女性書寫，與其他同性質的女作家相較，在相同主題的創作中有何其獨特性，對於女性的青春／婚姻／妻職／母性／女人的體驗與感受；家族／國族與身體／情慾的認同與主體性，分析出周芬伶創作中的宏觀與微觀，及其在台灣女性創作中的特殊性，以確立周芬伶文學的重要性及其在文學版圖中的座標。

第二節　前人研究成果與研究範圍說明

一、前人研究成果

研究周芬伶，目前只有一本二〇〇五年碩士學位論文，其他單篇論述則散見於學術會議、文學獎作品及報章期刊。這本東海大學徐蘭英的《邊緣敘事：周芬伶小說研究》，她以敘事學的觀點與普洛普的研究來分析周芬伶的《世界是薔薇的》、《影子情人》、《浪子駭女》三本小說，歸納出周芬伶的「事序結構」與「敘述結

[10] 陳芳明，〈她的絕美與絕情：周芬伶的《汝色》及其風格轉變〉，《聯合文學》，2002年9月，頁153-155。

構」有重合，可以二分，並將每個敘事類型分為「不幸故事」、「體現生命的覺醒」、「邊緣人小說對邊緣人的另一種敘述」及「主角人物視角的記憶：也許我錯了，但我不後悔！」等，四種類型的敘事方法，來闡明周芬伶小說透露出「抵抗現代生活化的一切慣性」，在她的「邊緣位置上」探索著很多因處在邊緣而被忽略的人和事。徐蘭英的論文偏重於敘事學理論，僅以周芬伶的三本小說為例舉，因此周芬伶研究可以補白的空間還很大。而周芬伶近年來產量相當多，有時同時出版文類高達三種以上，其主題／文類的越界及不斷往復的寫作手法，讓讀者在交互閱讀／穿插品味中更能體會出周芬伶「未說出」的深意。

到目前為止，研究周芬伶較重要的文獻（篇名、出處參見附錄一），筆者依時間順序如下：

一九八五年，趙滋蕃在周芬伶第一本散文集序中，稱周芬伶「以天真、清新與美挑戰」，指出她的創作題材在故鄉與親人之間游廻，單純的活動圈子塑造最富感染力的真摯情感；以「詩的象徵、小說的想像和哲學的沈思」，含蘊中文系的古典柔情。同年吳鳴點出周芬伶的散文為「透明的自傳體」，並於一九八九年評《花房之歌》，指出周芬伶嘗試以「史家之筆」記錄這個時代。一九九〇年，郭明福評周芬伶的《花房之歌》為「回憶錄」，並點出周芬伶文筆具幽默感。

一九九二年，張春榮指出周芬伶《閣樓上的女子》再度呈現她一貫綿密細緻的感喟與錦心繡口的文字風格，開始以命運的思索為主軸，並「坦然」道出生命的正軌。同年栞涵評介《藍裙子上的星星》，說周芬伶的內心世界如一汪美麗的海洋且深不可測。同書，一九九三年，張耐、孫安玲則以「外貌感受」、「感情世界」及「親子關係」三個青少年課題探討，分析出除了主角的同性情誼外，在愛情「飄泊的靈魂」也是周芬伶要表達的主題。

一九九六年，陳芳明以「冷靜體」評述周芬伶的《妹妹向左轉》擅長用寓言式的文字兼具現實與夢境的雙重隱喻。「機智、敦厚、柔情、晶瑩、清脆、冷冽」是陳芳明對周芬伶的散文印象，他認為周芬伶的散文有受張愛玲的影響，自嘲嘲人，又帶著一股淡淡的悲憤，但她並不喜沉溺於自我傷害之中，能卸下枷鎖，所以散文裡有一種救贖與冷靜的力量。陳芳明視《妹妹向左轉》這部小說如「一部散文組曲」，但文本中女性意識強烈，認為周芬伶在強調「一位朝向開放思想的女性必然遭遇到挫折」。同書，一九九七年，蘇惠昭將周芬伶嘗試跨散文與小說的書寫風格做一分析，並道出周芬伶以拼圖一般去理解台灣女性的生命故事、對人生的看法，以及她們如何與父系社會對峙，試圖完成台灣女性文化和女性美學，藉此，周芬伶也在治療幼年的自卑與閉塞，重建新的自己。並點出同年出版的《女阿甘正傳》，透露成長於潮州大家族的周芬伶是「認同於母親傳統」並其「叛逆」是潛在的，甚至是壓抑的。與陳芳明同樣認為周芬伶不是一個戰鬥性的女性主義者，卻富有強烈的女性意識，並會在文本中不斷追尋女性平等之路。

一九九八年，江文瑜以〈憤怒的白鴿〉評周芬伶與其他口述歷史書一般：多數的描述仍為外在事件對一個女人命運的影響，在女性深層的內心世界以及情緒感受等面向，仍可做更進一步的挖掘。

二〇〇一年，張春榮指出周芬伶的《戀人物語》從「人情」為主體的書寫逐漸隱退，而原屬「背景」的物象反成重心，至於其一貫女性心理意識的探索，至此書更見心寬念柔，兼容厚實，正是周芬伶的散文成長的軌跡。

二〇〇二年，李癸雲的〈寫作的女人最美麗：周芬伶散文綜論〉，是對周芬伶的散文史評論中較為詳盡的。李癸雲本篇論述是從「關於女人如何以寫作來存在的」去看周芬伶，指出周芬伶的散文「是散漫地自生自長，試著撫去憂傷，留住琥珀光」、「是如此逼近自身，卻有藏匿的特質」、「是永遠的祖母／母親／姊妹」、

「是善用物與人的比喻共通之處，在深入人性，直指幽微」、「是心理多重的形貌，更有為女人命名的意圖」，並指出《熱夜》深刻展現了女性自覺的過程。同年陳芳明發表〈她的絕美與絕情：周芬伶的《汝色》及其風格轉變〉，此篇評論明顯體察到作家的內心與生活的轉變，他指出周芬伶的風格轉變是「婚變」使然，而《汝色》的價值在於「周芬伶可能是第一位作家利用散文形式，對情慾、情緒、情感等等私密的議題進行深挖、鑽研、追索，可能就是台灣女性散文值得注意的現象。」黃錦珠評論《世界是薔薇的》，指出周芬伶文本中女人的焦困有其根本性、制度性的成因，雖然現代女性可以外出、可以書寫、可以離婚、可以經由法律修改條款，並在社會變遷中獲得求知、發聲、發展的機會，但女人依舊身世不明，女人的定位依然虛幻，而周芬伶即在焦困中尋覓愛與自由。張瑞芬則指出告別十年的婚姻生活後，中年的周芬伶構築了一個世紀末散文的回憶之屋、想像之城，以較完整性的評述周芬伶的女性書寫史，佐以伊蓮．西蘇的「陰性書寫」論證許多的閨閣越界表現，寫的是女子內心的流離失所與自我定位。另點出周芬伶的《汝色》與《世界是薔薇的》，隱然有看穿世相的指涉與頓悟。《汝色》是女子的容顏色相，《世界是薔薇的》既指女子薄霧朦朧的情感，也有同志的迷惘。

二〇〇三年，李欣倫發表〈自己的房間自己的家：周芬伶（1955－）的《汝色》散文變〉，認為周芬伶已從女性意識到女性主義。《汝色》除了在散文寫作上尋找「出軌」外，更對散文女作家的傳統形象予以拆解重組。李欣倫說：「當我們為探詢『散文是什麼』之提問而加以設限、規範時，周芬伶早已跨出邊框，以告解而非美化形塑自身，與其將此視為作者的勇氣，不如詮解為女性散文書寫的重要突破，不僅形塑暴露的美學，更彰顯女性真誠語言的可貴。」同年，紀大偉在〈伊底帕斯王之後〉中，以安提岡妮來比喻《浪子駭女》兩篇小說中乖巧嫻淑的姊姊，觀察左派叛逆的妹妹和驚濤駭浪的弟弟，夾在人情和法律之間，進退維谷。而周芬伶筆下的「另類家庭」挑戰主流價值觀所肯定的家庭模式，點出她的角色生命力旺盛，在人情和律法之間撐出空隙，非常可觀。在〈歷史的天使〉中紀大偉說：「周芬伶以散文享譽文壇，但她的小說也值得注意。」直指《影子情人》可以讀作一部女性歷史。書中跨越年齡、階級、種族的女性，可以從性別研究的「sex」、「gender」、「sexuality」三種習用分類來加以分析。而此書呈現「去中心」的狀態，鼓勵讀者開發沒有標準答案的時間觀（temporality）。同年，黃錦珠讀同書，以正常／不正常的意符系統來看周芬伶筆下的人物，點出文本中：在「我」向「Eve」表白之後，終於可以說出「我知道了，我是因女性意識自然走向的反異性戀者」，這是周芬伶的女性意識也是周芬伶心象的囈語。

二〇〇四年，李欣倫指出《浪子駭女》、《影子情人》中周芬伶散發既委婉又潑灑的文字風格，將女性依違在傳統與現代、保守與叛逆、健康與病態中的矛盾情境發揮得淋漓盡致，她筆下的女性是自在的，周芬伶以文字、以故事為女人量身打造一個真正的「家」：母系之家、女女之家、病人之家，為她們編織一段「女人專屬」的女性史，溫婉與氣魄並行，柔弱與剛強並濟，她們的面目清楚，但性別卻模糊曖昧，她們是流動主體，再也不是社會所期待、沒有五官沒有輪廓的影子。同年，吳億偉採訪周芬伶，以五大主題將周芬伶寫作觀有一概略的輪廓展現：一、熱愛舞台與戲劇，二、教授 F 世代書寫創作，三、用書寫揭示傷痛，四、追求前衛的文學形式，五、敲打模糊性別地帶。張瑞芬則為周芬伶「越界書寫」下此定論：「近作中，散文集《汝色》中有虛構的故事，小說集《世界是薔薇的》有散文的質感。性別（情慾與性別的叛逆書寫）與文體跨越，在某種程度上也挑戰著二元對立的體系與男性語言思想結構。這在傳統『背負沉重道德負擔』的散文（尤其是女性）書寫上，自張愛玲以降，堪稱唯一。」張瑛姿以後現代觀點去觀察周芬伶的《汝色》，「從鬆動父權開始」去中心化，打破二元對立的異性戀霸權思想，藉「與陰陽同體」來歌頌女性流動、差異與交混的特質，佐以「酷兒美學」及「陰性書寫」以架構起「後現代觀點中女性主義書寫」的散文文類實踐的樣貌。

二〇〇五年，賴香吟以〈童女之戰〉，為周芬伶的《母系銀河》作序，她側寫與周芬伶認識的經過，並將其創作歷程的心情轉折予以點題。認為周芬伶自《汝色》以來，以一種比散文更自由的形式與語言結合了追憶、虛構，以及自身對時間與生命之感悟，致力於有關女性自我的追尋與凝視。這種「傷逝書寫」使大歷史得以閃爍出一絲流光與暗影，映照出一些女性的姿容，可稱為「陰性史觀的書寫」。這本《母系銀河》，也同時被陳芳明形容為：「近兩年來的周芬伶，轉變最為劇烈，似乎已經開始為女性散文重新命名。她探索的記憶，已經不是沿著時間之軸進行，而是依據自己肉體的感覺重建時間。她的時間是跳躍、失序、裂變，然而卻真實呈現她的慾望與情緒。」

二〇〇六年，張瑞芬論《母系銀河》，認為周芬伶散文的近期轉變，的確在焦困中尋覓自由，尤其挑釁著溫柔婉約的女性傳統。是「童女」，亦是「同女」，幾近自我解剖，如賴香吟所說，以肉身衝撞體系，尖銳而孤獨的聲音。這在台灣當代女性散文中，絕對是殊異的聲音。

綜合以上，可得幾項重點：

（一）周芬伶站在現代散文女作家正典與出位的位置。

（二）周芬伶以自傳與記史做女性書寫。

（三）周芬伶以女性意識與生命美學著稱。

周芬伶的書寫歷程，大多評論家以「天真、清新和美」、「冷靜體」及「透明的自傳體」等定位她早期的散文風格，直至《熱夜》為其散文變的轉折點，延續至《汝色》為最顯著的「為女人發聲」，到《母系銀河》她所塑造女性的世代，女性的王國已然崛起。社會女性主義的醞釀／成熟與周芬伶的自覺讓其女性意識抬頭應有相當程度的關鍵，然評論者卻過多將周芬伶的「散文變」偏重於「婚姻」，忽略時代背景與自身追尋的影響。周芬伶從散文女作家的「正典」到「出位」再到「越界」的「女性書寫」，不但主題早已偏離早期「閨秀」的女性情懷，其「跨文類」的成功結果，更是讓讀者在散文與小說中看到真實與虛構混融的「陰性書寫」策略，如果說早期的女性散文是穿著旗袍的傳統女性形象，顯然周芬伶散文中的女性形象也有一份歐蘭朵的英氣。

周芬伶雖有二十幾年的寫作歷程，出版也頗獲文壇的注視，但其散文評價至今仍有待發揮。人們注意她的散文與宜家宜室的形象，隨著她的婚變與對人世的透徹所發出覺醒之語，小說的出版正是她女性自覺的意識，這樣的轉變雖有人注意卻未有全面的研究與討論。周芬伶「文體／性別越界」的手法與觀念，評論者也多以「女同／性別論述／酷兒」探討，甚至以此猜測周芬伶的性向改變，較少論述周芬伶以此書寫的背後目的。另周芬伶文本研究最大的空白即是甚少被談及的評論（《豔異：張愛玲與中國文學》、《孔雀藍調：張愛玲評傳》、《芳香的祕教：性別、愛欲、自傳書寫論述》、《聖與魔：台灣戰後小說的心靈圖像 1945－2006》）、少年小說（《醜醜》、《藍裙子上的星星》、《小華麗在華麗小鎮》）及戲劇（含《春天的我們》劇本）等。

周芬伶文學地位的重要性相當多元，除了多重文學身分外，她是先以小說創作出發，後來才出版散文的。可惜的是人們大多只集中在從凝靜的散文中開出詭異的小說的過程，而忽略了這棵樹上零星的奇葩，使周芬伶的研究有所偏向，而這些未被談及的，正是建構周芬伶版圖不可或缺的部分。近年周芬伶的寫作技巧愈益展現陰性書寫的策略，欲在二元對立的象徵秩序中以多元、流動、包容解構父權中心，以母系的追尋探索做為父系的參照。故與周芬伶相關的文學批評，牽涉到陰性書寫／主體／越界等範疇，本書將在下一節釐清其相關學理觀念，以便得到更明確精準的論述定義，並且更加明確限定本書的研究方向。

二、研究範圍與限定

八〇年代以散文首航的周芬伶，上承溫婉的女性散文形象，下開跨性別的情慾、身體散文書寫，其書寫中對家族歷史的追尋，關係著女作家的自我認同，與主體的建立，在不同的人生階段與人世歷練後，也影響了其以散文發出的語言與形式的表現。近年周芬伶以文體越界／性別越界的展現方式追尋母系歷史，儼然深具西蘇「陰性書寫」的特質，在當代女性書寫中亦有不同的意義。以下以論文主要研究及相關議題做範圍的說明與意義的界定。

第一，周芬伶論，涉及的範圍相當廣闊，舉凡台灣歷史、台灣文學史、社會學，也涉及了台灣婦女運動、西方女性主義、結構與解構主義，而以上最終都須回歸至美學。故周芬伶所處的時代與文學背景須做全面性的耙梳，以直線脈絡了解周芬伶所處的文學思潮對其撰文的影響；以橫切面來看周芬伶在每個轉折的階段位置，分析其轉折的成因與結果所代表的意義。

第二，以周芬伶至今的人生歷程及出版的文本為基本研究範圍（參見附錄二），做最詳盡的資料蒐集與分析，並參加其重要的文學講座。故在周芬伶長達二十幾年的創作歷程，至研究的截止時間，將周芬伶文本研究限定起始於一九八五年的《絕美》至二〇〇七年四月的《聖與魔：台灣戰後小說的心靈圖像 1945－2006》為止；文類上選擇以周芬伶個人已集結成冊出版的散文、小說及學術論文為主，其他文類及發表於報章雜誌的單篇作品為輔。另，與他人合集的散文、教材編輯及戲劇劇本並不包含在本書的研究範圍之內。以此發展出周芬伶的文字之路、創作主題、書寫策略、文學觀，最後為周芬伶在台灣文學上定位，並做研究後續的簡要說明。

第三，周芬伶的創作文本，在內涵上牽涉到「女性的主體／意識」，在形式上與「越界／陰性書寫」有相當的關聯。故本書在女性主義與結構、解構理論上有重要的主線架構。但因外來理論有轉譯上的問題，其意旨會因時因地因人而有所不同符指，故本書無意為西方理論做脈絡探究與意義闡述，只擷取與周芬伶研究相關的論述為用。

陰性書寫（Écriture Féminine）

提到「陰性書寫」則不得不提到法國「後現代女性主義」三巨頭：茱莉亞．克莉絲蒂娃（Julia Kristeva）的「邊緣顛覆書寫」、伊蓮．西蘇（Helene Cixous）的「陰性書寫」與露絲．依麗格瑞（Luce Irigaray）的「女人話」。[11]她們深受德希達的解構主義及拉岡對佛洛依德心理分析重新解讀的後解構主義的影響，專門反擊以男性為中心思想的文化霸權，認為所謂的「真理」（logos）是由父權文化所構成的「象徵秩序（the symbolic order）」，藉由潛意識、尊父之名及以陽具為優位意符的三層面，來合法化支配女性，剝奪女性說話的權力，使女性在男性陽剛文化下被湮滅消聲。於是她們強調以「去中心化」（decenter）顛覆二元對立父權的「統一性」；以「多元」（multiplicity）和「差異」（difference）突顯女性特質。莊子秀在〈後現代女性主義：多元、差異的突顯與尊重〉指稱：

> 三位法國女性主義論者亦一致地強調性別差異（sexual difference）並肯定女性特質，以及反擊男性壓迫女性存在的意識型態，期能鬆動陽性價值體系中的二分法僵化思考模

[11] 分類翻譯參考唐荷，《女性主義文學理論》，台北：揚智文化出版社，2003年2月，頁171-212。

> 式，企圖以多元化、開放性（openness）與尊重差異的理念為女性尋求更廣闊的生存空間。[12]

其中伊蓮·西蘇（Helene Cixous）的「陰性書寫（Écriture Féminine）」代表作〈美杜莎的笑聲〉（〈The Laugh of the Medusa〉）以「女人應該書寫女人」作為開場白，解構男性中心邏格斯，「為了用笑聲打破那『真理』。」更影響了七〇年代至八〇年代的女性書寫風潮，及後世的女性主義理論。這位與解構大師德希達是故交，與德勒茲、傅科是同事，跨足了小說、戲劇、哲學、女性論述、文學理論與批評，出版了六十餘本學術與創作文本的多產作家，是當時激進的巴黎第八大學的元老之一，她所成立的八大女性研究中心也是歐洲的第一個女性研究中心。[13]西蘇被德希達譽為「思考的詩人」，早在〈突圍〉（Sorties,1975）一文中便對「書寫」提出探討，她認為我們所處的社會文化充滿著二元對立的詞語與概念，例如：主動／被動、太陽／月亮、文化／自然、白天／夜晚、父／母、頭腦／情緒、理性／感性、邏格斯／情感、高／低……。而這些二元對立隱含的位階概念即是來自於對男／女二元對立的原始屬性。在「象徵秩序」中男性代表了一切的主動／尊榮／權力，女性則處於被動／卑賤／屈從，西蘇為了要破除「女人是被動的，不存在」的固置思維，並將原本二元對立的隱含階位概念予以打破，而呼籲「婦女必須把自己寫進本書——就像通過自己的奮鬥嵌入世界和歷史一樣」來抵抗父權的專制，因為女性的身體長久以來被「物化」，被男性用來滿足自己的陽性慾望及權力操作而成被動性，唯有女性將身為女人的特殊經驗及自我認知書寫出來才能跳脫父權加諸在女性身上的束縛。西蘇說：「只有通過寫作，通

---

[12] 莊子秀，收錄在《女性主義理論與流派》，台北：女書出版社，2000 年，頁 299-338。

[13] 徐力，〈女人應該書寫女人：法國女性書寫大家伊蓮·西蘇演講現場直擊〉，《自由時報》副刊，2005 年 10 月 21 日。

過出自婦女並且面向婦女的寫作，通過接受一直由陽具統治的言論的挑戰，婦女才能確立自己的地位，也就是說，不是沉默的地位。」[14]

但西蘇也強調「陰性」所呈現出來的是「女性特質」，是與書寫者個人的性別無關。因為女作家也有可能淪為父權中心的打手，男作家也可能展現其陰柔纖細的一面，重點在於書寫主題／文本能激發女性在閱讀之後重建自我主體，並主動跨越男性的藩籬，尋得一個自在飛翔境界。所以，西蘇要女人「書寫身體」（writing the body），以突顯女性性別差異、填補拉岡所謂「鏡象語言」中的「他者」（the Other）的空白，並擺脫複製父權中心的語言框架。尤其是女性「身體愉悅」的主控權，便是駁斥身／心二元論述中對「肉體」的貶低，它能將陽性思考的單一性、直線性和侷限性釋放出來，呈現女性的差異性、多元性與開發性的思維，其目的在於：擊破、摧毀；遇見、規劃。

西蘇的「陰性書寫」特點在於：它沒有結局，而且是不斷延續。這意謂著超越才能釋放壓力，才能表現出包容異己的氣度。所以西蘇認為「回歸母親／海洋」（mére／mer）[15]和「另類雙性性慾質素」（the other bisexuality）[16]的觀念，才能真正的讓女性「發

---

[14] 以上引用為〈美杜莎的笑聲〉，伊蓮・西蘇（Helene Cixous）著，黃曉紅譯，收錄於顧燕翎、鄭至慧主編，《女性主義經典：十八世紀歐洲啟蒙，二十世紀本土反思》，台北：女書文化出版，1999 年，頁 87。以下引用〈美杜莎的笑聲〉，皆以黃曉紅譯本。

[15] 西蘇認為：此處「母親」不是做為稱呼，而是作為品格和才能之源的「母親」，而且婦女從未真正脫離「母親」的身分：她同時是母體也是撫育者，以愛包容及給予。而海洋則暗示女性身體和寫作，如同一個能夠包含所有異質的無限空間。見〈美杜莎的笑聲〉。

[16] 西蘇認為：「雙性，即每個人在自身中找到兩性的存在，這種存在依據男女個人，其明顯與堅決的程度，是多種多樣的、不排除差別的、也不排除其中一性。」其特點為顯揚多重性及肯定不同的主體。見〈美杜莎的笑聲〉。

聲」，唯有女性真正的發自內心的聲音才有可能打破男性的律法與象徵秩序，女性才能自其框架中解放出來，取得歷史的位置。

值得注意的是，西蘇與吳爾芙、西蒙・波娃、克莉絲蒂娃這些被譽為女性主義的祖師奶奶一般再三地宣稱：「我不是女性主義者」，之後她又說：「我不生產理論」。托莉・莫（Toril Moi）觀察西蘇給予這樣的解釋：

> 西蘇時常重複她文章的中心觀念和意象，使她的作品成為一連續體，鼓勵非線性的閱讀。她的風格極富暗示性、頗具詩意且明顯反理論，其中意象創造了一綿密的能指網路，讓慣於分析的批評家逮不到明顯稜角。這些文本本身很清楚地顯示，其對分析的抗拒完全是故意的。西蘇不相信理論，也不相信分析（雖然她兩者都從事），事實上，她也不認同女性主義分析論述：她是第一個淡然宣告「我不是女性主義者」的女人，之後她又說「我不生產理論」（Conley,152），因為她認為這種「主題研究」最後無可避免地會發現自己也陷入父權意識型態宣導的位階化的二元對立壓迫網路中。[17]

顯然地，西蘇刻意以「矛盾、朦朧、神話」的態度來面對評論者對她的質疑，甚至以在一九八四年接受專訪時表示：「我可以提出一套哲學論述，但我不願這麼做。我讓詩、文字引領我。」[18]西蘇創造了一個無壓迫與性別歧視的烏托邦想像空間，讓所有與父權意識形態的衝突得以解決。她所談的「差異」與「多樣性」較致力於前伊底帕斯期兒童的多變形態，卻對女性生活在現實環境中仍必須承受不平等的待遇、壓迫與邊緣化無所助益。這也是赫伯・馬庫色

---

[17] 見托莉・莫（Toril Moi）著，國立編譯館主譯，王奕婷譯，《性／文本政治：女性主義文學理論》，台北：巨流出版，2005年9月，頁121-122。

[18] 見托莉・莫（Toril Moi）著，國立編譯館主譯，王奕婷譯，《性／文本政治：女性主義文學理論》，台北：巨流出版，2005年9月，頁142。

（Herbert Marcuse）批評西蘇烏托邦「陰性書寫」最大的缺點，即缺乏理性和現實的考量的。另一詬病則是西蘇認為男女都能書寫陰性文本，這似乎與她推崇「女性特質」、鼓舞女性以書寫走出父權壓迫的同時削弱了女性所獲得的獨特性。而西蘇極具個人風格的理論，也能說明為何她的文本總缺少政治現實面，或許她的政治就是她個人性格的延伸。但無論如何，西蘇的「陰性書寫」卻給了英美傳統女性主義研究領域一個嶄新的視野，誠如托莉・莫（Toril Moi）所下的評論：「西蘇的作品沒有提及任何可辨識的社會結構，也有生物主義的毛病，然而，它們卻賦予女人的想像力無限的烏托邦潛力。」[19]

綜觀以上論述，「陰性書寫」為後現代女性主義者強調性別上的差異並肯定女性特質，以解構理論的角度重新界定女性主義的論述，並打破父權文化傳統的思考模式，藉以鬆動、解放在二元對立中被壓迫、排斥的陰性形態。而西蘇的「陰性書寫」更企圖以女性的「身體／慾望寫作」，表現出女性特質的多元化、開放性與尊重差異的理念，為女性開拓出更寬廣的生存空間。所以本書的「陰性書寫」界定於以多元和差異突顯女性特質、強調「另類雙性性慾質素」的包容與開放性，及從身為女性面向女性的延異為書寫策略，並具有解構、顛覆原有的陽性中心書寫模式意涵的論述觀點為限。而周芬伶近十年的創作以「性・別／文體越界」為書其書寫策略，肯定女性特質的價值，並試圖跳脫現實以建立「女性烏托邦」的想像來達到鬆動父權二元思考的對立，相當符合西蘇的「陰性書寫」特點。

[19] 托莉・莫（Toril Moi）著，國立編譯館主譯，王奕婷譯，《性／文本政治：女性主義文學理論》，台北：巨流出版，2005 年 9 月，頁 150。

主體／主體性（subject／subjectivity）

維吉妮亞・吳爾芙（Virginia Woolf）曾戲謔又慨然的以「莎士比亞的妹妹」來說明在傳統父權時代男女性別差異的不同待遇；西蒙・波娃（Simone de Beauvoir）的《第二性》（Le deuxieme sexe,1971）揭露女性在歷史上的「主體」被湮沒；而西蘇提倡的「陰性書寫」亦明言是在建構女性的「主體」。而什麼是主體？女性為什麼要有主體？女性所要追求的主體又是什麼？目前台灣的「女性書寫」與女性「主體」的關係又是如何？這是本書所要探論的範圍，藉以找出婦女主體如何長期在社會、文化中被塑造，當婦女在自我覺醒與反思後得以言語、書寫的時代，婦女如何在外在的環境中與內在的自我身分認同中表達出自我的「主體」意識，並在其壓抑、矛盾、掙扎、破繭的過程中，分析出婦女所展現的是何種精神。

首先，關於「主體／主體性」（subject／subjectivity）的探討往往與「自我」（self）相關聯，邊門尼（Emile Benveniste）與吉爾茲（Clifford Geertz）指出東方人雖然有「人／我」的分別，但沒有「主體」的概念，即「無私」，當利益與我衝突之時，君子當應為國、為民、為仁、為義犧牲。在中國儒家的傳承思想中「人並非獨立的個人，他並沒有『個性』（individual），也沒有『個人的身分認同』（individual identity），而只有『角色的實現』，即一個身心合一的人格觀。」[20]但在西方的「自我」與個人主義發展有非常密切的關係，並以「自我」反應「主體性」與「認同」的關聯性。

西方從早期的希臘哲學便開始與客體互相對照思辯，確立了「我」的位置才有了「他者」的指涉。至笛卡爾（Rene Descartes）提出「我思故我在」的口號，加深了人們對「我是誰」主體性的探討，從「我思考，所以意識到了我的存在」的過程中去注意到

[20] 見李癸雲，《朦朧、清明與流動：論台灣現代女性詩作中的女性主體》，台北：萬卷樓，2002年5月。

「我」這個主體的建構。直至十八世紀黑格爾（Georg Wilhelm Hegel）提出現代性的自我再確認（modernity’s self-reassurance），認為「自由」和「省思」是主體性的核心要素。哈伯瑪斯（Jurgen Habermas）給予黑格爾肯定並從其理論中整理出對現代主體哲學的另一條出路，在其著述《現代性的哲學論述》（The philosophical Discourse of Modernity）這本書中提到：「主體哲學之外的另一出路：相對於主體中心的溝通理性」，即哈伯瑪斯以「工具理性」與「溝通理性」來反思「以主體為中心之理性」，哈伯瑪斯主張把人類認識看做是「自己構成自己」／自我概念形成的實踐過程。西方對於「主體／主體性」的概念，從笛卡爾（Rene Descartes）至康德（Immanuel Kant）、黑格爾（Georg Wilhelm Hegel）、尼采（Friedrich Wilhelm Nietzsche）的詮釋後已得到完整的發展。

進而主體在佛洛依德（Sigmund Freud）的精神分析理論中即成所謂「精神的主體」（psychic subjectivity），它的形成是透過無意識所累積的心裡創傷與記憶。而馬克斯（Karl Marx）和阿圖塞（Louis Althusser）所描寫的主體，乃是在一種想像的「意識形態國家機制」中，如何與主流的結構，特別是透過語言、社會符碼和成規的召喚，產生社會與個人存在條件的關係，將想像視為真實的方式來召喚（interpellation）主體，使其成為馴服的市民。所以，在召喚的過程中，主體是個體的自我意識。因此，拉岡（Jacques Lacan）則用語言來擴充阿圖塞的觀念，認為形構主體性的過程是一種語言性的結構，來構建主體。即無意識是語言式的結構，在這個前提下，「我」往往是在鏡映時期中，透過投射與理想化的方式來建構主體性。而在傅科的論述中，主體與客體是權力運作的關係。在後結構主義的思考下，主體和語言的演現有關。在後殖民論述中，主體是針對殖民體制的物質、歷史結構，衍生出錯綜複雜的心理與文化認同。[21]

從「主體」在各理論的整理中，第一，可以發現主體的「語言」（language）演現在社會組織、社會意義、權力與個人意識的分析中佔了重大的位置，它意味著主體性的建構取決於社會的特定表達方式，主體性不是天生的、非基因決定的，而是社會共同的指涉產生的。因為語言並非反應真實的社會，而是為我們建構了社會現實，由此可知「主體性」發展至今已成為既不是統一的，也不是固定的。這和早期人道主義的主體觀不同，人道主義將主體視為一個意識與行為固定連貫的本質，並具有獨特性，這個本質使他成為他所說的那個人。這種理性的、固定的、統一的、不可縮減的本質被後結構主義推翻，他們置論了主體性是一種不穩定的、矛盾的、一直在過程中的，每一次我們思考或言說它便不斷的在話語中被重新組成。第二，明顯看出早期的理論並沒有給予女性以主體當作自身發言的權力。那些由男性產生出來的理論大部分皆以男性的經驗與個人的權力、政治為首要中心論點，並以艱深、拗口的作品令人難以親近。所以，一開始女性主義者先探向馬克斯主義，卻在父權結構中沒有獲得答案。進而轉向心理分析理論的性別主體性的論述，卻發現女性的主體與社會、文化與歷史有相當的關係，最後才在後結構主義轉化了父權體系下的壓迫與有了向前的出路，特別是傅科理論中的「權力、話語與抵抗」的主旨中心，恰恰與女性主義所要追求女性「主體」的置放點有了共同的關聯性。傅科認為在有意識與無意識的對主體性建構的過程中，所隱含在其中的心裡及情感結構的記憶累積是不斷重複的，特別是主體位置與個人利益產生矛盾、衝突時，「抵抗話語」或「倒置話語」的力量便會產生，[22]

[21] 以上參考、節錄廖炳惠，《關鍵詞 200》，台北：麥田出版社，2003 年 9 月，頁 250。

[22] 「對抗話語」是以直接對立的態度，挑戰當道的真理或知識形式。「倒置話語」則是透過重新評價、並反轉被主流話語貶抑的話語、知識、主體位置，

並在《性意識史・第一卷》（The History of Sexuality, Volume I）這本書中提出「性」（sex）與「性愛」（sexuailty）是權力對主體進行掌控的一個主要場域，話語即經由對身體（body）的模塑來建構主體。

克莉絲・維登（Chris Weedon）認同傅科這一點，認為主體雖然是由話語所建構，但仍是一「思想著、感受著、社會的主體與能動者，在各種矛盾衝突的主體位置與實踐中，產生抵抗與改革的能量。」[23]而她個人在《女性主義實踐與後結構主義理論》（Feminist practice and poststructuralist theory）中便將主體性定義為：「乃用於指涉個人的意識及潛意識的思想和情感，他對自身的感知以及他由以瞭解他與世界的關係的方式。」[24]當然反對傅科的女性主義者則認為傅科過於忽略人的能動性，如果一切的權力與壓迫都是來自於話語，那麼所謂的「集體的父權壓迫」便不存在了。拉馬贊杜格魯（C. Ramazandoglu）就提出傅科的論點缺乏階級、種族或性別作為權力關係的分類範疇，會造成一些結構性的壓迫被視而不見，語詞的指涉便流於抽象而不切實際。但無論如何，傅科的理論讓女性的壓迫在歷史的詮釋角度上有了新的出口。

反觀台灣學術界，八〇年代西方女性主義引進，一片「女性主體」的熱浪襲捲台灣思潮，帶動了婦女運動的盛行，而女性主義文學研究便開展了對台灣女性文學的研究，發現五、六〇年代台灣女作家群的出現與當時的政治、社會、經濟背景有很大的關係。然而在傳統文化思想與文學潮流的脈動上，對男女作家的期待或男女主角的詮釋、理解與認知上在八〇年代仍然保有根深柢固的二元對立

來達到顛覆主流話語權力的目的。見唐荷，《女性主義文學理論》，台北：揚智文化出版社，2003 年 2 月，頁 114。

[23] 見唐荷，《女性主義文學理論》，台北：揚智文化出版社，2003 年 2 月，頁 121。

[24] 克莉絲・維登（Chris Weedon）著，白曉紅譯，《女性主義實踐與後結構主義理論》，台北：桂冠出版社，1994 年 8 月，頁 38。

觀念，如對女性仍然賦予「溫柔婉約的婦女美德形象」、「男人成功後面的推手」、「養兒育女是女性的天職」、「歇斯底里與嘮叨細瑣是女性特質」……等。在文學市場上也盛行「閨秀」、「細膩語」、「感性與柔媚」、「小知識小感觸」等評價。這些在話語、意識與社會秩序的象徵中，揭示了男女的差異性，也就是說這些觀念並不適用於男性的身上，對男性而言更是一種貶低、污辱，然女性不但要默默對傳統觀念的承受，甚至有些女性或女作家也認同於父權強加於身上的女性特質，當時女性的「主體」完全是由父權文化的約制所產生。以西蒙・波娃（Simone de Beauvoir）在〈女人今日的生活〉的名言做解：「一個人之為女人，與其說是天生的，不如說是『形成』的。沒有任何生理上、心理上，或經濟上的定命，能決斷女人在社會中的地位；而是人類文化的整體，產生出這居間於男性與太監中的所謂『女性』。唯獨因為有旁人插入干涉，一個人才會成為『他者』。」[25]

綜合以上，「主體」即是思考者藉由本身對自己的瞭解或他者給予的指涉、批評加諸於自身，形成思考者「主體性」概念的建構，進而對自己作重新的反省及批判後的再現，而這個話語的再現是不斷重複並一直是處於過程之中。而長期以來，女性的「主體」並未被重視，甚至趨向邊緣、沉默，致使女性在歷史上成為「空白之頁」。所以本書針對女性而言，「主體」所代表的即是一個具有反思（reflecting）自身存在的能力，並能在父權社會的框架與真實自我的感知中取得平衡點，回歸於認同女性的特質，進而擁有女性發言的位置與自我權力的掌控。而這個自我認同的過程，也是女性自我主體的建構過程，它是一直處於變動與被重組的過程。

周芬伶的書寫早期被喻為「史家之筆」，記錄她所生所長的台灣土地上的所見所聞，尤以其「家族史」的描述更引人入勝，但可

[25] 參見鄭至慧，〈存在主義女性主義：拒絕做第二性的女人〉，收錄顧燕翎主編，《女性主義理論與流派》，台北：女書出版社，2000年，頁105。

以看出其當時的書寫內容專注在「儒家」的大愛——愛家庭、愛社會、愛小孩的犧牲與奉獻上，其自我的「主體」仍未覺醒。這便是有人說她的散文是「透明體」，但她仍自言只是「半透明」，因為早期的散文只停留在家族人物與自己的「形象」上，內心潛在的意識並未觸及，直至《熱夜》其明顯意識流的不斷自我反思與覺醒，到《汝色》關注於「自我」自覺的自傳寫作方式，不但「女性主體」已然建立，自我認同與主權的宣告亦然壯大。

越界

安札杜娃（Gloria Anzaldua）認為「疆界」（border）能形成一種特殊的空間，在這特殊的空間中所產生的族群、階級與新生的時間意識，對於旅行經過或定居在疆界中的人，都會產生某種特定的影響。[26]而在文學與文化的研究中，「疆界」就經常和「越界」與「疆界意識」有關。本書即以文學上的「文體越界」（genre-crossing）與文化上的「性別越界」（gender-crossing）作為「周芬伶女性書寫」的研究範疇。

「文體越界」，是近年來文學評論中最大的趨勢與話題，按照普羅大眾給予的認知：即是在作品中不同文體的交錯運用。以散文為例，鄭明娳以「中間文體」或「變體散文」稱之，即以散文為母體，吸收其他文類的特色，嘗試把小說、詩、寓言、戲劇，等拿來與散文結合的現象。鄭明娳對這種嶄新的發展給予肯定，「表示散文家以不滿足於既有的各種散文類型的組合，而向其他文類尋求營養，以突破類型界限，希望藉此別創一格，開拓一超越文類的新局面，可說是以創作的實踐來反省散文類型的侷限。」[27]這與林央敏在〈散文出位〉中提出「散文企圖超越傳統的散文觀，而向其他文

---

[26] 摘錄廖炳惠，《關鍵詞 200》，台北：麥田出版社，2003 年 9 月，頁 33-34。

[27] 鄭明娳，《現代散文類型論》，台北：大安出版社，1987 年 2 月，頁 299。

體伸足插手的現象。」有異曲同工之妙。林央敏分析「散文出位」有兩大主軸：「向詩出位」以「語言出位」與「意境出位」為主；「向小說出位」以「對白出位」與「技巧出位」為主。[28]而錢鍾書的「破體」說：「名家名篇，往往破體為文，而文體亦因以恢弘焉。」[29]更說明「文體越界」的相輔相成，但重要的是「破體」之前必先確立「體」的成熟與界際。

「性別越界」，大眾解釋為跨越傳統性別的藩籬。而「性」往往被用來作為一個標籤，目前性別研究中就以「sex」、「gender」、「sexuality」來加以區別。「sex」，指「性」或「生理上的性別」，強調生理，即男／女、陽剛／陰柔；「gender」，指「性別」或「社會性別」，強調文化，即一個文化建構與社會再複製的教育與文化社會體制，透過法律和語言以及意識形態的方式來強調差異，如陰柔或陽剛氣質，娘娘腔或男人婆；「sexuality」，指「性本質」或「性傾向」，強調「意識形態」，在十九世紀變成是一個性別表達與研究，與再現、認同、欲求等行為息息相關，如同性戀／異性戀／雙性戀等。[30]

在中國父權二元對立的觀念中，性別的分法就只有生理性別的男／女之分。在民間戲劇中男扮女或女扮男，充滿驚險與張力的曖昧氛圍，觀眾能隨著舞台上的演員演示男女的情愛卻又保留原始性別的分際；能沈醉於舞台上男性英姿與女性柔媚的角色卻又清醒著反串下的性別。民間故事的反串則以男性慾望的佔有化解了社會規制的衝突，最有名的「花木蘭」與「祝英台」，最後都能回歸於女性的位置，並順服於父權社會的規範，如此得以化解「性別越界」異行，若想逾越這個分際即便被稱為「人妖」：

---

[28] 林央敏，〈散文出位〉，原載《文訊》第十四期，1984 年 12 月。後收入何寄澎編，《散文批評》，台北：正中書局，1993 年，頁 114-120。

[29] 錢鍾書，《管錐篇》第三冊，香港：中華書局，1990 年，頁 890。

[30] 廖炳惠，《關鍵詞 200》，台北：麥田出版社，2003 年 9 月，頁 241-242。

> 南齊東陽女子婁逞，變服詐為丈夫。粗會棋博，解文義。遊公卿門。仕至揚州從事而事泄。明帝令東還，始作婦人服。嘆曰：「有如此伎，還為老嫗，豈不惜哉。」史臣曰：「此人妖也。陰為陽，事不可。」後崔惠景舉事不成應之。（出《南史》，《聊齋》卷第367〈婁逞〉）

女子婁逞因為女扮男裝，錯亂了父權文化的性別監控，能力、膽識超越男子之上，竟令世人不可忍，以「此人妖也。陰為陽，事不可。」而壓抑賤之。而婁逞自己則感嘆：「有如此伎，還為老嫗，豈不惜哉。」也陷入尊男貶女之境。

性別越界被妖魔化至今尚未獲得社會的多數認可，在現實生活中仍有許多面對自己身體情慾而選擇不順服既有規範的人，因而被社會文化直接編派到擾亂性別分野的、曖昧的邊緣人。例如變裝皇后／國王、男人婆、娘娘腔、T－婆女同志、男同志、陰陽人、變性人、扮妝跨性人、第三性公關及其他逐漸浮出檯面多樣貌的性別異類等，這些以肉身和情慾來表達自我的不男不女或又男又女的社群，何春蕤在〈叫我「跨性人」——跨性別主體與性別解放運動〉[31]中，統稱為「跨性別」主體，並批判在二十世紀的今日，即便號稱要抗拒性別壓迫的女性主義和婦女運動也明顯的擁抱「兩性」二分世界的某種理想分野，對「跨性別」主體被稱作「神經病」、「變態」、「噁心」、「作怪」等的污名完全漠視，顯而見之的是這些團體對主體性別過於簡單的看法，這就是「跨性別」主體被邊緣化的原因。

綜合以上，在「文體越界」方面筆者歸納出：小說、詩、散文、寓言、戲劇等，面對時代對文藝的審美觀改變，或創作者本身力求突破文體的書寫形式與內涵的改變，在創作時交混了其他文體

[31] 何春蕤，見「性政治網頁」，網址 http://intermargins.net/repression/deviant/transgender/trans_index.htm。

的運用，藉以開拓創作主體的侷限。周芬伶在「文體越界」的實驗上不斷地融合各種文類的表現手法在散文中，但她大致以散文為主要的文體，在其中呈現小說的情節、對話與細節氛圍的營造，或戲劇上的舞台效果、獨白與音樂性，或以詩的韻律、寓言／童話／傳說的改寫、分寫、合寫……等，形成周芬伶的《妹妹向左轉》被陳芳明評為「可視為一部散文組曲」；張瑞芬認為「《汝色》中有虛構的故事，《世界是薔薇的》有散文的質感」，……的「跨文類」。

在「性別越界」方面，則從早期單純的以生理性別來劃分男／女兩性的差異，至今以「sex」、「gender」、「sexuality」來分析多元化的「跨性別」主體。所以，現今社會的性別主體無法被既有的男／女二分法所限定，所謂象徵秩序中的男性／女性特質、形象、行為也漸漸地將被沒有特定性別歸屬的文化成分混雜、拼貼、變形。本書將以「性別越界」的理論去思考周芬伶文本中「性・別」的意涵，其《妹妹向左轉》開始的「雌雄同體」至《汝色》以降的《影子情人》系列，周芬伶的「性・別」除了同性戀外更旁及到了變性人，筆者將試圖分析出在周芬伶「性別越界」的書寫背後，是否有瓦解性別對立／文化霸權的宰制，並且企圖鬆動父權二元的僵化思考。

第三節　研究方法與預期成果

本書是針對周芬伶及其文本創作所採取的陰性書寫／主體追尋／越界觀念及其他相關主題的歷史文獻為主，用文學評論的文本分析法／文獻分析法／歷史分析法進行研究，將周芬伶及其創作歷程、創作主題、文學理念及書寫策略予以分析研究，企圖結論出周芬伶的女性書寫目前在台灣當代文學創作中所站立的文學座標，並冀望本書能延展出周芬伶研究及台灣女性散文創作以陰性書寫觀點研究之新區塊。

本研究以歷史研究法，結合台灣的時代背景、社會大事、婦女運動及文壇活動來詮釋周芬伶的成長背景、創作歷程及作品風格，希望對照出歷史的進程如何對女作家產生影響。

文本的參照，以周芬伶已出版的散文及小說為主，其他文類為輔。以文獻分析法歸納出周芬伶文本中的女性從天真質樸到叛逆邊緣的各種形象所意涵的意義，並與各時代的演進、社會的變遷所牽動的諸多議題，如經濟、制度、器物、觀念、婚姻、愛情、親子、外遇、同／異性戀等等主題探討。主要以主體追尋、陰性書寫、性／別越界為三大主軸為中心，並以女性意識的覺醒與開展為其創作轉折之考察，再從周芬伶的文本分析出男女形象的消長，以瞭解隨著社會的變遷及女性意識的抬頭，周芬伶文本中的女性在時代中發展的軌跡。

周芬伶的女性意識深受西方女性主義影響，其中以「存在女性主義」、「基進女性主義」及「後現代女性主義」等為巨；另外「結構主義」及「解構主義」的思潮讓周芬伶在寫作技巧上操持逆向思考，給人多元與異質的氛圍；而「意識流」的創作，在文本中大量的獨白、聯想、象徵在結構上形成複線或放射線狀的型態，時間、空間的轉換，以各種不同的角度透視人物的內心等。本書將以上述理論來解讀周芬伶從自傳／家族書寫到女性意識書寫，再到女性烏托邦建立的發展過程，去探討周芬伶在其文本與創作中明白表達的、想表達的與未表達的，這些在文學史上有何重要性？而周芬伶從閨秀到越界書寫的過程，其轉折亦能探討出時代的變遷對女性文學的影響。

「陰性書寫」是經由西方理論轉譯而來，藉由八○年代的女性主義思潮引入台灣，形成一股強而有力的女性主義旋風。八○年代至今已有二十年的歷程，這一股旋風是否急急來去，亦或根深柢固的潛伏人心，影響台灣的女性意識抬頭？到目前為止，陰性書寫研究仍以西方文學為主，多為外文系、戲劇系或比較文學系，台灣文學研究目前只有一九九九年南華文學院碩士唐毓麗的《平路小說研究》、二〇〇〇年南華文學院碩士張佩珍的《台灣當代女性文學中的母女關係探討》、二〇〇三年成功文學院碩士魏偉莉的《異鄉與夢土：郭松棻思想與文學研究》、彰化師範國文學系碩士林思玲的《簡媜《女兒紅》女性書寫研究》、輔仁比較文學所博士江足滿的《「陰性書寫／圖像」之比較文學論述：西蘇與台灣女性文學、藝術家的對話》、二〇〇四年南華文學院碩士蔡素英的《從邱妙津《鱷魚手記》及《蒙馬特遺書》探討女性主體意識之認同建構》、台南語文教育學系碩士林榮昌的《航向色情烏托邦：論蘇偉貞《沉默之島》與朱天文《荒人手記》的情慾書寫 》、二〇〇五年成功台灣文學院碩士張瑛姿的《驛動的後現代女性書寫：陳雪小說論》等。從年代來看有日益增多的可能，這與現代女作家的特質有關。上述中的平路、簡媜、蘇偉貞、朱天文，她們多能以女性的自覺來看待社會、文化的遞變，以女性的視角觀察自處的位置，繼而書寫出女性觀點的作品，並能引發閱讀多方的回響。而邱妙津與陳雪，則在書寫角色上較為特殊，她們皆以同性戀身分表態，從「陰性書寫」這一點來看，她們應該更具體克莉絲蒂娃的「邊緣顛覆書寫」。如果說早期女性寫作是一種邊緣化，那女同（雙）性戀書寫則更在邊緣的邊緣。如邱妙津（T）熱烈的寂寞卻以絕望的死亡回應，若非同樣處境者不能感同身受；以此反觀陳雪，在邱妙津之後的十年，台灣進入後現代的繽紛多元，主張開放與摒棄既定，恰恰讓陳雪以「私小說」的姿態伸入了時代的解構中，讓陰性書寫進入了後現代的研究。較為少見的是魏偉莉以郭松棻男性的陰性語言來闡述「母親」，透過書寫反省自我在身分認同上的挫敗與重生，發揮「陰性書寫」對抗父權壓迫的功用。

從以上以八篇研究來看，可以發現台灣的「陰性書寫研究」仍為鳳毛麟角，其中研究又以小說為主要，以「女性散文」為主要文本的極少。而從上又可延續出男性的陰性書寫可做為女性陰性書寫的參照，例如陳芳明、蔡詩萍、王浩威、紀大偉……等，他們談論性別，而駱以軍繁瑣、細微、反覆的文字則有向女性書寫特質靠攏等，都是研究的多元面向。故本書希望能站在「台灣」「女性」「散文」「陰性書寫」為出發點，以周芬伶的女性書寫研究為樣本，延展出台灣女性散文創作中以陰性書寫觀點出發的新視野，並能提供給後進者以墊腳石的高度向更長遠的研究之路邁進。

同樣是女性書寫的展現，周芬伶的女性書寫精神是什麼？如何展現？其文本的獨特性是什麼？本書筆者希望以女性的身分來看周芬伶的女性經驗，再擴及到與同性質的女作家並比，在相同主題的創作中有何其獨特性，對於女性的青春／婚姻／妻職／母性的體驗與感受；家族／國族與身體／情慾的認同與主體，分析出周芬伶創作在宏觀中的微觀，女性創作在總體中的特殊性，以建立出周芬伶文學的重要性及其在文學版圖中的座標。

第二章　周芬伶的文字之路

第一節　周芬伶的生命歷程

周芬伶的散文被喻為「透明自傳體」，主要是她的散文具故事性，且毫不隱蔽真實生活中的人、事、物。故在她的文本中可以一窺其所生所長，所見所聞，更可依其內容所繪，精準的描擬出地理山川、人物個性形象及心情記錄，可以說她的文學來自她的生命歷程，她的生命歷程創造了她的文學。本節以周芬伶的文字生命為主要闡述，以地域／潮州——人物／趙滋蕃——藝術／戲劇——觀念／陰性史觀，四大部來分析她的生命歷程。

一、潮州的心靈依歸

周芬伶，一九五五年九月十一日出生於台灣省屏東縣潮州鎮。祖先來自福建同安，在十七世紀末在台灣屏東「茄藤」定居，後於潮州三山國王廟旁先蓋二進閩氏住宅，再於民國一九七五至一九七六年間改建三樓的西式洋房。[1]

---

[1] 本書引用周芬伶的文本繁多，為精簡篇幅，周芬伶作品出處以篇名、書名、頁碼標示。另因前衛版《絕美》已絕版，本書中引用《絕美》皆為九歌1995 年版，但礙於周芬伶寫作歷程之對照，故《絕美》引文年代之標示仍以 1985 年為主，頁碼則依九歌版不變。而〈周芬伶的生命歷程〉此節，主要以周芬伶散文文本為主要資料來源，次以其他相關報導與訪問為輔，為周芬伶「透明自傳體散文」的詳細整彙。周芬伶，〈東西南北〉，《絕美》：124。

周芬伶生於人口浩繁之家，有一位日據時代做過保正的曾祖父。曾祖父生有三子六女，以農耕為業。祖父周順龍（長子），一九五〇年加入國民黨，一九九五年當選民意代表，他先後娶了兩個妻子，育有三男一女，享年八十二歲。[2]

周芬伶的大祖母個性好強，有威嚴。小祖母酒樓出身，精力充沛，是個不輕易示弱的人，十九歲入門周家，一生無子，喜愛唱歌、看電影、看書與茉莉花。對周芬伶而言，是小祖母也是母親，童年受其影響極大，在她身上周芬伶了解了傳統女人的悲哀與寂寞。[3]

周芬伶的父親周寬裕個性沉默，一生單純，任職於衛生所，擅長書法、日文，興趣是文學與寫作。寫作的終止在於老大的出生，而其短詩〈青鳥〉就是感動周芬伶的第一篇作品。[4]

單親出身的母親洪掓命也有一個複雜的家世。周芬伶的外祖父有馬卡道平埔族血統，娶四位太太，生有四男二女，住屏東車城，任職製糖會社。姨母洪賽娥，任小學老師，為周芬伶的啟蒙者。而母親，屏東女中畢業，育有五女二男，為一名藥劑師，在自家開設「裕生西藥房」。其母系血源熱情、爽朗的特性亦是周芬伶追溯與羡慕的。生完五個女孩後母親變強悍，其魄力與才幹逐漸成為家中經濟的主力。[5]

周芬伶上有大姊周芬娜，現居洛杉機為旅遊與美食作家，著有《東京花之旅》、《花之宴》、《品味傳奇》、《私的日本博物館》、《新上海美食紀行》、《帶著舌頭去旅行》、《繞著地球

---

[2] 周芬伶，〈最後一日〉，《閣樓上的女子》：13-16。

[3] 周芬伶，散見〈素琴幽怨〉，《絕美》：43；〈舊時月色〉，《花房之歌》：97；〈珍珠與茉莉〉，《閣樓上的女子》：44；〈卿卿入夢來〉，《戀人物語》：103。

[4] 周芬伶，〈青鳥〉，《花房之歌》：68-71。

[5] 周芬伶，〈寫信的母親〉，《花房之歌》：54-59；〈那個年代〉、〈影中人〉，《花房之歌》：50-55、187-190；〈玫瑰花嫁〉，《閣樓上的女子》：56-64。

吃》等。下有大妹周芬青，現住美國為會計師。[6]二妹周芬宜，警官學校畢業後官階兩線三星，有「柔道皇后」之稱。[7]小妹周芬姿，現為樹德科技大學副教授。

家族書寫是周芬伶很重要的創作主題，文本中的故事背景往往以「潮州」佔了大部的比例，故事中的人物也皆為至親。「潮州」在周芬伶的心中等同了「童年」，童年的單純與美好使周芬伶一直保有「女兒性」。而強烈對比的父系與母系、複雜錯迕的大家庭關係，以及親情手足的命運安排……，讓周芬伶的對潮州常以又愛又恨，既想逃跑更渴望歸去的矛盾心理，不斷地在文字中顯露「心靈」對潮州的渴望，「身體」卻飄泊外鄉之感。近年周芬伶更以潮州的母系追溯為主題，大曝血液中強悍暴烈的黑暗面，如此與以往迥異的文風，卻是來自相同的「潮州」，可見「潮州」是周芬伶文學的泉源，永遠的心靈依歸。

二、文學之路的發軔

十三歲，周芬伶進入屏東女校就讀，因父親生病住院，第一次投稿〈遺囑〉，得獎金。初二，受國文張晴美老師鼓勵，作品常發表學校刊物，並以寫作為志向。十五歲，直升屏東女中一年級。十八歲，考上國立政治大學的周芬伶，自詡是最懂赫曼．赫塞的人。當時念韓文系的她很寂寞，感到韓國排斥她，中國遠離她，決定由韓文系轉中文系。一九七六五年周芬伶參加耕莘寫作班，作品獲小說組第二名，隔年獲政大文學獎小說組第二名，曲組第一名，對小說的執著與熱愛由此打下基礎。

二十三歲的周芬伶，考上東海大學中文所。二十四歲，研二休學，在台灣日報擔任編輯工作。後北上工作，擔任某雜誌總編輯

[6] 周芬伶，〈桌上的夢想家〉，《絕美》：24-25。

[7] 周芬伶，〈天蠍座與獅子座〉、〈欄杆敲打著〉，《閣樓上的女子》：48-49、54-55。

時，在報上看到趙滋蕃刊登開授師徒班的廣告，而至趙滋蕃台北嘉興街獨棟房子上課，上課內容包羅萬象，開啟了周芬伶對「生命學派」的認識。[8]趙滋蕃自稱是「生命學派」[9]，說一個作家如果沒有頑強的生命力，終究禁不起考驗，也不能寫出令人感動的作品，而他自己一生中都在矛盾中求統一，在不可能中求可能，是「最不規則的不規則動詞」[10]。在〈霹靂教授與麻辣學生〉中趙老師的形象非常鮮明：

> 他一頭貝多芬亂髮，兩道匪寇般的濃眉，一雙鍾馗式的大眼睛，活像捉鬼大隊的隊長，課講一半突然大吼一聲，嚇死人。他叫學生都叫「孩子」，說的國語沒有一句聽得懂，但句句無廢話，把他的話一句句記下就是一篇好文章。（《紫蓮之歌》：21）

這位生於德國，抗戰期間回到中國攻讀湖南大學經濟與數學系，後加入青年軍，歷經幾次大戰役，輾轉流離至香港，成名作為《半下流社會》並關懷罪犯的流放之地寫下《重生島》，於是被香港政府驅逐出境。來到台灣之後，致力於詩、散文、小說、報導文學與文學評論，是一位多方位的學者，他把現代文學課程帶進中文系，在當時可謂學界先驅，他最終的願望是寫成中國人自己的文學理論，雖未竟而倒在寫作檯上，但他一生奮戰不懈的精神可謂「文學鬥士」[11]。最後的遺書上寫著，活著最重要的是追求「恩愛」，而不

8 周芬伶口述。
9 周芬伶，〈不負江湖〉，《閣樓上的女子》：1-5。
10 周芬伶，〈一扇永不關閉的門〉，《閣樓上的女子》：153。
11 周芬伶，〈戰慄之歌：趙滋蕃小說《半下流社會》與《重生島》的流放主題與離散書寫〉，《芳香的祕教：性別、愛欲、自傳書寫論述》：189。

是恩慈，因為恩慈成聖，恩愛成痴，恩慈是單向的，恩愛是雙向的。人要成痴才會活得淋漓盡致，將生命力展現到極致。[12]

在周芬伶第一本散文集《絕美》的代序中，趙滋蕃以「天真冠冕諸德目」讚美她，說她能順著天真的指標，過一種質樸、獨立、曠達而富有信心的生活，這不難發現也是趙滋蕃的生活哲學。趙滋蕃對文學與藝術的執著，也讓周芬伶承襲了他的「老鷹精神」的灌溉，學著做一隻「當超越、當驕傲、當征服」的小老鷹。如此追隨趙滋蕃做研究十餘年至老師去逝為止，影響周芬伶極深。[13]

周芬伶研究所畢業，任職東海大學講師，兼職台灣日報編輯工作，其作品開始發表於各大報章雜誌。後來辭去台灣日報的編輯工作專心在學院教學與研究。一九八二年〈傳熱〉獲得聯合報散文獎。一九八三年〈小大一〉刊登於《中國時報》副刊，獲得主編金恆煒賞識，〈愛玉〉刊登於《中國時報》副刊，並入選九歌年度散文選。一九八四年〈東西南北〉刊登於《中國時報》副刊，再次入選九歌年度散文選。至一九八五年周芬伶才以筆名沉靜出版第一本散文集《絕美》（因與另一女作家沈靜鬧雙胞，後改易本名）。趙滋蕃作〈以天真、清新與美挑戰〉為《絕美》代序，同年〈只緣那陽光〉一文入選九歌年度散文選。一九八九年更以《花房之歌》獲得中山文藝創作獎與中國文藝協會文藝獎章，周芬伶的散文風格便以此定下基礎。

一九八七年台灣解嚴、開放大陸探親、報禁解除，街頭可見大陸的出版品，政治的變軌呈現了文學的多樣貌，台灣展現了前所未有的經濟奇蹟。國人出國的比率大增，海外訊息交流快速。九〇年代後，周芬伶至中國大陸做了文化採訪，不久又至美國擔任課座教授一職，異地的風土民情與文化歷史，開展了周芬伶的另一種視野。網路的無遠弗屆掀起了一股電腦風潮，致使周芬伶在一場車禍

---

[12] 周芬伶，〈作家的死亡功課〉，《紫蓮之歌》：30。
[13] 周芬伶，〈不負江湖〉，《閣樓上的女子》：1-5。

後重新學習看待生命與文字的書寫形式，更新對文字的感覺，她像一塊海綿體不斷地吸收新資訊，融入新科技，不斷地與自己挑戰。周芬伶在〈與文字〉中指出：「散文背負著太沉重的道德負擔，古人要求『文以載道』，以致現今人們仍在散文書寫裡尋找理想的人格與文字。詩人與小說家佔盡了風流放誕的形象，頂多被人指為藝術家的本色，但散文家則落入了『文如其人』的磊落形像，尤其女散文家更指向春暉皎月的母性情懷。」於是周芬伶在散文的體制中創開了另一種書寫風貌，並說明她的轉變並非刻意，而是在尋找「真理」。在〈與文字〉一文中，她指出：

> 女散文家亦只能是宜家宜室完美女人，很少涉及情慾性別或叛逆書寫。我並非刻意流入陰暗歧異之處，而是在尋求真理的過程中，黑與白，明與暗，美與醜，正與奇，兩極相激，在原始意識中，本來就是二元對立的世界，這是生命本身具有的戲劇性。（《汝色》：6）

周芬伶從〈遺囑〉到現在的散文大家並非僥倖。她很小的時候便跟著姐姐看《紅樓夢》，又有一位具有強烈女性意識的阿姨做她的啟蒙老師，十幾歲的周芬伶就已經在日記中不停地揮筆「我要寫，我要寫……。」遇到趙滋蕃更開啟了文學的一扇門，「挑戰」成為她創作不輟，積極思變的精神，書寫成了她自我實現的動力，創作手法成了她實驗的新遊戲，在文字創作中周芬伶找到自己的聲音，女性散文書寫可逆性。

三、以戲劇為創作養分

周芬伶與戲劇結緣始於大三至大四，參加「耕莘寫作班」的結業之作〈黛玉葬花〉，她飾演黛玉一角。後她接下「台中文建會寫作班」教學組長一職，當時趙滋蕃為班主任，蔣勳為副主任。周芬伶雖然擔任小說組的導師，卻常參與戲劇組學員的排戲，並擔任舞台總監，共生了一齣齣的劇目，她人生的第一齣正式戲劇作品即在此時產生。藉由戲劇，周芬伶說自己內向的心門因此打開。三十三歲左右，周芬伶在東海開設現代戲劇課，擔任「代面話劇社」的指導老師，學生以其東海的住所為據點，上課、排戲……，正巧與八〇年代蓬勃興起的小劇場呼應。為了公演，她與學生一起創作，花大量的時間、精力投注在各地方的戲劇研究，除了專研戲劇史與劇本之外，舞台的幕後工作與燈光、音效等也親身涉足，甚至出國考察。周芬伶喜歡具實驗性、創造性的作品，如以田啟元與詹惠玲為首的「臨界點劇象錄劇團」，代表作品有「白水」、「瑪麗瑪蓮」，及以台人李永萍與許乃威為首的「環墟劇場」，都是極具風格化與前衛性。他們揚棄文本，運用意象、動作表現舞台的新語言，並打破舞台界線，將演出場地由室內延伸到戶外，或讓觀眾隨演員的動線移位，將觀眾席由固定的位置變成邊走邊看。在演出的內容上也漸漸地涉及了政治性的議題，結合學運、農運、社運，藉以揭開歷史和社會的真貌，對政治當局頗具挑戰性。這時期的實驗劇場，不論演出的形式與內容皆與過去的表演方式大相逕庭，所創造出來的表演美學有其特有的激進與前衛的風格。四十歲左右，擔任大度山短片藝術節的主持，導過實驗劇團與拍攝紀錄片，對戲劇的參與直至二〇〇一年搬離東海別墅而結束。[14]

近年對戲劇的淡出，是由於身體及其他種種因素，而新世代的來臨對戲劇的看法也有新的理想，當年指導過的學生更從國外帶回所學不斷有新作推出，時代的傳承，周芬伶的薪火已無私的付出。[15]

周芬伶說她小說情節與對話的經營即是來自戲劇的養分。但顯而易見地，周芬伶「散文變」的佐料是來自小說的支架，更遑論

---

[14] 余曉琪，〈一個沒有地址的戲劇場：十三月戲劇場〉，第二十屆中興湖報導文學獎。周芬伶二〇〇七年五月電話口述。

[15] 吳億偉，〈寫作是一種勇氣：訪問周芬伶女士〉，《文訊月刊》，2004 年 2 月，頁 113-117。

「散文越界」的實驗成果。周芬伶說散文是自己，小說是情人，那麼戲劇可喻為孩子。周芬伶歷經「實驗劇場十年」，以家為劇場，以團員為家人，以前衛為挑戰。戲劇帶給周芬伶的正如孩童般的真實與想像齊飛、小紅帽與大野狼共舞，正因一齣戲的產生並非一蹴可幾，所以戲劇十年成就了周芬伶現在文學的養分。

四、陰性史觀的耕耘

周芬伶文風的轉變，許多人不難會將注目點凝聚在她的婚姻生活，歸咎於「婚姻的腐臭之味」[16]謀殺了她的甜美，甚至於周芬伶「透明的散文體」涉及太多的私領域而讓人產生諸多聯想。但周芬伶認為昔日散文理論還停留在文如其人的觀念是不對的。作者是怎樣的人，是他的隱私，作品有時不過是各種實驗，兩者混為一談，則太過粗糙與拘泥。[17]一干子將善女、巫女、惡女、同女等符碼的意義打翻。所謂的身體、情慾及性別越界書寫，呈現的皆為一種「文字的抗爭」，追尋的只是「女性主體的建立」。

但無可諱言的，婚姻在她的生命歷程中形成了一個轉折，她也在〈潛水鐘與蝴蝶的對話〉[18]中簡略的以「生命的環扣」帶出進入婚姻的緣分：一九八五年的冬天，聖誕節前夕，趙滋蕃因中風腦幹斷裂昏迷而住院，三個月後病逝。周芬伶因照顧老師與整理其遺著，更進一步認識了呂則之。一九八六年兩人走入禮堂，隔年兒子出世。周芬伶選擇了一個與她極為相似的另一半，「含蓄、內向、悲觀、寡言」的小說家。而呂則之對周芬伶作品的評論為「美麗與

---

[16] 陳芳明，〈她的絕美與絕情：周芬伶的《汝色》及其風格轉變〉，《聯合文學》，2002年9月，頁153-155。

[17] 周芬伶，〈惡女與同女〉，《自由時報副刊》，2006年3月2日。

[18] 周芬伶，〈潛水鐘與蝴蝶的對話〉，《中國時報副刊》，2005年11月17日。

哀愁，甜蜜與平淡」[19]。澎湖、台北、婆家、丈夫、孩子、婚姻生活……，遂在她的文本中漸漸浮現圖樣。當婚姻失敗後周芬伶決定走出家庭，這段婚姻也讓她感覺彷彿被「異性戀社會」淘汰一般，對於「性別」她開始做更深入的思考與研究，尤以「同志圈」位居邊緣地帶與她當時的處境相似，一種歸屬感油然而生。對「女性主義」頗有研究的周芬伶決定以「邊緣」議題為女性在異性戀的社會中找到另一條出口（這裡所謂的「異性戀社會」，易而可見即是「父權的二元社會」），去審視女性的自我位置。漸漸地，她發現，處於社會邊緣的不只有女性族群，還有更多被社會斥為「不正常」而投以異樣眼光的族群，如變性人／同性戀／精神病患等，他們並非不存在，只是被漠視，他們需要更多的「聲援」讓社會接納。基於這樣的理由，周芬伶以女性主義的精神，結合性別的關懷，徹底實踐了傅科的中心理論「話語／權力／抵抗」，這也是女性主義者所關心的訴求：社會權力是如何運作的？人們又是如何在話語上改變性別、種族與階級的社會關係？周芬伶表示《影子情人》即是要展現紊亂時代中的身分危機與自我處境，說出邊緣族群的話語。周芬伶並非疾言厲色的指控者，也無悵惘失落的悔恨感，只是在文本中追求男女平等，在男性霸權中尋得一條女性發聲之路。

一九九五年，周芬伶去美一年，並著手《豔異：張愛玲與中國文學》，同時她的創作因卸下了家庭道德的包袱與社會期待的眼光，反而讓她的創作更自由，更像凝鍊生命的箴語，去闡述女性活著的意義，而非死亡的價值。她勇於做自己，敢於說出自己，始終以追尋真理與體悟生命的心情來書寫這段人生的經歷，以物代情的慨嘆更讓讀者在隱含的文字之中，同感那曖曖的琥珀光。也因走出婚姻瑣碎的家務，她的才華得以專注施展，創作出版相較一九九五年前，像飛鷹般以等倍的速度遨翔。

---

[19] 楊錦郁，〈另一個自己〉，《嚴肅的遊戲：當代文藝訪談錄》，台北：三民書局，1994 年。

九〇年代至今，周芬伶致力於「有關女性自我的追尋與凝視」，從《妹妹向左轉》、《憤怒的白鴿：走過台灣百年歷史的女性》、《豔異：張愛玲與中國文學》、《汝色》、《世界是薔薇的》、《影子情人》到《母系銀河》、《仙人掌女人的收藏書》、《粉紅樓窗》，這一列下來的系譜書寫，讓女性在大歷史中有了空間的姿容。此處引用賴香吟〈童女之戰〉的闡釋，「母系銀河企圖照亮的是一條來自母系的銀河，以及由之形成的女性的小宇宙」[20]。周芬伶不斷地書寫自己的故事、家族的故事，事實上也在訴說著每個女人的故事，因為女人書寫女人，更能引起共鳴，女人的歷史才能就此開展。

當代散文書寫已走向專業的寫作方向，例如飲膳散文、旅遊散文、運動散文……等，散文家們有意識地尋找自己的焦點素材，並以接近專業的學養作深耕，有計畫地撰寫一系列的連作，為自己定位與塑型。[21]而周芬伶「陰性史觀的書寫」，十幾年來耕耘的結果，已在散文史上劃下了一道特異的宇宙座標。

第二節　周芬伶的創作背景與歷程

一、時代背景

（一）歷史中的台灣

原本荒煙蔓草的台灣並不受漢人的青睞，元明時代才開始有中國沿海居民為了謀生而偷渡至澎湖，航海時代的爭奪，台灣成為海

[20] 賴香吟，〈童女之戰〉，《母系銀河》序，台北：印刻出版社，2005 年，頁 11。

[21] 簡媜，《八十一年度九歌年度散文選》序，台北：九歌出版社，1992 年。

盜走私貿易的基地，於是台灣展開了漫長泣血歌淚的抗爭與被殖民史。先在一六〇〇年國際競爭時代被西班牙人、荷蘭人佔領，一六六二年明鄭時期鄭氏王朝的統治，一六八三年清領時期滿清的消極治台，一八九五年長達五十年的日本殖民統治期，至一九四五年中華民國在台灣時期。

歷經長期文化與族群的交融，台灣有一股旺盛的生命力孕育著這座小島的蓬勃發展，但在歷史的背後也流曳著血液裡的悲情宿命。島國人民與天爭食、被殖民的逆／順矛盾性，使台灣在主體尚未建立健全之前，呈現一種多元混融的文化民族性。這與其說是台灣實施民主的成果，無寧將其看成台灣歷史演進的必經過程。

台灣的史前時代屬於原住民的時代，他們分佈在台灣東部、西部、東北部的平原、丘陵、山區及蘭嶼。考察原住民的語言和文化層面來看他們屬於南島語系，在人種上屬於馬來人，台灣是南島語族分佈的最北端。根據南島語言學者的研究，約在七千年前，南島語族開始進行了橫跨大洋的大遷移，散佈於太平洋和印度洋中的二萬多個島，而台灣地區很可能就是南島語族遷徙的第一站。南島語族距今四千五百年左右，在台灣發展成許多不同系統的新石器文化，同時也有部份南島語族再度由海外遷入台灣，形成台灣原住民多達十九個不同的部族。[22]

進入元明時期，原住民與來此拓荒的漢人械鬥，即使強悍的原住民也抵擋不了精明的漢人而隱忍入山。漢文化入侵後，原住民才被分為平埔族（熟番）及高山族（生番），高山族目前保有自己的語言、風俗習慣和部落結構，不過也正面臨急速現代化的問題，平埔族則大多已失去原有的語言和習俗。如此弱肉強食的定律一直延伸在台灣的這塊土地上，漢人侵佔原住民的土地，外來者壓迫漢人淪為次等國民，沒有文化主體的認同與捍衛成為台灣四百年來動盪

[22] 資料取自仁林出版社，九年一貫社會領域補充教材系列，《台灣歷史演進圖》，台北：仁林文化，2006 年。

與混亂的主因。雖然漢人佔領了台灣精華區後，主導了漢文化成為強勢的主流，但來台的投資者並未真正想根留台灣，短視近利的結果加上滿清始終輕忽台灣的重要性，以致割台讓日。一八九五年的台胞士紳才覺醒國破家亡的撕裂，成立了「台灣民主國」，一場歷史的戰役終遭擊潰，但「台灣主體性」的種籽已撒落人心。第二次世界大戰後，日本歸還台灣，國民黨勢力卻在中國大陸節節失守，派駐來台的陳儀政府施政失當爆發了二二八事件，隨即武力鎮壓台灣。一九四九年國民黨失去大陸政權遷台，全省戒嚴進入動員堪亂時期，近四十年的強人統治，台灣歷經韓戰爆發，美國第七艦隊協防台灣，一九五八年金門八二三砲戰，一九七一年退出聯合國，一九七九年中美斷交、美麗島事件……，外交陷入困境，政府提倡「革新保台」，關懷社會，本土意識興起，鄉土文學與本土戲劇倍受重視，蔣經國先生於一九八七年宣佈解嚴，一九九一年李登輝總統終止了動員堪亂時期，通過國家統一綱領，一九八五年第一屆正、副總統民選，台灣正式走向民主國家，台灣人對自我主體的建立開始有了新的態度與力量。

周芬伶的祖先三百年前，從福州過海來台，胼手胝足與天爭食與人爭地，閩、客械鬥與平地人強搶山胞資源的一頁，正是台灣移民史寫照。周芬伶不僅將祖先的歷史寫進作品裡，對屏東的人文地理也有詳細的考據，寫出荷蘭、日本人在屏東的遺跡，以柔調的反諷手法表現其父系三代對歷史換代後種種不適與無奈。尤其，近年周芬伶追溯母系原住民的血源，分佈東部大武山的原住民就成了周芬伶的新觸角。周芬伶的文本處處以台灣本島情感為出發，使用文字與語言摻雜了母語或俚諺，其家族的書寫逐漸反映了台灣史的各小部分，頗具本土與史家意識。

（二）進步中的台灣

台灣光復至今，社會文化事件歷經了四個階段。初期的「去日本化」，國民政府為鞏固在台的勢力，特別彰顯了偉人的功績與闡揚民族精神，樹立領袖神話，將台灣道路以中國大陸圖幟為標的劃分／命名，例如中山、中正路及漢口、寧夏等，並推廣國語全民運動，公開場合禁止使用方言。而隨著國民政府來台的外省新移民，為台灣注入了一股新的文化風俗習慣，「眷村」成為這批新移民的新生地，「芋仔、蕃薯」劃開了外省與本省人的界線。操習日本口音與文化的台灣人再度成為「失聲」的一代，優秀的台灣分子不是流亡海外，即是選擇沉默來明哲保身，剩下的即成為歷史與家園的傷痕。

五、六〇年代台灣進入「反共復國」期，全台上下籠罩在「保密防諜」的氛圍中，藝文活動轉向以「反共愛國」為主題，主要在控訴共產暴政，烙印國仇家恨，鼓吹「戰鬥意識」，提醒國人「正邪不兩立」的重點。因韓戰爆發，美國第七艦隊駐台協助防禦並授以經濟支援，時下美國在國際政治舞台上已站穩強權的地位，美軍的登陸帶來了美式文化的平行輸入，加上現代化的腳步，台灣人從逐漸接受轉而崇拜西方色彩，而美國的霸權相對的在台灣的政治、經濟、社會、文化等等有形無形的壓迫催散開來。台灣一方面受白色恐怖的封鎖，一方面受西方文化的啟迪，尤以現代主義、寫實主義的成熟，開始探討、挖掘人物內在的心理活動，追求忠實的再現「生命」。

七、八〇年代，台灣的「本土意識興起」，此緣自於一九七一年我國退出聯合國，隔年中日斷交，中共順理成章取代了「正統中國」的地位，並在國際上處處制肘台灣，使我國的外交陷入困境。中共相反地在四人幫垮台後改變其閉守的政策，積極拓展各種國際交流。這種情勢的消長至一九七九年台美斷交，中美建交引發了國際的大變動，更讓台島群眾嘩然激憤，轉向對本土的關懷與主體認同。在政治與文學刊物的順勢之下，「鄉土文學」興起了熱潮，一九七七、一九七八年間爆發「鄉土文學論戰」，打開了一九八〇年以後台灣朝野各種形式的「本土化運動」。另外，長期居留海外的華僑及藝文人士釋出了關懷與投入，將其在國外接受的高等教育或學術研究陸續貢獻回國，台灣也在這段時間慢慢有了新的氣象。

一九八七年解嚴至今，台灣進入了「多元文化」的社會，主要在於蔣經國先生宣布解嚴與病逝，蔣氏時代的終結，推動了時代的大解放，台灣無論在政治、經濟、社會都呈現一個前所未有的百家爭鳴。婦女爭取男女平等、勞工爭取合理待遇、原住民爭取弱勢權利……，各種社會運動、抗議遊行的新聞畫面具體而現。工業過度化的結果，人們開始重視生態環境的保護；工廠外移後，地方產業結合特有文化，形成各地獨具特色的觀光產業；尤其引進外籍勞工與開放外籍新娘後，為台灣注入新族群的生命與文化，而他們所衍生出的須求，亦成今日台灣當局不能視之單純管理的問題而已，必需納入新台灣族群的問題處理。另一方面，反對黨的壯大，引領台灣人民重新思考「主體」的歸向，國民黨神話領袖的崩裂，國際眼界的開展，各團體在自我建構之中解構了昔日的統一中心化，台灣邁向了言論自由的民主之路。同時，民主自由的思潮正席捲世界各地，一九八九年北京學潮牽動了六四天安門事件；同年十一月九日柏林圍牆倒塌；一九九一年十二月二十五日戈巴契夫宣佈辭職，蘇聯正式解體……，世界亦進入了「大和解」的時代。後現代主義極度高漲，網際網路的通用代表著數位時代的來臨，多元文化的融合，讓台灣社會開始著重個體的獨特性，去除中央化的統一性，一切的秩序都在解構中，也在重建中，宣示著急遽變革社會的來臨。

在周芬伶的筆下，屏東潮州是一個移民的鄉村，交融著多元背景的小鎮，其種族與語言眾多，地理氣候充滿南國濃濃的熱帶氛圍。周芬伶以其「母親」的角色，逐漸牽引出潮州的族群、語言與人文歷史。另一方面也寫出隨著時代輪軸的轉動，家族一路走來步步烙痕，子孫開枝散葉各有辛酸的家族史。所以在其文本中可以顯見周芬伶雖以自身家族歷程寫來，卻可照見生長在台灣每個角落的「台灣人」，其在時代中所背負的血淚與堅毅。所以無論是漢人與原住民械鬥、日據時代的悲吟、白色恐怖的氛圍、左派在台灣的窘境及現代女性尋求獨立自主⋯⋯，周芬伶的文本皆緊緊靠著歷史的背景，織繪出時代下的小人物栩栩如生。

二、文學背景

八○年代的台灣呈現多元遽變的態勢，解嚴後政治神話的解除，自我表述的言論自由興起了「政治文學」；開放大陸探親後，一批批的「懷鄉組曲」唱迭而起；經濟奇蹟的起飛，社會在不斷的變革中人與人之間產生都市文明的冷漠與疏離，「都市文學」由焉而生；而消費性質的「大眾文學」開啟了作家明星化的出版型態。在過度的開發下，台灣的自然資源迅速的在現代化工程中鏟鑿破壞，鋼筋水泥的冰冷裹覆了昔日淳厚的民情，都市叢林的迷失與墮落使人們開始以有情之眼看待自然生態，以反省之心回歸心靈呼喚，「自然環保文學」遂代而興起；而文學的興盛，在一九八四年至一九八九年形成「電影文學」的風潮。

另一方面，西方思潮的湧入不斷衝激著台灣文學的書寫與批評，從現實主義到現代主義走向後現代主義，文字語言的蛻變展現出時代環境的被動狀態，「諸如對時間、歷史、語言哲學、文學產品的性質界定等——區別最大」[23]。在歷史和時間觀念上，現代主義一致認為歷史是時間一個片段接著一個片段的流逝過程，人們運用心理意態與想像力抓住稍縱即逝的剎那也能展現出永恆，例意識流理論的依據，以「剎那即是永恆」為要，強調人存在的目的論。

[23] 蔡源煌，〈從浪漫主義到後現代主義〉，《從浪漫主義到後現代主義》，台北：雅典出版社，1990 年 7 月，頁 76-89。

而後現代主義則持相反觀念，認為「時間、歷史都是不連貫的」的概念，時間既無開端，亦無結果，即當下的生命失去了與過去、未來的連繫時便失去了意義。

後現代主義急欲掙脫傳統的包袱，最大的表現在對「語言功能」的看法。現代主義者繼承了「為藝術而藝術」，要求藝術要追求真和美，並相信「語言功能」所堆砌的意義，他們以為現代生命找到精神上的出路為己任。所以他們繕寫的題材以城市為背景從中找尋美，個人內心的衝突、崩潰與自我追尋成了作家描繪的焦點，並在類比的意象中營造出秩序的規則。但後現代主義則演變成在講故事的同時，也反映出創作者本身的書寫情境。因此，同一個事件，不同角色有不同的看法，即使同一個人看同一個事件，在不同時間與空間的情況下，看法也大不相同。後現代主義的寫作特色在「沒有標準答案」，這種結論在於人為主觀的判定，他們認為想像與現實皆有虛構的成分，更何況每個人所見不同，什麼是真實就很難去統一了。

文學上的大崩解，致使台灣的文學家開始思考傳統與創新的書寫價值，企圖在創作中跳脫窠臼的思維，反應時代的新潮流。而文學主流的機制操控在供需市場中的「正典的制定者」，其中又以學術界影響最大，他們引進西方學術理論，學者、傳播、評論，致使台灣的學術界四、五十年來籠罩在「西方理論」的依據之下，這些文化思潮與批評理論在在都對台灣有著莫大的衝擊與影響。

九〇年代後，資訊繁複奇詭，全能通的時代已經過去，人們開始著重技能的專業度，分工愈益細微精密。後產業時代，資方為尋找更廉價的代工紛紛遷場海外，台灣遂走入經濟服務業，人們追求立即性的效驗，「速食」成為時代的名詞。九〇年代後網際網路發展成熟，無遠弗屆的觸角改變了人類對知識訊息的吸收及應用觀念，透過網路與鍵盤的輸入，形成虛擬的空間，儼然另一生活國度，人們在虛擬空間中滿足自我的食衣住行育樂等。網路的無奇不有，無所不是，更左右了現代人的生活文化。網路也影響了讀者平面文字的閱讀習慣，《傷心咖啡店之歌》、《第一次親密接觸》等網路文學的出版，更帶動部落格的書寫。這些網路作家一夕成名，熱愛文學或敢表現的無名小卒，只要熟稔網路架站，自有一片天地。

網路推動了「個人化」時代的來臨，從 BBS 站、電子報到部落格，充斥著各自言說的思維拓展，互動式的網路交流，如會客室、討論站、網路票選、即時通、視訊等，能即刻反應、接受讀者的意見。講究快速的訊息傳遞，打字速度成了關鍵點。「火星文」的流行也造就了書寫的另一種解讀，例相似音加譯音的有：3Q（thank you）、88（bye-bye）、偶素ㄋㄉ麻吉（我是你的好朋友）；符號表情或象形圖案的有：啊？真的嗎～（￣▽￣||）a、我失戀了～ ::>.<::、我們的計劃失敗了～ORZ……等，各式各樣的書寫方式打破了文字的固有統一化。火星文標榜的即是互通共鳴的語言，顯露網路上無國界、無人種、無界限的文化交流，這種拼貼、跳躍、戲謔又富創造性的溝通方式，在圖文並茂之下解構了傳統文字的嚴肅、標準、制式。但火星文的無章法、無結構也令學者憂心牛頭不對馬嘴的文意，快速降低了文化的水準，現代青少年難以閱讀古典文學，偏好短小輕薄、圖文穿插的通俗商品。

另外，文學與電視媒體結合的「戲劇文學」，以「瓊瑤風潮」推上了高點。此後出版業與電視媒體合作，將文學作品拍成電視劇，或將演員劇照配合劇本出版，都能吸引大眾的青睞，創新高銷售業績。以「人間四月天」電視劇最膾炙人口，大吹徐志摩與三位女性的愛情熱，不僅徐志摩系列文學作品大賣，連張幼儀、林徽音及陸小曼的作品亦有佳績。激發的文學效應顯示文學多樣時代的來臨，包裝與廣告的炒作深具文學的影響力。這些後現代現象，雖然迷亂，卻指向我們要去思考的不是質與量的問題，不是用什麼形式表現的問題，而是多元文化的時代，科技與文學的結合，文學代表的意義是什麼？文學如何產生人類活動的原始動力與感動？

台灣在眾聲喧嘩的文學時代，昔日的固守成為今日的揚棄，無厘頭與個人的獨特交織、拼貼出多元紛呈的文學圖像。大中心思想開始消退，取而代之是小敘述的輕薄；大群體建構開始式微，代而興起是邊緣群體的表述，創作者尋求的是自身的完整，而非大中國的歷史；文學闡釋的是個人的心靈的療健，而非社會的普遍現象。如此在題材的掌握上更趨於創作者本身的專業眼光與體驗，如旅行文學、飲膳文學、運動文學、原住民文學、家族文學、邊緣性文學……等；在表現手法上更展現出前所未有的前衛開放，如同志文學、情色文學、病痛文學、死亡文學……等。新的題材在百無禁忌之下，開出一朵朵的奇葩異葉，新的表現手法在多元文化之下，幽探人類闇啞、私密的心靈。

橫跨世紀之末，作家們要思考的是什麼？自己的定位何處？尤其是文壇老將面對的是日新月異的資訊與科技，變與不變的基準在哪？在大崩解的潮流裡，什麼才是作家心中真正的典範？是讀者心中的文學正典？或許一切答案馬上又被解構。顏崑陽在〈現代散文長河中的一段風景〉[24]中，為台灣文學下了一個註腳：「台灣文學已走向專業知識化、資訊化與常業化的趨勢，以貼緊在地經驗、關懷本土自然與文化的『主體意識』為明顯創作。」可以做為一個深思的角度。

周芬伶的文學從八〇年代出發，在一片政治與懷鄉之中，以自己的家鄉「潮州」詠讚這塊台灣的南方小鎮；在自然生態寫作反過度都市開發之際，以「戀物」回歸心靈的自然；並擷取西方理論與網路文化開創自我的文學價值。或許她不是那麼主流，但在時代中可以看見她的步履沉穩，方向明確，在自己文學的路上緩步前進，路遙才知馬力，她正邁向下一個二十年。

---

[24] 顏崑陽，《九十二年散文選》序，台北：九歌出版社，2004年。

三、周芬伶的創作歷程

（一）閨秀情懷的轉變：《絕美》至《花房之歌》

周芬伶二十七歲時任職東海大學講師並兼職台灣日報編輯時，便開始以「沉靜」為筆名發表作品在各大報章雜誌。時值台灣女性文學蓬勃發展的年代，史稱「閨秀文學現象」，女性創作無論在小說、散文或詩界中大放異彩，形成女性的文學「正典」。而所謂「正典（canon）」一詞又稱「典律」，王德威〈典律的生成〉有很明確的解釋：

> 典律，四海皆準，典律指稱一眾望所歸的創作與閱讀標準；大師的認定、鉅作的傳誦、榮譽的歸屬，無不突顯典律成就的公信力與權威。而典律的生成則受歷史因素左右、文學社團訴諸的典律的權威性。典律透過教育、文宣產生普及或制約力量、文學批評界執行典律的意願及能力、創作者的自覺及出版傳銷者對典律「象徵資本」的運用同轉。[25]

五十年來的散文美學，典範如何？長期擔任九歌出版社年度散文選的編輯委員蕭蕭，曾為當時選集的基調下定義：

> 散文最基本的，仍然來自作家「美麗的流域」，因此我們仍然強調：愛，溫暖與親切。整本散文選可以實際感受到人性光明而積極的一面，即使也有現實的批判，是驚悸之餘的震顫，仍然是在愛之中、溫暖之內、親切的最深處。[26]

---

[25] 王德威，《如何現代，怎樣文學：19、20 世紀中文小說新論》，台北：麥田出版社，1998 年，頁 428-430。

[26] 蕭蕭，〈散文的溫暖〉，《七十三年散文選》後記，1984 年 3 月 10 日，頁 321。

陳幸蕙則說明「事出於沉思，義歸乎翰藻」[27]，仍是這些作品接受判準的一個重要依據。林錫嘉也認為散文要具有中國古來的倫理與圓美的傳統，薰陶溫柔敦厚的社會。[28]從上述選文的的脈絡中，可以發現中文系出身的女作家在女性散文的場域中佔了典律的位置。[29]她們受過中文學院正規教育，醞涵著中國古典的薰陶，遵循的是雅正文學的含蓄敦厚，纖纖素手，蕙質蘭心，嫋嫋悠揚，深邃精鍊。她們以愛投諸於天地，關心社會世態，以提昇人們的心靈層面為文學責任，用理想、熱愛、希望和純情來打造散文世界，如此的書寫特徵便樹立了八〇年代以前女性散文的「正典」風範，她們大部分在學術界或出版界，甚至成為年度選集的編輯委員，在供需操作的機制上，便成為王德威所說的公信力與權威性的「正典制定者」，後起之秀，便以此正典繼續投身在傳統中。

周芬伶恰逢其盛，中文系出身，任職報社與教職，前三本散文《絕美》、《花房之歌》、《閣樓上的女子》不僅書名充滿女性的柔美懷想，內容上也朝「愛與情」鋪陳，「正典」形象鮮明。

一九八五年周芬伶出版首部散文集《絕美》，當時正值三十歲，自謂「心靈的首航」，其師趙滋蕃說她「能順著天真的指標，過一種質樸、獨立、曠達而富有信心的生活」，而她的生活環境「一直維持著單純的活動圈子。第一層次是潮州故鄉。第二層次是各級學校。第三層次是社會。」[30]值得一提的是，早期散文正以「文如其人」、「真實呈現作者個人生活」的觀念盛行時，周芬伶的〈傳熱〉即以虛構的婚姻故事列入散文，寫來綿密悠長，絲毫不因虛構而減色。

---

[27] 陳幸蕙，〈碧樹的年輪〉《七十五年散文選》序，1987年2月10日，頁5。

[28] 林錫嘉，〈散文心情〉，《七十七年散文選》序，1989年3月10日，頁2。

[29] 女性散文相關的碩、博士論文不多，研究集中在蘇雪林、林海音、張曉風、琦君、簡媜。

[30] 趙滋蕃，〈以天真、清新與美挑戰〉，《絕美》初版代序，台北：九歌，1995年，頁7-15。

一九八九年已為人妻、為人媳、為人母的周芬伶，在身體／感官／場域的移動與改變後，凝聚的思維在第二本個人散文集《花房之歌》中，呈現一種渾沌、矛盾的氛圍。在寫作題材上，《花房之歌》很明顯的將故鄉的情懷擴大至澎湖，家族書寫加入姻親的人物，尤其在「母性情懷」上有很大的著墨。

《花房之歌》對照《絕美》，周芬伶將一個女子在婚姻前後的矛盾、包容與拉鋸，以自我解嘲的幽默方式呈現，更以「催眠」的方式顯現「悲觀中的樂觀」，雖然在文風上並無多大的改變，但在寫作的宏觀上卻有明顯的企圖。此書吳鳴以《你還沒有愛過》之後的張曉風對應，以「能構築一理性清明兼具浪漫情懷之世界」為結，但點出卷二「世間情味」具女子的婉約之美，似不能為作家的特色，因為這也是一般閨秀作家的共同特色。[31]周芬伶自序中亦將寫散文的人分成兩種：一種是從來也不曾天真過的老人；一種是從來不會老去的兒童。（頁 1-3）周芬伶偏愛的是文學作品中的兒童特質：天真、明朗、熱情的本質，也朝這個方向用力，作品普受好評，尤其受散文名家琦君女士的讚譽和喜愛。她們都認同「文學之美在理想，而寫作之美在樂觀」[32]對寫作應指向光明高華的一面，對未來應充滿美好的期待，如此的文學理念，使《花房之歌》獲得七十八年度中山文藝創作獎與中國文藝協會文藝獎章。

在第三本散文集《閣樓上的女子》（1992）可以看出隨著時間的流逝，時代與環境的改變致使文本中人物也走入命運的安排，在此書中周芬伶擅長以時間的總匯來繕寫人事的悵惘。總觀此書目錄分四大部分，張春榮說「在《閣樓上的女子》中，作者再度呈現她一貫綿密細緻的感喟與錦心繡口的文字風格。」，「最明顯的是作

---

[31] 吳鳴，〈透明的自傳散文：試評周芬伶《花房之歌》〉，《文訊》，第 43 期，1989 年 5 月，頁 47-48。

[32] 周芬伶，〈千里懷人月在峰：與琦君越洋筆談〉，收入琦君，《青燈有味是兒時》，台北：九歌出版，1988 年，頁 225-231。

者對命運的思索」[33]。此氛圍尤其表現在卷一「昨日風煙」，如果說十八歲以前的「潮州」是周芬伶心靈的依歸，形成她永遠寫不完的主題，那父系的描寫隨著時間的流逝，祖父母的過往與弟弟的失足都讓周芬伶的書寫產生一股淡淡的悵然。而飽滿的「潮州」主題讓讀者在周芬伶的前三本散文中了解父姓系譜的梗概，漸增的是母系的追溯，相對的背景卻是充滿草野、熱情與土地性的原住民色彩。筆者卻在此書中看見周芬伶寫小說的實驗性：祖父、大小祖母、弟弟的女友、小外婆、母親、失婚者、異動份子、精神病患、逃避者……一一生動宛如在目，故事情節般上演了一齣齣的人生。周芬伶所關注的人物層面擴大了，也試圖掙脫散文的「透明性」，以小說的「隱晦性」來表達她因生活、婚姻的改變而產生的困頓不安……，形成真實與虛構的互疊。周芬伶開始向散文需具真實性挑戰，也是周芬伶對自己婚姻、人生與學院派散文寫作的種種瓶頸做一突破的宣告。但此書大致來說仍是屬於「周芬伶自傳」的回憶／雜感。

從《絕美》到《閣樓上的女子》，周芬伶前期的創作所自我建構的形象或他人眼中的形象為：天真、甜美、浪漫、理性、清明、婉約。這正如同許多從中文系走出的書寫女子：她們崇尚自然單純的浪漫，期許人生光明面的信仰，待人接物雍容持重的矜持。與同期散文女作家相應有洪素麗、廖玉蕙、陳幸蕙、曾麗華、張曼娟……等，張瑞芬稱之「學院閨秀」[34]，正是八〇年代學院之風。這股「學院閨秀之風」給人最約略的概念，往往就創作題材而言，作品大多描寫都會男女的愛情故事、情感糾葛，帶有小格局、小世界的周圍人物、生活瑣事，以充滿感性意象的語言文字雜揉出屬於女性特有的敘述方式。但綜觀來看，女作家最擅長的初始寫作方式

---

[33] 張春榮，〈青鳥與烏鴉：讀周芬伶《閣樓上的女子》〉，《台灣新聞報》，第 13 版，1992 年 8 月 23 日。

[34] 張瑞芬，〈鞦韆外的天空：學院閨秀散文的特質與演變〉，逢甲人文社會學報第 2 期，2001 年 5 月，頁 73-96。

即是如此——從個人私密的生活領域中出發，以平凡的瑣事點綴交織，再慢慢走出自己的風格。如此從八〇年代學院派散文女作家的形象走來，周芬伶直感疲憊，「宜家宜室」的散文女作家形象讓她害怕、抗拒，於是她又開始寫小說，《醜醜》、《藍裙子上的星星》、《小華麗在華麗小鎮》便是用童話包裝的產物。她說「其時我的小說也正在牙牙學語」，卻讓人照見周芬伶散文之外的內心世界，她開始關注於她自己的價值建構，生長在美麗又優秀姊妹中的周芬伶，曾戲稱自己與姊妹是「烏鴉與鳳凰」，但在《醜醜》、《藍裙子上的星星》等文本完成，她已然走出相貌的自卑感，且能欣賞每一個不同個體的美，並在母系與原住民的主題上隱微踴動。《小華麗在華麗小鎮》即是以潮州為背景，帶有環保意識與自我追尋發聲，這是她企圖擺脫甜美的、「宜家宜室」的散文形象。

周芬伶的創作史雖然大致屬於邱貴芬所定位的「閨秀文學」[35]後期，但她以本土作家出身，經歷了七〇年代的鄉土文學與本身女性的特質，選擇了從身邊的人、事、物開始走入創作的路程，「複雜乖違的大家族」就成為她首選的主題。而從小看盡女性「油麻菜籽」的滄桑史及自身在此環境所遭受的壓迫，讓她一而再、再而三的往復「潮州周家的斷代史」，並從這些「女兒圈」中尋找女性在男性家族的貢獻與定位。文本中典麗的文字夾雜母語（閩南語）的寫實感，自覺中顯幽默，混合著「老鷹」的文學精神，讓周芬伶的散文、少年小說創作與「閨秀文學」之風漸行漸遠。雖然周芬伶也以閨秀情懷出發，但她詮釋的角度與文章結構的表現，往往能破繭而出：文章每以自身寫起卻能網絡社會現象，綰合時代意義及歷史考證、以散文為底，向小說、戲劇、詩越界，交融出多元、往復、

[35] 邱貴芬，〈日據以來台灣女作家小說選讀導論〉中，將「閨秀文學」劃分在 1976 年至解嚴前後，見《日據以來臺灣女作家小說選讀》，台北：女書文化出版，2001 年。

自傳的形式、以女性意識關懷女性議題，以邊緣解構中央，這就是後來的評論者將周芬伶的散文重新定位的主要因素。

（二）女性意識的自省與發光：《妹妹向左轉》至《憤怒的白鴿》

台灣的女性主義抬頭後，散文女作家雖然不像小說女作家在性別意識批判中引起相當大的爭議。但可以見到張曉風亦秀亦豪的戲劇張力、簡媜慧黠幽默的文字煉金術、洪素麗的環保關懷、廖玉蕙的俚語入味，均給閨秀散文一個新的面貌與跳脫。其中龍應台一針見血的時事評論，更以野火的姿態燒開女性在男性勢角中的知性位置，是女性散文的異數。

八〇年代的散文女作家雖在題材與形式上有些突破，並隱隱牽動著下一年輪的新樣貌，但多數的女作家「剛出道的作品在思考深度、廣度和技巧層次上都鮮少超出前輩作家已開發出來的格局」[36]。散文女作家的正典形象仍像祖師婆婆般牢牢盤附在寫作的城池，令這些溫柔婉約的敏慧女子不敢踰越。這種現象一直要到進入九〇年代以後，留學歸國的婦女投身於社教團體、女性意識高漲及相應而生的婦女社會運動，一波波的時代浪潮將解構主義、後解構主義的思維模式帶入文學的批判與反省，對權力、性別、知識體系等歷史因素加以評估後，所謂的「正典」才開始鬆動剝落，繼而來之的又是一個巨烈蛻變的年代，散文的「出位」精神才予開展。其中林文月與蔡珠兒以飲食散文為著；洪素麗、凌拂的自然生態寫作；張曉風與簡媜鋪陳的新散文風格大受好評；龍應台、李黎與張讓的旅人風景以不同之眼看世界；鍾怡雯與郝譽翔為九〇年代的新起之秀，其題材新穎、技巧多變，尤與時代流行相結合，頗受年輕

[36] 邱貴芬，《日據以來台灣女作家小說選讀》導論，台北：女書文化出版，2001 年。

讀者喜愛。這其間自然寫作／深度旅遊與精緻飲膳的主題成為文壇焦點，散文向虛構發展的技巧深受重視。

從吳鳴於一九八九年評《花房之歌》時指出「作者嘗試以史家之筆記錄這個時代，記錄作者生長的大地，無疑是有立意的」[37]；九歌出版社在一九九八年創社二十週年特別編印《一九七八年至一九九八年臺灣文學二十年集：散文二十家》中挑選了二十篇散文，陳義芝將陳幸蕙、周芬伶與簡媜歸類於「女性心理意識的編織」，以「周芬伶的散文，不賣弄技巧，在法度規矩中求表現，自然呈現出雍容大度的情采」[38]簡介周芬伶的散文來看，周芬伶「女性家族史的建構」或許並非一開始就有的意圖，但從女兒到母親到女性的周芬伶，一路寫來越見其野心。可以說周芬伶受到時代思潮的衝擊，其女性意識被震盪開來，開始書寫關照女性的議題，是為女性意識激發散文出位的發端。

周芬伶前十年的創作雖然其心中有男子的志氣，亦受趙滋蕃影響不做溫室的花朵，然學院派的出身與散文女作家的真實性寫作讓她仍受縛於外界的眼光，以天真、甜美包裝自己，此時的女性意識只停留在「兩性平等」的議題上。然其膽小、怯懦的個性內卻住著一個強悍又叛逆的「母體」，當進入婚姻生活後的種種男女不平等對待與集體男性意識的壓迫（壓迫的人亦涵蓋女性），他們無法容忍具女性意識的女性。當本我與他我互相拉扯、撕裂的同時，她在女性的身上看見女人的週期性，於是她選擇追求自由與自我實踐的同時讓她的女性意識覺醒。這不能說是婚姻激發她的女性意識，確切的說法應是她的女性意識一直存在，只是不合宜的婚姻震盪出她的「生命勇氣」，席捲台灣的時代之風吹醒了她的「想像平

[37] 吳鳴，〈透明的自傳散文：試評周芬伶《花房之歌》〉，《文訊》43 期，1989 年 5 月，頁 47-48。

[38] 陳義芝主編，《1978—1998 臺灣文學二十年集（二）散文二十家》，台北：九歌出版社，1998 年，頁 273。

原」，讓她敢於面對自己、敢於說出自己，她已然從「女性意識」中覺醒。

一路以散文著稱的周芬伶，自一九九二年《閣樓上的女子》之後，隔了四年一口氣在一九九六年出版了三種文類的作品，有話要說的企圖心相當旺盛，讓評論家訝異其書寫風格竟有了一百八十度的大轉變。周芬伶拋棄過去甜美婉約的形象，丕變為女性主義的信徒，讓人照見其女性意識猛然茁壯。陳芳明指出她的風格轉變是「婚姻的腐蝕」[39]，使其散文從倒映著歡愉與情愛、刻劃幸福甜美的軌跡的明朗節奏逐漸黯淡下來；李癸雲說《熱夜》深刻展現了女性自覺的過程[40]；張瑞芬點出《女阿甘正傳》與《妹妹向左轉》中呈現了敏銳的女性意識自省[41]。從《熱夜》後記中一連串的自我懷疑與超越，可以看出此時的周芬伶彷若蟄伏已久的武士，擎起巨砲向天空鳴響，宣告她另一個重要的寫作里程碑即將開始：

> 無窮無盡的懷疑令我不斷質問自己，探索自己，從而釋放自己。寫文章對現時的我，最大的愉悅在於能夠一步步邁向自由，自由行走於真實與虛幻之間，如果現實拘限我們，那就潛進心靈；如果道德束綁我們，那就向它挑戰；如果感情軟化我們，那就向自己挑戰。（《熱夜》：166）

散文取向真實度的概念讓讀者認為「文如其人」的一致性，而忽略了創作者的記憶與美感取決的戲劇性。散文《熱夜》向虛構挑戰的

---

[39] 陳芳明，〈她的絕美與絕情：周芬伶的《汝色》及其風格轉變〉，《聯合文學》，2002 年 9 月，頁 153-155。

[40] 李癸雲，〈寫作的女人最美麗：周芬伶散文綜論〉，《周芬伶精選集》前序，台北：九歌出版，2002 年 7 月 10 日，頁 15-28。

[41] 張瑞芬，〈追憶往事如煙：周芬伶《戀物人語》、張讓《剎那之眼》、隱地《漲潮日》〉、〈血色黃昏，末日薔薇：黃碧雲《血卡門》、譚恩美《接骨師父的女兒》、周芬伶《世界是薔薇的》〉，《未竟的探訪：瞭望文學新版圖》，台北：麥田出版社，2002 年 12 月，頁 39-50、231-230。

意味深濃，故事性強烈，展現了周芬伶的新挑戰，即對自我的審視／對婚姻的質疑／對男女地位的批判。《熱夜》，令人看見女性在婚姻裡扮演沉重的道德角色，「渴望自由的心靈」不斷在文本中交互出現，周芬伶想表現的是一個女性走入婚姻之後陷入無盡的虛無飄渺之感及女性對自我存在價值的懷疑與證明。

成長於戰後的周芬伶，經歷了戒嚴時代、中美斷交、美麗島事件與學運時代、解嚴、反對黨成立、開放大陸探親及解除報禁。此時「批判理論」、新馬克斯主義和後結構學派注入年輕知識份子的思想與語彙，現代主義與左傾思想的交鋒讓女性意識抬頭，婦女新知基金會發起第一次就援雛妓大遊行，婦運首次走上街頭，現代婦女基金會研擬性侵害防治法及家庭暴力防治法。然周芬伶在《影子情人》自序中回憶說：

> 縱然女性小說家早已在情慾書寫上開天闢地，女性議題仍受限於貞操處女膜和兩性工作平等，表面上女性活躍於政壇學界，但那只限於中產階級，下層的女性仍在黑暗中，婦運也受限於自由主義，我那時的思想也僅於此。《女阿甘正傳》便是那時的產物。（《影子情人》：14）

周芬伶除了希望女性追求自我的完整性外，在六四天安門事件的隔年，一趟中國之旅接觸到狂熱的革命理想，左翼的思考震撼了知識份子，將她的人生界面推擴更廣。六年後的周芬伶寫《妹妹向左轉》，在主題的訴諸上沒有嚴肅的政治議題為背景，也去除流血鬥爭的紅腥場面，讀者可以在極具戲劇性與童話故事性下，思考於女性在父權的二分下如何獨立生存、求其自我與建立主體。

（三）凝物傳情的琥珀光：《戀物人語》

到了二〇〇〇年以後，女性散文書寫，在時代的軌跡中緩緩游變，已偏離中國古典之風尋得一己之路。隨著電腦、網路的普及開放，邊緣文化的發聲，空間與時間的辯證，女性散文書寫逐漸轉向以人類的感官與身體發聲，她們不再以「冰心體」的抒情小品為文壇主流——歌頌親情母愛、孩童，熱愛國家民族，情感真摯敦厚，行文秀麗典雅。反以女性特有的身體／感知／纖細／位置來照看所處的情態／身分／疑惑／傷痕，進而書寫方向與幾十年以來的散文產生迥然不同的風格，尤其女性私密領域，身體／性別／情慾／都會風情／戀物／叛逆異端一一展現檯面，各成一格。

其中簡媜另類的島國生活書寫；李黎的異國情懷；鍾怡雯、柯裕棻與黃寶蓮各自不同類型的現代女子生活史；朱天心的貓物語；張曉風、齊邦媛與廖玉蕙的人物素寫；張曼娟的懷舊之風；劉黎兒的日本經驗等。另有鍾文音、張惠菁、林黛嫚、張瀛太……以小說手法入散文之骨，都頗受文壇注目。此時周芬伶歷經人生洗鍊與死亡經驗，讓她對生命有更深刻的體悟，別出以往的以女性生與死的感知為題，寫出人生在兩兩相對而成的激情與苦痛，並在自辯中獲得生命的提升。

周芬伶二〇〇〇年出版《戀物人語》，在其文字意象上彷若是對過往以一種揭示傷疤的「傷痛書寫」來宣告今昔的錯落嘆然。然周芬伶並不認為「書寫可以療傷，最多揭開傷疤，不見得能癒合，或許只是更痛」[42]。正確的說，在面對人生的大風險／道德議題／攸關自我時，一味的逃避與躲藏的創作反倒成為「虛假」，書寫是面對「真實」，以真摯動人的情感，詠嘆生命的熱愛，透過寫作來完成生命的實現與自我認同。所以周芬伶欣賞柯慈、米蘭昆德拉、三島由紀夫、莒哈絲等人的作品，他們敢於挖掘人性腐爛敗壞的一

[42] 吳億偉，〈寫作是一種勇氣：訪問周芬伶女士〉，《文訊月刊》，2004 年 2 月，頁 113-117。

面，在倫理道德的思辯中找尋所謂的真理，並能勇於面對自身的困頓與不堪，藉由書寫釐清自我的意義，利用文字技巧創作更新穎的敘述可能，進而粹鍊出文學的精神，沉澱讀者心靈的真。

《戀物人語》，張春榮以「自照鑑人的琥珀光」許之，「其一貫女性心理意識之抉幽探微的議題，逮及此書，更見心寬念柔，兼容厚實」。已過不惑之年的周芬伶，回首蕭瑟處，歷經人事的滄桑後，更見其生活禪學的領悟，寫作方向從人的網織轉為詠物的宣情。此書分上下兩卷，上卷題名為「卿卿入夢」，主要汲名其中〈卿卿入夢〉為首。《戀物人語》上卷即以此為綱目，人生如夢，夢裡眾生與我皆然，中年婚變的女子傾訴的是唯有接受自己、愛自己、釋放自己，才能擁有愛、勇氣與自由。下卷為「戀人物語」，則著墨在物件上的感官，一幅圖畫、一個地點、一陣流行、一襲顏色、一雙絲襪、一個櫃子、一頂帽子、一顆寶石、一束玫瑰、一尊小丑……，引物興抒，皆有雋永情味。綜合文本，大略可分為三大主題：女性意識的闡發、生命況味的感悟、生活哲學的見地。

總體來說，《戀物人語》寫作手法上突破了過往以人為主角的敘述，轉為以物為主題的感興，無論在敘事或抒情皆能引人入勝，產生共鳴；隱喻或典故皆能巧妙穿插，適切蘊藉。女性意識的闡揚更承續了小說《妹妹向左轉》的「雌雄同體」題材轉化至物的「雌雄同體」概念，《戀物人語》乃周芬伶闡述一個女子的記憶與抒懷。

（四）結構／解構的美學：《汝色》至《浪子駭女》

散文從最早「出位」[43]的觀念到「中間文類」、「變體文類」二詞，[44]再到二〇〇五年十二月文訊舉辦的「青年文學會議」，即以「越界」為主題。討論的範圍廣泛，從文類／地域／性別／歷史到科技影像的越界互涉，可以看出早期探討的現象僅在不同文類交

[43] 林央敏，〈散文出位〉，《文訊》第 14 期，1984 年 10 月。

[44] 鄭明娳，《現代散文類型論》，台北：大安出版社，1987 年，頁 287-299。

融的新嘗試，散文扮演著「文類之母」的角色，向詩、小說或寓言跨足來豐富自身的意境與美感，以擴充既定的形式與發展。二十年後的今天，「出位」、「變體」的觀念延伸至「越界」融合，後現代的「交混（mestizo）」文化已然成熟，所有疆界開始崩潰，新的主體重新建立。

後現代的文學特色，在蔡源煌的〈後現代的文化問題：訪詹明信教授〉[45]中有明確的方向：

一、前衛色彩與個人魅力不再受重視，即代表主體性、自我、人格、或單子論的結束。

二、歷史感消失，只有「此刻、眼前」是最重要的。

三、理論陳述只是無止境的虛構——今天被奉為圭臬的作品或文化教條，不久就會遭摒棄。

這種不斷自我解構的現象，表現的不再是現代主義文學中常見的焦慮、頹廢，甚至美感距離的主題，反之，「顛覆的質疑」成為書寫的中心思想，強調多元、流動、邊緣、差異與曖昧含混。它揚棄了二元對立與霸權的大論述，以本土、小敘述的多元和無預期性為技巧，這種「第三空間（the third space）」便是新文化的位置，而「越界」的探討就成為九〇年代至今熱門討論的主題。

如此時代文風的轉變要溯及一九八七年台灣政府宣布解嚴，開放黨禁、報禁，百家爭鳴的多元論述使台灣走入後現代，它代表了一個後工業／消費／傳播媒介／資訊／電子或高科技社會等等，也代表一個理論多元／逆轉與暈眩的年代。

二〇〇二年周芬伶出版的《汝色》、《世界是薔薇的》便具「後現代」性，是在散文與小說兩種文體間遊走的實驗成果。文本以女性為主體，男性已成附屬，她所塑造的人物一貫以「我」為穿引線，帶出她「永遠的姊妹」。這些女性在每個故事中成了主角，

---

[45] 蔡源煌，《從浪漫主義到後現代主義》，台北：雅典出版社，1990 年，頁 345-352。

讓讀者從熟悉的人物、熟悉的定位中「演變」；從女性的生活、女性的成長中「延異」，進入到各個女性主角的身體／情慾／主體的探索與自我對話，加入對情色、強暴、女同（雙）性戀、精神虐待……等議題的描寫，以婦女種種困頓與窘境喚醒沉睡的集體，以「邊緣」向「中心」發聲，以「不正常」顯示「正常」的社會，這兩本書中雖文類不同，其跨文類的寫法在虛／實交構中更將女性意識發揮的淋漓盡致，如此的策略與技巧，讓周芬伶從雅典柔美的女性書寫位置轉入了向父權顛覆鬆解的陰性書寫。本書將於下兩章以書寫主題與策略分析周芬伶的陰性書寫。

周芬伶在《世界是薔薇的》中，「陰性書寫」的主題牽攣著女子身世的不明與婚姻的沉滯，前者是原生家庭的不幸，後者是寄生家庭的悲哀。次以「身體書寫」來表現女子在面對自己的身體／情慾的對話，藉由情色的情節／場景突顯女性透過肉體感受的歡愉／恐懼／辯證／失落。雖然早在《妹妹向左轉》中也有性愛的描寫，周芬伶總能一筆幽默帶過。在《世界是薔薇的》中則看到周芬伶以點到為止的意象渲染，在含蓄中迴盪著主角情緒的氛圍。很明顯的以往周芬伶「樂觀中的悲觀」，也在生命大凶險的淬鍊中以看盡世態之眼轉變成「悲觀中的樂觀」。相較於同時出版的《汝色》，雖以散文體問世，卻比《世界是薔薇的》還小說，尤其「解構」的觀念與實驗行動更為強烈，面對社會二元對立的思考模式所形成的意識型態，周芬伶以「解中心（de-centering）」的概念去思考與行動，「無立場 non-position」」的去中心化，讓讀者更能從宏觀的角度來看待歷史（事件）演變的過程。

《汝色》總目共分三部分：「Eve」、「彩繪」、「白描」，周芬伶刻意用繪畫的術語來展現內容的主題，除了明言寫作技巧的不同之外，也說明「白描」的不加雕飾更貼近作者的心靈，散文的成分較醇。而「Eve」、「彩繪」的技巧則跨越了文體的界線，以散文為骸，小說為形，架構了女性烏托邦。

陳芳明認為《汝色》價值在於「對情慾、情緒、情感等等私密的議題進行深挖、鑽研、追索」，開始挖剖女性身體／情慾／主體所創造出來「陰暗歧異」的周芬伶，與十四年前和琦君越洋筆談的「光明高華」的周芬伶相較，正如她自言「今是昨非」。周芬伶打破了傳統社會的「父權觀念」，塑造了一個「男性缺位」的「純女性家庭」，來闡述「跨越性別的界限」與「尋找自我的價值」，「陰性書寫」只是一個手段，重要的是女性能從中激發自己，跨越束縛，不斷的超越再超越就是周芬伶「女性書寫」的精神。

再看周芬伶二〇〇三年作品《影子情人》，一部台灣近代史宛然呈現，從白色恐怖走來、越過解嚴到後現代，書中各個不凡的女子，串起了新時代女性的一片天。紀大偉以「企圖宏大」評之，「書中跨越年齡、階級、種族的女性，……對於『性社會關係』的刻畫可圈可點：婆媳之間、家庭主婦之間、姊妹之間、女性朋友之間、女性和政治社群之間的情意結，都巧妙安排在文本中。」[46]同期作品《浪子駭女》[47]，則讓人看見周芬伶的自我解構，冒險的曝露自我／解剖自己，血淋淋的呈現生命的本身。一開始主角便說「從前那個擁有清高教職，婚姻家庭美滿，傲慢冷淡的知識份子？頂著作家的光環，坐收名利，自命不凡的命運寵兒。」（頁 24）到現在承認被精神疾病困擾的女子，「我幾乎從來沒有快樂過，老是被巨大的恐懼追趕。我擁有一些耀眼的頭銜，但始終覺得那不是我，在人群中我永遠是殘廢。」（頁 27），如此「私小說」的寫法，不免令人寄予作者的投射，故事中的主角與弟弟的角色設定宛

---

[46] 紀大偉認為性別研究可分為三種習用分類分析：「sex」通常稱為「性」或「生理性別」，指男女的區別；「gender」為「性別」或「社會性別」，區分陰柔以及陽剛氣質；「sexuality」一般譯為「性傾向」或「性意識」，用來區別同／異／雙性戀，紀大偉稱之「性社會關係」。見〈歷史的天使〉，《影子情人》推薦序，台北：二魚出版社，2003 年 9 月，頁 9。

[47] 《浪子駭女》由〈浪子駭雲〉與〈妹妹向左轉〉組成，因〈妹妹向左轉〉為 1996 年的作品，故此處以〈浪子駭雲〉為討論主篇。

如現實人物般，周芬伶不需大量文字的形繪，忠實的讀者便能輕易從她早期複雜乖違的家族書寫中找到線頭，「私領域」的曝光最令讀者好奇，周芬伶選擇以「私」書寫為表現手法，其中的真實或虛構並非本書的研究，文本所要闡述主旨為何？內容是否真摯動人？才是研究的主題。

《浪子駭女》故事最後在弟弟一趟西伯利亞之旅結束了雙向交疊方式的探討，「回頭看我走過的路，並非沒有意義。這趟旅程洗滌了我的罪，我才算重新做人，徹底跟過去一刀兩斷。」（頁104）周芬伶藉由小說的虛實性，運用寓言與童話的佐料調味，完成主角與弟弟的自我追尋之途。

周芬伶進入二〇〇〇年代完全展現了「後現代」的解構美學。在創作精神上，她能自我形象突破，顛覆高尚與卑下／道德與悖逆；在創作技巧上，她能勇於創新與挑戰，越界與去中心化，解構了她自己也讓散文有了可逆性。

（五）母系銀河及其以後：《母系銀河》至《聖與魔：台灣戰後小說的心靈圖像 1945－2006》

二〇〇五年，周芬伶以散文《母系銀河》宣告知天命，開拓出對母系親人的追溯與好友死亡相應而來的衝激。周芬伶以生命之筆，展現女性之姿，她的母系追索對照了父系霸權，唯一能消解的只有下一代的愛，愛，建構了周芬伶生命的永恆。

《母系銀河》全書分為三輯：「美神哪」，以好友 S 的死亡追憶帶出一連串的生命辯證，是全書最精華的部份。「搜尋」，運用網路習慣命名，「關鍵詞」的搜尋 ENTER 之後，羅列的資料可能有千萬之筆，與她相關的〈密碼〉卻只有一個，周芬伶打開〈建築〉的心，探尋生命的〈渴〉，體認〈吉凶〉相伴的人生。「For Year」，則可對照《花房之歌》中的「小令」，襁褓中的嬰兒已長成愛歌的少年，飽受與子分離之苦的母親終打破沉默與兒子 Year 在網路世界中對談：處在父系體下的女性／母職在賢淑與悖德中如何撕裂、崩潰與護衛，讀來字字血淚。張瑞芬比較陳幸蕙、張曉風、張讓、簡媜的「母親形象」，指出「像周芬伶這樣以肉身投入烈焰的『惡女書寫』，新世紀之初的幾年來，至少是沒有人比她走得更遠，更不能回頭。」[48]。周芬伶以自身的經驗化作字字的血淚，在是非黑白混淆顛倒的年代，不斷的超越／逆轉，並揭開帷幕以面目視人，看似瘋狂與激烈，卻讓人想到以生命為創作對象的人，形成的生命藝術更令人有顫慄不安的神聖。這樣的跨越，不僅是文學的價值所在，亦讓人看見她生命的勇氣，不斷地突破自己。陳芳明指出，「近兩年來的周芬伶，轉變最為劇烈，似乎已經開始為女性散文重新命名。她探索的記憶，已經不是沿著時間之軸進行，而是依據自己肉體的感覺重建時間。她的時間是跳躍、失序、裂變，然而卻真實呈現她的慾望與情緒。」[49]

二〇〇五年周芬伶出版了文學評論《孔雀藍調：張愛玲評傳》，並在《中國時報》「三少四壯集」與《自由時報》「不安分主義」展開專欄寫作運動，談韓國／東南亞／古董／戀物／自身……的輕文學，至二〇〇六年竟，集結為《紫蓮之歌》一書，對自稱是「跑萬米選手」的周芬伶而言，這與以往平均三年出一本書的精緻散文而言，無疑是一種新的嘗試，除了寫作的態度改變之外，她說竟是「快樂」，她擺脫了過去陰鬱、複雜、細瑣的纏綿自語，改以素妝、單純、明快、幽默的心情閒話筆記。

改變了球路，讓周芬伶在二〇〇六年一口氣出版了散文《仙人掌女人收藏書》、《紫蓮之歌》，小說《粉紅樓窗》，文學評論《芳香的祕教：性別、愛欲、自傳書寫論述》。像卸除包袱與框架，開派對般邊聽音樂邊喝花茶向世人展現了一個戀物成癡的女人

---

[48] 張瑞芬，〈絕美汝色：讀周芬伶《母系銀河》〉，《文訊》，第 236 期，2005 年 6 月，頁 32-34。

[49] 陳芳明評述，《母系銀河》封頁後引述，2003 年。

收藏，《仙人掌女人收藏書》圖文並茂、古典時尚，是一本心靈與物的對話，承繼了二〇〇〇年《戀物人語》中對物寄予人事記憶的情感，轉化到對奇人奇物的歡喜讚嘆。但明顯的在靜物與乾燥之美的書寫之際，周芬伶在《戀物人語》中的濘滯與傷感已轉換為明朗、幽默與童心未泯的快樂。對照同期小說《粉紅樓窗》前序〈聖與魔：俗世啟示錄〉中：「漸漸的，寫小說變成一種心情記錄，或者夢的殘餘，散文無法表達的複雜情緒全在這裡了。……小說讓我找到更自由的表達方式，散文還有道德束縛，小說可以完全逍遙法外。」對周芬伶而言她顛覆了散文與小說的定義，拿去了散文「道德」的束縛，用小說的「隱匿」醞釀「自由」的酒。周芬伶用世俗的面貌呈現最嚴肅的哲學命題，不假借任何奇技淫巧，樸素的直逼真理，在人生追尋之路中聖與魔的交錯，激辯著人性最真實的、殘酷的、悲憫的、飢渴的靈魂。她說：「我覺得這三年來的『小說練習』與『摸索』，恰恰呈現從說到說故事到小說、小說性的完整過程。一直寫到〈樓窗〉才掌握到小說性的端倪，故以此篇為書名。」（頁 11）這是周芬伶的謙虛，但在〈樓窗〉文本中筆者也嗅出周芬伶「小說性」的文學理念，其「聖與魔」的兩相對照，人性在世紀末泯滅，就越發對「神聖」的渴望。二〇〇六年的《芳香的祕教：性別、愛欲、自傳書寫論述》與二〇〇七年的《聖與魔：台灣戰後小說的心靈圖像 1945－2006》，這兩本書集則可以看出周芬伶近年意欲探索的新方向。

第三節　小結

從《絕美》到《熱夜》，再從《汝色》到《聖與魔：台灣戰後小說的心靈圖像 1945-2006》，周芬伶文壇二十幾年，她從天真、清新的中文系女子走來，歷經八〇年代台灣解嚴、婦女運動的興起，九〇年代接觸左翼思想，進而收集五〇年代的左翼女性的口述歷史，破繭而出的《熱夜》、《妹妹向左轉》、《女阿甘正傳》丕變了昔日的文風，接著離開家庭、車禍、大病沉澱後，讓她感悟「今是昨非」，走向挖剖人性「陰暗歧晦」之路。悖德（揚棄散文的道德性）的背後是一場場大凶險的試煉，那位假裝順服，卻偷偷編織新羽衣的仙女，拋夫棄子的絕情離去，這種混沌雜亂的反省與反叛直至《汝色》、《影子情人》、《浪子駭女》才慢慢平緩下來，二十年的辛路歷程已然幻滅重生，《母系銀河》宣告了一個世代的結束與開始 ：「女性小宇宙」的開始。賴香吟在《母系銀河》序中所言：周芬伶「致力的似乎不是一個輝煌的家族結構，也不是頹敗荒廢的始末，而是其中有關女性自我的追尋與凝視。」至此，周芬伶的創作回歸到對自身的關照，那些青春與衰亡、文明與廢墟、疾病與死亡、愛情與宿命、男與女、非男非女、非非男與非非女、聖與魔……複雜多軌的「父權框架」已不再是她朝聖之路的歧異怪誕，她真正的了解何謂性別？何謂真理、善與美？何謂靈魂的枯乾與豐潤？能夠跳脫一切「框架」，沒有性別的性別、沒有黑白的黑白、沒有道德與不道德的規範……，這些二元對立的嚴肅、束縛、限制在周芬伶的航行軌跡中全被拋棄，她秉持著「真誠」的面對一切，簡單的朝著「自由」而去。

周芬伶從八〇年代至今，其創作二十幾年的歷程，與時代、文學背景緊緊相扣，她以文學反映時代，以時代創造文學。求新求變，可以看出周芬伶是個有危機意識的作家，更可深深感到她有強烈的「資訊焦慮症」，她在時代潮流中很快就能嗅出「前味（衛）」擷取所須，並迅速的藉由文本傳達她的看法。這樣的周芬伶便與相同出身的女作家群有了不同的座標，也是她創作日久彌新、越受重視的主要原因。

由此來看九〇年代以降的女性散文，真是一個創新與突破的年代。接著作家們所要面對一則為散文出位的試探。首先出現的即是散文可否「虛構」的問題。近年來散文得獎的作品中越來越多證實出自小說家之手[50]，他們運用虛構的手法挑戰正典散文的內在人文主義性格，及個人「精神高潔」的氣質暴露，不斷地從邊緣或另類的寫作題材出發，造成與幾十年以來的散文風格迥然大異。尤其八〇年代以前已在散文界佔一席之地的女作家們，她們如何在新舊文化衝擊之下做同化（assimilation）與調適（accommodation）達到個人複雜的平衡點，這是處在時代洪流的女散文家面臨的「一個思索自身定義與突破的關卡」[51]。二則為「主題散文」的顯學時代來臨。令人矚目的有環保散文、山林散文、飲食散文、都市散文、旅遊散文、運動散文、女性散文、佛理散文、族群散文、方言散文、酷兒散文、情慾散文、網路散文……等，都是九〇年代以降各自殊異的新方向，與以往散文前輩們豐富、廣闊的生活經驗為題材的書寫完全不同。作家在大時代的洪流裡，有人停下腳步，有人循老路按部就班，有人求新求變。簡媜在〈繁茂的庭園〉[52]也說：「現代散文作家有意識地尋找自己的焦點題材，並以接近專業的學養做深層耕耘，有計畫地撰寫一系列連作，為自己定位與塑型。」如此走向專業領域的主題散文，讓散文女作家面臨了更大的挑戰，如何在「正典」的傳統省視自己的定位，在「出位」的創新開拓自己的路線，是現代散文家都應重新思考的問題。

從周芬伶的文字生命一路走來，其從散文出位到藝術越界，我們看見一個文藝思想不斷在時代浪潮裡「思變」與「行動」的作家。和所有文藝家相同，改變都在展現對時代美感的追求，「越

---

[50] 焦桐，〈博觀約取的敘述藝術〉，《八十八年散文選》序，台北：九歌出版社，2000 年，頁 16-17。焦桐提到以時報散文獎為例，1994 年張啟疆〈失聰者〉、1996 年郝譽翔〈午後電話〉、1997 年張瀛太〈豎琴海域〉，皆為小說參賽獲得年度散文大獎，這種現象之流行，究竟意謂著散文需附麗於故事性？或散文已經存在著某種敘述的瓶頸？

[51] 許正平，〈徬徨的散文新世代〉，《聯合文學》第 227 期，2003 年 9 月，頁 107-111。

[52] 簡媜，《八十一年散文選》後記，台北：九歌出版社，1993 年 3 月 10 日，頁 392。

界」的意義也在追求藝術極致的表現，周芬伶以現代女性散文的正典至出位，改寫了她的創作史，亦展現了所處時代的文學意義與精神。

第三章　周芬伶的創作主題

從周芬伶的創作歷程分析，可以明顯結論周芬伶的創作實際上即是以「我」為出發，擴展至家庭——生活——工作——社會，再回歸到「心」。本章〈周芬伶的創作主題〉第一節將從周芬伶的自我建構開始探討她對「主體」的自覺與意識。第二節將周芬伶的人我關係推展至家庭。以周芬伶文本中的家族人物做詳盡的整理分析，探究其對周芬伶創作的影響與形象背後的意義。第三節將社會思潮與周芬伶的文學相結合，探討為何她以性／別做書寫的轉向，其性／別書寫所要傳達的什麼樣的思想？第四節則探究周芬伶的內心，她的「戀物」含藏著許多人事物的記憶與情感，從「詠物」到「戀物」到「收藏癖」，周芬伶的價值觀如何？她物中所藏的是什麼樣的心？或者就是她自己？

第一節　女性書寫

克莉絲．維登（Chris Weedon）認為「主體性」乃用於指涉個人意識及潛意識的思想和情感，他對於自身的感知以及由以了解他與世界的關係的方式。[1]當女性主體的確立與認同之後便脫離哲學思維，獨立地成為歷史、文化與文學的重要課題，也成為一種研究女性書寫美學的科學。伊蓮．蕭華特（Elaine Showalter）在《她們自己的文學》（A Literature of Their Own: British Women Novelists

[1] 克莉絲．維登著，白曉虹譯，《女性主義實踐與後結構主義理論》，台北：桂冠圖書公司，1994年8月，頁38。

from Bronte to Lessing, 1977）便提出所有文學性的次文化都有種三段式歷史分期發展：

> 首先，有一冗長的模仿期，傚法宰制傳統的流行模式，並內化其藝術標準和對社會角色的觀點。其次，有一段抗議期，反叛原有標準和價值，提倡弱勢的權利和價值，包括要求獨立自主。最後，有一段自我發現期，轉向內在尋求自我身分認同，不再依賴反抗強權來定義自己。以女作家的例子來說，比較恰當描述這三個時期的詞彙可謂陰性特質階段（feminine）、女性主義階段（feminist）和女人階段（female）。[2]

蕭華特的歷史發展期指出：陰性特質階段始於一八四〇年至一八八〇年喬治桑（George Sand, 1804－1876）辭世為止，此時的女性作家紛紛以男性筆名寫作，認同於男性世界的標準，並以此為努力的標竿，形成男性藝術價值觀的模仿期。女性主義階段始於一八八〇年至一九二〇年，此時的女性意識抬頭，婦女運動興起，許多弱勢團體要求國家社會重視他們的權益，引起女作家們開始轉向對自身的省思，進而對以男性價值為中心標準的體制提出抗議、反擊。女人階段始於一九二〇年持續至今，即女作家開始認同於自己女性的主體，並將女性的獨特性分析擴大到文學藝術與歷史文化上，以建立在男性標準之外的女性價值與審美的藝術觀，所突顯的是女性內在的自我價值與歷史意義。

周芬伶的文本即是以通過自身生命感悟，用書寫磨礪，展現自我的思考與人生哲學的命題。因為毫不保留的緣故，故以「透明性散文」著稱，每次的創作總讓人有意想不到的暗潮與個人潛在意識

---

[2] 托莉・莫（Toril Moi）著，國立編譯館主譯，王奕婷譯，《性／文本政治：女性主義文學理論》，台北：巨流出版，2005 年 9 月，頁 66。

的表徵，她一層層地挖剖自己情感最深層的部分，追溯家族血脈的流金歲月，像朝聖般傾吐，以記憶的片段完成生命的完整。一提到大小祖母、潮州家族、母親、姊妹與小王子、趙滋蕃、女性心裡的意識……，就能讓熟稔周芬伶創作的讀者嗅出其文絡。尤其近年的書寫更以自身的身體感悟寫下驚心動魄的生命歷程，不諱言的真誠讓其「私密領域」隔著玻璃帷幕展露在讀者眼前形成「周芬伶體」的自剖性散文。她以「我」為中心點，以人生見聞為半徑畫圓，書寫的主體多是「女性」。對於女性的反思，周芬伶希望能鬆動父權讓女性成為完整性的；對於創作，周芬伶堅持的是「頑強的生命力」。而女性獨有的陰性、多元，讓周芬伶以「塑造一個女性的世代，女性的王國」自居。本節即以周芬伶文本中書寫的轉變過程及意涵來分析其對「女性主體」的建構：

一、在模仿中失落：周芬伶的「女性化階段」（feminine stage）

個體自出生以後，透過與父母互動，很早就知道什麼是男人或女人。而父母對待男孩與女孩的態度與觀念也大不相同，一般對男孩的價值觀為：競爭、成就、有修養；而對待女孩的價值觀為：親和、賢淑、能合作等，這是緣於傳統社會重男輕女的觀念所致。周芬伶早期文本的「女性自我形象」亦是通過仿效，並且內化其藝術的標準和對社會角色的觀點。

在〈影中人：舞會〉周芬伶提到十五歲時第一次參加舞會，打扮成風度翩翩的紳士，襯衫是父親的，領帶是祖父的，黑長褲與黑皮鞋則由制服充數，這樣精心的設計在心中是相當得意的。因生長在重男輕女觀念的大家庭，周芬伶那時最崇拜秋瑾，以「身不得男兒列，心卻比男兒烈」最深得她心，恨不能趕上那個時代，認為如果能選擇，願當男人拋頭顱灑熱血，周芬伶通過女扮男裝宣告女性在現實中的弱勢：

> 如果能創造另一種現實，我願是頂天立地的男子，仗劍名山與江湖，縱情於詩酒風流之中。我願做靈魂的巨人，不願做現實的侏儒——只會埋進無底的課本，和無數個挑燈苦讀的黑夜裡。（〈影中人：舞會〉，《花房之歌》：190）

通過男性裝扮的模仿，周芬伶的內心彷若可以轉換性別，不但在模仿中得到心裡的滿足，亦強烈的認為男性特質的壯碩、勇氣與遠大志向更可以符合她的企盼。如此投射的心裡可以反察當時社會／環境／觀念對男女不平等的期待，造成女性心裡對「父權」的欽羨，周芬伶也以此形象塑造自己。

周芬伶歌頌母愛。在〈寫信的母親〉（《絕美》：54）、〈那個年代〉（《花房之歌》：50）、〈魔箱〉（《花房之歌》：120）、〈影中人〉（《花房之歌》：187）、〈玫瑰花嫁〉（《花房之歌》：56）中可見她在細膩處、在生活中描繪的母愛。如〈淡淡春暉〉：

> 我想她是老了，老得分不清我們的聲音，可是，她的兒女可記得，她公正又仁慈地愛著她們，讓她們健康地成長。她們如果沒有變得自私，那是因她曾要求她們寬大；她們如果沒有變得怠惰，那是因為她曾要求她們勤奮。她們也會永遠記得，母親出門時，張惶地找尋自己的孩子，心裡老是默數：「一、二、三、四、五、六、七」，不管年去歲來，這幅影像永遠不會淡去。（《閣樓上的女子》：205）

周芬伶愛孩子。在《花房之歌》「小令」十一篇作品與〈有關奇奇〉（《閣樓上的女子》：212）中，表現出她對孩子綿邈深情。如〈驚喜〉：

> 對寶寶最強烈的感受，應該是驚喜了。當睡醒之際，在枕畔發現一張天使的臉孔，又當在一陣嬌啼之後，發現一個手舞足蹈的小人兒，到現在我仍要驚得想跳起來；還有，當他不在身邊，看見他的小衣服小襪子，仍會心跳不已，自忖：「這是誰的？這是真的嗎？」又當在忙得昏頭轉向之時，腦海中閃過一個可愛的影像，那種驚悸差點會教人流下淚來。（《花房之歌》：217）

周芬伶愛社會／家鄉。在〈我的紅河〉（《絕美》：40）、〈沙城風情〉（《花房之歌》：27）、〈抗爭者〉（《閣樓上的女子》：119）、〈紙魘〉（《閣樓上的女子》：165）中她關心生活週遭、認同台灣這塊土地。如〈海國〉：

> 我終於承認自己是海洋之子，海島之民，我們也有輕視醜惡歧視痛苦的義務，更有浪漫與冒險的權利。我們也可以無憂無慮地接近天堂，去找尋自己的金羊毛和金銀島。我們不必再嚮往希臘的天空和地中海的海水，我們的海更溫存，我們的夢更輝煌。（《花房之歌》：17）

周芬伶的創作從自我建構的形象或他人眼中的形象為：天真、甜美、浪漫、理性、清明、婉約。如此從男性眼光投射出來的女性形象是符合社會的期待與標準：歌頌母愛、愛家庭、愛孩子、關心社會、充滿溫馨的母性光輝。但周芬伶也明白一味的追求霸權主流的模仿而忽略了主體的意識，將會是永遠找不到自我的「模仿貓」。於是她點出了身為女性即是一個「失落者」。

（一）原生家庭的失落：

周芬伶出生於屏東潮州，生長於重男輕女、複雜的大家庭，幼小的她認為母愛無法均等，又在如母如友的小祖母身上獲傷，木訥的父親對她始終有一定的距離，故她很能了解曹雪芹寫紅樓夢的心情。周芬伶過早地嚐到悲歡離合的滋味，看到親愛的人爭寵爭鬥，很小的年紀就學習如何防衛自己，她愛女人的善解人意、敏感、細膩，也恨女人的狹窄與情緒化，造就迷糊、膽小、愛哭、憂鬱、優柔寡斷、太自我與太自卑的個性；喜歡安靜、素簡與美，容易感傷、失眠。周芬伶完全承襲祖父或父親的溫馴拘謹，常在因激動漲紅了臉，訥訥不能言詞時感到心酸與不快樂。周芬伶學過鋼琴與芭蕾，卻把夢想寄託在妹妹身上，[3]崇拜大姊，八、九歲即跟著大姊看紅樓夢、讀詩詞；有時也被妹妹的美麗迷醉。周芬伶的被放逐和孤獨感來自於小祖母對大姊的偏愛，與對她施以恨的投射，自言「我是在精神被虐待的狀態下長大」的女孩，習慣咬指甲而不善言說。而弔詭的是撫慰她的、壓抑她的都是同一主體：強悍的母親、失勢的小祖母與眾家優秀的姊妹，使周芬伶成為一個「失落者」。

（二）婚姻中失落：

在〈紅唇與領帶中〉周芬伶以自我解嘲的方式寫出一位女性由「女兒圈」進入「男人國」後的尷尬與不適，並開始對婚姻產生失落感：

> 我常想起許多人的妻子，她們的眼神是否常常飄向窗外，偷偷地流淚，覺得不被了解？她們是否常常懷念少女或童年時代？或者自己的家鄉？甚至是曾經一度擁有的小狗小貓，一件美麗的衣服？（《花房之歌》：42）

在〈玫瑰花嫁〉中描述一位常賭氣離家出走的母親，在婚姻覺悟後因此變得強大，不再離家出走，轉而要重整這個家：

---

[3] 《醜醜》這本書的主角即是周芬伶投射的原型。

> 如果在婚姻中，女人要在男人身上尋找浪漫熱情，男人要在女人身上尋找溫柔體貼，那注定是要失望的，我們常看到的是，女人結婚越久越強悍，男人越來越古板無趣。（《閣樓上的女子》：59）

婚姻的現實面在於柴米油鹽醬醋茶與生兒育女，在父權的觀念裡，而這些重擔全應落在女性的肩頭，當男性順應退出場制之後，女性原抱持的浪漫與熱情便漸漸被生活瑣事一一湮滅，不由變得強悍與碩大。

面對傳宗接代這件事，〈紅唇與領帶〉道出傳統女人的悲哀，也點出了雖然是現代婦女，對生育這件事仍然是重要的切身問題：

> 而傳統女人最大的工作是生育，她們大部份的精力與歲月都用在養育子女身上。「生一個尪仔，落一百朵花。」結束生產不知道要落多少朵花？然後，她們就像繁華落盡的枯枝了。（《花房之歌》：36）

周芬伶點出父權觀念、家事與傳宗接代是女性在婚姻中最大的失落。

（三）親情中失落：

對於一個有能力有抱負的女性，周芬伶寫出了父權給予的是一種壓抑，如〈聽聽海啊！〉中，公公托夢給作者，希望她能放棄寫作的志業，並訓勉要以「做女性」認命順服，不要寫作、女性不要事業心太重：

> 汝的事業心莫再那麼重，查某人要認命，莫要再寫作文，寫作文只有傷身體，對人生無啥路用，我在生時汝不聽我話，在死時要聽我一回……。（《熱夜》：27）

在〈媽媽在遠方飛行〉更道盡為人妻、人媳的淒楚，當利害衝突時「終究還是外人」的觀念，讓許多失去母職的女性痛苦顫抖：

> 孩子常問母親：「為什麼我們是一家人，媽媽的姓和我的姓不同？」
> 她說：「媽媽來自一個不同的家，我不屬於這裡，在這裡我很不快樂，有一天一定會離開這個家，你會學習照顧自己嗎？」
> 孩子沉默不語，臉上露出恐懼的表情。（《世界是薔薇的》：142）

〈媽媽在遠方飛行〉中，失婚／喪夫喪子／被強暴致死／發瘋……被摒棄在家庭保護之外的婦女，周芬伶將她們手上的包包變成飛行怪獸，載著這些受傷的婦女在天空中飛行，「自由的意象」非常強烈，她鼓勵被壓迫的婦女走出婚姻，也一直強調「恢復單身並沒有更好」，唯有「活出自己」才能自由。

周芬伶出身傳統父系大家庭，重男輕女的觀念讓母親一再的生育，加上小時候備受冷落，開始產生「如果我是男生就好了」，並反思身為「女性」在父權社會的悲哀。進入婚姻之後，和丈夫同是創作者，面對家庭責任卻被付予育兒、家事、家庭的責任來完成「婦德」形象，讓她開始質疑婚姻對女性的價值與保障。歷經婚變、失去孩子，「組成的女性劇團又遭到男性威權介入而變質，我因此精神崩潰」（《影子情人》序）。所以，周芬伶指出，傳統女性在家從父，出嫁從夫，夫死從子，是一個沒有姓名的軀殼／一個徹底的「失落者」，周芬伶書寫轉向對父權的質疑與反抗，除了時代男女平權的觀念高漲外，以在婚姻制度上的幻滅與覺醒影響周芬伶最大。故周芬伶進入蕭華特女性文學的第二階段，開始對父權質疑與反抗。

二、對父權的質疑與反抗：周芬伶的「女性主義階段」（feminist stage）

傳統女性在封建的體制下，被灌輸為「不完整」的人，需要婚姻／家庭／孩子……來成就「完整」；面對支離破碎的自己，女性要如何跳出「框架」則是許多學者／作家探討的主要課題。這樣的「不完整」也展現在女性的歷史地位，在二元對立的「框架」下女性的身影／聲音一直都是被湮沒的，如果一個女性沒有辦法意識到自我的存在，那麼她就無法思想到自己的聲音在哪裡？自己的身體在哪裡？周芬伶即以此點開始建立女性主體。

周芬伶生長在大家庭裡，是五、六〇年代的台灣最真實的寫照：尚未有節育觀念的台灣婦女承繼的是「傳宗接代」的神聖使命，「弄瓦」之喜不過是賠錢貨的悲哀解嘲，更不用說在食指繁浩的家庭，父母為了生計無暇顧及孩子的心理狀態。重男輕女的傳統觀念更視女子為油麻菜籽命，「嫁雞隨雞，嫁狗隨狗」讓女性根本毫無自我意識，女性的一生貢獻與存在的價值彷若只為了孩子與其姓氏的家族。周芬伶以女性書寫的身分來書寫女性的「失落」：因為是其「女性」在姓氏上的失落、在家族繼承的失落、在婚姻中失落、在工作事業上失落、在孩子的監護權上失落……。女性的身影永遠在父權制度下不斷的被衝擊、框限、分割、撕裂。

周芬伶從自身出發，透過「私」的中心點開始書寫並向外拓展到全體「女性心理」的種種議題。她首先從父權的眼光投射女性的形象，並以此塑造自己，也在文本中找尋自我的定義。但很快地，周芬伶開始產生質疑，並反叛原有的價值體系與標準，希望能找到自己的存在價值與平等權利，尤其是身為一個女性的獨立自主性。

在〈沼澤心中〉，周芬伶運用大海與葦蕩，表現了一個女人在的理想（自我）與現實（婚姻）／主體（家庭）與客體（事業）的衝突矛盾。周芬伶感傷住在美國十五年的妹妹已喪失了她最熟悉的部分，為了家庭而「放棄自己」。文中姊妹倆從葦蕩再走回明亮的海灘後，妹妹回到了現實的婚姻生活，變成了光輝的母親，以丈夫、孩子為她的生活重心。讓周芬伶感慨，水鳥應該是喜歡在大海飛翔多於躲藏在葦蕩。葦蕩指的是婚姻帶來的屏障與凝滯；大海卻象徵社會的風浪與凶險，理想的追尋應該是充滿開創性與冒險性：

> 這時我看到海上棲息著一隻水鳥，多麼悠閒地載沉載浮，海濱上許多人拿著望遠鏡瞄準牠。原來水鳥是喜歡大海的，躲在葦蕩中，只為了逃避獵殺。（〈沼澤心中〉，《熱夜》：77）

在〈照見婚姻〉更批評有一些結婚照的負面暗示：女性的形象被固定在消極、被動、柔順的卑屈角色中，這對女性的自我認知確有負面的影響：

> 新郎穿戴得像駙馬爺，裝作讀書狀，而新娘著鳳冠霞帔端菜在身後作伺候狀；或是古裝女子作彈琴繡花狀，古裝男子作風流才子欣賞狀；或是新郎身穿日本武士刀作威武狀，新娘扮成藝妓跪地做崇拜狀……（《熱夜》：84）

所以周芬伶認為從結婚照開始，男女的傳統思維即把父權提升至高點，如果兩性的訴求不在觀念上改變，則永遠無法聽到女性的聲音。

在〈蓮蓬乾枯以後〉中則說明王子與公主結婚後的現實面。已婚的人可能再愛，卻沒有談論戀愛的資格，婚外情如毒苗，侵蝕著婚姻，也侵蝕著裡面的人。當愛與自由，空虛與忠誠交戰時婚姻就只剩無止盡的煩悶：

> 人生是煩悶的，一連串的煩悶，我們都想擺脫這煩悶，愛情可能暫時獲解，然而它很短暫，不久又陷入空虛與煩悶中。絕對的空虛需要絕對的自由；婚姻絕對的煩悶需要絕對的忠誠。（《熱夜》，147）

如此無力的空虛感，到了〈海誓〉（《熱夜》：87），成為台灣自信獨立的閨秀與大陸沙文保守的漢子互相辯論與嘲諷的對立。至《妹妹向左轉》又延續了兩性二元對立的荒謬感。

周芬伶對父權的質疑與反抗愈來愈強烈，在雜文《女阿甘正傳》中直接站在女性位置表達出對兩性平等的反思。她從文學、社會學、歷史學種種角度提出了女性五十八問，個個擊破父權社會下的女性潛在的疑懼，打破性別迷思，喚醒現代男／女性的新自覺，並希望女性能自由自在的活出一片天地：

> 當性別性質不再那麼僵硬之後，陰柔的男性、陽剛的男性、中性化的男性、中性化的女性、陽剛的女性、陰柔的女性皆可愛，那時性徵更多采多姿，選擇更多樣，大家各取所需各投所好，那不是更好嗎？（〈男子氣概與女人味〉，《女阿甘正傳》：71）
>
> 因此男女皆需自覺，不再受單一思維的桎梏，能剛則剛，能柔則柔，剛柔並濟才是完全的人。當女人正在透視男人時，男人還固守著大男人主義，恐怕不久的將來就會退化成半個人或第二性了。（〈善用兩性觀點〉，《女阿甘正傳》：115）
>
> 我多麼願意聽到，女人大聲的說出：「我是一整片的。」（〈我是一整片的〉，《女阿甘正傳》：87）

呼應《女阿甘正傳》中傳達的意識：電影中的阿甘雖然他的智商只有七十五，加上脊椎歪曲導致兩腿無力，必須穿戴腳架才能走路，但因為他是位男性，他只要不斷地努力往前跑，最終的結局是令人會心莞爾的。如果阿甘是位女性呢？沒有女性打橄欖球、沒有女性打越戰，周芬伶更一針見血的指出女性有月經、會懷孕，所謂的男女平等並不在於生理上的齊頭式平等，而是指意識上的彼此尊重。

《妹妹向左轉》在主題上，沒有嚴肅的政治議題為背景，也去除流血鬥爭的血腥場面，讀者可以在極具戲劇性與童話故事性的作品下，思考於女性在父權的二分下如何獨立生存、求其自我與建立主體？文本站在現代女性的逆向思考上出發；拋棄女性愛美的追求外，在自由民主的抗爭中、在環境與社會的正義中、在愛情與婚姻的兩性平等中……，極力勇敢的做自己，如果「妹妹」是位男性一切理所當然並被期望，但偏偏這樣「向左轉」的性別是位「妹妹」，她的決定將帶來怎樣的結果呢？周芬伶以向左靠攏的邏輯，像迷宮遊戲一般讓讀者在吳鎮的「美人井」領會檯面上男人的爭權奪勢，檯面下的女人權寵廝殺得更殘忍，「美貌是權勢中的權勢，帝國中的帝國（〈ms 馬克斯〉：6）」，因為權勢可以靠實力，容貌卻是與生俱來，闡述女性一生下來，便被性別決定了命運的悲哀。而主角 ms 馬克斯就是想改寫女人傳統角色的人物「只因我們不美，得到更多的自由（〈ms 馬克斯〉：12）」。

這位 ms 馬克斯是大家閨秀，擁有美貌，在一次重病之後開始與往昔分裂，走向強烈的女性意識之途。她熱情、勇敢、正義又聰明，喜愛大自然，在原始森林裡認識排灣族（排灣族女權甚高）頭目的女兒常金嘎嘎和他當巫師的妹妹阿烏嘎嘎，某天發現山老鼠財團藉水庫計畫破壞自然生態，並訛詐地方與政府的高額獎金。在一次抗爭中 ms 馬克斯的姑姑李敬萱成為犧牲者，化身一條白蛇嘶嘶吐信幽雅躑躅在美人井邊。山林的盜墾濫伐與官商勾結的腐爛氣息，從蒼蠅橫飛、果肉稠溢的敗象中一覽無遺。

此處周芬伶關注了自然生態的議題，也經歷了六四天安門的控訴與悲烈。共產主義與資本主義的對立矛盾，周芬伶以遊戲的筆法寫出其中的荒謬與幽默：

> 一件內褲阻礙了他們的性事。共產國家的男人缺乏妥當的內褲，他們除了前代男人的布袋褲之外沒有選擇，以致於對於性冒險躍躍一試的男人選擇了金黃色的運動褲，像拳擊手那樣虎虎上陣，將床上當作拳擊賽場。ms 馬克斯有意識地為自己的身體做好準備，滾有蕾絲的白色胸罩和絲質內褲是整體搭配，沐浴時不斷潔淨自己的肌膚和心靈，她整個人從內在到外在都予人整潔純真的感覺。雖然她不能預測將會發生什麼，但是卻以百合花似的內衣褲包裹自己的身體。誰知道內褲與內褲之間居然意見不合，他們重逢的第一晚就這樣被糟蹋了。（〈偉大的情人〉，《妹妹向左轉》：47）

男性在無意中流露的傲慢父權，也在文本中延續討論，〈玫瑰叛變〉述說的即是台灣早期的拓荒史，李家祖先李慶和強奪了番社土地、大肆焚殺番仔、巧取瓦幹之妻月眉，以致於種下「非瘋即死」的詛咒。女性在歷史上都成了「物品」，在男性的強橫蠻霸中犧牲。多年以後，ms 馬克斯父親留下遺囑，尋找張文明贈與遺產，引發李家遺孀的猜疑與埋怨，一連撲朔迷離的轉折後，原來張文明為受害人瓦幹之後，李家父親基於虧欠與彌補的心情欲與贖罪。最後張文明看淡了恩怨，分文不取的泯滅仇恨。漢人／原住民、文明／野蠻、族群／融合……，如此嚴肅與沉重的歷史問題，在周芬伶筆下不著痕跡的以反諷、懸疑的迴旋方式一步步解開讀者的疑惑，進而讓讀者領略歷史要記取教訓，卻不宜拿來仇恨，試著放下，會更海闊天空。

除了對家國歷史與社會問題的探討外，《妹妹向左轉》對婚姻也有另類的看法，周芬伶以孝子與仙女來檢視傳統的父襲觀念，一個有理想有能力的女子走入家庭後，便成為家事與傳宗接代的機器，更甚者為丈夫的所有物：

> 仙女終於留下來了，不久變成下女。她整天擦擦擦洗洗洗，而且變得像間諜一樣耳聰目明，她還發現孝子的兩個祕密，第一，孝子偷她的羽衣，是因為他喜歡看女人的裸體，第二，孝子之所以是孝子，是因為他永遠是父親的孩子，而且想成為孩子的父親。（〈裸體的告白〉，《妹妹向左轉》：87）

童話之所以受到大眾的歡迎，在於它的直線純然度，黑白分明，結局完美。雖然我們在《妹妹向左轉》裡看到白蛇傳、睡美人、白雪公主、牛郎織女的譬喻改寫手法，卻明白看出周芬伶並不想寫甜甜美美的故事，而且反逆童話性的父權定義，一針見血戳破女誡的迷思，歷盡萬險的 ms 馬克斯，在最後〈大逃亡〉中醒悟般的開始尋找「自己」：

> 「你不走嗎？」
> 「我不走，我不認輸。」
> 「你留在這裡做什麼，寫這些無謂的牢騷嗎？還是再做最後的告解？」
> 「還有一件事沒有做完。」
> 「什麼事？我能幫忙嗎？」
> 「我自己。」（〈尾聲：大逃亡〉，《妹妹向左轉》：125）

「不認輸」與「我自己」，點出了女性意識與女性主體，ms 馬克斯開始書寫外祖母、母親、敬萱姑姑、姊姊，在一堆揉雜廢紙中「她似乎在記錄一個家族的歷史，或者說是女人的歷史。她終於瞭解「自我的追尋與主體的建立後一個生命才能重新出發」，這也是周芬伶在文本中想展現的主旨。她在《妹妹向左轉》後記寫著：

> 我對馬克斯先生了解不多，也不想寫馬克斯思想，我關注的只是人，尤其是女人。女人不能得到自由與快樂，那是誰的罪過？所有男性大師，都將女性問題視為枝微末節，我們不能等待男人解救女人。」、「我只能提供一個故事，而且是古怪的故事。……都是集中在一個女人或多個女人的身上，童年版是《醜醜》；少年版是《藍裙子上的星星》；成年版是《妹妹向左轉》，這裡的妹妹指的是廣義的姊妹。（《妹妹向左轉》：175-176）

周芬伶闡述的是女人的歷史，從童女到少女到熟女，希冀在一連串的質疑、反叛中找到女性立足的平衡點與價值，所以我們在二〇〇〇年《戀物人語》中不難發現周芬伶的女性意識愈發強烈。如〈戒痕〉記錄了女子受戒的歷史，從女兒到女子到人妻，女子在男性霸權中一再被要求受戒，失去了自我的主體，那些找回自我的女性卻被冠上「不貞／惡女／狠母」，只能暗夜飲泣，最後以「白羽素手」象徵自由／自我／自主的最初之境。

《戀物人語》中的女性意識強烈，以下各篇各具代表性。〈沙的夢遊〉認為女人的自我被環境解得支離破碎，它渴望得到整合；男人的自我因先天的優勢漸次增強確立，但現實中的矛盾會使他們走向分裂。然而男人的靈魂中有女人的影像，女人的靈魂也有男性的成分，誰都無法純粹。所以當心靈越趨自由，性別也失去分際，因為所有外在形式都是假的。全篇以沒有愛的心靈比喻沙漠，唯有做自己、接受自己，才能到達海的遼闊，到達自由的彼岸。

〈孤獨吟〉描寫女孩在世界上沒有家：

> 女人比男人孤獨，他在這個世界上沒有家，不管是父親的家，或丈夫的家、孩子的家，他處處無家，處處是家。（〈孤獨吟〉，《戀物人語》：123）

因為我們的社會並不鼓勵女人孤獨，擁有完整的自我。所以，女人體認這種孤獨是必須的，這是女人命運的一部分，越早有這種體認，可使女人更強大更深邃。女人應在孤獨中感受情愛，在愛情中追求自由。

〈逃出失樂園〉敘述女生在求生故事中很少扮演主導的角色，在求死的故事中卻往往是主持人，因為女人在其他場域中地位都不高，只有在愛情中才能扮演主角，這是多麼可悲啊！死亡可以證明愛情，活著更可以證明愛情，所以我們要鼓勵女人，勇敢活下去。

〈菜瓜布與劍〉葡國女畫家波拉·瑞果的畫「天使」，一手持著長劍，一手捏著菜瓜布，讓作者聯想到女人是鬥士與廚娘的綜合體，並感受到波拉·瑞果將女人的痛苦和孤寂以幽默方式呈現。感慨男人只喜歡拿著菜瓜布的那隻手，卻不知道能夠把家裡刷得乾乾淨淨的女人，必然也是一個好鬥士，什麼時候我們也能看到一個男人，一手持著長劍，一手捏著菜瓜布，那也是女人心目中的「天使」啊！

〈絲情襪意〉絲襪代表著「社會集體眼光的壓力」，不穿絲襪的女人，總被視為粗魯、無理。

這是一段自我的發現期，周芬伶發現女性處於社會弱勢的狀態、發現父權對女性的貶抑、發現女性應該獲得平等的權利、女性更應該期許自我主體的存在價值。所以對於女性的感知，周芬伶特別體悟女性歷經婚姻、生育、與死神搏鬥後的重生，她善用譬喻寫出種種幽微細膩的女性眾生相。如此經過一長串的自我質疑、對不公反抗、最後要求自我的獨立自主，尤以「自由」的追求更為渴望。

周芬伶看到女性在台灣父權制度下的婚姻與家庭，整個社會集體眼光的性別壓迫。她在文本中闡述女性當自立自強／當自給自足，不做依附在男性腳下的藤蘿，要做一個完整的女性。相對的周芬伶也期許男性，在剛強角色的扮演之下，也能有陰性柔美的一面，當這個社會能夠欣賞女性內在強悍的一面，也能接受男性散發陰柔的部分，「剛柔並濟」是周芬伶文本中心的主旨，所以她推崇「雌雄同體」的人性，即沒有性別的區分，當性別失去符碼所付予的意義之後，人類的價值差別意識就會消失，心靈則會更趨寬廣自由：

> 文明的社會是分裂的，樹木的生存受到威脅，漸漸失去男相與女相，而成為自體繁殖的雌雄同體，它們是現代文明的活標本，獨自完成開花受精結果的大業，結出纍纍寂寞的果實。（〈凝望男樹的女樹〉，《戀物人語》：19）
>
> 愛愛情不等於愛男人，女人最先愛的是母親，然後是女性知己，……，而男子啊！來自不同的族類，不同的文化，不同的心靈結構，女人與男人的差距比兩個星球之間的距離更大。（〈戒痕〉，《戀物人語》：39）
>
> 有時我覺得自己是女人，有時又覺得自己是男人，當心靈越趨自由，性別也失去分際。（〈沙的夢遊〉，《戀物人語》：56）

周芬伶從女性意識出發，期望女性能跳脫出傳統社會的機制，擁有完全的自己。在觀念上更先進的提出「雌雄同體」的價值觀，這比「男女平等」的口號更實際、更前衛，文本表面上從女性生態著眼，實際上當男性也高喊「男人真命苦」或提倡「男性主義」時，反過來看不也是一個社會強權的置換罷了，性別的歧視並未真正消退。

周芬伶對父權的質疑、反抗、尋求自我的發聲，可以一九九六年的《女阿甘正傳》、《熱夜》與《妹妹向左轉》三種文本為標的。周芬伶拋棄過去甜美婉約的形象，丕變為女性主義的信仰者，讓人觀察到其女性意識的萌生。《熱夜》在主題方面則以「中年女子的今昔感悟」與「沉悶的婚姻」為大部，並對自我的審視／對婚姻的質疑／對男女地位的批判為基繩，文本中「女性形象」塑造亦在經歷婚姻／家庭／孩子的生命哲學問題中不斷的思辯有深刻的表達，涵蓋了上一代傳統女性的悲哀，無論是強悍的母親或堅毅的小祖母；這一代新女性的愁悶，眾家優秀姐妹的處境，都無法跳脫出父權之下的女性的禁錮：家務的主事者、生育的工具者、性事的被動者。於是她提出反抗，希望兩性能對以更開闊的眼光接受包容潛藏於每個性別之下的性傾向，打破性別迷思，以尊重平等的態度讓兩性能各自活出自在。

三、自我的實現：周芬伶的「女性階段」（femde stage）

透過創作，周芬伶尋求自我的身分認同，以女作家書寫女性更能展現女性的幽暗叢結，她不再以男性的眼光投射出來的女性美塑造文學美，反而以暴裂性的質疑開始反抗父權，因做口述歷史而接觸早期的左派女性，那時正是八〇年代女權運動在台灣幟旗初揚之時，周芬伶在文本中開始闡述歷史與文化給予女性的價值在二元對立的傳統之下，竟成哀鴻無名的幽魂。女性就等於弱者等於邊緣等於附屬，所以女性是名符其實的「左派」。周芬伶企圖從「左派」切入父權二元對立的性別歧視，在尋求男女平等之途，周芬伶並非搖旗吶喊的要求制度上的齊頭式對待；而是從觀念上的改變，尤其要從女人自身做起，女人首先要先愛自己，認同自己，才能有立足點進而贏得他人的認同與平等對待，在〈女人，妳的名字是驚歎號〉中她定義「女人」：

> 女人不應該只是問號，她應該像逗點，知道什麼時候該向前，什麼時候該停頓；她應該像個句點，拿得起放得下，能夠果決的下決定；她應該像個私名號，擁有自己的名姓；她應該像個冒號加引號，在該說話時一鳴驚人；她應該是個破折號，能夠腦筋急轉彎；她更應該像個驚嘆號，挺直腰桿，讓人無法忽視她的存在！（《女阿甘正傳》：19）

周芬伶寫出女人的頂天立地，不在於等待男人的給予，不在於獲得男人的稱讚才予以存在；女性應該是一個完整的主體，可以獨立思考，決定自我。所以周芬伶文本中的女性形象幾乎是從「我」開始論述，強調性別意識是後天環境的養成，對於「我」則期望能超脫世俗界定的男性或女性，以「自己的本色」生活才能像寶石：

> 我總以為，心靈越豐富的人，越難加以界定，所謂的性向常常祇是後天的心裡習慣而已。然而，心靈越豐富的人，他又偏能斬盡繁華見真淳，現出明朗又單純的本色，這就是我們所說的「風範」或「典型」吧？這麼說來，個性無從區分，而人格是不證自明的。（〈自己〉，《花房之歌》：171）

周芬伶認為心靈豐富的人必能超然性別、超然個性、超然人格。在周芬伶文本中即以豐富的心靈創造超越傳統的女性形象。

早期在《醜醜》、《藍裙子上的星星》這兩個作品上，即可以看見周芬伶關懷的是青少年的心理建設，故事闡述一個對自身的評價只是「普通」卻敏感多情的女孩，生長在美麗又優秀姊妹中，一直以「醜」而自卑，戲稱自己與姊妹是「烏鴉與鳳凰」，自認沒有優渥的條件與人爭寵，所以個性膽怯，對於不公平的待遇只能以「躲藏或出走」消極的對抗。周芬伶營造奇異的經歷，讓主角完成自我的再認知並走出孩提對相貌平庸的自卑感而擁有自信，進能欣賞每一個不同個體的美，也讓讀者在小說中窺視青少年的容顏與成長關照。在《醜醜》代序〈我曾經是醜小鴨〉中，周芬伶也藉由文本的完成而脫離青春的缺口：

> 這世界上根本沒有一個人配稱為醜八怪，也沒有人可以以容貌為理由而拒絕面對一個人或一件事。美醜不是由別人規定的，應該由自己來規定。

只有自己審視自己，瞭解自己，主體才能確立，才能清楚明白自己的位置在何處，個體的獨特之處。周芬伶的童話原本就不是甜甜膩膩，王子與公主的幸福版本，我們從《醜醜》、《藍裙子上的星星》中已稍有雛型。周芬伶想賦予「少女」的形象竟與傳統童話版本的女主角美麗、柔弱、遇到危險時只會大聲呼叫或暈倒的形象大相逕庭，她們的外貌雖然平庸，卻是富有愛心、友誼與勇氣；她們堅持理想、為弱勢發聲；她們終極的目標是尋找「自己的夢想」，最重要的是她們「不會等待白馬王子來解救她們」，這樣的少女形象可以在周芬伶的《小華麗在華麗小鎮》中再次得到印證。

《小華麗在華麗小鎮》主要以「環保」為題，但周芬伶所要營造的並非簡單、說教的道德勸說。她結合了童話、族群融合、歷史考據與人性的光明面，企圖帶給具有童心的孩子與大人們耳目一新的華麗冒險。故事中的女主人翁「小華麗」為了守護森林出生入死，一層一層的追查真相，最後衝破重重難關讓森林得到了保全，並以彩虹般的夢暈染大地，隱喻每一個人都應追求自己的夢想。文本中的「少女的我」並不樂於在服裝的蕾絲、花瓣、裙子與女紅來安排女性該有的教養與傳統，反而是以跋山涉水，親近自然大地，探求自我真理的「男性特質（masculine）」來訴求女性的自我認知，至此可以看出小華麗形象的塑造不僅是周芬伶心中女孩樣貌的期待，更是周芬伶對兩性教育的投射。

周芬伶在文本中，亦不斷出現對女性的反思，並在文本中追求男女平等與自我實現。她認為一個現代獨立女性是可以拒絕不適合的婚姻，過著自由自在的生活。在〈半個夢〉中她指出：

> 一個女人生在這個時代，如果她有一個兼顧實際與理想的工作，有著獨立的個性，和一群可以推心置腹的朋友；又如果她嚮往更自由自在的生活，她可以拒絕婚姻，猶如拒穿一件不合身的衣服。（《花房之歌》：149）

這是對單身女性的建議；對已婚女性她則認同維金尼亞．吳爾芙的《自己的屋子》。在〈自己的角落〉一文，鼓勵結了婚的女子仍需要有「自己的角落」與經濟能力：

> 因此，一個女人，她在家裡必須有一間屬於自己的屋子，在這間屋子裡，她可以獨立地思考，安靜地工作，這樣，才能獲得生存的尊嚴。（《花房之歌》：174）

周芬伶藉由「房屋」的意象塑建一個「女性的烏托邦」，從早期〈桌上的夢想家〉、〈「說」房子〉、〈自己的角落〉、〈未來之屋〉……囈語中的潛意識都是推至一個「心情的避風港」。到二〇〇二年的《汝色》，〈與紫羅蘭之家〉則建構一個全然的女性世界。女性已不再附屬男性生活，她們可以勝任工作、摒棄婚姻、共組家庭、實現理想，各個女性獨立／堅毅／自主，以創造未來生活而努力，最重要的是她們個個活得自在，這是對女性的自我認同，並以盛讚女性作為「自我實現」的理想。

二〇〇五年的《母系銀河》〈關鍵詞 2：建築〉中周芬伶與青妹談房子，「青妹說如果買下這棟房子，她就有自己的空間，可以在那裡看書和畫畫。」然十年來卻始終與鍾愛的房子擦身而過，所以青妹成了城裡最愛哭的會計師。點出女性一生都在追尋屬於自己的房間；無論是外在形式的「房間」或內在形式「心房」的歸屬感，因為只有在屬於女性的完全空間裡，女性才能從事獨立的自主活動。所以青妹最後仍在廣場上租了一個畫室，可鳥瞰她喜歡的那幾棟房子，把它們一一畫下。會計師是婚姻生活的現實，畫畫卻是青妹主體的理想，女性自我的追尋在周芬伶巧妙的安排之下，一一呼應吳爾芙的「女性主體實現」。周芬伶在此文中也藉由建築來傾訴主角老家的盛衰、命運衝環的興替感悟，最後都應回歸到大自然的包容與世間的無相禪悟，復顧親情哲理，生命釋放。至此，周芬伶將「房屋的意象」擴大了，回歸到「人」的生命超越：

> 如是，每一棟建築都是一座神廟，裡面住著神的愛意。房子也有一顆心，特別脆弱特別怯懦，因而不容易被發現。山是另一種建築，是神的偉大創造，它的形體渾渾沌沌，走進去曲曲折折包容萬有，樹在這裡更綠，水在這裡更清，天更藍，花更香，人更是他自己。（〈關鍵詞 2：建築〉，《母系銀河》：135-144）

無論性別，能從自己的角落趨耕至大自然，見山是山，看水是水，拋開罣礙，身心清朗，便是對宇宙認同的心靈需求，這分需求得以滿足，即能接納自己尊重他人的實現自我、超越自我。由此可以看出周芬伶文本中的自我建構是從「我」開始闡述，當「我……」開始演述時，女性的主體便開始建構了。周芬伶企圖以陰性書寫在封建思想制度的壓抑中，找回作為女性的快樂成長與自信；在婚姻失落裡或放棄母職的缺憾中，找出女性獨立自主的出路；在人生困頓中能釋放自我，尋得平衡，寫來散發淡淡的愁緒卻隱含對生命的堅持與頑強。

第二節　家族書寫

九〇年代以下，掀起了一股家族書寫熱，如郝譽翔《逆旅》、駱以軍《月球姓氏》、鍾文音《昨日重現》、張大春《聆聽父親》與陳玉慧《海神家族》等，探討自我家族的「認同」，更有深層的自我追尋的目的。如鮭魚穿越太平洋追溯自我的出生地，抽絲剝繭，層層揭露自己的血緣／家族如何在時代的動盪中輾轉流沛，在戰爭的夾縫中力求生存，因而造就了時代悲劇的顛沛流離，悲劇中的家族情仇／愛恨糾葛。當作者在處理這些片斷的／記憶的／想像的／拼貼的歷史之時，同時也對自己人生的疑惑與焦慮一一釋放。另一方面藉由家族書寫的探討，學術界也掀起了一股大敘述／小敘述與男性史觀／女系歷史的觀點熱，及父系或母系的認同與逃離，進而探討作者自我的價值觀與定位。這是一個新的切入點，從歷史的進程來看，男性線性傳統的史觀確實掌握了歷史觀點的支配權，女性在家庭與兒女的兜轉中耗費了一生，在任何角度都是一個被觀看／支配的客體。而現代女性藉由握筆書寫的能力，逐漸展現自我的生命基調，其女性的「母親」與「女兒」的角色便成為自傳／家族書寫的開端。此時，女性從被觀看的客體到發聲的主體，定然有其歷史的意義，然我們從女性散文自傳／家族書寫的角度來看，周芬伶的家族書寫似乎更擴大了土地／身世／家族的書寫，她更涉及了歷史考證／性別／情慾／異文化及女性的安身立命議題，她的記憶與母系家族建構了一個男性逐漸缺位的現象，甚至以「酷異」理論構築了女性的未來藍圖，別異於他人，周芬伶以散文展現了家族史的特殊性。她的家族史以下從居住地、家族、婚姻來分析周芬伶的家族書寫。

一、居住地

居住地關係到生活空間與生命空間的再現。對女性而言又與主體與性別有關，空間論述其中最重要的學者是瑪西（Doreen Massey），她認為空間通常和時間作對照，時間卻和歷史、政治、文明、科學、進步與理性，形成一種相互牽連的關係。而空間則與身體、美學、感情、懷舊、複製、靜態形成另一種隱喻。故她提出「女性地理」（geography of women）強調女性往往被社會生活和空間分野，區分為公共和私密空間，在後者，女人就是家庭、複製生命的空間。因此，對於空間的二分法需要再定位。[4]

以此論點來看周芬伶的空間書寫，隨著她的身體場域移動，她的身分即有不同的空間，因為不同的身分，對各個空間便產生不同的情感、記憶，再復現於文字上便有了每個空間不同的象徵與意義。

（一）祖籍

周芬伶出生於台灣屏東的潮州，至北上木柵讀大學時才離開故鄉。這個台灣東部的小鎮在她的生命中一直像母親的子宮，無論走得多遠多累，在潛意識中始終遙遙呼喚，於是她不停的寫，以自身的故事開始寫，而潮州就是周芬伶文本下所有故事的「發源地」。

周芬伶在〈我的紅河〉帶出「五魁寮河」為屏東一帶文明發源的心臟，並為其正名為「苦瓜河」：

> 就像是文明總是從一條河流開始，萬丹、竹田、潮州一帶的開發也是從這條河流開始的，它劃過屏東縣的心臟地帶，因此也變成全縣的農業命脈，這條河有個極鄉土的名字叫「五

4　以上節錄自廖炳惠，《關鍵詞200》，台北：麥田，2003年，頁246-247。

> 魁寮河」，五魁原是閩南語「苦瓜」的雅音，所以這條河應該叫做「苦瓜河」。（《絕美》：36）

這條河牽引著周芬伶的祖先在四百多年前追隨鄭成功渡海來此，胼手胝足與瘴癘疾病搏命、與異族土地爭奪，這段歷史周芬伶認為不遜於美國西部拓荒史，可惜的是美國西部拓荒史能箝住美國人民的心，凝聚民族的向心力，在文學與影視上皆有巨著；而台灣的拓荒史可歌可泣，卻始終是一小部分人的吶喊，或歷史課本的蜻蜓點水。周芬伶有此企圖卻未完成，她從記憶中如此描繪著她的祖先歷史：

> 我那簡素的家，居住在那個南方小鎮將近兩百年。相傳康熙年間，泉州人來此闢地，祖先參與這次開墾，乃成一片膏腴田地，屬於港東上里，經過無數次閩粵人爭地械鬥，終於塵埃落定，擁有自己的田園。
> 祖先先是種田，後來經商，從田莊搬到鎮上。我的家就在三山國王廟口前的一個街角，最先是一幢草房，後來一場大火燒去全家所有，曾祖父重建家園，建起了更大更高的磚房，小小的四合院，廂房與花園，水井與藤架，豬舍與柴房，在這些溫馨與美麗的組合裡，盛載了無數歡笑與淚水，又經歷過多少人世滄桑，那只是一個小小的人生縮影，不特別起眼，也不特別重要，對我的意義卻不同尋常。（〈失鄉人〉，《花房之歌》：46）

對周芬伶而言，家鄉的特殊地理位置也是造就她關懷原住民與自然書寫的獨特視角。潮州這個地處原住民、客家人、閩南人與外省人混居的南方小鎮，呈現一股後現代的多元混融的文化。向外有海洋的婆娑，向內有原始森林的沉靜；居中有古早荷蘭人與日本人據台的遺跡。五○年代的鄉村風光，在周芬伶的筆下一一如畫的展現眼前：

> 那時，每到下午三四點，我從家裡出發開始健行，走過唸過的國小，繞到教堂，穿過原始森林，到荷蘭人的小木屋，回到家裡剛好是掌燈時分。我稱它是「圓滿一周」，因為沿途都是我愛的景致，一望無際的稻田，成排的檳榔樹，還有小橋流水，藏在樹林中的古厝。（〈桌上的夢想家〉，《絕美》：25）

在周芬伶心中最適合隱逸的所在是菸酒配銷所文藝復興式樓房、瘧疾研究所日式木屋、鹿寮古厝、荷蘭木屋及原始森林，可推知周芬伶偏好古樸、簡約、精緻之風的建築，而這些美感的養成就在潮州天然的環境。由此周芬伶的生長環境大致可以繪出梗概，而這樣的童年生活環境一直深印在她的記憶中，日後的小說作品也常以潮州小鎮為地理背景，如《小華麗在華麗小鎮》、《妹妹向左轉》、《影子情人》等，潮州鎮的地圖幾乎攤置眼前。

時光流轉，隨著老家的改建，一段歷史、一段回憶就在百年老屋毀於一旦時宣告結束，取而代之的新房子以西式樓房巍峨聳立在潮州小鎮，在當時可謂豪華，故有「五角大廈」之稱：

> 新房子的樣式是母親設計的，三樓一頂，到處是西式的拱門，外表貼馬賽克，據說是最摩登的樣式。因為地點座落在大街轉角「三角窗」，幅員廣大，親友們戲稱為「五角大廈」，母親得意得很。（〈尋常人家〉，《花房之歌：60》

如此的建築並未能獲得周芬伶的欣賞，她感到新房子空空蕩蕩，大到有被幽禁的恐怖感，這段歷史的「未說出」到了《母系銀河》〈關鍵詞 2：建築〉，周芬伶又以另一種角度來詮釋：她從自身老家翻建時說起，那時正是家運的頂點，一切皆以誇大的形式顯現家族的鼎盛，「老家的鼎盛」也象徵了家族的豐潤與快樂。但很快的，小祖母、祖父的死亡，大弟小弟相繼入獄，父母親快速老去，大弟癱瘓那幾年……，家道鼎盛與中落的對照讓人不勝欷噓，而大房子的恐怖感，周芬伶則以夢的意象託寓：「現在它只會出現在夢裡，一次又一次地爬那永遠爬不完的樓梯。」

談房子、談建築，除了讓周芬伶感到人事變化的嗟嘆外，也帶出周芬伶的美感，她認為房子除了外觀的美好，尚需家具的加溫，每一件小飾品、小物件皆有其生命，待在房子裡才能觸摸到「房子的心」。如青妹熱愛有阿拉伯紗帳荷蘭木屋，自己喜歡老建築，大舅繼承建築的家業，讓周芬伶體悟「血緣用這樣奇妙的方式呈現，我們的血液中有著美麗的建築」，「房屋」的意象至此便從人世錯落的感嘆推升至牽動家族血液的流動，建築則代表著家族的無形的血脈。這讓人聯想到教育的兩大因素：「遺傳」與「環境」，遺傳是無法改變，周芬伶想要闡述的「黑色血液」，或許也是因為無法改變的原因，但她能從命運之神的手中跳脫，讓距離產生美感：

> 如果生命是一棟大建築，一切悲歡離合、恩怨情仇只是牆上的浮雕，它們訴說一個又一個淒美故事，一切所欲所聖，可千萬不要流連於這裡，沉迷於這裡，站遠一點，不管悲劇或喜劇，因為隔著距離都一樣深刻美麗。（〈房子的心〉，《母系銀河》：135）

周芬伶一九五五年生於屏東潮州鎮五魁寮河（又名苦瓜河）畔。祖籍河南汝南，五胡亂華時遷至南方閩越之地——福建同安，相傳她的祖先在康熙年間，隨著泉州人來到屏東開墾荒地，得到一片膏腴的田地，在港東上里，經過無數次的閩粵爭地械鬥，終於有了自己的家園。祖先原是種田的農夫，後來經商，於是從田莊搬到潮州鎮上。她的家就在三山國王廟口前的一個街角，原先是一幢茅草房，經過一場大火熱燄毀滅所有，曾祖父重新建設家園，蓋了四合院的磚房。[5]後因房子太破舊，小孩日漸長大，空間不夠用，便拆除興建西式洋房，樣式是她母親設計，三樓一頂，到處是西式拱門，外表貼馬賽克，座落在大街轉角「三角窗」，親友戲稱為「五角大廈」。而這樣的童年生活環境一直深印在她的記憶中，成為日後的作品的原型。

周芬伶對「潮州」的定義是：「生根容易去根難，家的意義不祇是一幢房子而已，而是鄉愁，是由多少糾纏不清的情意圍繞而成？」（〈失鄉人〉，《花房之歌》：46）所以自認灑脫無羈、嚮往浪迹天涯的她，一想到故鄉竟是一處永遠無法癒合的傷口，也是她在書寫中常常飄散的陰鬱、淡然的哀愁。

（二）夫籍

1.澎湖

周芬伶走入婚姻，戲稱自己從「女兒圈進入男兒國」，種種的不適與尷尬以自我調侃的方式，展現在第二本散文集《花房之歌》中，而澎湖與台北變成了周芬伶婚姻生活的印記。在「海國」部分，可以看出周芬伶描寫夫家澎湖有史詩企圖心：

> 那個小島在最早的一首詩這樣描寫著：「腥臊海邊多鬼市，島夷居處無鄉里；黑皮少年學採珠，手把生犀照鹹水。」當年的遐荒絕島，現在是一個處處鄉里，民風純樸的漁業縣。（〈海國〉，《花房之歌》：15）

同一文中，周芬伶藉由詩說明澎湖的變遷，蠻夷、荒蕪也保留了最原始的美：

---

[5] 以上彙整於〈失鄉人〉，見《花房之歌》：46-47。

> 我看到夢遊的海，夾著煙夾著霧，像巨大的幽靈緩緩移動；我看到最盛大的陽光，以山頃之勢一大片一大片鋪展在海面上；我聽到最溫柔的海浪拍打著海岸，整個小島像個甜蜜的搖籃；我看到最迷人的海灣，在地面上畫出不可思議的弧線。海在哭泣，海在狂笑，海在夢囈，海在沉思。令人無法測量是怎樣的深情與偉力，可以激起如此瑰琦的浪花。

此段文字像詩歌一般，將澎湖的特色「海」描繪得栩栩如生，兼含作者的寄託與想像，所以她說：「我終於承認自己是海洋之子，海島之民」，讀者可以隨著文本中的「我」，在〈海國〉中瞭解身為一個「福爾摩沙」之子的歷史包袱與自我認同的驕傲。

到了在〈夢入澎湖灣〉中則寫出單純、無爭、謙虛的澎湖人的幸福。從〈看船〉的丈夫德古「目中無人」的眼中，透視到海對他的「與眾不同」，船牽引他的「漂泊身世」，除去天命，不與人抗爭而顯得透明單純。〈婆婆的山〉中，栽植的花生、菜瓜藤、仙人掌及路上的天人菊、蕃石榴樹，彷如田園草卉的小品，而這座山其實不過就是一般人所謂的田。最後介紹澎湖的房子：

> 常向海的屋子日照特別強烈，風沙也特別厲害。為了抵擋天然的侵害，房子建得特別低矮，牆築得特別高而厚，然而，它並不抗拒海洋的誘惑，大多數的人家在屋頂上都有一片便於望海的平台，這平台銜接在屋頂與屋頂之間，使得房子更密不通風。（〈向海的屋子〉，《花房之歌》：25）

那是澎湖獨特的建築，周芬伶從澎湖的歷史、環境、建築與民風來展現澎湖的美，但也反應出其單調、侷限與歷史的陰鬱：

2.台北

> 一九九一年八月十四日。
> 剛學會在台北搭公車，得意極了。（《閣樓上的女子》：173）

周芬伶特意在〈一日傳奇〉中記下這一個特殊又值得紀念的日子。在當時以為「然而台北也許是我最後的故鄉」，因為這樣的認定，「我覺得我已經是台北人了」，所以很享受自己歷經五年終於能駕馭千回百轉的台北公車。結婚後，台北的家是周芬伶另一個住所，她如此描繪：

> 我的家就在忠孝東路旁，一幢七樓高的電梯大樓裡，樓下左邊有家牙科，右邊是髮廊，再過去一點是錄影帶租售店，他們養有一群灰鴿子，有時路過那裡，停在廣告招牌上的鴿群，同時撲撲飛起，像一陣翻滾而來的海浪，令我想到南部的海岸，這時心中一陣寂寞，它們似乎不該在此時在此地出現，不是不是。（〈一日傳奇〉，《閣樓上的女子》：174）

關於周芬伶在台北忠孝東路不經意流露的憂鬱與寂寞，可以在〈關鍵詞 1：密碼〉中搜尋得出其間的脈絡：

> 披散長髮半睡半醒的我拖著這菜籃車，彷彿是森綠的林投姊，夠詭異吧？我正要進行一家八口一周的買菜大業，從虎林街穿過忠孝東路，到永春市場狩獵，通常是買魚，得挑那最鮮最貴的海魚，然後是腰子肉和排骨，然後是青菜水果，等一切搞定，菜早已滿出來，邊邊還垂掛著一件三九九、四九九的童裝⋯⋯，此曾經是熱中購買童裝的母親。而那確確實實是我嗎？（〈忠孝東路〉，《母系銀河》：101）

特地提出這一段並非瑣碎的紀錄周芬伶在忠孝東路買些什麼，而是從文本的描述可以看見女性的婚姻生活，女作家從談詩說理的場域進入柴油鹽米醬醋茶的家務工作，「妻性」帶懷疑與抵抗，「母性」卻包含甜蜜與承擔，但最後周芬伶都拋棄了，再走在忠孝東路怎不令她傷感。

周芬伶因婚姻而認同澎湖，以「催眠」方式接受婆家的一切不適應，展現「新婚女子」浪漫的空間語境。至台北的公寓，卻泛涵著擠壓空間感，「主婦」形像鮮明。

（三）現籍

以研究生身分來到東海中文系，或許周芬伶沒有想到自己並非過客，在此執起教鞭、做研究、寫作。二十多的冬盡春來，東海，已然在她生命中駐成一個灣，讓她在此停歇、靠岸；而她也看著東海的日升日落，滄海桑田。學生、路思義教堂、圖書館、慣走的花徑、豔陽與狂風。白雲蒼狗，物換星移，周芬伶也記錄了在東海的所見所聞。在〈小大一〉（《絕美》：96）、〈只緣那陽光〉（《絕美》：107）寫出熱情互動、鼓勵期許的師生之情，在〈沙城風情〉（《花房之歌》：27）中以八〇年代東海的違建、垃圾、人性的自私，來反應轉型中台灣的許多城鎮。所謂的現代化就是建設與破壞，它醞涵著人性的慾望與希望／醜陋與美麗，最後人們只能妥協於現實、安於所處，在憎恨中產生迷戀，在現代中開始懷鄉。此篇可與〈與愛的森林〉（《汝色》：152）對照，可以看出「東海」對周芬伶的意義。在〈美神啊！我要經歷你！〉中，周芬伶赤足行走校園治病、與S對談的東海記憶，則道出了周芬伶的恐懼：

> S，不知從什麼時候開始失去旅行的慾望，轉而在城市中不斷遷徙。二十多年來附著於一座校園，活動範圍不超過方圓五百公尺。那裡真的可以終老，有附設幼稚園小學中學，讀

完大學有研究所，研究所讀完或許有書教，每個學生都是學弟妹，退休後住退休宿舍，老病時校前有大型醫院，不幸醫不好，醫院有花園公墓，如果錢多的話，可以要求種兩行樹。一生就在方圓五百公尺過完，我的上一輩，上上一輩都是這麼原地打轉度過一生。（《母系銀河》：72）

周芬伶害怕安逸與一成不變澆熄了她的雄心壯志，文本中藉由一位教授的死亡暗示一生在方圓五百公尺的侷限與狹隘的心理意識，於是她反骨的搬到繁華中心，住在靠近市場大馬路與新光三越為鄰，面對歲月的催逼，人的一生能有幾次春天，她將未完成的志向託寓「木蘭花」：

木蘭花只在五月開，花期短得來不及畫下，常常我與它對話，它在說：「你要寫，再不寫春天就要盡了，而我即將老去。」（〈東海〉，《母系銀河》：108）

木蘭花，亦有花木蘭金戈鐵馬之壯志豪情，對照〈關鍵詞 1：密碼之東海〉可以看出她的雄心壯志：

灰得有點慘白的年代，很想殺出一條血路，我是隨時要離開的，我不適合學院，冷冷冰冰的，鎮壓不了我那過熾的熱情，除非是刀光箭雨，除非是斷頭台。（〈東海〉，《母系銀河》：112）

中年過後的周芬伶認為如果要安頓身心，「東海」無疑是最好的生活圈。但她期待的是能創造生命極致的挑戰，即使前路荊棘滿佈，也會滿懷熾熱勇往直前。此段文字也說明了周芬伶的企圖心與創作力正當旺盛。

場域的遷徙對女性而言不單是記憶，更是身體的印記，周芬伶以五官的感知銘記事件的記憶，身體的變化印刻情緒的轉換，尤其女作家更能將其印記轉化為文字的紀錄。周芬伶隨著身體場域的移動與身分的轉變，其生活空間不但產生記憶與懷舊的生命再現，也讓她在創作中建構無數的空間與象徵／空間與身分認同／空間與情感的抒情對話，或哀傷、或詠嘆、或欣喜、或勵志，呈現文本中女性飄泊的身分與心靈的離散。

潮州是周芬伶的原生家庭，對潮州的空間語境周芬伶以現實與夢境交替，真實與象徵出現，試圖以潮州地圖納入心靈版圖，顯現回不去的童年天真無憂的美好記憶。而澎湖與台北是其婚姻的記憶，可以從新婚時期的作品看出周芬伶對澎湖虛擬的浪漫，愛情的甜美；台北則象徵了焦慮浮躁的婚姻現實面，形成一種生活空間與心靈空間不斷推擠的壓迫感。東海則為工作事業的場所，周芬伶一方面以悠閒安逸的人間仙境比喻，一方面則以此提醒自己不能因此而鬆懈。周芬伶在每個地域的氛圍上都有一段心情與歷史，但她仍問女性真正的故鄉在那裡呢？

> 在生命的地圖上，我像一隻蜻蛉，飛行成一條游離的虛線——生於台灣南部，至北部求學，任教於中部，繞台灣一周卻嫁給外島人。我在此處想像著彼處，在異鄉想著故鄉，而真正的故鄉在哪裡？（《汝色》：74）

這也是周芬伶在生命地圖上不斷追尋的答案，她在〈與蜻蛉故鄉〉中感慨女性的一生猶如蜻蛉虛幻的存在。

二、家族圖像

周芬伶的家族書寫從第一本散文集《絕美》開始，其「自傳式」透明、真誠的文本讓讀者照見了她的家族史，經歷了她的悲歡離合，感受到她的心理起伏轉折，以下將其歸類如下：

（一）沉默的父系

周芬伶的父系故事大抵由祖先移民來台，定居潮州開始，先民的篳路藍縷，與天爭食、與人爭地，周家於此紮下根基，家族的歷史亦於此開展：

1.祖父形象

祖父在其文本中的形象大多是陪襯大、小祖母而出現，那位享齊人之福也受其累的男性身影，只是默默的在兩個女人中任性過自己的生活，未見跳出主持家務或左右何事。綜合文本，這位日據時代做過保正，民國三十九年加入國民黨的祖父，熱中於政治活動，擔任過鎮代、鎮代主席、農會理事長，[6]他娶了兩個老婆，享年八十二歲。

祖父最突顯的描寫則在〈最後一日〉（《閣樓上的女子》：13）中，原本斯文有禮的祖父，卻因時代與政治的改變無法適應而性情大變，神志紊亂的種種行徑令人感悟人生的無奈與痛苦。

2.大、小祖母形象

故事從〈素琴幽怨〉（《絕美》：43）開始訴說，兩個身世／興趣迥異的女性，面對時代的命運，不同的反抗，相同的結果，皆為「幽怨」。從文本中分析出大祖母家世富裕，有豐厚的嫁妝與一股盛氣凌人的架勢，其中「一大罐的珍珠」意象象徵大祖母的形象：

> 大祖母個性好強，印象中很高大，眼神銳利如刀，說出來的話每一句都像命令，沒有人敢違抗。小祖母進門後，他就負氣出外作生意，把家事全部推給小祖母。（〈素琴幽怨〉，《絕美》：43）

---

6 見周芬伶，《閣樓上的女子》：13-16。。

反觀小祖母，幼年時為人養女，出身酒樓，後又嫁人為妾，她愛好唱歌、看電影、看書，作者自言童年的許多美感是來自小祖母，尤以「茉莉」的形象來詮釋小祖母的美，並隱喻二娘地位的卑微與命運的乖舛：

> 那年她十九歲，長得像影星胡蝶，臉頰上笑著亮出兩個長酒窩，大大的鳳眼瞇彎了像要飛進鬢角，進門時大祖母往她身上潑一桶尿。（〈卿卿入夢〉，《戀物人語》：108）

周芬伶在〈素琴幽怨〉（《絕美》：43）、〈舊時月色〉（《花房之歌》：97）、〈珍珠與茉莉〉（《閣樓上的女子》：44），運用映襯法將兩個不同的女子，在其性格與命運中對照出社會給予女性的不公平對待，「她們把對方當作敵人，其實兩個人都是受害者，同樣是一無所有。」（《閣樓上的女子》：47）在《戀物人語》的〈老電影〉（頁 67）〈卿卿入夢來〉（《戀物人語》：103），周芬伶已展開她女史的精神，找出其小祖母的賣身契探尋她已被時間磨滅的身世，這不僅讓周芬伶拼湊出小祖母的「未說出」婦女史，也儼然為一部台灣早期的藝旦史。到了《汝色》的〈自然的心〉（頁 184）周芬伶寫出內心的黑暗面：

> 她是受盡壓迫的苦命女子，幼為養女，長為藝妓，嫁為人妾，最後因不能生育而淪為家僕，她的心靈必然是痛苦與扭曲的。母親將孩子交由她養育，實是極大的冒險。還好小祖母的心性善良又喜歡小孩，她將強烈的愛投注在大姊身上，卻將強烈的恨投射到我身上，嚴格地說，我是在精神被虐的狀態下長大，但母親並不知情。

《汝色》書寫風格的改變，讓周芬伶在散文書寫翻轉了「道德」的箝制，筆者看到周芬伶開始挖剖人性的黑暗面以找到更大的崩解，當秩序規範重新塑造之時便是書寫自由與心靈解脫的最好方式。至此，周芬伶已然走出「小祖母情結」，越漸發現大家族中的愛其實一直存在，存在在生活的〈儀式〉（《母系銀河》：159）中，因為過多的恨讓愛被掩蓋，現在作者的釋然，一點一點的發現了愛的線索：大、小祖母對彼此的愛／父母親含蓄的愛著／母親對自己的疼愛……，它們形成「沒有語言，只有畫面，這便是愛的儀式，一個人的電影。」這就是周芬伶的書寫風格，雖然被冠上「陰暗歧異」，但最後皆能從過去瞭解現在；從曲折往復的心理意識中走出回歸到「愛」。

3.父親形象

周芬伶文本中的父親形象為木訥、寡言、寫一手好字，或許因其母親離家二十年，又長相與個性不受二娘喜愛的關係。父親畢業農專獸醫科，後當檢驗師，這樣的男子對人生有許多幻想與憧憬，其詩篇〈青鳥〉詮釋著被壓抑的熱情和與世無爭的性格，深深感動著作者。雖然想建蓋農場、寫作，卻都在婚後一一停滯了，轉將重心寄託在釣魚上，周芬伶用「小眼睛（顯微鏡）與大眼睛（望遠鏡）」來譬喻他的失志。周芬伶認為這樣沉默的父親，始終未曾真正瞭解過她：

> 其實，父親與我之間，幾乎是不通言語的，有許多事他都是透過母親來與兒女溝通，他所受的日本剛硬教育，使他更不擅於表達言詞與情感。記得有一年流行迷你裙，有本錢沒本錢的女孩，都不能免俗地縮短裙子的長度。我們姊妹穿著短裙在他面前晃來晃去，他不知憋了多久，才要母親跟我們說：「短裙子不雅觀。」為了這句話，我們不知笑了多久。（〈青鳥〉，《花房之歌》：69）

相對的，周芬伶是否瞭解父親呢？她在〈青鳥〉中說：「我幾乎找不到任何偉大的形容詞來讚美父親。」（《花房之歌》：70）其中的原由可在〈遺珮〉中發現：

> 我常為母親感到驕傲，認為她是女中豪傑，相比之下，父親顯得軟弱無能。尤其在研究賴和、呂赫若、楊逵那樣的硬頸作家，更為父親終生效忠日本天皇之恩感到羞恥，他只讀日文書，看 NHK，聽〈義勇軍進行曲〉，友好皆日本人。我們像是兩個國度的人，講不同語言，看不同書，想不同的事。（《母系銀河》：64）

除了為父親軟弱無能與國家認同的問題外，「兩個國度的人」其實也可以說明親子之間「代溝」的問題。文本中的父親因為來自不幸的家庭，並不懂得如何去愛孩子，閒暇就到處在外遊玩，育兒之事一概不管，並對孩子一毛不拔。這樣的形象凸顯傳統父權觀念的男性通常在成為父親之後，很難與孩子有親密的互動關係而形成代溝。所以，文本中大多的場景父親是站在不發言的位置，周芬伶透過自己的眼睛觀察父親／瞭解父親／塑造父親的形象——單純、不擅交際、依賴心重。由此來看父親的個性，再看〈酸柚與甜瓜〉（《戀物人語》：20）中那位主動北上關心女兒婚姻的父親，是充滿如何巨大的愛啊！這是周芬伶對父親形象的轉折，從被觀看的客體轉為與主角對話的主體了。到了二〇〇五年〈遺珮〉，可視為父親形象的再雕塑，作者從外在行為的描述推深至父親內心底層的再探索。從高齡七十六歲的父親，交給主角二十頁的回憶錄中開始闡述，說明一個缺少愛的男孩，如何變成慳吝的父親、自慚形穢的鄉下知識份子：

> 在四〇年代，父親被 WHO 送進台大公共衛生所碩士班進修，也參與了模範村的建設得到獎勵，為何年紀輕輕已然了無大志？他記錄在一次選舉中無法阻擋手下做票，被「賊仔政府」提起訴訟，為此驚恐不已，躲進祖靈世界的模範村，不敢再有作為。父親還為年幼時沒有人為他準備便當耿耿於懷，為讓吸毒的弟弟得到解脫，祈求祖靈讓他自殺而亡，沒想到祖靈如此靈驗，終將祈求成真。（〈遺珮〉，《母系銀河》：69）

古代許多文人以詩抒發不得志之感，父親因為時代與家庭因素而沉默，又在孩子出生後，停止創作。其抑鬱、怯懦、沉默的形象更代表著那個時代千千萬萬個「父親」，不是在監獄中就是在現實中「消匿」，所以在許多女性家族書寫中，「父親缺位」。至此，不禁讓筆者推論到《小華麗在華麗小鎮》的那個父親的形象，則是周芬伶筆下父親形象的轉變，亦是周芬伶與父親關係的一種補償心態。周芬伶在〈遺珮〉末了寫出對父親的敬佩，讓人領受到那位平凡中帶有憂鬱氣質的父親，佝僂著瘦弱的身子，以第二語言（漢文）緩慢的寫下自己的一生，那是一個令人動容的畫面，也是一個家族歷史的交待：

> 我的父親留給我一堆家族史，那亦是我的根苗我的風箏，父親的一生不算白活，雖然他說自己是無名之輩。在戰後高屏地區瘧疾肆虐，死亡率高達百分之三，父親與 WHO 整治瘧疾，短短幾年內死亡率降至百分之一，又建設榚子里為模範村，也算對得起鄉里。他雖無反抗精神，也不算什麼英雄，但他亦是我的根苗我的風箏。（〈遺珮〉，《母系銀河》：70）

周芬伶的家族書寫承繼著父親的血脈，廻盪著悲觀、陰鬱之風，卻也在岩層縫壁之中找到「愛」的歸處。

4.姑婆形象

周芬伶文本中的父系姑婆眾多，可見於〈姑婆民國史〉[7]。家族女性長輩的龐大，「愛美、愛比較」，影響作者向內反縮的心靈，這樣的情結在《妹妹向左轉》中吳鎮李家有曲折細膩的探討與化解。其中形象最為凸出的為五姑婆，在〈席夢思與虎姑婆〉（《絕美》：60）中描繪深刻，這位聾啞且終生未嫁的姑婆，其生前怪異的行逕與死亡的痛苦意象一直深植在她幼小的心中。其後在不同文本中以不同的角度敘寫，已慢慢將其形象柔和化與怪異行為的合理化，如《醜醜》等。

5.姐妹形象

周芬伶姐妹，散見於各文本中，她們皆承繼了父親的夢幻氣息，開始出現於〈桌上的夢想家〉（《絕美》：24）大致將姐妹的形象羅列如下：排行老二的主角，上有先學歷史、又念政治後赴美攻讀電腦博士的娜姐，她小時候的夢想是將來種花開花店；下有讀比較文學碩士後改行當會計師的青妹，她小時候最想開一家手工藝之類的店；[8]三妹是有「柔道皇后」之稱的宜妹，警官學校畢業後官階二線三星；[9]而戲稱「新埤人」的姿妹發誓要加入女權運動行列，[10]後來成為教授，她最崇拜的行業是賣麵包。五姐妹手足情深，彷如《小婦人》情節真摯動人，文本中童年時期的姐妹聰慧、富文藝氣息，在生活小故事中散發天真爛漫的單純童心。至〈欄杆敲打著〉（《閣樓上的女子》：54）時，則彷若一部說書情節，感

---

[7] 周芬伶，《紫蓮之歌》：187。

[8] 見〈桌上的夢想家〉，《絕美》：24-25。

[9] 見〈天蠍座與獅子座〉、〈欄杆敲打著〉，《閣樓上的女子》：48-49、54-55。

[10] 見〈紅唇與領帶〉，《花房之歌》：36-37。

情濃密得令人分不清誰是誰的姊妹，命運卻讓她們差異越來越大，距離越來越遠，而她們曾經共同編織一起住在有花有樹的房子的美夢，現在只能放在回憶裡任它成泡影。原來小時候純真的願望真的難敵現實殘酷，令作者欷噓感嘆。

文本中述及青妹的有：〈東西南北〉（《絕美》：121）中以「青妹適李克在美」帶出祖父的祖譜，與許地山的〈讀〈芝蘭與茉莉〉因而想及我底祖母〉而傷心「東南西北」這四個字。祖譜是維繫家族血脈的記號，而青妹的遠嫁顯示出血脈的漂泊，作者雖然不捨，卻以「且讓我們歌頌春花之燦爛，而忘懷離根之痛苦吧！」的豪情祝福，期待每一次的見面時彼此能夠更為茁壯。〈離開〉是青妹在尋求故國心靈的歸向而想離開現狀，作者與青妹談論「離開」的議題，並堅定意念的告訴青妹：

> 能夠不輕言離開的人，才真正具有離開的資格。如果你的離開建築在不輕言離開之上，那麼我將支持你，並為你祝福；如果你的離開只是為了逃避，那麼就算天地之大，終無真正容身之處了。（《花房之歌》：92）

至〈沼澤心中〉（《熱夜》：71）再見青妹時，青妹在美生活已有十五年，未滿四十的她們卻愛提老與死。為了婚姻與孩子青妹放棄了自己的夢想，不同的是周芬伶仍堅持理想前進，因而感到「她喪失了我熟悉的部分，我成為她陌生的部分」的失落感。到了〈青青〉（《汝色》：186）這篇，青妹已居美二十年了，作者以〈青青河畔草〉帶出對青妹既感恩又疼惜的情懷。

關於大姐，則以〈來時路〉（《花房之歌》：93）為要。姐妹兩人曾經一同走過的路，因著年紀的漸長，同樣的一段路，卻歷經了不同的心情。練琴——戀情——出國——回國；長大後的彼此在人生的路上有著不同的看探。而大姐心疼作者告訴她：「人生當快樂」，此時作者才發現姐姐雖然孤獨、寂寞，卻寧願自己行走，帶著沒有人知道的悲喜。所以周芬伶在〈來時路〉中要抓住這一刻與姐姐相遇的短暫，正如生命的奇蹟，只可遭遇，而無法找尋：

> 她的許多路程我無法參加，我走過的路程她也不能了解。我們共同走過的只有眼前這條路，我緊緊地靠著她的身軀，好像小時候，怕她會再溜掉。（《花房之歌》：93）

宜妹出現在〈天蠍座與獅子座〉、〈芭蕾舞衣〉（《閣樓上的女子》：48、65）中，文本中宜妹從小是學鋼琴與跳芭蕾的淑女，卻進入警校學習射擊、柔道、空手道樣樣精通，與「閻羅」步入婚姻後育兒、家事一手包，工作晉昇越快閻羅脾氣越大、牌打得越凶，優秀的宜妹在婚姻中的寂寞作者如是寫著：

> 她覺得越來越寂寞，尤其每當她深夜巡邏，月黑風高，星光燦爛，她的靈魂真的要掙脫身軀，如林沖夜奔紅拂夜奔野狼夜奔，往黑夜的深處狂奔再不回頭。（〈天蠍座與獅子座〉，《閣樓上的女子》：48）

從散文文本中可以看出周芬伶與其姐妹的情感。在童年時有著純真友愛的共同回憶，這些回憶一直綑綁著她，令她對人事的變遷有著難已釋懷的慨嘆。對大姐則懷著又敬又愛的距離，跟著大姐讀詩文、品嚐美食、聽她的愛怨。周芬伶與青妹的感情最好，個性憨厚正直的青妹，學生時代對作者說：「你來住我這，我養你。」中年時安慰鬧情緒的她說：「等我老了，我們一起住。」因而周芬伶不怕老。周芬伶對青妹的描述從遠嫁美國——鼓勵堅持——為家犧牲——感恩疼惜，「青青」形成在周芬伶心中是最美的字。而宜妹的形象最戲劇化，周芬伶運用對比凸顯這個允文允武的宜妹的「女性意識」。

分析這些姐妹的形象，不難發現在結婚前個個擁有理想與能力，然而「婚姻」彷如腐蝕女性的毒藥，青妹因婚姻隱藏原色，宜妹在婚姻中更加狂顛與失衡，未有孩子的大姐也在婚後走著孤獨的路。因而讓作者不斷以童年美好回憶作為書寫的原料。另周家姐妹的形象也富含了強烈的女性意識：老大能夠瞭解自己，勇於開創自己的路；老二堅持自我，挑戰未來；老四推翻自己，揚棄過去；而老三在文本中的形象卻代表著許多異國遊子的「離散」（diaspora），不斷地在尋找認同與在異族競爭中掏空了心靈，加上美國媳婦的身分，更是雙重的「邊緣」。在周芬伶的筆下，老三時常散發著憂傷與「無家性」的客體角色。周芬伶書寫的互文性（intertextuality）也讓姐妹的形象出現在各個文本中，如《醜醜》、《妹妹向左轉》或近期〈愛之美吃書〉（《粉紅樓窗》：13-22）……等，姐妹們或走入婚姻、或為人母、或為生命的難題而困擾，周芬伶也已從童年的愛恨、失落走到姐妹情深、手足相伴的心境。

6.弟弟形象

分析周芬伶的家族書寫，一幢浮雕大建築撐起了百年的血脈，每一根樑柱重寫著昨天的歷史，而這座建築大崩落的開始要算是大弟這根樑柱的斷裂。周芬伶借用她個人的獨特經驗寫下〈小王子〉，將埋藏在心理對弟弟幾十年的感情一洩而出。文中弟弟的形象彷如小王子般的純真善良，「你看他那張天真無邪的臉孔，清亮有神的眼睛，略厚而敏感的嘴脣，挺直的鼻樑，長得活像詹姆士狄恩，他怎會傷害任何人？」，於是作者成了最寵愛弟弟的姊姊，後來弟弟為了鳳子從好班降到普通班，一個繪畫、書法優異的少年開始走向不歸路──蹺課、在賭場當保鏢、退學、搶劫，「母親在他的房裡，搜出一支扁鑽，還有一把好長好長的刀。」驚異、恐懼、焦慮、傷心的氛圍籠罩整個家族，然而弟弟卻說：「你沒有看到我胸前，還有大腿上刺的這些花，我是洗不乾淨了。」誰會想到歹路讓弟弟整個人都變形了，「臉孔又黑又乾，夜裡常看他驚醒，人坐得直直地發怔，好嚇人。」但在姊姊心中，弟弟從沒打過人、沒講過一句髒話，他永遠是一個乖孩子；永遠是那個愛撒嬌、嘴最甜、心最軟的小王子。之後，聽說弟弟自殺、被捕、坐牢了，所以，一直逃避事實的姊姊，從沒去監獄看過他，心理的「防衛機制」將周芬伶停留在對弟弟最完美的印象：

> 我否認這一切——我的弟弟是小王子，他有著清澈可愛的眼睛，以及天真單純的心靈，逗人喜歡，沒有人會拒絕他。他有一朵驕傲的玫瑰，祇有四枚刺，可是，他太年輕，不知道怎麼去愛它。
>
> 我的弟弟是小王子——他暫時不會回來了。（〈小王子〉，《絕美》：67）

完成〈小王子〉之後，周芬伶說：「完成文章後，我大哭了一場，我終於把我幾十年來對弟弟的感受都發洩出來，這裡頭包括受他的折磨（他經常出入警察局、經常與家人發生衝突）、自己對他的冷漠、對他的無能為力等。」[11]至此，周芬伶的「孤獨」浮出檯面，悵惘之情久久不去，加上弟弟的孤獨，交織成辛酸、無奈的「美感經驗」，令人潸然。末了，周芬伶以修伯里的《小王子》做隱喻，故事中的小王子和最愛的玫瑰花賭氣憤而周遊列國去了，年輕的小王子漸漸懂得了「愛」，常常想起他那朵獨一無二的玫瑰花，這是一趟心靈之旅，人生的修練。正如句末帶出「他暫時不會回來了」，這是周芬伶在心中隱隱對弟弟的期許：當小王子回來之時必然會是一個全新的弟弟。

到了〈哭泣的凱瑟琳〉（《閣樓上的女子》：32）中，內容為哀悼二十三歲的凱瑟琳，青春的墜毀是因為認識了弟弟而走上毒癮

---

[11] 「孤獨與創作之間」，主講人陳列、周芬伶，聯合副刊、台機電文教基金會主辦，台南一中，2006 年 4 月 14 日。內容於 2006 年 5 月 8 日刊於聯合報。

死亡的不歸之路。周芬伶此次以凱瑟琳的角度側寫弟弟及一場「悲愛」。至《熱夜》的〈藍天，再見！〉中則以咽啞的語調帶出弟弟的朋友——藍天，在幫派的追殺下以十七槍斃命於母親的懷裡，引出歧途的悲慘下場，昔日好友死的死、逃的逃，因厭棄生命飆車自盡的弟弟，在醫生宣布腦死的三個月後奇蹟清醒，卻成為半個植物人。此篇周芬伶一改昔日溫柔的／慈愛的／內斂的母性，搖身一變以詩的意象誇張的／舞蹈的／歌頌的表現出死神的黑暗：

> 鄉間沉悶的空氣特別容易蘊育罪惡的花朵，青年們以刀槍作為新玩具，胸前揣著一支黑槍，如同簇擁一窩新生的小鳥——墜落吧墜落，如花果般墜落，掉得粉身碎骨。也許可以找到新的樂趣，打破人生的無聊！我多麼喜歡觀看死前的掙扎，我將親吻死屍一千次一萬次，你看過人皮燈籠僵鬼屍厲的嘉年華會嗎？現實的人生比任何小說精彩，我不再需要什麼真知灼見，什麼教條禁忌，讓我們來玩死亡遊戲！（《熱夜》：15）

這樣的文風不曾出現在周芬伶過去的文本中，幾近瘋狂的／反諷的／玩世不恭的。而文中南國那些腐爛的水果及沉悶的空氣，彷如龍瑛宗〈植有木瓜樹的小鎮〉中不斷將讀者擠壓至墮落、幻想與毀滅的層次，地獄與人間，甜美與痛苦，今昔對照。最後，小王子還是走了，在〈窗紗情結〉（《戀物人語》：35）中周芬伶「以物宣情」，輕輕淡淡地描述大弟夭死的生命錯迕，這個戀弟情結的姊姊用「窗簾」的心情來轉換不能言說的痛，「當清晨的陽光照過窗紗，所有的醜陋與陳舊都在那裡一一蒸發，那一刻的美只有上帝明白。」一切盡在不言中，彷如窗紗靜靜默默的垂掛著，人們只看到窗紗的美，卻不解窗紗的心。

周芬伶文本中大弟的描寫雖然佔不多的比例，但每篇讀來刻骨銘心，以〈小王子〉、〈藍天，再見！〉、〈窗紗情結〉三篇為要，記錄著大弟的青春墜毀、久病成瘋與死亡，並牽引出二〇〇三年《浪子駭女》小說，一部「罪與罰」的心靈苦修之旅，驚濤駭俗的浪子駭女們在尋找生命中的狂顛頑逆的同時也釐清了血液中的原罪，進而能欣賞、接受自己不完整的那一部分。

（二）強悍的母系

周芬伶的母系形象，起初是以「母親」的描述帶出外祖父的剽悍與阿姨的女性意識，接著以母系族人狂誕奔放的個性隱喻「母系」的邊緣化。近年更著力於母系血緣的追尋，從地域的歷史探索循線至有血脈的原住民姨婆們的描述，周芬伶藉由在母系的家族身上展現出熱情奔放的溫暖與父系自私冷峻的對比，進而開始在母系的血緣中探討「愛」與追尋「自我的心靈完整」。

1.母親與姨母形象

周芬伶文本中母親的形象始終不絕，對母親的逃避與依戀顯得既矛盾又強烈，筆者試以童年／婚姻／老年三階段分析之：

童年時的母親是一個飽受思母之苦的孩子，因外祖父母個性不合決定分居，母親跟有錢的外祖父，阿姨跟窮困的外祖母，結果同胞姊妹竟完全兩個樣，母親白胖，性情細緻柔和；阿姨黑瘦，脾氣剛強暴躁，但兩人的情誼卻亙久彌新。周芬伶以既感性又幽默的筆調帶出她們的感情：

> 說到她們姊妹偷偷相會的情景，母親又莞爾一笑，她說她每天搭乘糖廠的小火車上學，姨媽便等在鐵道旁，兩人大聲呼喊彼此的名字，用力地招手，如此便也滿足了。
> 有一次，母親偷偷去找姨媽，回來太晚，外祖父責問他去那裡，母親經逼問不過只好說：「找同學。」外祖父問同學叫

> 什麼名字，母親畏畏縮縮地說：「洪賽娥。」這是姨媽的名字，外祖父聽了不禁笑出來。（〈那個年代〉，《花房之歌》：53）

童年的母親也是寂寞的，外祖父常因工作忙碌而丟母親一人看守果園，雖然有一整桶昂貴的糖果餅乾也是任其發霉。外祖父的再娶、寄人籬下的壓抑，長大後的母親卻始終敦厚：

> 母親吃過不少的苦，卻沒有學到恨，從她的訴說裡，從來沒聽過她指責過什麼人，仇視什麼人，她的話語中只有無盡的懷念與溫柔。（〈那個年代〉，《花房之歌》：53）

進入婚姻，生完五個女孩子的母親，對浪漫熱情的追尋逐漸失望，她不再逃家轉而變得強大，要重整這個家，於是，她變成鎮內最年輕的藥房經理兼藥劑師。在經濟上，母親逐漸成為家中經濟的主力，使得在五〇年代主角家就擁有第一架電話，第一台電冰箱，第一架電視機，還有許多奢侈的進口衣飾，連父親都不能不承認母親的魄力與才幹。[12]有了錢的母親等於有了權，大氣魄與大排場是她能力的象徵：

> 有一年春節，她一買年柑就是半人高的一整簍，吃得我們手心發黃臉色如柑，那之後看到年柑就想吐。有人說母親是「大心肝」。四十年前一家布店倒閉，她買下所有的布，我們五姊妹兩兄弟常在量身做衣服，母親為了當最漂亮的老

---

[12] 見〈寫信的母親〉，《絕美》：54-59；〈那個年代〉、〈影中人〉，《花房之歌》：50-55、187-190；〈玫瑰花嫁〉，《閣樓上的女子》：56-64。

闊，一天一襲花洋裝，那些布到現在還沒做完。（〈與錢〉，《汝色》：62）

母親的能力揭開了主角家最富麗堂皇的一幕，母親的誇張不實際也影響了主角的消費形態。形成了周芬伶對美的要求、對時尚的敏感、對錢的超然。〈寫信的母親〉（《絕美》：54）、〈那個年代〉（《花房之歌》：50）、〈魔箱〉（《花房之歌》：120）、〈影中人〉（《花房之歌》：187）、〈玫瑰花嫁〉（《閣樓上的女子》：56）〈淡淡春暉〉（《閣樓上的女子》：205）可見一位單親的女孩女校畢業後嫁入大家庭，生養一群孩子，面對生活／命運不得不變成壯碩的母親，在操持家務／力掙未來的同時還需顧慮是否能將愛公平無私的分配到每個孩子。這讓作者耿耿於懷，甚至懷疑自己的身世。周芬伶寫出了許多孩子的心聲，常常要問：「我是從哪裡來的？」以示反駁父母的偏心，無奈父母總是說：「撿來的。」孩子的心裡陰影更加深鬱了。母親的強勢常讓周芬伶感到苦悶與寂寞，到了《戀物人語》的〈六歲寫真〉（頁 60）中面對兒子照片時，周芬伶已能勇敢問於母親對她的愛是否真實的存在，對「母親不愛我」的困擾已然在身為人母之後填補了心中巨大的洞。

中年之後的母親在弟弟步入不歸路——繼而臥病——往生的歷程中，逐漸顯得老態、憂鬱，伴隨的是家道中落，彷如一場盛大的嘉年會華曲終人散的大落寞，正契合周芬伶以「紅樓夢」的意象來詮釋其中人事的複雜與時空的嗟嘆。另一方面，作者在大落之後的沉澱亦明顯突起：

前幾天不知談什麼，我又想到死去的弟弟，趕忙對母親說：「我知道你吃了很多苦，但你不是歹命人。」母親說：「我不歹命，只要想到你們姊妹就心滿意足。」沒有意料母親會

> 講這句話，又好像等這句話等了十幾年，我的內心有個聲音在嗚咽。（〈憂鬱與幽默〉，《汝色》：180）

站在時間之點，歲月如流金之河，這些傷逝的過往不但沒有磨滅母親堅毅，更讓從前那個愛笑、幽默、善言詞的母親回饋女兒一生的作業；正面看似女兒安慰了母親，其實是母親撫平了女兒心中巨大的痛，因此女兒反而心疼母親起來。

周芬伶筆下的母親，豐腴、圓臉、大眼，性情爽朗、幽默，在事業上有好勝心，對家務則不太擅長，對生活很有品味，無論在吃、穿、用上都有其格調與眼光。作者自言外貌與個性上的怯懦是承襲父系，但其內在的反叛、善於自我解嘲、好勝心則與母親形象無異，尤其對美的鑑賞、對人世的敦厚、對愛的追尋，對金錢的使用與時尚的敏感也遺傳了母親的大氣度。有一陣子周芬伶是對家是「抑斥」（abjection）的，小時候有兩次離家出走的經驗，其中包括對母親的逃離，這裡面有未說出的憂鬱叢結，至二○○二年《汝色》周芬伶坦然的說出當自己成為母親之後，對母親的心結才逐漸柔軟而回歸到愛與悲憫，並從母親形象中獲得壯碩的力量，而認同母系，追溯母系並創造母系。

另一個構成周芬伶書寫母親壯碩意象的原型是姨母洪賽娥，這位姨母是個充滿熱情且富於反省力的人。因父母的不和被迫與姐姐分隔兩地，姐妹雖同屬一個父母，成長歷程和生活環境卻截然不同。姨母因對父親棄養的創傷，讓她很小就體認力爭上游的意義，在困苦中一路讀到大學，苦練鋼琴成為中學音樂老師，周芬伶說：「阿姨是我見過最剛強的女性，遇事明斷果決，頭腦清晰冷靜，不愛脂粉打扮，很少露出女兒姿態。」（〈與沉重的黑〉，《汝色》：134）周芬伶說姨母是她另一個母親：

> 她是我另一個母親，教我學琴識花讀書熱愛大自然與生命，沒有她的帶領，我大概會去美容院當洗頭小妹。她擅長改造生命，不管自己的或他人的，她夠強悍。每當我快沉淪時，她會及時拉我一把，她即是我的良心。（〈與沉重的黑〉，《汝色》：137）

這位懷抱強烈女性意識的姨母是作者人生的啟蒙老師，她愛美的精神全在藝術和花草上，帶領著作者攀登心靈的至美殿堂，以致在創作上「壯碩的女性」形象牽動整個脈絡的發展，作者將戀慕姨母的潛意識透過創作表現出理想的女性形象，每個文本中「壯碩的女性」都潛藏著姨母的原型，甚至作者自己。

2.外曾祖父與外祖父形象

周芬伶文本下的外祖父形象粗獷剽悍，能將荒地開墾成果園兼養豬雞，六十多歲還能竄到河裡摸蜆子。冬天會帶獵槍和兩條獵狗上山打獵，山豬與鹿肉成了主角過年的佳餚。[13]對照祖父知書達禮的家族形象，外祖父的突異形象要從〈昨日風煙〉（《閣樓上的女子》：36）恆溪的果園說起：樹上拴著猴子、獵狗在走廊下喘氣、木屋到處是動物標本，印入眼簾的是花鹿頭、野獐、羌……等，如此的環境描繪令人置身於原始洞天的部落，一切與天爭食，外祖父「獵人」的形象由此奠定。

十年之後，周芬伶再寫母系家族，卻是渲染一股洪氏家族血液中的暴烈：

> 她每提到娘家如同面對仇家，外曾祖父在日據時代專辦原住民米糧交割，阿姨說跟山大王沒兩樣，每見到稍有姿色的原住民婦女便強佔為妻，家中妻妾無數血統大亂。外祖父更是

---

[13] 周芬伶，〈桌上夢想家〉，《絕美》：22。

> 好強鬥狠，結仇無數，他習得一身武術，常常與人比武決鬥，家中無一寧日。外祖父也打妻與子，打得要出人命，外祖母被離棄，大舅中年發瘋，二舅酗酒而死，舅媽逃家，表弟表妹的生活不堪說，暴亂的家族最後的結局是瘋狂與破敗。阿姨賦予我罪惡感，她說：「你讓我想起我們的黑色的血液，雖然你看起來最文靜。」（〈與沉重的黑〉，《汝色》：137）

這段由阿姨口中描述的祖父與父親的形象可以了解母系家譜的梗概：周芬伶的外曾祖父強搶原住民為婦的「山大王」形象，因而帶出文本中原住民的姨婆們；外祖父的「強漢」形象，又造就了骨肉分離的舅姨們。文本中作者以「瘋狂與破敗」來形容母系血液中的狂誕與血脈的枝葉離散，彷如面對敗絮，一絲絲的抽剝，最後的根源在於外曾祖父與外祖父的狂顛，造成母系血緣的混雜，預告了祖先狂悍的血液流竄著令人不安的因子，作者稱其為「黑色血液」，彷如咒語般在緊箍著命運之鑰，一不小心，內心盤踞的那頭野獸便會轉身反咬你一口，這種特質與父系的知禮、拘謹、內向的血液完全以「對比」的描述呈現。這是作者在歷經婚姻、疾病與車禍後的書寫大翻轉，這篇〈與沉重的黑〉可以說是母系追尋的里程碑，一個大宣告，大解構。作者在這篇文章中不但分析家族的不幸來自不良的血統，更將拋夫棄子的自己推向「罪惡」的深淵，但其背後卻隱含莫大的「反抗」，反抗父權社會中非「黑」即「白」的二元論。作者譏諷禮教讓人皆愛溫和儒雅之士，推崇光明聖潔的形象，這是一種「父權的完整」性？延承作者黑色血液的原罪——身為女子卻帶叛逆與女性意識，應視為分裂，就該被驅逐於正常社會？母系的家族們就因曾祖父與祖父的暴烈就該背負命運的鎖鏈驅逐於社會的邊緣？一連串的問題作者在傾訴中一一質疑，最後周芬伶仍在黑色的血液中找到自己的歸屬：

> 從小我就覺得與父系的血源格格不入，周圍的人大多溫和保守，知書達禮。母系那邊則是浪人與狂人的組合，兩個弟弟都遺傳母系的血源，狂悍放誕，他們都不被社會接納，卻擁有令人疼惜的特質，那是纖細又狂暴的愛美心靈。（〈與沉重的黑〉，《汝色》：138）

另一層面，從佛洛依德（Sigmund Freud）的精神分析來看，人類潛意識活動的根源能顯出人性本來的面目，即本我（Id）、自我（ego）、超我（supper ego）人格結構的三個層次。趙滋蕃將其歸納為「本我由快樂原則驅使，是動物本能。自我由現實原則約束，可平衡本我與超我。超我由道德原則約束，有如天使。但當超我過強，就造成『面具』（persona），當本我過強，就驅向自我毀滅。」[14]周芬伶以母系形象強調人類本我的一面，它是與大自然、愛相結合，一種動物本能的原始生命原則，不受任何制約的狂熱，完全潛藏在人類深層的意識之中；而父系即是非自然的造作、父權的道德標準與社會的價值觀，能適當順應者產生「自尊感」，不順應者產生「罪惡感」。這是歷經生命大淬鍊的周芬伶正奮力跳脫社會強戴的「面具」，欲從「罪惡感」回歸到「心靈層次」的「自尊感」，周芬伶在此強調的並非母系血液中的「暴烈」，而是以「瘋狂與破敗」來反諷社會所謂的道德上的「虛偽」。故周芬伶在「愛」上彌補的本我的「動物性」，讓人看到外祖父充滿愛的另一面；在〈昨日風煙〉與〈與愛的森林〉中那個九歲的夏天，周芬伶開始戀慕著外祖父的森林，在樹林、孤獨和探險中找到失落的自我，尤其是外祖父對她的愛，讓她獲得從未有的「家」的感覺，她感到外祖父對她的重視、平等與寬大，這與主角原生家庭的冷漠、自私和比較形成一百八十度的不同。周芬伶在森林中找到自己潛藏的野性，更在外祖父的身上補償了對親人的渴愛，所以當外祖父過

---

[14] 趙滋蕃，《文學原理》，台北：東大圖書，1988年3月初版，頁438。

世時，才十一歲的她就感到一股強烈的愛逐漸擴大到無法想像，她在鉛筆盒中放著酷似外祖父的胡適照片，每一次開盒，便是一次深深的追念，[15]這是外祖父愛的表現，也是小周芬伶開始懂得給愛的巨大感受。

3.外祖母與姨婆形象

若說洪氏家族上一代的男性是本我的狂放形象，那外祖母與姨婆們、姨母的形象就是代表「愛」與「美」。和外祖父相反的，外祖母的形象是窮困的、沉默的、背影的，她的愛表現於寧願走上長長的一段路，也要省下錢購買一盒雞蛋糕給孫女們。而外祖父小老婆雪碧的愛則表現在平等、互助的相處之道，卻在外公死後，開始女人的悲劇，雪碧讓作者體驗了忘年的女性情誼。至於母系中有原住民血統的姨婆們早在《醜醜》、《小華麗在華麗小鎮》、《妹妹向左轉》、《影子情人》文本中大武山、平埔、排灣、森林……等的描繪下深具神秘與詩歌的意象，除了愛，在血緣的遺傳上作者也發現了自己對文學與藝術的喜好與慧根是來自母系家族的血緣：

> 而我們家族從無文學血液，母系的親戚較有藝術天份，姨婆聽說是具有設計美感的裁縫師，能把唐衫穿出氣韻；大舅是建築師，我們的新厝就由他一手設計；姨媽表妹表弟都是音樂天才兒童，移民至美國之後，表弟表妹輾轉變成建築師，表弟對服飾有特殊品味，曾想當模特兒，又是穿美服蓋美屋，遺傳的因子在我們的血液中悄悄決定命運。（〈與蜻蛉故鄉〉，《汝色》：85）

15 周芬伶，〈與愛的森林〉，《汝色》：148。

至二〇〇五年的〈父家與母家〉，姨婆們[16]各自的形象已有朗朗秀慧之貌：

> 聽說我長得像外祖父的姊姊阿炭姑婆。外祖父是獨生么子，上面有好幾個姊姊，分別是阿葉、阿知、阿炭。其中阿知姑婆是一流的長衫師傅，那時也算專業的職業婦女，有威嚴又會打扮，頗得人尊敬，像極青妹。阿炭姑婆，講話細聲細氣，個性溫柔，厚情多心，眉頭憂憂結結，真愛美。（《母系銀河》：184）

周芬伶更進一步在〈關鍵詞 1：密碼〉中以地名勾勒出生命的圖形，並以楓港、車城、歸來、潮州、泗林牽引出洪氏家族史：外曾祖父矮而壯，因為需要掠奪婦女來建設自己的自卑，相貌推測為醜，壯年時趕牛至楓港販賣卻遭奸人覬覦財富而被毒殺，為此車城的祖居靈異事件不斷，外祖母因而遷居楓港。外曾祖父的暴斃，讓外祖父為保護一家的女人而練就一身好武藝，常與人爭鬥，後竟成地方惡霸，在日據時代開設武館一連打死好幾個日本人轟動一時，被屏東糖廠的社長聘請為保鑣，全家移居歸來。而居住在車城的姨婆們個個高大美麗，她們深凹憂鬱的眼眸訴說身世血緣之痛，也因為那憂鬱氣質讓她們愛上了美，「長長的辮子纏在額頭，有時包著頭巾，身穿長衫，赤腳且小腿粗壯」（〈車城〉，《母系銀河》：105），至此可以找到周芬伶對原住民神祕的想望；一種平地人的眼光投射在森林、打獵、部落與歌唱……；既冒險又樂天知足的快樂，一旦這種異族的血液與自己連上生命遺傳的關係，那是一種奇妙的「再認同」追溯之感，正如二〇〇三年《影子情人》的〈影子母親〉中的素素對女兒九英提出在往生之前一直要到楓港追尋

---

[16] 周芬伶稱母系的姨婆們為姑婆，或許周芬伶有特殊的含意？或是她跟著母親叫？不得而知。此處以下周芬伶母系的「姑婆們」，筆者改以姨婆代稱。

卡將的娘家，闡述「女子落葉歸根」的新觀念，斥陳「出嫁從夫」的傳統：

> 「我要去楓港。」
> 「楓港？不是在屏東？」
> 「小時候卡將帶我去過，是卡將的娘家，外媽頭髮白了，還綁辮子，繞在頭上，包頭巾，嚼檳榔，聽說是『假黎仔』。」
> 「那不是原住民嗎？」
> 「不，是平埔仔。他們穿大旗衫，梳辮子頭，男男女女都是這樣。我那些姨婆，多半是招贅，一堆女人住在一起，見到我又摟又抱，在我手裏塞滿紅包，很親熱，一家子都是笑聲。我忘也忘不了那個景象，卡將說要回娘家，她的屍骨要埋在那裏。」
> 「阿公阿媽葬在一起不是很好嗎？」
> 「不好，卡將最近托夢告訴我女人也要落葉歸根，現在你知道我要去那裏了吧？你會帶我去吧？會幫我完成心願吧？」（〈影子母親〉，《影子情人》：198）

這完全是車城姨婆們的形象，女人國裡的熱情與愛是母性的懷抱與溫暖，讓主角死也要回到母親根的所在，而排灣女權較高的形象也對照了漢族父權貶抑女性的觀念，一個女性王國誕生的雛型，從周芬伶說：「我戀慕外祖父與有關他的一切」開始。

周芬伶早期的洪氏家譜追溯並無立意，但在其歷經婚姻、疾病與車禍過後，成為她極力書寫的一部分。從二〇〇二年開始周芬伶在文本中大幅度以「解構」（deconstruction）思想反轉過往的書寫與其形象，企圖透過密集的思考與辯證提出一種顛覆的質疑。母系的追尋即是透過與父系的「差異因子」凸顯化，藉由彼此衝突、對立的力量，將原本封閉、僵化與凍結的意義釋放出來，進而闡述其對「父權」的對抗。另外周芬伶的母系追尋書寫，亦在精神分析中層層推往內心深處的「黑盒子」，在父家所受到的壓抑的、愛慾的、神魔的、靈魂的種種悲頑的糾葛，以「投射」、「補償」、「實現」在母家的自由的、包容的、流動的、大自然的種種邊緣的狂逆，作為心理建設的完整性人格：

> 我跟阿姨很親，是她帶領我進入文學和音樂的殿堂。我跟外祖父和外祖母更親，他們都是感情豐富，生命力強旺之人。我在他們身上感受到愛，這是在父家所沒有的。
> 是不是不占有，更懂得愛。所謂外家，是不具備名分的外人，因著父權的規定，被驅逐到邊緣的愛。（〈父家與母家〉，《母系銀河》：185）

總體來說，周芬伶的母系書寫是以「愛」與「邊緣」對抗父系的「霸權」與「中央」。

從周芬伶的家族圖像分析，周芬伶的家族書寫與她的身世辯證、身分認同有很大的關係。起因於重男輕女的父系大家族裡人際關係的錯綜複雜／大、小祖母的不合／族人愛美、愛比較的心態，造就她在父系家庭格格不入的情態，得不到關愛的失落。繼而在母系家族中感受到的熱情關注，形成強烈對比的戲劇性：拘謹文雅的父系與草澤剽悍的母系、漢人與原住民、城鎮文明與自然曠野……，因此成為周芬伶創作的重要養分——從早期自我的身世辯證、身分認同，到近期以母系作為父系的補充，教育下一代兩性平衡的重要。

三、婚姻

早期社會，傳統的婚姻制度讓女性進入婚姻後其身心的改變要比男性巨大，婚姻讓女性從原生家庭到夫姓家庭，從女兒轉換成妻性的角色背負種種教條與規範，所謂「三從四德」到綁頭束腳……等，在在都顯露父權為支配婦女道德、行為、能力和修養的標準。

畢恆達曾在二〇〇五年二月號《Cheers》雜誌表示，對於一個經濟獨立的現代女性而言，婚姻不再像過去那麼重要的最主要原因是：「婚姻對一個女人生涯的影響是遠大於男人，而且這些影響又多是負面。例如：要變成一位柔順的妻子，會照顧公婆、傳宗接代，最好還會煮飯洗衣。」透過畢恆達的分析，即使二十一世紀的今日，父權觀念仍緊緊壓迫女性在婚姻制度中的角色扮演，男女婚後的大不同仍在家務的分擔與順服觀念的制壓。所以現代女性的女性意識抬頭後，則認為如果撇開生物的繁殖和後代的養育，她們寧願選擇「男女關係」而非「婚姻制度」。由此來看周芬伶的文本，對「妻性」與「母性」的取捨與闡述就更能以現代女性的觀點切入了，筆者試以夫家形象、妻性、母性來分析其對姻親家族的書寫：

（一）夫家人物形象

1.丈夫形象

丈夫在文本中的形象可以從〈半個夢〉（《花房之歌》：148）與〈則之〉（《閣樓上的女子》：95）中了解：敏感、拘謹、老繃著一張臉又不吭聲，沉默得像個影子：

> 他只是與我相同的這一半，我的缺點他都具備，相形之下優點也不希罕了。我們都喜歡俄國音樂，喜歡雨天，喜歡安靜，喜歡素簡，固定的幾個朋友，固定的生活習慣，容易感傷，容易猶豫，晚上一樣會失眠，而且都不擅說話。有許多

人說，我們的外貌也有些神似。（〈半個夢〉，《花房之歌》：149）

他是個木訥的情人，體貼的丈夫與放縱的父親，從來不做浪漫的事，卻能進產房陪太太生孩子，專任洗碗、看稿子、打蟑螂三項屬於丈夫的工作。絕不煮飯與騎摩托車，在編輯台上「撿豆子」到育兒法皆有一套自成的規則。作者自嘲自解的寫出，夫妻相處情景猶如「兩個沉默的影子」。在楊錦郁訪問周芬伶與其夫呂則之的〈另一個自己〉中提到呂則之愛上的是周芬伶的散文女作家的氣質：

> 《絕美》一書在呂則之的內心引起強烈的震撼，他覺得作者委婉的傾訴和剖析，與他胸中的情感十分契合，使他認定自己尋尋覓覓的伴侶合該就是這名女子。
> 老師（按：趙滋蕃）走了，卻在臨終前讓他們看清另一個複印的自己：含蓄、內向、悲觀、寡言。[17]

而呂則之對周芬伶作品的評論為「美麗與哀愁，甜蜜與平淡」，但周芬伶始終認為那並非真正的她。她說「錯誤的印象導致錯誤的感情和婚姻。向我求婚的男子是愛上我的散文，而非真正的我。」（《影子情人》序：14）這也是許多女作家在進入婚姻後所產生的矛盾與撕扯——同樣是作家，男主人寫作時霸氣十足的佔領客廳，大桌一擺所有的人不敢有一丁點聲響，女作家卻必需退縮到床邊的櫥櫃旁，要與謬司索討靈感又要兼顧孩子；對於家庭男作家自派三項家務，減法之後都歸女作家所承擔，婚姻的盟約對女性而言究竟是枷鎖或是港灣？在不同時代的集體意識與不同作家的個人意

[17] 楊錦郁，〈另一個自己〉，《嚴肅的遊戲：當代文藝訪談錄》，台北：三民書局，1994 年。呂則之為小說家，著有《海煙》、《荒地》、《憨神的秋天》、《雷雨》等。

識上則有不同的表現，周芬伶早期的文本也只處在「思索與調適」的階段。

2.公婆形象

文本中公婆的形象並無太多的篇幅，在〈花前〉（《閣樓上的女子》：73）中周芬伶的公公檢查出肝硬化自以為不久於人世，促成了賞花的原因。作者並無大力描寫各式花貌，反而是「泡泡」適時的點綴，一種幻化如夢的泡泡，點出人與人的關係好像樹上的花，每一朵看來彼此孤立，但由整棵樹來看，它們卻彼此依附不可分離。闡述人的遇合，也像花的遇合，不可預知，也無法控制。那是描繪一位女子從未婚到結婚、生子的改變感觸。至《熱夜》的〈聽聽海啊！〉（頁 21）公公的去世將婆婆與自己拉近，兩個都是媳婦的身分，讓周芬伶從婆婆身上看見了自己的一生，於是她選擇做自己，並找到自己的主體所在。面對來自婆婆各種姿態的柔性壓力，及公公遺言要她做好媳婦的角色不要再寫作，周芬伶決定選擇離開遠颺至美國，至此正式宣告了她女性意識的覺醒。

（二）妻性

周芬伶以自身的經驗在《花房之歌》中著墨「婚姻」甚多，此時已是為人妻、為人母的她，在生命歷程中一下子轉換了不同角色，每個角色都是一次對自我的再認同，首先以〈海國〉拉開婚姻的序幕，穿著豔紅嫁衣不便於行的主角，被丈夫背負越過韋恩颱風肆虐後的斷垣殘壁，因身心交付而感到幸福地輕輕哭泣起來，作者將新嫁娘對婚姻的憧憬、幸福的理想全部投射在丈夫的形象中：

> 看他瘦弱的身子因重負而傴僂著，臉上有堅忍的表情──當一個人發願背負起生命的重擔，忍受情愛的折磨，便有這種剛毅的姿勢。我的心在輕輕哭泣，被這樣背著很幸福啊！以前從來不知道，從頸項與肩頭之間看去的天空是如此溫暖遼

> 闊，而越過一個人頭上的視線是這麼深邃而纏綿。（〈海國〉，《花房之歌》：16）

周芬伶以「豔紅」的意象顯示新嫁娘的心，在一片海洋之中的小島上，斷垣殘壁的灰暗中，顯得多麼刺眼又無助，新娘唯一能依靠的只有背負她的丈夫。於是她告訴自己「我終於承認自己是海洋之子，海島之民」。周芬伶因婚姻關係開始認同於丈夫的家與生活環境及其一切，雖然這一切對她而言都是陌生。所以在〈夢入澎湖灣〉（《花房之歌》：20）中周芬伶寫出與討海之子的丈夫同船渡的堅定、她描述婆婆的山（田）很可愛，像小精靈樂園、想像能在澎湖向海的房子中擁有這一切也算是一種幸福，此時周芬伶已然在心中決定與這一切陌生連接上生命的緣份，一步步將其納入、轉化、成為自己的一部分。周芬伶運用漸入推進的「心理催眠」方式，展現對婚姻的未知數，表面上一切都是美好、幸福的開始，內心卻令人感到不安與撕裂。

傳統婚姻制度對女性的改變甚巨，對男性而言父權的社會制度卻賦予他們主動與宰制的位置。所以婚姻使女性對自我的身分須做「再認同」的建設，從原生家庭轉換至夫家的姓氏與生活，學習擔任人妻、人媳、人母的角色，當「認同」出現矛盾與衝突時便產生質疑與抵抗。

首先，周芬伶在〈紅唇與領帶中〉以自我解嘲的方式寫出由「女兒圈」進入「男人國」的尷尬與不適，並開始對婚姻產生懷疑與失落：

> 在這男性強勢的世界裏，我的生活處處受威脅，我常找不到自己的東西，並不是它失蹤了，而是被我藏起來，藏太多記不清了。「我」的東西看起來總是那麼單薄而缺乏說服力，久而久之，我已習慣用男人的東西，大號的拖鞋，大號的湯

> 匙與玻璃杯，穿不具女性色彩的休閒服，使用沒有任何花樣與裝飾的家庭用品，甚至我也跟著得了香港腳。（《花房之歌》：41）

這裡暗示著女性在強權的男性社會裡，「我」的主體性必需隱藏起來，她是失聲的、邊緣的、失憶的，女性開始感到自我的懷疑與失落，男性所主導建構的框架牢牢的穩固其自身的秩序，形成男尊女卑、男主女從、男外女內的性別不平等價值體系。

接著對「人妻」角色開始有失衡的發聲，在〈半個夢〉中開始評論婚姻觀。第一，她認為一個現代獨立女性是可以拒絕婚姻：

> 一個女人生在這個時代，如果她有一個兼顧實際與理想的工作，有著獨立的個性，和一群可以推心置腹的朋友；又如果她嚮往更自由自在的生活，她可以拒絕婚姻，猶如拒穿一件不合身的衣服。（《花房之歌》：149）

這與畢恆達的研究不謀而合，婚姻的「負面」影響開始產生效應，對於一個經濟獨立的女性婚姻使她不自由。第二，婚姻要選擇自己所欠缺的另一半，才能有完整的夢。而作者卻與自己性格相同的一半相遇相合，夢難圓留有遺憾，才新婚不久就在矛盾中以「中國人恩愛的意義」自我催眠，寫出「或許我們的一生終究也將留下殘局，但是，我們正努力去完成那美好的半個夢」，是顯得如此不安又不得自我安慰與期許。最後，在面對傳宗接代這件事，周芬伶寫出：

> 而傳統女人最大的工作是生育，她們大部份的精力與歲月都用在養育子女身上。「生一個尪仔，落一百朵花。」結束生

> 產不知道要落多少朵花？然後，她們就像繁華落盡的枯枝了。（《花房之歌》：36）

這是傳統女人的悲哀，也是周芬伶所要面對的問題。匆促的結婚、懷孕、生子，周芬伶對這因丈夫而成生命第二個家的地方；最親卻沒有血緣的親友，正在做最大努力的調適。此時的周芬伶可以從她詮釋〈新人〉（《花房之歌》：164）來看「從決定結婚的那一刻開始，你就變成另外一種人——這種人叫半馴服的人類，較為和群，而且容易妥協。」這是周芬伶經歷婚姻後的肺腑之言，她像一匹難以馴服的獸，正努力的在人（外在傳統女人的形象）與獸（內在的自我女性意識）做艱苦的拉鋸戰，致使文本主角一再退守自己的防線、改變自己的個性與生活習慣，此時周芬伶的女性意識是被有意壓抑的，而壓抑她的是她的婚姻與她自己。這裡看出周芬伶是一個冷靜又理性的女人，她很快在婚姻中覺察父權的無所不在，不斷地反思兩性的平等問題，從小在她姨母身上獲致的女性意識的種籽慢慢發芽，她想要知道什麼是「我」？什麼是「女性」？她的立足點又在哪？

> 那時我們對於妻子的角色十分厭膩，寧願說謊也不願回家。我發現你善於說謊，連一絲罪惡懷疑也無。我不知你為什麼要一步一步將我們脫離家庭。近四十的女人逃家像小學生逃學，編各種無奇不有的謊言。我們的丈夫不能算不愛我們，但婚姻到了十幾年，不知何時丈夫變成老師，散發著納粹氣息與斯巴達精神，那令我們自我退化的到底是什麼？（〈最藍〉，《母系銀河》：53）

由此看出，周芬伶文本中所呈現的妻性，是帶著對愛情的憧憬走入婚姻，懷抱執子之手與子偕老的誓言，共築未來的美好。但在婚姻生活中有太多的秩序與制度要重新建立與適應，妻性便在自我理想與現實中產生矛盾與衝突。於是開始思辯婚姻秩序與制度中那裡出了問題，對父權開始質疑與反抗，並在自覺思考的過程中，所產生的女性意識便建構了自我的主體性，有了主體性的女性打敗了犧牲奉獻家庭的妻性。

（三）母性

周芬伶雖然在「人妻」的角色中令她產生矛盾又痛苦的心情，但從《花房之歌》「小令」（頁 209-230）的內容來看，她對「為人母」的情懷卻是堅定而綿長。「小令」部分共有十一篇小品文，篇篇令人驚喜感動，周芬伶將一位母親從孕娠到生產到哺育的細膩心緒，溫柔似水的細語從星辰中灑落到寧靜的夜，輕輕軟軟的旋律，搖哄孩子入睡，母性情懷一覽無遺。

對照十六年後的《母系銀河》「FOR YEAR」（頁 173-213），當年懷裲中的奇奇已經長成十六歲的愛歌少年，七篇散文訴說著一位放棄家庭與孩子母親的心情。時而低吟傷痛、時而壯大切決。從篇目的安排可見明顯抵抗父權，〈完整與分裂〉、〈父家與母家〉、〈男人與女人〉、〈健康與疾病〉、〈考季與非考季〉，這五篇散文題目兩兩對立，二元對立的解構意圖明顯，並有意開創以愛終結父權宰制的物質層面，進而回歸於母系的心靈層面。首先周芬伶以完整與分裂，傾訴一個放棄孩子的母親被冠上「悖德」，被妖魔化，被家庭除名，但也因為如此，母親學會放手，孩子找到了自己：

> 原諒我離開你，離開你並不代表不愛你，分裂也不代表不再完整。有一天你會找到自己的完整，擁有更多的智慧與愛去給與。我也要去尋找我的完整到那時我們會更懂得以愛相待。（〈完整與分裂〉，《母系銀河》：183）

次以父家與母家為題闡述父權社會總以父系血統為要，過分教導要愛父系姓氏，光大門楣，卻忽略我們身上留著複雜的血液，將母系稱為外家否定它疏遠它，是否違反人性呢？並舉魯迅認同母系而擁有大無畏的精神，佛陀夜逃父家才有大慈悲，歸有光、張愛玲愛祖母愛母親才能成就不流俗的文章。愛父系也要愛母系，才能知道自己是什麼，取得人生的平衡之道：

> 結婚之前我認同父系，結婚後我被強迫認同夫系，那讓我痛苦割裂，母系變成我的桃花源，那是自然產生的平衡之道。雖然我的母系凋零敗盡，追溯先人的足跡，更讓我了解繁華歸盡何處？空幻的盡頭是什麼？自我的生成就像蚌殼生成的明珠，你自以為自足飽滿，其實是唾液和沙粒所生成。你忘了蚌與大海才是你的生命根源。（〈父家與母家〉，《母系銀河》：188）

最後以男人與女人在現今社會中所處的位置來探討性別差異的不公，也將為何拋棄孩子的原因盡訴於此。母親是一個自由的職業婦女，卻闖進保守的大家庭，男人規定著女人如何如何，可見傳統婚姻利益男人，卻挫傷女人，周芬伶在〈男人與女人〉中，教孩子——女人如月亮，男人像太陽，兩者才能構成一個完整的宇宙，太偏執哪一方將會失去快樂與完整。：

> 女人的內心存在著不同的自我，其中有別人期望的自己，她期望的自己，還有她真正的自己。社會先分裂女人，型塑女人為聖女、惡女、要不聖女，要不就是惡女。將之二元化，簡化，刻板化，女人在從社會的形塑中分裂自己，分裂令女人失去主體，失去主體的人是無法與生命宇宙平等思考的。

> 女人只有尋求完整的主體，才懂得如何愛。（《母系銀河》：191）

分析七篇寫給兒子為題的內容，其手法在於顛覆二元對立父權的統一性，並以差異和多元突顯女性的陰柔特質。目的在以「母性」的多元化、開放性與尊重差異的理念來鬆動陽性價值體系中的二分法僵化的思考模式。周芬伶在「母性」的闡述中很明顯的運用「女藥師佛」的意象代替了母親的形象——女藥師佛就是母親的化身，願為子女承擔所有的病痛。而對母子之間的救贖，周芬伶則採用「目蓮救母」的意象，作者想像孩子是田野之子將解救母親於惡魔古堡中；或是哈利·波特擁有無窮的魔法能源是來自另一世界父母最深沉的愛，孩子永遠是母親的另一半，更好的另一個自我：

> 目蓮母親在地獄中受煎熬，目蓮走遍地獄拯救母親。母親大約是糊塗的，在生孩子之前，她或許聰慧，或許精明，做了母親，就難免變成昏君，事事袒護包庇，母親被父權社會驅逐懲罰，只有兒子能救她。（〈還子〉，《母系銀河》：86）

周芬伶的婚姻書寫歸結為因錯誤的形象導致錯誤的婚姻，兩個相似的另一半，卻因父權的壓制而令她想逃離沉悶的婚姻，在不得已的情況之下選擇了拋棄母職，因而背負了悖德、惡女的罪名。在婚姻中，筆者看到一個越來越強悍的女性為了追尋自我而義無反顧的離開婚姻制度；但反觀在母子親情中，這位離開孩子的母親不斷在文本中懺悔、剖心、流血，令人讀來字字透徹骨肉、心疼鼻酸不已，天下為母之心，正如女藥師佛無怨無悔無私。

由此，所謂「妻性」乃後天環境形塑而成，「母性」則為血液相連難以拋棄。但此處矛盾的是，周芬伶的文本中在面對女性遭受父權的壓迫時是叛逆逃脫的理直氣壯，但在面對兒子時又不斷地以

「悖德」、「殘廢」、「妖女」等字眼擔負起父權強加於「拋夫棄子」女性的罪惡感？「仙女」與「白蛇」是她最慣用的意象，那種處理男性霸權的壯碩形象全然隱退，取而代之的是不知所措、愧疚與思念的母親形象：

> 如果我知道那一天在與你父談判之後，你到我床前說：「媽，我要走了。」此後將失去你，我會緊緊抱住你，不讓你離去。一個如天使般的小男孩飛走了，沒有人告訴我他到哪裡去了，從此你我之間阻隔著巨大的時間與空間，它們永遠停格在六年前你離去那一刻，不會再增益，也不會縮減，恰恰好是一個十歲男孩的身影。（〈完整與分裂〉，《母系銀河》：178）
>
> 驟然離散，如遭雷殛，你我都跳開，各自痛自己的痛，你以冷漠對抗我；我常在麥當勞肯德基一面吃著漢堡一面流淚，看著孩童的身影失去魂魄，那個會逼迫人的老師母親，整整六年無法動彈，你的成績退步一些，尤其是國文與寫作幾乎荒廢，過了十五歲，再也沒機會當神童了。（〈完整與分裂〉，《母系銀河》：180）

這也許是周芬伶在面對「親子關係」所難以解開的生命課題。於是周芬伶亦在母子關係中開闢出一條愛無終極之路，企圖在二元對立中跳脫：

> 再沒有好與壞、悲與喜、善與惡，一切發生皆屬必需，就連我們的分離與思念，皆是必需，無需惆悵亦無需怨尤，dear Year，如果有一天你遭到命運的惡吻，我將是你最好的避風港。不要求你成功，不要求你孝順，只要求你愛你自己，也能為人所愛。（〈愛無終極〉，《母系銀河》：211）

周芬伶將生命回歸到一切皆屬必然也屬未然，「空」一字替代，無需過分煩惱也不必太過樂觀，唯有「愛」才是一切真理所在。父系的愛，母系的愛，二元對立的最後將以孩子對兩造的愛終結，這也是潛藏於周芬伶內心的想望：

> 白蛇即是母系社會的代表，是人類更原始更暴動的根源，法海代表的父系社會，終究要來消滅她，她顧不了兒子，因她已被父系力量鎮壓，而孩子一定會來尋，父系與母系對決，最後贏的是孩子。他才是這場對決的裁判，他孝養父親也解救母親，他是新世界的主人，他的愛新鮮廣大，沒有分裂，沒有缺憾。（〈還子〉，《母系銀河》：83）

周芬伶文本中的母性從傳統光輝的母親形象描繪，歷經長期的骨肉分離後，孩子也從襁褓嬰兒長成十六歲的少年，周芬伶運用中國民間故事、西方神話及目前最受歡迎的哈利波特角色來闡述母子無法割斷的血脈，與母親對孩子無私的天性，最後以「愛」來消解對立的婚姻關係與重修母子親情。

第三節　性／別書寫

周芬伶的性／別書寫，可在她的寫作歷程上看出，從一九九六年的《妹妹向左轉》一刀劃開甜美學院風的散文書寫，繼而代之的是在記憶中探索、在感痛中重建自己時間的「散文變」。周芬伶企圖在文化、權力、知識中將女性從歷史中被觀看被壓抑的無聲之中解救出來，並重新為其命名。至《汝色》、《世界是薔薇的》開始更將女性的慾望、身體帶入散文的主題中，挖剖女性最幽微、纖細、複雜、難以言說的情慾（情感與慾望），表現在詩歌的意象中，顯得跳躍、斷裂、逆轉、暈眩，卻是飛翔自在的真實與感動。

周芬伶的性／別書寫，以「性」做為男性權力的所在為出發，「性」令男人自尊、自傲、主動而成為社會的主體；「性」卻令女人自慚、自羞、被動而成為客體——被觀看的、戲謔的、財產的一群。男人可以三妻四妾，女人連說「我要」都被打入浪女淫婦之列。男人可以裸體自在的展現眾人眼前，女人裸體卻招致情色、暴露、瘋癲之譴責。男人話語令人威震、嚴肅、條律，女人話語卻被譏為細瑣、鬆散、無意義。從史考特（Joan Scott）對「性別」界定來看女性為何會沉默：

> 「性別」就是一種對差異的社會組織（social organization of exual difference），亦即「性別」不僅只是生理上的差異，更是一種讓身體上的差異產生意義的知識體系，對身體形成種種管理的機制，以這種無所不在的監管方式，「性別」就成為一種僵固的社會建制，與大論述、權力關係、社會規範、空間倫理共謀，使女人在後續的人權、利益、權利與社會福利體制下，成為被犧牲與矮化的一群。（廖炳惠，《關鍵詞200》：122）

這與傅科在《性史》（The History of Sexuality）一書中，將身體與性別訓練和種種權力論述交織結合在一起相同，性別不只在於「歧視」，更顯露整個歷史、文化、社會的建構一面傾向男性霸權的利益輸送，讓男女從一出生就陷落在性別意指的符號表徵。至九〇年代「性／別（gender）」論述更不單只是表面上所見的生物生理上區分的兩性，心理精神上的性別多元化亦成為學術研究的熱烈討論；「身體」的解釋亦在「肉體」之外，它與文化的建構、權力、知識形成的體系，都有密切的關係。「性別」議題一時延燒至今，所開展出的對話更鉅細，兩性平等教育開始被重視，文學與藝術對性別的展演繁花盛開。

周芬伶的「雌雄同體」即是對性別／話語／權力尋找另一道出口，她積極地尋求「真理」，與「自然大地」的種種連接，並塑造一個男性隔離的「女性王國」，用以取代父權定義生活上的種種問題與權力的關係，並顛覆現存語言與傳統理性，進而產生新意義和新的主體位置，來重新定義「女性性質（femaleness）」[18]。這與基進女性主義（radical feminism）主張女人所受的迫害是最古老、最深刻的剝削形式，且是一切壓迫的基礎，並企圖找出婦女擺脫壓迫的途徑主張相同。[19]周芬伶關注的大多與女人有切身的關係，包括性別角色、身體變化、情緒感知、婚姻家庭、母親角色、情色暴力等，處處都直接觸及了女人的身心，發出了女人最赤裸的聲音。以下即以時代背景、成長歷程與婚姻生活來探討周芬伶的女性意識如何影響其性／別書寫。

一、女性意識

周芬伶女性意識的覺醒，可在〈我的祕密情人〉中得到很詳盡的闡述，她說「因為收集女性口述歷史而接觸到五〇年代左翼女性，雖心嚮往，卻不能至。同時在婚變中一連串的衝突與鞭笞，才明瞭我們的社會是個得厭女症的社會，當有思想、有抱負的女性在追求婚姻、家庭、愛情、性方面的解放時，父權壓迫的根源便排山倒海而來。九〇年代，看到婦運的老將與女同志新兵的分裂、社會對同性戀者田啟元與邱妙津的死亡態度，體會到社會上階級中還有階級，便將台灣形容是左翼基進派的地獄，加上當時自己遭受到無

[18] Chris Weedon（克莉絲・維登）著，白曉虹譯，《女性主義實踐與後結構主義理論》，台北：桂冠圖書公司，1994 年 8 月，頁 155。

[19] 王瑞香，〈女性解放的根本契機〉，收錄於顧燕翎主編，《女性主義理論與流派》，女書文化出版：台北，1996 年 9 月，頁 123。

處不在的男性暴力對待，在一場大病，一場車禍後的死亡醒悟，讓女性意識更加強烈」。[20]

這篇〈我的祕密情人〉周芬伶展現了以往不曾有的激切情緒與衝撞自我藩籬，像是自陳又是辯解。做為一個文字書寫者，周芬伶所要面對的不只是創作形式的突破，更要了解「自己的聲音在哪裡？自己的身體在哪裡？」，她的女性意識不斷地讓她質疑／逃離／叛逆傳統，於是她在創作上從語言與社會現象背後的「深層結構」中，以各種元素與意象架構了文本的中心組織，以此中心組織為軸，向內向外推展圓週的規律，並進一步結構「本身」，口述歷史、家族／傳記式的散文書寫即成為她的書寫特色，喊出了「婦女是真正的左派」[21]，以凸顯婦女在早期傳統社會階級上的不平等。

周芬伶也說：「我的婚姻發生問題，感覺上是個悲劇，可對我在創作上卻是個喜劇」[22]。丟棄了傳統婚姻制度的桎梏，周芬伶文風一轉她不再寫以前寫過的東西，她要寫她想寫的：前衛、情慾、身體……，她將過去受限於中心、結構、形式的框架一一的釋放出來，她慢慢的去探討疆界的分野，社會形式的思索，更積極在女性群體中建構新的意象，企圖將過去僵化、封閉與歧見的女性位置解構出來，今昔的對照，性別的壓迫，讓周芬伶的文本呈現「陰性史觀的書寫」，形成女性的小宇宙，即成為基進女性主義者戴力（Mary Daly）在《Gyn／Ecology》書中的第三個階段：

> 婦女開始面對社會仇恨女人的事實，了解女人被文化蔑視的程度了。戴力建議婦女退出一切的父權制度：教堂、學校、

---

[20] 摘錄周芬伶，〈我的祕密情人〉，《影子情人》自序：15-17。

[21] 「婦女是真正的左派」，為摩根（Robin Morgan）1977年提出。

[22] 〈找回原初想望的性躍動——跨越藝術座談會之四（上）：影像創作者黃玉珊V.S文學創作者周芬伶真情對話〉，92年7月12日，主辦單位：高雄市政府社會局，活動地點：高雄市三民區婦女館B1視聽室。

學術組織、家庭、異性戀等，進而驅除虐待儀式所帶來的「心靈／精神／肉體污染」，從事一個「認知／行動／自我本位的過程」，如此便能創造一個認同女人的新環境，即「婦女生態」（有關選擇當主體而非調查對象的「自由的」婦女的學術）的形成，著重於心理層面的意義。[23]

周芬伶二〇〇二年之後出版的《世界是薔薇的》、《汝色》、《影子情人》、《浪子駭女》、《母系銀河》等文本主旨在在明言：「我正在塑造一個女性的世代，女性的王國」、「我是天生的radical，然而一直在逃避它，如同我在逃避的小說，它是連我也恐懼的妖女，不服從男性的規則。我喜歡沒有男性干擾的純女性世界。我假裝愛男人，其實從無男人真正獲得我的心。」（〈我的祕密情人〉，《浪子駭女》：16）周芬伶的書寫已轉移至基進女性主義。周芬伶所注意到的是女性所處的空間問題，散文與男性代表的父權「道德」支配慾，箝制著女性內心的慾望與自主，而小說正如純然的女性世界，可以虛構、可以想望、可以自主，以前她順服於傳統父權制度，現在她要撕開虛偽的面具，挖剖女性種種的精神層面，以「真誠」示人，並積極欲在文學上找出女性的生命座標。

《世界是薔薇的》一開端便以彭婉如被姦殺，〈她的城市〉做為序曲，痛訴女人活在這城市的虛幻與凶險，讓人震撼與哀戚：

洗澡更衣時，她平視前方不肯低頭，肉身太神祕太具體，每一條曲線都令她畏懼，她以城市的區位分別稱乎它們，她伸長著手說：「這是我的街道。」踮起腳尖說：「這是我的河

[23] 王瑞香，〈女性解放的根本契機〉，收錄於顧燕翎主編《女性主義理論與流派》，台北：女書文化出版，1996 年 9 月 20 日，頁 128。此書第一階段從抨擊父權制度下手，第二階段詳述父權下的「虐待儀式」。

> 流。」胸脯是山丘，肚臍是水井，她夾緊兩腿之間說：「那是花園。」
> 當那個持刀的男人撲向她時，她的身體釋出混亂的話語：「我的街道崩毀了！」「我的河流決堤了！」「我的水井我的山丘我的我的……」「啊！他要進入我的花園！」「哦不！他要毀了我的城市！不……」（《世界是薔薇的》序：8）

性別的認同左右著意識的主體，身體即成為意識的客體表現，身體感官的接收與回應、肢體的動作與意涵、甚至慾望的流動在在都藉由身體的語言，在行止之間無處不話語，女性的身體更有其私密的、個人性的語言。身體雖然象徵具體而微的私密世界，但是它除了引發為情慾，更相對於精神。周芬伶透過女性身體密碼展現天國的花園，純淨無瑕，但城市中仍潛藏著「男性暴力」，如「××之狼」……，婦女的身體被當成標靶，在暗夜窄巷婦女膽顫心驚，不知哪一刻也會淪亡於劊子手的無情。周芬伶的〈她的城市〉是一段強而有力的拋點，她說男人世界的黑槍、血案、火拼、強姦、分屍……，不斷地擠壓女性的生活空間，當城市與暴力相連時，女性的生活則猶如「虛幻之島」，只能任由宰割：

> 她躺在潮濕的髒污的泥地上呻吟，眼底似乎還殘留著紛雜的影像，她第一次用手撫摸自己的身體，彷彿要記住它們的樣子，她甚至忘記哭泣與痛楚，「讓城市為我哭泣吧！」闔眼時她眼前有一盞燈跟著熄滅。（《世界是薔薇的》序：8）

周芬伶意象式的寫法卻更令人感受血肉之痛，這是她對芸芸女子之哀，她說：

我們的孤島難以定名，身世不明如女子之身世。
女性書寫不是子虛烏有，它始終存在，只是沒被看見。
（《世界是薔薇的》後記：197）

接著〈汝身〉（《世界是薔薇的》：11），中以水晶日、水仙日、火蓮日、苦楝日分別演繹女人的幼童、少女、婦人、老年四個階段才完成女性的肉身試煉。童女的身體像水晶一般透明而澄澈，她尚無性別意識之符碼象徵，所以能享受著愉悅與自由的天真；少女的身體像水仙淨白或鵝黃，既自戀又夢囈，生理性徵的懵懂帶來的竟是巨大的蒼白與自卑，進而將自己投射在美與神的化身，少女的身體也開始承載了無數女人的原型是如此沉重與擁擠的感覺；產婦的身體像火蓮般燃燒分裂，經歷了大分解大焚身，一如臨終之人，人身與人身的融合和分解，生產是最具體的展現，相較之下，愛情與性愛的經驗就微不足道的令女人感到孤獨；老婦的身體像苦楝，釋放了美色與肉體，一切下垂與下降，回到某種平等、自由與愛，愛園藝和養動物。周芬伶更以女性獨有的經血、妊娠、生產與哺乳凸顯男性無法經歷的過程，女性在歷練一切後並非生命的終結，而是回到生命的初始，大圓滿大釋放「金風露體、秋意微笑」，一切都能了然於心。

在〈問名〉（《世界是薔薇的》：21）中則點出一個個如魅影的幽魂，泣訴女性一生的苦難卻連一個姓名的價值也沒有，女人成了最明亮也是最陰暗的縮影。那些彭婉如、江微目、周乳物、豆菜仔、屑蝶仔……各階層女性的故事，正是周芬伶關注的主題，她要宣告的是女性的肉體雖在一次次的磨難與困頓中殆盡，但其所蛻變的堅毅與勇氣的精神卻是在男性書寫中無法體現的，這才是生命傳承的橋樑。如〈淚石〉表達了一個切除乳房的女性其身體的憂傷，雖然沒有了性特徵，卻並非世界的毀滅，她仍有孕育與創造生命的慾望，也能活出自己的路。從文本中女人看待女人的身體是精神層次的，相較於男人看待女人的身體較為物慾而有所不同：

> 「原來你早知道我沒有乳房，妳不怕嗎？」
> 「有什麼好怕，有時候我覺得女人的乳房是多的一部分，尤其像我們這種大胸脯，運動時上上下下的，男人的眼睛只看妳那裡，好像妳就是乳房做成的。女人不是乳房做成的，女人有兩個靈魂，不是兩個乳房，男人只有一個。」
> 「哦？為什麼女人比男人多一個？」
> 「一個屬於她自己，一個屬於宇宙啊！女人愛花愛星星，那是她與上帝溝通的小祕密，干乳房什麼事？」（〈淚石〉，《世界是薔薇的》：156）

周芬伶的文本男性逐漸退位，男性不是點綴就是陪襯的人物：施暴者、懦弱者、無聲者……具危險性，絕少是解救者的角色。反觀女性，個個卓然而立，縱使生命中藏有大凶險，也能迎風而去，在一次一次的淬礪之後，愈發頌揚女性的獨特性質。周芬伶如此在性別特質上倒反安排，並關注女性身體與情感的私密領域，以女人的身體來闡述女性身處在號稱文明的世紀，仍是身分不明、身心不安的處境，她以左翼階級觀念挺進，企圖為女性在虛妄之中開出一朵美麗的花：

> 生命中有種種凶險，大凶險才有大美麗。我們肉體經歷一次又一次的劫數，斷臂立雪，體露金風，最後變成一朵微笑。我常微笑看人生，覺得值得一活。（《世界是薔薇的》後記：197）

二、同性情誼

周芬伶早期著重在「同性情誼」的書寫，文本中記錄著她十三歲進入在日據時代就設立的女校，以管教嚴格出名，其母親、姨媽及鎮上的淑女也大多出身於此。那時，周芬伶的日記裡只有女人的名字，在女校生活中她先學會愛美，愛同性，才學會愛異性，然後才能平等地愛所有的人。而 C 是當時主宰她心靈的美麗女子，她刻意模仿她的一舉手一投足，讓人認為她們是一個模子印出來的。也交到一位一百六十九公分的朋友，對當時一百三十六公分的她而言，大家叫她們「天龍與地虎」、「勞萊與哈臺」、「矮冬瓜與高腳七」，這位好同學後來也出現在《藍裙子上的星星》的文本中。[24] 到〈閣樓上的女子〉時主角與郎姓女子的友誼讓她發出：

> 同性的情誼也有極限麼？女人也可以彼此欣賞？甚至可以為知己者死？以前我懷疑，現在我相信。（《閣樓上的女子》：184）

這是周芬伶以自身的經驗書寫，從小生活在女兒圈又進入全然女性的學校，「同性情誼」是最早啟發她對「愛」的理解。接著「同性情誼」在周芬伶的書寫中逐漸轉變成更鮮明的「雌雄同體」形象，即《妹妹向左轉》ms 馬克斯，這位充斥著女性分裂與完整的女青年，懷抱著社會主義的理想與熱血，可以愛女人也愛男人，周芬伶對性別的辯證於此展開：ms 馬克斯說同性戀的感應在於「所有的雜音都消失，只剩下我們之間的對答，就算兩個人不見面，那對答始終不斷，好像另有兩個人在那裡一答一唱，你只能傾聽。同性之間的感應並存在著反抗，因此那對答是來回穿梭的。」而異性戀之間的感應則「有如兩部功能不同的唱機輪流播送，裡面的音素太複

---

[24] 周芬伶，〈紅唇與領帶〉，《花房之歌》：38。

雜，分不清誰是誰的。」；對於性器，ms 馬克斯則認為「基本上，男的與女的，男的與男的，女的與女的，合起來才是一組。」（〈美人快睡覺〉，《妹妹向左轉》：79）這個周芬伶自言「自我辯證」的 ms 馬克斯，以「陰陽同體」之姿出現，將婦女受壓迫的根源擺脫，當女性可以掌控自己的身體與慾望時，性別制度（sex／gender system）便不再是問題，周芬伶以 ms 馬克斯開啟了書寫的另一頁。

談到周芬伶性／別的書寫非得提到 Eve 這個角色，Eve 的出現讓周芬伶的性／別書寫有了鮮明的脈絡。周芬伶自言創作《汝色》與《世界是薔薇的》時期是她一生中最悲慘的時刻，在很多天失眠的狀態下有一個半男半女的意象出現，可以說是虛構也可說是詩的意象不斷衝擊著她，一下筆不能自休，彷如幡然悔悟般的感覺今是昨非，才有了書寫的自我，才找到性別的死角：性別是最大的限制也是最大的自由，性別衝破之後，包括種族、男女、階級……都會有一個新的力量重新出現。這位似有若無的角色，與 Eve 的心靈對談如對鏡自照，將種種昨非今是幽幽傾洩，無論是談失眠、談性向、談吃、談錢或故鄉，Eve 有時是對象，有時是鏡像，如希臘故事的水仙，都是周芬伶「靈魂中隱微幽深的一部份」[25]。至此可見周芬伶的性／別論述從可愛男、愛女的 ms 馬克斯轉變成純愛女性的 Eve。然周芬伶的企圖心更為宏大，除了訴說不完的家族故事外，「雌雄同體」與「女性烏托邦」的「陰性書寫」更是文本的主旨。

周芬伶在《汝色》中劃分三大總目，其中以「Eve」為題就佔了一大總目，分量極重。周芬伶與 Eve 談自己與家族的藥物癮史，由自己故事將台灣與世界近二十年的事件寫進；以悠悠談同性戀並側寫了八、九〇年代的台灣實驗劇場的歷史；談彼此每個食物期的特徵與意義；談彼此母親的金錢觀如何影響家族的發展；談彼此的故鄉與家族史，隱喻女性的一生並闡述女性雖在歷史其中卻無根蒂，身世不明；談照片與記憶，證據是照片，感覺是記憶，但歸結

---

[25] 周芬伶，〈與夜〉，《汝色》：11。

白雲蒼狗之後所有的電影落幕都是，黑暗。這也是周芬伶「今是昨非」的大翻轉，藉由與 Eve 的傾訴，將過去一一的解構，重新定義新的自我。

文本中的 Eve 出生於中部，成長於台北，負笈海外多年。外祖父是富商擁有一妻一妾，母親是大老婆的獨生女，受日本教育，嬌生慣養，父親長年在外，家族散落已無故土可尋。Eve 著迷於父親的造橋技術與各式各樣的刀，見人不語，尤其怕生，人人都以為她是小甜甜，內心卻是崇拜科學怪人的醫生。到南洋學醫是為了逃避婚姻，在奎松市的政變與貧窮中度過無數個鬼哭神號的日子，回到離家遙遠的醫院當住院醫生也已接近四十歲了，面對當時封閉保守的白色巨塔，多年來一直逃避自己的情慾而成一座孤島。直到遇見劇團女演員悠悠，Eve 才確定自己的性向，愛到生死與共。作者因藥物癮認識了 Eve，Eve 卻因悠悠的去世傷心的回到那個島上，開始與作者在網路上溝通與對話。

而 Eve 與悠悠的愛情也闡述了作者的「另類雙性性慾質素」（the other bisexuality）觀念，並回歸於純然女性的世界。在〈與失落的照片〉中作者看 Eve：

> Eve，大學時代你終於找到自己的造型和身體語言，深色上衣黑色牛仔褲，削薄的短髮和墨鏡，服飾是發自內心的語言，你的叛逆命令你踰越性別，如同歐蘭朵的誓願，游離於性別界限。（《汝色》：94）

從悠悠眼中看 Eve：

> 她一直在研究你，一個間具有雙性特質的女人，熱情勇敢，明朗單純，充滿奇特的能量，並超越了性別，最重要的是懂得愛她。（〈與悠悠〉，《汝色》：41）

而身為女人的悠悠因 Eve 也發出這樣的表白：

> 悠悠回顧自己，雖然擁有女性化的外表，吸引的也是男性化的男人，但他們只能接受她的外表，不能接受她強悍的靈魂。過去她一直在男人面前扮演小女人，那令她覺得虛假。Eve 讓她自由自在，全然不需偽飾。悠悠對我說，原來過去都是錯誤，我不可能真正愛上男人，我對他們充滿敵意。女人之於我如同自身之延長，我是個戲子只愛自己。多麼不可思議，一個女人慾望另一個女人，好像回復到少女情懷，找回永恆的青春。（〈與悠悠〉，《汝色》：41）

可以從以上對話分析出這三個角色所代表的意旨，作者一開始認為自己是異性戀者，但遭受男性霸權的壓迫後轉向面對自己的情慾，進而開始懷疑自己是戀慕著女性的同性戀者，或者女童一開始就是愛戀女性的，男童一開始就是崇拜男性的，因為父權社會的網路不斷地教育著孩子男和女才是「正常」，在文化、經濟、教育、政治……上框架了所謂的「性別」即男女／上下／尊卑／陽陰／貴賤／精神肉體／異性戀同性戀……的二分法，不容置疑，作者所展演的是父權社會下被邊緣化的女性角色。而悠悠這個雙性戀者，可以愛男人，可以和女人相愛，她所需求的是一個愛她的人，不論性別，但悠悠的內心是一個壯碩的靈魂，於是不被父權社會所接納，終在 Eve 身上找到不須偽飾的自己，可以自由自在，就像回到童女的時代，全然女性的生活，作者將此定義為「永恆的青春」，這與作者童年的女兒圈記憶有很大的影響，或者說當女性能自主自己的性慾時說「我要」，而非如白雪公主般等待王子的親吻，即代表著擁有了「快樂」的自發性，能夠自我管理並拒絕規範就能得到自由。

周芬伶塑造這兩個「婆」的差別在於一個是同性戀中純然的婆，另一個是雙性戀者，最後雙性戀的婆以死結局，是否在作者心中也預告著「純然」的絕對性？而 Eve 則展演著 T 的角色，更是身處男女性別階級的受害者，是邊緣中的邊緣，一方面她們要遭受女性被矮化的社會結構，一方面又要以自身肉搏於異性戀體制的暴力，她們無法認同所謂的「女性特質」，更在性取向上遭受深層的壓迫。Eve 便因此不斷地壓抑著自己的情慾，遠離家鄉，流離失所，在家族血緣上不能獲得認同，在異性戀中被驅離，在身體情慾中遮蔽隱藏。

到了《浪子駭女》，可以說是《汝色》〈Eve〉的小說版。Eve 的再現，已從心靈對談的角色躍出，峰迴路轉的牽引出周芬伶的性別／情慾的探索與答案。反觀〈浪子駭雲〉描述的是網路急速擴張的時代，在網路會客室主角遇見了多年不見的弟弟駭雲，展開一連串「罪與罰」的答辯。在網路上書信的往來是屬於心路歷程，面對曾經墮落自視粗鄙的弟弟，作者以有距離的角度指引了一條重生之路，文中不斷以杜斯妥也夫斯基的《罪與罰》來鋪陳「罪的領受與罰的徹悟」，大多數的人們可以接受被罰卻不易承認自己有罪，而寬恕正是最大的救贖，原諒他人也放過自己。

另一方面，在《浪子駭女》中的主角搬到新環境後的遭遇，是屬於被現實社會遺棄的一角，主角因憂鬱症而結識了變性人／精神病／同性戀……，這些活在社會的邊緣人只因異質性便被歧視與排擠，到底他們犯的何罪？到底什麼是罪？誰又有資格判罪？有罪領罰，無罪釋放，有形的桎梏與無形的牢籠孰重？犯罪究竟是家族血液遺傳的原罪？或環境人為的逼迫？周芬伶安排了一連串的情節做為反覆的印證與結果。變性人英卡的求生意識最強，卻在輿論中選擇自殺，其中英卡質問葉仁的話：「原來 Gay 比較高級，還會歧視變性人。（〈窺視者〉，《浪子駭女》：85）」一針見血的讓人看見性別中還有性別階級的可悲。而這些同病相憐的結果也有惺惺相惜，不舉男與阿冤女就是喜劇的收場。處理主角與 Eve 的感情時，周芬伶則藉由主角與同性戀者阿健（T）的對談來探討「性別迷障」的議題：

> 「當T很辛苦嗎？」
> 「剛開始是，因為是本質上地改變性別，婆不用改變性別，只要愛T疼T。」
> 「那跟異性戀有何不同？T與婆不就像異性戀的關係？不分不是更好？」
> 「T與婆多少是女性主義的；異性戀是父權中心的；Gay是男性中心的。不分的弔詭是無性別意識，那是性別的多元化也是性愛對象的多元化，譬如T可以愛T，也可以愛異性戀男人，異性戀女人，變性人；Gay也是，誰都可以。我喜歡老式的，比較浪漫。」
> 「我知道了，我是因為女性意識自然走向的反異性戀者。現在的我排斥男人，渴望從女人身上找到愛與聯結。」
> 「對啦！所以我就說你會是好婆。不過T也有男性中心的，那比真正的男人更可怕，你那個Eve是不是？」
> 「我們都差不多，一直活在男性中心的世界，明明知道自己喜歡的是女人，卻違反本性服從於男性社會，結果造成自己與他人莫大的痛苦。Eve意識到自己不合男性社會，也意識到自己的慾望，卻沒有對抗意識。只能選擇逃離。」
> 「看起來是本質上的T，逃避現實的T。不過，你以前也曾與男性中心社會和平共處啊！你們的痛苦是斬不掉那個男性控制的尾巴。」
> 「很難啊！性別意識深埋在集體潛意識裡，王子與公主，國王與皇后，那是童話，也是神話原型。反抗它，令我瘋狂。」
> 「那是掙扎的形態，沒有矛盾也就沒有痛苦。」（〈燕歸來〉，《浪子駭女》：99-101）

周芬伶不但將同性戀與異性戀區隔開來，更將女同、男同、無性別的差異分述詳盡。從上述中可以得知周芬伶在同性戀中更頌讚女同，男性雖握有「權力」，女性卻是擁有「快樂」，男性的權力是建築在掠奪的痛苦上，女性的快樂卻只要掌握自己身體的自主權，即佛蘭曲（Marilyn French）的「支配權力」與「共享快樂」的比較，她認為最好的社會是陰陽同體的社會，這個社會裡「愛、同情、分享與滋養性」的陰性價值，和「控制、結構、佔有與地位」的陽性價值來看更值得珍視。周芬伶的女性意識與女性主義相聯結的闡述，可以從基進女性主義認為女同性戀主義是內心排拒父權制性取向的外在標誌，而非單純的個人抉擇來看，亦如艾特金森（Ti-Grace Atkinson）視女同性戀者為婦運的最基進分子一般，因為女同性戀者與男人沒有性關連，也不受制於傳統異性戀的種種約束（特別是婚姻），因此她們可以基進地、徹底地思考社會變革的可能。[26]

文本中主角與 Eve 之所以痛苦，在於集體潛意識的性別控制，她們難以服從父權社會，因而形成掙扎、分裂、逃避，於是周芬伶「陰陽同體」的女性意識讓她走向隔絕男性的「分離主義」，筆下女同性戀題材，讓她在陰性書寫中更自由自在。周芬伶想表達的是在一個純粹的女性世界，那種無拘束、無偽飾的自由自在是一種從禁錮的靈魂中解放的性與愛，以此反諷現實社會中的性多元者其實相當的多，她們卻受制於男性中心社會的意識仍無法通過結婚育子的法律途徑，所以周芬伶藉由小說人物處境的割裂，游離，恐懼來塑造「大背德大逆轉」，看起來像是倒寫，卻讓人感受到打破自己性別迷障，不受性別束縛的人，才能活得如此強悍美麗。

[26] 以上參考王瑞香，〈女性解放的根本契機〉，收錄於顧燕翎主編，《女性主義理論與流派》，台北：女書文化出版，1996 年，頁 139、144。

三、婦女本位觀

七〇年代中期，基進女性主義演進成另一新的特色：普遍地頌揚做女人（womanhood），包括女人的成就、文化、精神、同性戀，還有身體，特別強調女性生理固有的力量，以及與生理有關的創造力。女性的生理與心理遂成為婦女解放的力量來源。尤其心理學家米勒（J.B.Miller）她建議婦女應牢牢記住她們的知識，因為那是她們的經驗，是她們的力量來源，稱之為「婦女本位觀」[27]。

周芬伶的「婦女本位觀」可以從二〇〇二年的《汝色》中開始展現，她極欲建構一個「烏托邦」的概念，首先她在〈與夜〉中與Eve 會談中便說以劇團為家，將一干凋零、受傷的邊緣人團聚在一起，營造和諧互助的小國度：

> 團裏多的是情感上的畸零人，離婚者、失戀者、外遇第三者、男女同志。我們是浮游在社會邊緣的小共和國，相互容忍相互取暖。（《汝色》：22）

接著在〈與紫羅蘭之家〉（《汝色》：100）中建築一個全然的女性世界，無論悠悠版的小鶯、小詳、瑷瑷個個柔秀卻有大氣；或是Eve 版的小彥、小鴻，細膩卻有擔當，這些被放逐的女人，不管是單身、失婚、喪偶或同志，處境都差不多，很少人視她們為完整的人，或認為她們可以活得健全踏實，而〈燕子啊〉（《汝色》：192）中的諸野女人亦然，什麼是正常家庭，什麼是異質家庭？周芬伶想藉這些所謂的「邊緣人」闡述「禮失求諸野女人」，她們雖然看起來不受禮教的束縛，卻有自己的信守，她們想扮演自己時也是一種反叛，這樣的反叛結局作者以〈與紫羅蘭之家〉的生日會寄予美好的藍圖，表現了一場極致的酷異理論（queer theory）美學：

---

[27] 王瑞香，〈女性解放的根本契機〉，收錄於顧燕翎主編《女性主義理論與流派》，台北：女書文化出版，1996年9月20日，頁136。

> 小彥她們慶祝母親五十歲生日時邀請我參加，一個屋子八個女生，陰氣真重。母親還是梳著公主頭，還是那樣的嬌美年輕，她穿著紫羅蘭色的短裙套裝，當生日歌唱起時，她漾開笑容同時留下了淚……。（《汝色》：120）

到了二〇〇五年《影子情人》更可以發現「紫羅蘭之家」的重現，這本從民國三十幾年開始述寫的家族故事，相同的「鬆動父權」，歌頌「做女性」，追求「雌雄同體」平衡的力量，無論是素素、九英、九雄、九陽甚或喬、銀嬌……她們在生理／心理上所釋放的動能，讓人看見在時代的洪流中她們依仗的是自己的力量，堅持的是自己的意識。第一代的女性她們遭受到男性霸權的壓迫仍在暗夜中哭泣，到了第二代女性她們已能走出自我，在工作／愛情／家庭／性中從被動轉為主動，這就是周芬伶的「婦女本位觀」，她企圖建構一個頌揚做女人的時代，接受內心住著另一性別的觀念，如同在〈男半女半〉（《汝色》：178）中推崇維金尼亞‧吳爾芙的「藝術家的頭腦，一半是男人，一半是女人」、「雌雄同體是更完美的人類」，她認為「人在成年之前無性別，晚年則超性別」，要我們接受內心的女性與男性的特質。周芬伶在《影子情人》中更將男性摒除在國度之外，專注建立純然的「女性烏托邦」，嚴格的說，男性並不獲得周芬伶青睞（「我假裝愛男人，其實從無男子真正獲得我的心。」（《影子情人》序：16）），女性要自由、要快樂、要完整並不能從男性身上獲得，周芬伶的「分離主義」並非將男性特質全然推翻，塑造女人獨大的意圖，而是在陰陽性特質上更頌讚「女性特質」。所以，文本中拒絕異性戀社會，排斥男人就成為解放女性的唯一途徑。從《影子情人》的角色分析中可以發現幾個共通的特點：

母親素素原本是台南乾貨店東的大女兒，卻嫁給澎湖賣魚貨的討海人家，丈夫的形象模糊，結婚的第三天就要去當兵，素素「撫著旁邊的空枕頭，心想我嫁了一個鬼影。丈夫的面孔還是一團模糊，黑黑瘦瘦就像個影子。」（〈影子丈夫〉，《影子情人》：24）婆婆一家人像吸血鬼將素素的嫁妝吸光，體力榨乾，等丈夫見銘服完兵役回來，卻只會曬魚脯，更是個酒鬼，生完九陽不久得肝癌過去了。在漫天風煙裡只有玉屏能撫慰她，雖然同為女人，還是感覺濃情蜜意，女人疼女人，觸動內在那根不為人知的心弦：

> 總是海煙起的夜晚，她已習慣等待，等待那黑影壓在她身上，身軀像水母那樣柔軟且糾纏，纏得她骨肉都要碎裂，昏眩，痙攣，四條腿成十字交叉擠壓，竟能達到那至樂，她想狂叫，但總是被一隻手輕輕摀住，她真會做，素素想告訴她，但這只是她們之間的祕密，因為太快樂所以不能說。白天裏她們裝作沒事，也從不談夜裡的事，她們的心卻像月亮那樣明白。（〈影子丈夫〉，《影子情人》：40）

文本中丈夫的懦弱讓妻子無助，轉而被有能力、會照顧她的玉屏吸引，加上玉屏還有女性的細膩，素素將自己交給她，即使在性事上，女人與女人也有至樂，此處周芬伶全然將男性壓迫女性的根源推翻——女人可以主宰自己的性慾與身體，如果連「性事」女人也無需男人之時，男人便可徹底從女人的生活中消失。故事中兩人也曾共謀逃跑，玉屏很堅定的向眾人表白自己：「我要帶素素走。」反倒素素看清她們的關係只屬於黑夜，而失去了勇氣，留下玉屏跳海的一幕，反映出四〇年代對同性戀的羞恥與地下化。

時過境遷，當素素問女兒九陽：「你們兩個女人公開住在一起，不怕人家說話？」九陽反說：「什麼時代了說，媽，你真是老腦筋。」（《影子情人》：28）第二代新女性——素素的小女兒九陽，則以中性的角色出現，五十六年次的她恰好趕上解嚴前後，歷經鄉土文學運動，美麗島事件，本土意識強烈。在性別意識上他周旋於阿國和喬喬之間，阿國在九陽身上補償過去自己的純真年代，九陽卻在喬喬身上感受自己的內在氣息，面對阿國九陽寄予政治改革的熱情，面對喬喬九陽迷亂在剛強與纏綿之中，當改革成為鞠躬哈腰的應酬，阿國的男性魅力瞬間毀損，九陽再尋喬喬時已無法挽回了。周芬伶藉由故事闡述「純粹」的觀念，所以雙性戀者九陽最後無法挽回喬喬的心。而同性戀 T 的定義也經由喬喬而宣告：喬喬因妹妹瑤瑤將自己塑造成「雌雄同體」，「她從未把自己當作男人，而是喜歡女人厭惡父權的 T。T 不是假男人，而是女人中最強悍者。」（〈影子天使〉，《影子情人》：158）喬喬與玉屏同樣都可帶給女人安全感與性事之樂，她們取代了男性的位置，周芬伶在文本中很明顯的一筆劃開心理與生理上的「男性缺位」，女人與女人也可以共築美好國度。

再看素素的大女兒九英，是個很戲劇化的角色。她是一個純真善良具犧牲奉獻美德的女孩，卻認識殺手級的城市獵人少達，在愛情上始終處於被宰制的位置，甘心做地下情婦八年，一直到下定決心到京都學花藝，遇見阪本有三才喚醒她的魔性，她與有三在肉體與情慾上的關係卻像倒反她與少達的角色，至此她才瞭解情慾沒有對錯只有強弱的問題。直到九英拋開過去勇於表達自己的情慾時，她和少達的位置才趨於平等，「以前她只是迎合男人，現在她遵從自己的身體。」（〈影子妻子〉，《影子情人》：65）九英代表的是被父權禮教化育的產物，沒有自己的聲音，一味的屈從別人，應和別人，以致失去自我。長期以來，許多婦女不也被教化成如此形象，只能說「是」，不敢說「我要」。周芬伶闡述女人要快樂要尊嚴唯有從掌握「自己的身體」開始。

而二女兒九雄雖然大學一畢業就嫁給清水蕭家次子元松為妻，但周芬伶致力描寫的是她在富豪家族中如何力爭上游，尤其是在婆婆銀嬌面前，像是競賽，一場與婆婆和自己永無止盡的賽跑。她先不斷在衣著、品味上拉近與銀嬌的距離，接著她去學畫、辨藝文活動、開畫廊……，拋棄依附在婆家的權勢與財富，憑著自己的實力闖出名號之時，婆婆銀嬌才正視她。三進三出銀嬌一百多坪頂樓辦公室的安排讓人物在時間中各自變化：第一次婆婆巧妙安排九雄至「小雅」治裝，帶出丈夫元松外遇的對象蕭明明；第二次是六年之後，婆婆用歐洲之遊交換了蕭明明懷孕的事實；第三次又過了四年，九雄的畫廊已有名號，銀嬌想納入旗下，至此九雄才不再感到自卑，而能與婆婆平等對話。反觀婆婆銀嬌亦然，如何以一個相貌平凡卻周旋在眾家郎才女貌之中脫穎而出。周芬伶想要傳達的是女人要有自覺，更要有骨氣與才幹，銀嬌堅持的是屬於男人與女人的「榮耀」，權勢的象徵；九雄選擇了「自由」而離開蕭家。

周芬伶的文本中，男性普遍的「被閹割」，一個個如「影子」，虛有其位：鬼魅的見銘、欲求不滿的少達、自卑的有三、功利的阿國、沒主見的元松，甚至連銀嬌的先生國仁都被標籤於無能。唯一獲得女性欣賞的男性是國雲與文甫，有才華、好藝文活動、交友廣闊，他們擄獲了銀嬌的心，可惜的是國雲是別人的丈夫又早死，文甫愛的卻是國雲。

次之，文本中極力頌讚女性的堅毅和挑戰的精神。她們努力在艱困中走出自己的道路，在挫折中沉潛自己的力量，甚至她們擁有令人畏懼的力量，天生反骨、叛逆的因子從不屈從命運加諸在身上的枷鎖，不順服男性社會的規範，個個活出自己的原色。

第三，周芬伶更給這些女子們追尋母系系譜的線索，顛覆「落葉歸根」的父權觀念，這一家子的女人連貫〈與紫羅蘭之家〉的「婦女本位觀」，建立出母系的家譜，打破在家從父、出嫁從夫、夫死從子的傳統觀念，在素素要求將「卡將」的骨灰送回娘家屏東楓港而預告了另一個女人可尋之路：

> 「我那些姨婆，多半是招贅，一堆女人住在一起，見到我又摟又抱，在我手禮塞滿紅包，很親熱，一家子都是笑聲。我

> 忘也忘不了那個景象，卡將說要回娘家，她的屍骨要埋在那裏。」
>
> 「阿公阿媽葬在一起不是很好嗎？」
>
> 「不好，卡將最近托夢告訴我女人也要落葉歸根，現在你知道我要去那裏了吧？你會帶我去吧？會幫我完成心願吧？」（〈影子母親〉，《影子情人》：198）

傳統中，許多婦女即使遭受婚姻暴力也不敢離婚的原因很多都是怕死後變成孤魂野鬼，嫁出去的女兒就如潑出去的水，所以冠夫姓，進夫家的神主牌位。但周芬伶在此推翻了舊習的弊陋，和夫家一大堆陌生又沒血緣的「親人」相比，「母親」才是子女永遠的依歸，所以出嫁的素素想歸根於母系，而未出嫁的九英也發出如此的想望：

> 九英想母親死後，她是不是也要抱著母親的骨灰回娘家，想到這裏她的眼眶濕了，那裏才是她的家呢？台南？澎湖？她覺得都不是，不是說未嫁的女兒不能歸葬老家，那她要和母親在一起，永遠在一起。（〈影子母親〉，《影子情人》：206）

周芬伶與西蘇、吳爾芙、西蒙·波娃、克莉絲蒂娃這些被譽為女性主義的祖師奶奶一般也未曾宣稱「我是女性主義者」，但她的性／別書寫則吶喊出以「radical」自居，尤以《汝色》、《世界是薔薇的》以降，她的書寫特點更走向沒有結局，而且是不斷延續，這意謂著超越才能釋放壓力，才能表現出包容異己的氣度。周芬伶與西蘇提出的「回歸母親／海洋」（mére／mer）和「另類雙性性慾質素」（the other bisexuality）的觀念謀合，認為唯有如此才能真正的讓女性「發聲」，唯有女性真正的發自內心的聲音才有可能打破男性的律法與象徵秩序，女性才能自其框架中解放出來，取得歷史的位置。周芬伶的文本以此超越傳統觀念中所謂的「雙性」，因為在父權體制下，男性是既得利益者其所持的「雙性」只是個幌子，只有女人才是真正的雙性的。而周芬伶以「雌雄同體」展現未來的女性王國，正如西蘇的「另類雙性性慾質素」，主要是顯揚多重性（plurality）和肯定不同的主體，為女性特質的再現尋找另外的管道，這是陰性書寫能讓女性展現活力和發揮創作力的特殊之處，故「女人書寫女人」，「唯有將身體（女性）書寫出來，豐沛的潛意識資源才能得以湧現」（"The Laugh of the Medusa"，338）。[28]

第四節　戀物書寫

近年來戀物書寫大行其道，這與國民生活水平提升、重視物質享受，因而購買力激增有關。「物」成為勞力與金錢交換的慾望滿足，「物」亦與記憶與歲月連接起情感網絡，於是詠物／戀物／拜物書寫令人眼花撩亂、蔚然成風。諸如張小虹的《在百貨公司遇到狼》、《膚淺》、《情慾微物論》等書，寫出現代人物質慾望的迷宮、鍾怡雯的《我和我豢養的世界》以自己的小宇宙觀反思人生與慾望的契機、李欣頻的《戀物百科全書》從消費中建立出屬於自己的人與物結構系統，並從收藏裡分門別類地整理出自己的戀物信仰。或類似型錄、圖鑑類的「收藏全百科」如《芭比博覽會》、《Swatch.book》等。戀物便成為馬克斯《資本論》中的「商品」，是「資本主義」的社會中被市場所交換與消費的物品。馬克斯認為商品與金錢等同，讓人產生虛幻、焦慮、畏懼與快感，當人們消費這種商品價值背後的文化符碼後，即是「商品拜物」[29]，而戀物書寫或者一不小心就踱入了消費型錄了。

---

[28] 莊子秀，〈多元、差異的突顯與尊重〉，收錄於顧燕翎主編，《女性主義理論與流派》，台北：女書文化出版，1996 年，頁 306。

[29] 廖炳惠，《關鍵詞 200》，台北：麥田出版社，2003 年，頁 47。

戀物的文學性更早可以看到三毛的《我的寶貝》，以圖片一一展示她的異國收藏，要算是早期收藏與文學結合的另類書了，但這些都是「女人家的心事」，撇開「女人物質」的依戀性，能以物件及影像擴大歷史企圖的要算是鍾文音的《昨日重現》了，她說：「物件和影像，穿越時光之河，終於有了不同的顏色與自由的寬度。」[30]以此來看周芬伶的「戀物書寫」：從〈愛玉〉（《絕美》：142）開始到《戀物人語》至《仙人掌女人收藏書》，一路以「戀物懷舊」到「收藏物語」；從骨董書畫、近代歐洲名牌經典到紅樓夢的人物蒐藏與嗜好的研究，真可謂「女人的」私語，「研究的」推真究底。愛買、能買、會買的周芬伶，也讓筆者從其消費觀中看見她的研究態度，「收藏成癮癮成癡」，周芬伶還收藏了一個「癡心」的自己。以下即以「戀物癖」的發展來分析周芬伶的戀物書寫，探究周芬伶所戀何物？物對她的意義何在？其涉及的精神層面如何？又她對於商品拜物的態度如何？以及藉戀物對其文學的影響。

一、自我概念的形成

談到「戀物癖」、「收藏癖」總是帶有負面的形象，這源於佛洛依德的精神分析認為「戀物癖」乃是小男孩的被閹割恐懼，因此以「物」來代替陽具，女性因為沒有陽具所以「不存在」，而所戀之「物」便是女人（母親）之陽物的替代物。此論點充滿著陽物理體中心（phallogocentrism）的色彩，所以法國女性精神分析師克莉斯蒂娃（Julia Kristeva）以拉岡「鏡像期」的自戀情結予以補充，鏡像期發展完整便能有人我、物我的區分基礎；如轉化不適當則將造成戀物癖或自戀狂，是一種透過戀物回返自體快感的機制，而「物」就是自體的「表意」或自我的概念。換句話說，戀物癖的發

[30] 鍾文音，《昨日重現》，台北：大田出版社，2001年，頁17。

生不只發生在恐懼被去勢的小男孩身上，也會發生在無法接受失落或分離經驗的任何主體身上。

本節將捨棄佛洛依德的「陽具替代」說，以克莉斯蒂娃的「自我概念」來談周芬伶的「戀物／收藏癖」。所謂「自我概念」張春興定義為「個人對自己多方面知覺的總合；其中包括個人對自己性格、能力、興趣、慾望的了解，個人與別人和環境的關係，個人對處理事務的經驗，以及對生活目標的認識與評價等。」[31]

（一）收藏癖

周芬伶的收藏包羅萬象，主要在《仙人掌女人收藏書》中，舉凡古玉、舊書、箱子、窯瓶、瓷杯、衣服鞋子到近代的歐洲名牌經典、布麗斯娃娃、蕾絲、絲絨，然後骨董書畫等，筆者將其分類整理於附錄三。從收藏整理中可見周芬伶的收藏豐富且格調不俗，無怪乎她一直說最後要捐給博物館或成立私人收藏館，至此可知她對自我概念是積極有意義的。從收藏的內容來看，古今中外、老東西與時髦玩意兒兼備，在〈魔箱〉中她說：

> 喜歡有年代典故的骨董，也喜歡無年代無典故的時髦玩意，還有小石頭小擺設、小花小朵，霓虹之七彩、大地之錦繡，最好都能攝進箱底。（《花房之歌》：125）

看來她的收藏美學原理是「數大便是美」，所以只要能湊成多數的「美」的東西，她都是來者不拒。（〈收藏家〉，《花房之歌》：134）舉凡郵票、書籤、獎章、石頭、貝殼、錢幣，都曾為她寫下輝煌的歷史。「美」的東西對周芬伶而言有不可抗拒的吸引力，在〈五月翻箱記〉中她如此白剖：

[31] 張春興，《心理學》，台北：東華出版社，1989 年，頁 586。

> 有些人貪財，有些人貪愛，我貪的是美，為了愛美，所到之處無不是這些圓圓方方、花花彩彩，最大的本事是在短時間之內網羅附近的漂亮寶貝，建立有規模的收藏庫。（《熱夜》：129）

「短時間」、「漂亮寶貝」、「收藏庫」三個關鍵詞來看周芬伶的「收藏癖」已趨於瘋狂，顯示她的眼力、購買力、建檔力。周芬伶也在〈收藏癖〉中談到收藏與個性的關係：

> 說起來有收藏癖的人大多是個性內向，喜歡窩在家裡，不喜社交，那些收藏品就是他的社交圈，他像一個掘洞人一樣，在家裡挖一個洞，藏了一些自以為是的寶貝，享受沒被發現的樂趣，有時他會跟別人交流，大多數時間他只跟他自己的收藏品交流。（《仙人掌女人收藏書》：11）

她說收藏品就是一種「語言」，不會說話的人用收藏品表達他的性情孤僻而耽於幻想；缺乏自信的人喜歡炫耀他的名車、名錶、名女人，兩者都是補償心裡。周芬伶在〈收藏家〉中細訴收藏帶給她的滿足感：

> 收藏能帶來秩序的美感，你把某些新奇美麗的東西，分門別類地收藏整理，從中得到系統的知識，其樂無窮無盡；收藏又能帶來感官的享受，一件夢寐以求的東西就在眼前，妳能摸得到看得到，那種感覺好充實。（《花房之歌》：134）

就是這種收藏的幻覺與美感，讓收藏者在有系統有規模的物品世界中，享受著「小宇宙」唯一主人的無上尊榮感。另外周芬伶的「念舊／懷舊」也直接／間接的影響了她的收藏癖，「捨不得丟棄」的結果就是舊物、舊事日積月累，在空間與精神上都成為一種迫害，「物品屯積到一種程度，得到的不是滿足，而是厭棄」（〈櫃子的心〉，《戀物人語》：162）。隨著收藏品的增加，周芬伶的「罪惡感」也急遽上升，她稱為「毒癮」，毒癮發作時會雙眼發直，呼吸急促，發誓非到手不可，「達人」的封號更加百般索求，不到最後關頭絕不罷休，這時理性喪失，就變成一個徒具慾望與行動的動物了。（〈收藏家〉，《花房之歌》：135）所以，周芬伶一直想極力革除「念舊」的毛病並跟「收藏癖」挑戰：

> 我一直在跟我的「收藏癖挑戰」。不停地提醒自己要「放下」、要超脫。我要做到屋子裏沒有多餘的東西，心裏沒有多餘的牽掛。（〈書經〉，《花房之歌》：185）

不管「念舊」或「收藏癖」周芬伶也看出是自己「購買慾」的作祟，不停的買。曾經妹妹在新聞報導中看到一則台中女性在百貨公司刷卡上百萬，還打電話來求證周芬伶是不是她，而令她莞爾。為了節制購買慾周芬伶曾經採取精兵主義，結果元氣大傷，那些高貴的衣服都束之高閣；後來改走市場路線，廉價的衣服衰如敗絮，慘不忍睹。她更故意迴避百貨公司、愛買、玉市、花市，凡有女裝與化妝品、玩文具部都不踏入，最後還是在回家的小路上買了一頂男帽，旋即又陷入無盡的懺悔之中。於是轉攻大自然後又是登山鞋、瑞士刀，竟然還扛了一架天價的天文望遠鏡回家，她哀咽的發出「戀物者還真是無所逃於天地之間啊」，並在〈誰不戀物〉中自嘲為「閃靈刷手」：

> 我是那種到沙漠也有東西買的人，棗椰啊地毯、頭巾，連阿拉伯風的月曆都扛回來；過境杜拜，免稅店太小，買無可買，硬是買了一個登機箱，還是大陸製；在威尼斯登個船，

> 在岸邊精品店刷了一萬多，還得趕得上船，因此有「閃靈刷手」之美稱。（《紫蓮之歌》：101）

更誇張的還在後面，戀物癖讓她自覺罪孽深重，只好去打禪七，都皈依三寶了，誰知在法場外的書展法器展上，周芬伶還是買了兩本書一條手珠，自嘆「凡根難斷」，看到此處莫不令筆者拍案叫絕，能將戀物寫至如此幽默、冷靜，周芬伶要算是異數。

周芬伶在每個收藏物背後都有一個故事，這個物或代表她的心情，或家族故事，或生命的某個關卡。她將自己的感知寄託在這些「物件」上，所以她的「戀物」不在表象的「物」，而在物背後的意義。「戀物」在於美、在於感知；「收藏」在於記憶、在於對人生的信仰。另周芬伶在收藏的過程中，將「戀物癖」等同了「收藏癖」等同了「購買慾」，這樣的過程讓她逐漸統合了「自我的概念」，她了解了自我的性格、能力、興趣在那，更重要的是面對自己的「慾望」，歷經一番抗拒行動後，決定以「愛買則買」、「欲丟即丟」的灑脫之情來面對；以禪宗「無有相向」來惜物、愛物，此時她突然發覺她的處女座典型「潔癖」比「戀物癖」嚴重，無止盡的在「潔癖」與「戀物癖」之間糾纏與矛盾下去，或許這就是周芬伶能在歷經「物質」的洗鍊下，萃取出「去我」的禪學，進而發展出自己的收藏哲學吧。

（二）收藏哲學

二〇〇六年周芬伶出版《仙人掌女人收藏書》，這是一本充滿成熟女性私密的收藏書。周芬伶跳脫以往沉凝憂鬱的文字，以少見的「閒話」姿態娓娓道來她個人二十幾年的收藏史，並以圖片「徵實」，這與她拘謹、內向的個性有些反差，鍾怡雯以「神經質、熱烈、燃燒式的勇氣和熱情，以及幽默感。」[32]稱之。此種出人意表的特質，反而給人耳目一新的感覺。同期的《紫蓮之歌》與《粉紅樓窗》，節奏明快、機智易讀，配合《仙人掌女人收藏書》一起閱讀更有成熟女人的睿智與精明，並交融著永遠不老的女兒性。序中她以〈仙人掌女人〉帶出「乾燥／靜物」之美，並以「仙人掌」自比，這與她多年前在〈旅行箱〉中認為自己是「植物性」的人很吻合：

> 後來我花了許多時間去了解，我是個植物性的人，適合在同一個地方，接受同樣的陽光與雨水，固定的作息與同伴對我絕對有利。而遠方，永遠是不實際的眺望與夢幻，就這樣，我心安理得地定居下來。（《花房之歌》：85）

從植物變成礦物，從潮濕到乾燥，周芬伶極力闡述靈魂飢餓的「渴」，收藏也是一種「渴」的表現，包括她自己的「乾燥症」，也成為收藏的一部分。「潔淨到極致也有一點乾燥，仙人掌女人有著病態的潔癖。」（《仙人掌女人收藏書》序：5）如此自我調侃的幽默也是周芬伶「收藏哲學」的基調。

從附錄三表中可以看出收藏的大類有四：寶石、服飾、藝術品、家具。這樣龐大的收藏品也耗時二十幾年的歲月。一開始周芬伶在〈市場冒險家〉中以過來人的身分分享失敗的經驗：

> 我也買過一些愚蠢的東西，像買回家就罷工的十八 K 金骨董錶，還有畫框價值兩百美金，畫只值十元的「名畫」，還有當時以為真事後才知道假的銅鏡、古玉、陶瓷……，蠢事一籮筐，奇怪的，從不知悔改。（《戀物人語》：85）

---

[32] 鍾怡雯，〈掘洞人獻寶：評周芬伶《仙人掌女人收藏書》〉，《聯合報》E5版，2006年8月6日。

經驗就是學習，周芬伶說：「我的消費觀念也是從收藏經驗獲得的」，但她能從中理出一套自己的消費哲學，最大的要素還是她的「研究精神」：

> 我每買到一瓷器，拚命翻書，格物致知，每每弄到廢寢忘食，當我了然在心之後，對那器物由愛生敬，已無占有之心，恨不得跟友好分享，……（〈一時眼睛快活〉，《仙人掌女人收藏書》：135）

就連為了了解一個品牌，周芬伶也要先買一堆書研究，甚至買一個作實驗品，所以我們可以從《仙人掌女人收藏書》中領略她的收藏哲學，大體來說什麼值得收藏？周芬伶認為：「值得收藏的東西在當代就是精品名品」（〈收藏癖〉，《仙人掌女人收藏書》：12），又說：「以五十年的時光衡量，不會被淘汰的就值得收藏。」（〈二手天堂〉，《仙人掌女人收藏書》：43）她列舉收藏老茶碗是因為懷想古人茶道文化，預算高的可以買耀州、吉州窯、建窯、龍泉窯，十萬左右；預算低的買磁州窯、臨汝窯，三萬、五萬就可以當傳家寶了；收藏近代字畫要挑有漲價空間的，她個人偏好弘一法師與康有為的字；另喬治傑生的絕版銀器、百達翡麗的骨董錶、GUCCI 八〇年代的紅綠織包、LV 的手工硬殼箱，都是搶手的未來骨董，其他的買多了就是浪費；至於女生的衣飾，周芬伶認為買衣服鞋子不如買包包手錶。這麼會買、能買主要原因是周芬伶對金錢的觀念與眾不同，她認為錢放在銀行不過是空洞的數字，不如化為美麗的、可傳世的東西要可愛多了，這不又是她愛「美」的源頭嗎？

周芬伶的消費觀念完全承襲家族的金錢概念，尤其來自母親的保值性：「人賺錢不厲害，錢生錢才厲害，會用錢更是藝術。」所以她認為：「在能力範圍之內買好東西是品味，在能力範圍之外消費就是奢華了。」（〈奢華的對面〉，《仙人掌女人收藏書》：51-52）點出了消費的首要條件：絕不舉債。於是她買東西分兩條路線，一是一千元以下的消耗品；一是可保值的精品或可傳世價值的東西。

《仙人掌女人收藏書》一書中，周芬伶建議可以從骨董下手，因為骨董是文化財產，買下它等於保護它，並能豐富家的生命感，一舉兩得。對房地產她認為夠住就好；不建議買珠寶、名錶，因為折舊率很高；名牌服飾、包包、鞋子又涉及「拜物」的深層壓迫，所以她呼籲消費者一定要抵制，不買或買二手貨，這是周芬伶的消費精髓，一種「回收再利用」的低調奢華或物盡其用的簡樸美學，因此她提倡跳蚤市場、二手店消費觀。她常說每隔一段期間便要捐出一些衣物，或清出多餘的東西到二手店寄賣，除了有環保健康概念外，周芬伶還透露名品二手消費在「有進有出」的觀念下，反而有一點積蓄，真算是上乘的了。

談完買什麼，接著周芬伶帶領讀者怎麼買，曾以「市場冒險家」自居的周芬伶以「好奇」、「衝動」、「沒錢」來形容買家的特性，很有獵人的味道，狩獵場就成為重要的背景。周芬伶在《戀物人語》〈夢遊服裝店〉中寫出女人最抗拒不了就是「服裝店」，常令人陷入矛盾的掙扎中：

> 在服裝店夢遊是女人隱密的快樂，它是色彩與織品的迷宮，也是逃避現實者的天堂。（《戀物人語》：173）

服裝店有一種夢幻氛圍，讓每個進入的女人喃喃自語的陷入自戀情結，享受漫步雲端之輕飄，又彷如置入迷眩的舞台燈光之注目，「完美女人」之追求讓女人感到罪惡，也美得理直氣壯。周芬伶說復古優雅的時尚治癒了她一半的憂鬱症，帽子、絲絨、蕾絲、靚鞋都成了女人的魔咒，因而也產生種種抗拒的狂想，或想搬離百貨公司附近，但最後都無功而返，莫怪乎為「魔咒」，都是女人纖細的心思。於是在鄙視物質的台灣文化圈周芬伶反其道而行，在〈包包家族〉中說：「我知道我不能跟他們一樣，我非像天女散花不可，灑落人間一切繁華。」（《仙人掌女人收藏書》：48）完全展露她「叛逆／搞怪／顛覆」的因子，所以她認為包包之必要，象徵女人的自我形象，並非實用性，光大門面的意義較多；穿好鞋之必要，有畫龍點睛的效果，能把穿戴的文化延伸到腳下；戴帽子的必要，有鮮明的自我意識，會穿鞋的女人是一等，會戴帽的又上一等，會戴手套就是極品了。至於絲絨／蕾絲，她認為「所有的霓裳羽衣原來只是繁華一夢而已。」要穿趁年輕，「時尚雖浮華，卻會讓人的心變年輕」，誇張／奢華一點又何妨。但也提醒女性，慾望自己滿足，不需男人的觀看，展現出完全的女性意識。

周芬伶認為最好能常辦跳蚤市場，歡迎喜歡殘缺之美、沒有潔癖、錢不多、品味獨特，永遠抱著希望而來的人。跳蚤市場越便宜越好，越犧牲越有人要，它期待的是懂得物品流通與環保的人，可以讓大家有健康的物質觀念。另外二手店的服務態度與環保概念她也很推薦，物品在此交流互通，其「格物致知，愛物及人」的精神意義也是理想的購物之處。而收藏古物就非得從逛玉市開始，一方面看人性的缺點，一方面去試眼力。周芬伶以混玉市者告訴大家，玉市哪裡有真的呢？大多假的拿出來賣，真的擺家裡，上等貨通常先給骨董店挑，再給次要的老顧客，挑剩的才在玉市出清。真貨一定不便宜；不便宜不一定是真貨，所以一定要買書來看，玉市只是玩骨董的最初級入門而已。

以買古瓷為例，入門之後，周芬伶認為勤跑玉市去看品相與圈足，不但要看得精還要會摸，並以「真品」為師，不要依賴人或書，只要摸過真的就不容易買到假的了。另外常跑故宮或美術館鍛練眼力之必要，推薦歷史博物館與鴻禧美術館，每遇到疑點就需再求證一次，有了基礎之後，就可走訪拍賣會了。逛拍賣會的好處是珍品雲集，而且可以要求看、摸，見多自然識廣。

周芬伶的「收藏哲學」，是對自我的完全掌控，了解「我」要什麼？能力在哪？每個物件的價值不在「價格」，所以對物能進也能出，做到「不使物役」，如此對物不但具思辨性、解釋性也有概括性，可謂優質的導引人。最重要的是，「喜歡就是無價」，這是周芬伶的口頭禪，也是收藏者不錯的哲學思考。

二、靜物的乾燥之美

周芬伶的戀物書寫一路以物象著眼，含蘊懷舊憶人為主，二〇〇〇年的《戀物人語》、二〇〇六年的《仙人掌女人收藏書》最為代表之作，「對於不會說話的人，收藏也是一種語言」，因為戀物才有人語，否則一個沉靜的人只會瘖啞。一棵棗椰樹、一鍋麄鱸、一襲窗紗、一道戒痕；絲襪、帽子、衣服、櫃子……，「在我心裏有一座更大更寬的收藏寶庫，那裏收藏著過往的記憶，一些永恆的美事，一段刻骨銘心的經歷。」（〈收藏家〉，《花房之歌》：137）其物背後的象徵意義因有書寫的技巧與策略性，在第四章〈周芬伶書寫的特質〉中將有詳細的分析，此節書寫主題僅探討周芬伶的實體「收藏物」，與《戀物人語》「詠物書寫」的記憶收藏不同。

周芬伶說：「收藏雖別有趣，喜歡收藏的人都是愛美成癡的人」，這個美在於「乾燥」，是「歲月與喧嘩沉澱後的沉靜之美」[33]，代表著枯乾的靈魂與永恆的時間之感，所以，大收藏家是懂得與時間對抗，拯救物品也拯救自己，雖然身體是乾枯的，靈魂卻是盈沛的：

> 我喜歡靜物，尤其是古物，因古物皆有長遠的歷史，動物會死，古物不死，帶著那麼一點永恆的意味，又或者歷史不久，已然散發乾燥之美的物品。（《仙人掌女人收藏書》序：4）

[33] 周芬伶，〈收藏癖〉、〈收藏之神〉，《仙人掌女人收藏書》：14-15。

這讓周芬伶的「物」充滿「永恆的味道」與個人的「收藏物語」。如周芬伶在一只六〇年代的勞力士中如舊照片般喚起諸多聯想；從汝器、鈞器中看出宋徽宗是個完美主義的文藝皇帝；以素雅的甜白器象徵明永樂皇帝的純孝；在價值連城的成化鬥彩裡看到奢華的萬貴妃；在紅樓戀物癡中感受到寶釵的極簡、妙玉的潔癖、探春的俗氣、寶玉的惜香……，甚至是一幅在美東畫廊購得的小版畫，只因畫中彩色的馬賽克地板與老家的地板花色接近，便昇起一股思鄉的美感；或因為懷念姊妹以前在一起的快樂時光，而養了五仙布麗斯娃娃的天真浪漫之情，……這便是周芬伶戀物書寫的迷人之處，在她的物中永遠有一個「生命的靈魂」吸引著她，也牽動著讀者的心，物也因收藏有了二度的生命：

> 現在畫擺在書桌的右側，時經二十餘年，彼時的感動還在，而收畫的人已半老，畫家也已老病，畫一旦被人收藏，即擁有二度生命，一度生命是畫本身，二度生命是收藏者的愛與投射。（〈歡喜讚嘆〉，《仙人掌女人收藏書》：188）

如此循環不已，創造還有創造，延異還有延異，周芬伶賦予物情感，物回饋了周芬伶永恆的意義。於是她在〈魔箱〉中體悟了母親的心情：

> 我越來越能了解母親愛物的心情，她箱子裏藏著的最大祕密，不過是「生命」罷了。我們唯其愛生所以愛物，這種惜物愛物之情，也是生命力的一種表現。（《花房之歌》：126）

周芬伶認為收藏的好處是讓歷史活起來，以前死背書中的名目卻毫無生命之感，充其量只是符號的表徵，有了收藏物可以使當時的生活或審美觀歷歷在目，讓我們與古人有了連結，從虛幻中走出真實感，那是歷經時間的風乾，穿越時空的靈魂；那種奇妙的感覺就是古物的乾燥之美，永恆的象徵。

三、戀物意義的轉換

收藏的樂趣對周芬伶是一種過程，並非物質本身的價值。正像她因妹妹而收藏陳景容的版畫「尼泊爾琴師」的過程一般，在〈歡喜讚嘆〉中她這樣形容著：「買畫的快樂彷如過節，節前殷殷期待並勤做準備，節時陶醉，節後不斷回味」（《仙人掌女人收藏書》：187）。這樣的形容很貼切，「準備」指的是對欲購買之物的認識，它可以避免買家花過多的冤枉錢及提升對物的鑑賞力；「陶醉」則是購買的過程，當買家在琳瑯滿目的物品中發現所愛，對方也正以相同的磁波感應著你，相看兩不厭之下，你用金錢擁有了它，並認定它是最好的，此時心理滿足的程度大於實用性，這樣的感覺就是購物最迷人的春藥，如果毫無節制就會有懊惱悔恨之感，更甚者淪為「購物狂」的病態；若前面兩項屬於短暫的快樂，那麼「回味」就是收藏的最大的心理功能，屬於情感寄託的再生。周芬伶在〈逛玉市〉中寫出收藏的享受是過程：

> 當你買到一個好東西，一邊翻書一邊欣賞一邊研究，古今穿梭，忘記自己身在何處何年，是為何人，其樂如何？（《仙人掌女人收藏書》：142）

從她的「戀物哲學」來看，物不過只是一個「過手品」，用來入門或研究的實驗品，因為需要流通、轉手，所以她不建議買消耗品，故衣鞋全被剔除；要買能增值的精品、名品，可以拿到二手店去交換或送人，一點擁有的慾望都沒有，她說：「有些東西，一旦懂得就可以放手」，又說：「古物非一人所有，收藏家只是暫時保管者，但我連自己都管不好，還管什麼古物，不過是貪一時眼睛快活。」[34]好一個「不過是貪一時眼睛快活」，瀟灑至極、美麗至極。周芬伶在〈高麗青瓷〉中還談到因一只高麗青瓷認識了對文物頗有研究的前輩，他只論好壞，不談真假，讓她學到了「鑑賞只是分享，修行在個人。只要年份夠，就算不到代，也有收藏的價值。」（《仙人掌女人收藏書》：155）那只高麗青瓷於是有了「寬容與從容」的靈魂。至此發現周芬伶還不至於到佛洛依德「戀物癖」的精神層面，也不至於崇尚名牌過度「商品拜物」，頂多也只能算個「美癡」，愛一切絕美、絕色，進而研究成癡，頗有「化己為物，以物觀己」的哲學。

周芬伶從戀物而愛物，愛到深處便開始了解有人「捐獻古董」的心意，那才是真正愛護古董的人，能捨「我執」便得「所有」，即周芬伶所謂的「回味」了。於是自謙說自己的收藏是不登大雅之堂幾件，以後捐給博物館或在大學裡成立個人收藏室，以供更多人欣賞。這樣懷抱著「回饋」之心，讓周芬伶想跟博物館結為一體，成為博物館美術館的研究員或義工導覽，那是戀物者最高貴的境界，是一種真正無私的大愛。周芬伶一路走來，點滴心頭，只有看盡繁華、滄海曾經的人，才真正懂得跳脫，能以距離之美感還以物之滋養，以愛物之心傳承物之生命。

法國思想家布希亞（Jean Baudrillard）說收藏是在創造自我形象整體化過程，然而這種過程並不會終止，因為我們收藏的永遠是我們自己。在情操上，周芬伶以戀物的小愛轉化為延續文化歷史的大愛；在自我的概念上，周芬伶藉由書寫傳達自我懷古、時尚的形象。二〇〇六年的周芬伶的確不一樣，她不再耽溺於死亡、疾病的傷痛書寫，反以玩世、調侃的基調營造文字的遊戲感，一次出四本不同類型的書，也是一種玩世。先看《紫蓮之歌》，體驗周芬伶輕文學的撒開，再看《仙人掌女人收藏書》觀賞女人的私密收藏，如

---

[34] 周芬伶，〈撿到一個時間〉、〈一時眼睛快活〉，《仙人掌女人收藏書》：27、132。

此在《紫蓮之歌》中的骨董、瓷器、寶石等較為艱澀語彙、歷史的脈絡便可找到答案。但別輕忽《仙人掌女人收藏書》的文學重量，如果要以看目錄型購的態度則可能會失望了，建議邊看此書邊上網，書中提到的物件一一搜尋，相互比對才能發出共鳴，否則光靠書中的圖片，可能會霧裡看花，半途而廢，甚為可惜。這不也是周芬伶的「戀物哲學」麼，「研究精神」。接著再看《粉紅樓窗》，妳會發現《仙人掌女人收藏書》裡的時尚精品、小布娃娃轉化到小說〈時尚〉、〈痃〉上更是傳神、好看。如果對周芬伶的「生命之渴」與「乾燥之美」有興趣的話，還可以去看同年出版的《芳香的祕教：性別、愛欲、自傳書寫論述》論文集，裡面闡述了周芬伶的文學觀，此部分於下一章討論。

第五節　小結

周芬伶的創作主題大致來說，是緊緊貼著她的生活經歷與大時代思潮而發展。可以看出她從「我」做敘述的開始，做「主體」的建構完成與自我實現。周芬伶也和許多女作家相同，歷經了蕭華特在《她們自己的文學》中提出的文學性次文化三期發展階段。分析周芬伶書寫自我形象的三大轉變，首為時代思潮的席捲，八〇年代的女性主義恰如其分的讓封閉的學院派衝激出一條女性研究的出路。另一方面周芬伶開始思考文本中「我」的闡述與價值是否符合自我的期望。當小說與新詩已為陰性書寫解放情慾／身體，散文卻仍固守「道德」藩籬，以光明華美的愛示人。故周芬伶文本中的自我建構從模仿主流開始，但繼而發現身為女性原罪的失落感，所以隨著時代的思潮讓周芬伶產生女性意識的反思。其次是，女性進入夫家的地位。台灣的婚姻觀念多數是維持了男性的尊嚴，規範了女性的自主權，出嫁從夫讓許多女性冠了夫姓，開始奉養翁姑，操持家務，傳宗接代……，逾越了分際，將被人指為不守婦道，更遑論

「女性自主權」。傳統的婚姻觀念扼殺了女性主體性，女性只存在父權的附屬價值，相夫教子、母慈子孝。故周芬伶文本中產生對父權的質疑、反抗，並企圖在自我追尋之中找到一條女性獨立自主的出口。第三是死亡經驗的醒悟。一場大病，與一場車禍，兩次死裡逃生的死亡經驗，讓周芬伶體悟「上床與鞋履相別」之感，抱著如果只活到今日的心情去寫作，「真心話」自然而然的就毫無顧忌的坦然而出。釋放了各式各樣的壓抑之後，周芬伶的書寫愈見血肉與情慾，其女性的輪廓就愈見鮮明與細膩，並以女性的週期去展現女性生命的多元、流動與海洋般的包容，經血／妊娠／生育／分裂，讓女性擁有了全然的主體性。周芬伶的陰性書寫具有強烈的女性意識，終其文本的女性形象皆堅毅／獨立並追求自我實現的理想而努力。

從「我」漸而推至家族書寫，周芬伶從《絕美》起軔到《閣樓上的女子》三本散文集，已將家族史主要人物的完整形象與人格大致歸位，時代背景與地理環境的史料基礎亦有事實為基石，此後的散文、小說、童話小說亦從此基礎發展延續，因跨越的年代長久，「女性家族史」的建構，在其前十年的創作中已然有其脈絡可尋，而近年的書寫也已從狂亂、迷惑與困頓中逐漸平緩下來，亦將她的書寫推向人生哲學的命題，通過生命，運用書寫磨礪，展現自我的思考。

因為是對自我存在的追尋，所以周芬伶敢於暴露私密空間的真實性，執著於「真誠」與「自由」，她用「拼貼方式」在每一個文本中挖深挖廣，因而對家族的地域、血緣、親人的精神形像不斷地「真實」描述，故有「自傳式」的散文之稱，並因其戲劇性的生命，所以不斷在對立／辯證中尋求真理而醒悟人／我／生命，營造出「禪」的生活哲學。而周芬伶的近期的家族書寫逐漸走向父系與母系的對抗，並非真正血緣的對抗，相反的她認同母系的血緣，也深愛父系的根脈，因為都是「周芬伶」。周芬伶此處父系代表的是傳統二元對立的絕對性父權即陽性；母系代表的是邊緣／心靈的／

叛逆的多元性即陰性，她認為陰／陽性的大完整是靠我們給下一代對性別的再認知，當我們能夠不再以父權為思考中心對語言與文化產生框架與制限，能夠讓男女在法律與權益上的平等，更能夠欣賞每個人身上的陰／陽性特質即是最完整的圓。但目前我們的社會擁有了父系的這一半，往往忽略了母系的那一半，於是她的家族書寫便以女性發聲，女性身世與地域的遷移，周芬伶將之比喻成「落花飄零」，只有以「愛」匯集才能汩汩不息，「愛」才是周芬伶家族書寫的最後回歸。

這與西蘇「回歸母性」的觀念是一致的，企圖將母／女關係轉化為女性彼此相互滋潤的原動力，這一向是被「尊父之名」所禁止的。西蘇將「母親」提升到拉岡理論的「想像界」（the Imaginary）裡面，認為母親和孩子原本就是一體，沒有差異之分別，當然沒有排他性，所以二者合一。這就是周芬伶在面對「親子關係」時的書寫態度，其矛盾與撕裂感至此迎刃而解。相對的，周芬伶延用「母親」身體裡蘊含的無限生機，充沛的全能供給給其他（女性）同胞；而異質的（heterogeneous）「母親」更能包容無數的母親／他者（m／other）。於是在周芬伶文本中的女性都是多元的／包容的／給予的／有愛的，她們融入大自然，愛歌愛美，甚而形成一個美好的女性國度自立自強自給自足。這種歌頌他者的大器風範表現了陰性書寫的另一種特色與內涵，即不斷的給予、擁抱異己，不像傳統男性在父權體系中汲汲營營地搜刮異己的「財產」去壯大同類的自我。而周芬伶頌讚「母系」正是陰性書寫的實踐，她飛越踰矩，遨翔在規範之外，在寫作領域中獲得滋潤和愉悅。

至女性主義階段的周芬伶，開始關注到性別政治，從「階級」切開女性處在父權的弱勢情境，開展出一連的「性／別」探索之旅。周芬伶的「性／別書寫」頌揚女性的包容與愛，以女性的特質展現無邊的力量，藉由身體與情慾的自主性表達，讓性／別不再屈陷於父權論述的手段，並以此開拓出以「雌雄同體」的美麗新世界作為女性庇護所。除此之外，周芬伶更加添了「酷異（queer）美學」，關照的範圍擴大至那些被排擠於更邊緣更哀鴻的「性特質」人士，他們對「性」有不同的理解，常常以違反世俗化的性禁忌面目出現，或以打破社會普遍認同的性及性別角色的行為模式示人，如變性人、第三性公關、Macho Queen、同性戀，雙性戀、變性變裝（transgender）……等。周芬伶嘗試在文本中修正異性戀偏狹心態（heterosexism）也讓這些性特質人士有了新的國度。周芬伶不僅從形式上挑戰傳統，解構了傳統單線發展的順序小說，在內容上也衝撞了二元對立的是非觀念，她企圖在崎嶇難尋的女性之路上，以一體兩面的性別越界／文體越界來展現創作的無限可能。至此是解構也是建構，周芬伶一路寫下，她的女性意識讓她回歸純女性的世界，雌雄同體的論述讓她在女性的世界中找到光明與美，縱使文本中的人物常常為游走於社會的邊緣人：失婚婦女、同性戀、變性人、精神病人……，然這些被符碼標示「不正常」的人，不就是標示「不正常」社會下的「正常」現象？周芬伶企圖給這些人一個「紫羅蘭之家」[35]，無論是同女小彥、小詳、瑷瑷、小鴻更甚變性人英卡、憂鬱病患小琪、不舉男、阿冤女，或 T 阿建及 Gay 葉仁。達希德解構歐洲語言所形成的中心主義，法國女性主義者西蘇解構「父權制二元性思想」，周芬伶解構了女性散文書寫。

而周芬伶的「戀物書寫」，則展現了完全的女性特質，並形構了自我的價值，她給了每一個物件生命，創造了自己的物質小宇宙。在古物與時髦之間圓融出一套消費美學，是戀物、拜物、收藏；也是去我、去執、去物的禪悟美學，周芬伶能從戀物中昇華，在拜物中解放，戀物書寫的婉轉雅致，更富生活品味與禪學。

---

[35] 名稱由《汝色》而來，為提供一個真正滿足婦女需求的「安處所」，能讓這些「陰暗歧異」的邊緣人藉由文本獲得心靈依歸。

第四章　周芬伶的書寫策略

周芬伶得到第一個文學獎是小說獎，但卻以散文享名於文壇，這使得她在散文的本質與形式上充滿小說的手法，在小說的創作中也處處以散文為基底。陳芳明曾以《妹妹向左轉》為例，說她這部小說事實上是以各自獨立的散文組織起來的，可將它視為一部散文組曲；周芬伶的好友賴香吟也說《影子情人》的作品是「散文基底，小說外形」；周芬伶也自言「一直寫到〈樓窗〉才掌握到小說性的端倪」。基本上周芬伶的創作仍以散文為基本概要，但這並不讓周芬伶文本的趨於限制性、單調性；相反地，早期周芬伶以散文嚴謹的結構性「出位」到近期散文「越界」的觀念，反而讓她的書寫呈現多樣貌、開放性、血肉感。以下第一節即以「自傳體散文」來探討她的書寫策略，第二節「語言的多元實驗」分析她的書寫形式，第三節「解構」探討她的的創作概念。

第一節　自傳體散文

一、透明的自傳體

大陸作家憶明珠在〈破罐——我的散文觀〉中，將散文比喻成「破罐」，因為「破罐可以容納各種雜物而無所顧忌」，指的乃是散文這一文類在形式、內涵上都能自由揮灑的本質，以及具備各種化學變化的無限可能，散文，就是如此輻射開放、多元交融的文體。[1] 譚載生論散文也認為散文寫作的關目，全在一個「散」字。瘂弦更

[1] 張堂錡，〈跨越邊界：現代散文的裂變與演化〉，《文訊》，1999年，9月號。

指出「散文作者能將散與不散之間的矛盾辯證統一起來，做到形散神不散，才是上乘之作。」[2]以此分析周芬伶的散文類型，大多以記敘文記錄生活點滴，以抒情文抒發人生感悟，以雜文探討社會／時事／觀念，以書信傾吐內心感情，以序跋統匯自我的創作主旨與文學觀，以傳記形繪人物形象。而實際上，周芬伶的創作並不受類型所囿，她更整合各種類型不斷在創作中呈現，交融出情趣、物趣與哲理兼之的小品文，甚至嘗試將詩、小說、寓言與戲劇拿來與散文結合，這種求變的企圖讓周芬伶在她的寫作史上開出奇異之花，剛開始令人驚訝，接著驚豔而驚嘆，周芬伶以創作的實踐來反省散文類型的侷限，此部分為下節說明。

再談散文的本質牽涉到個人的經驗，鄭明娳認為散文當以「有我」為張本，並要求散文在內容上必須環繞著作家的生命歷程及生活體驗、在風格上必須包含作家的人格個性與情緒感懷、在主題上應當訴諸作家的關照思索與學識智慧。[3]以此「我」便成為散文重心，散文家莫不以「我」為出發，「我」的家族淵源、成長背景、個性喜好、領域見識、經驗感知等構成了文學創作的原始養料。如此「自傳式的散文」就成為散文書寫的重要一類，散文家或多或少都會有個人史或家族史的嘗試，如簡媜、鍾文音、利格拉樂・阿嬀；或有人一生的作品都帶有自傳的色彩，如沈從文、徐志摩、琦君，周芬伶即屬後者。

而作家的原型大多以第一本創作為要、為基礎，分析周芬伶的肌理可從前三本散文開始。周芬伶的老師讚美她的生活簡單而真誠，加上學院的養成與台灣日報工作的磨練，使她的作品散發出一股魔力，一切看似平凡的小細節，在她筆下娓娓道來挑人心骨，如鄰家的小人物，在她形繪下情意萬千，周芬伶發揮她大眼睛（望遠

2 陳義芝主編，《1978－1998 台灣文學二十年集（二）散文家》，台北：九歌出版社，1998 年，頁 181-182。

3 鄭明娳，《現代散文類型論》，台北：大安出版社，1987 年，頁 24-26。

鏡）與小眼睛（顯微鏡）的特長，觀察萬物、體察人心，凡有所感皆能入文，以「天真沉靜」的美奠定了在文壇的地位。

周芬伶《絕美》中，〈桌上的夢想家〉、〈我的紅河〉中結合歷史、地理與家族的考證，抒發一股鄉土懷舊的情感。〈素琴幽怨〉、〈寫信的母親〉、〈席夢思與虎姑婆〉、〈東西南北〉中婉轉、溫柔、迢悵的描繪過往今昔的親情。〈小大一〉、〈只緣那陽光〉中那熱情互動、鼓勵期許的師生之情。〈水仙之死〉、〈絕美〉、〈歲月的風景〉中以女性之眼悵惘青春的流逝與生命的醒悟。〈人敵〉、〈愛的心情〉、〈青青子衿〉中心靈角落的微顫語言和心跳。〈愛玉〉、〈娃娃定律〉、〈「說」房子〉、〈火災現場〉、〈冬日三疊〉、〈懶人樹〉、〈傘季〉中藉物品／場景的觀察、體會抒發心中的感悟。

第二本散文《花房之歌》，此書分三大總目：「海國」部分，可以看出周芬伶以史詩之情入文的企圖心，讀者可以隨著文本中的「我」，在〈海國〉中瞭解身為一個「福爾摩沙」之子的歷史包袱與自我認同的驕傲；在〈夢入澎湖灣〉中寫出單純、無爭、謙虛的澎湖人的幸福；在〈沙城風情〉中以八〇年代東海的違建、垃圾、人性的自私，來反應轉型中台灣的許多城鎮。所謂的現代化就是建設與破壞，它蘊涵著人性的慾望與希望／醜陋與美麗，最後人們只能妥協於現實、安於所處，在憎恨中產生迷戀，在現代中開始懷鄉。「世間情味」部分，〈半個夢〉、〈給我一棵樹〉、〈新人〉中是周芬伶經歷婚姻後的肺腑之言；〈自己〉、〈自己的角落〉中對「主體」的確立與篤實；〈收藏家〉、〈書經〉中由「念舊情結」到「收藏癖」的調侃與解嘲。「小令」部分則寫出初為人母的心情，晶瑩如星辰，溫暖如冬陽。

《閣樓上的女子》則分為三類：

家族書寫有〈最後一日〉的祖父因時代與政治的改變而無法適應的種種狀況，令人感悟人生的無奈與痛苦。〈哭泣的凱瑟林〉，哀悼二十三歲的凱瑟琳，青春的墜毀是因為認識了弟弟而走上毒癮死亡的不歸之路，主寫凱瑟琳，側寫弟弟。〈昨日風煙〉恆溪的外公與小老婆雪碧的另一種夫妻相處之道，卻在外公死後，一個女人悲劇的開始，讓周芬伶體驗了忘年的女性情誼。〈珍珠與茉莉〉運用映襯法將兩個不同的女子性格與命運對照出社會給予女性的不公平對待。尤其〈欄杆敲打著〉彷若一部說書情節，四位感情濃密得令人分不清誰是誰的姊妹，命運卻讓她們差異越來越大，距離越來越遠，原來小時候純真的願望難敵現實殘酷。

婚姻主題有〈玫瑰花嫁〉，從父母親結婚四十年的婚姻生活來探討婚姻一開始的險境，年輕、性別差異、不認命皆成為了致命傷，通常在婚姻我們常看到的是「女人結婚越久越強悍，男人越來越古板無趣」，這樣的體認讓周芬伶以「母親為我套上手套，婆婆卻送我一大束玫瑰」象徵婚姻如玫瑰的花刺，明知有刺卻要捧它，最好戴上手套。〈花前〉寫出一位女子從未婚到結婚生子的改變感觸。〈則之〉寫出夫妻相處情景及對未來美好的期待。……，這也是許多女作家在進入婚姻後所產生的矛盾與撕扯——婚姻的盟約對女性而言究竟是枷鎖或是港灣？在不同時代的集體意識與不同作家的個人意識上則有不同的表現，周芬伶此時則是質疑。

此時，周芬伶對時事的關注似乎想掙脫閨秀的小格局，企圖以文學的筆調來闡釋社會與國際問題：如〈織錦地毯〉、〈抗爭者〉、〈陋巷〉、〈始於一朵花〉、〈雪只落一個冬季〉、〈紙魘〉……，與當時開放大陸探親旅遊、生態保育等反思社會發展與自然倫理的議題相關，周芬伶擺脫嚴肅的說教方式，以女性細膩柔軟的「說故事者」的角度切入問題核心，使讀者在閱讀故事的當時，藉由情節與角色內心的獨白來感受周芬伶想表達的問題重點，以補白事件在不同層面的表述。

周芬伶初期的書寫是以自身的鄉土、家族人物、生命感悟、時事評論為重點出發，《絕美》起軔到《閣樓上的女子》三本散文集，周芬伶已將「自己的故事」中主要人物的形象與人格大致歸位，她以此為圓心，周遭發生為軸，畫出的都是自己的故事，故事的時代背景與地理環境的營造亦有史料為根據，此後的散文、小說、童話亦從此基礎發展延續，她被自己的空間、時間地圖召喚，一次又一次的跌回曾經的過往，一篇又一篇的書寫傷逝的過往。

在「潮州」那間「五角大廈」是那麼的冰涼又充滿華麗的基調，周芬伶在此所流過的第一段生命，充滿童年的壓抑、死亡的籠罩、美感的啟發；在「婚姻」的房子裡卻充塞著潮汐單調又晦澀的節拍，周芬伶在此流過第二段生命，迴盪固置的沉悶、父權的象徵、女性的自抑；在「親情」的子宮是如斯的曲折又撕裂的溯洄，周芬伶在此流過第三段生命，不斷地尋找自己與兒子的臍帶，渴望泅回母親的子宮與連起孩子的肚臍眼，所謂的「自傳式散文」則是她對過往的「苦悶象徵」而集結成的文學涅盤。每一個文本，很難不去注意幾乎是為呼應上一本散文而作的補述，她反覆咀嚼，一股淡淡的哀傷，支離破碎的喃喃絮語，編織不成的羽衣，似在傾訴又像隱暗某些人、事。

因跨越的年代長久，隨著年齡的增長與閱歷的增加，對同一主題的看法便有不同的面相。周芬伶開始以物託寓，展現夢境與寓言的象徵，她慣用以不斷往復主題的手法彌補過去欠缺的心理，行文最後都以一個主題或印象或象徵來宣洩情感、情緒、情結。如周芬伶寫大、小祖母：〈素琴幽怨〉（《絕美》：43）、〈舊時月色〉（《花房之歌》：97）、〈珍珠與茉莉〉（《閣樓上的女子》：44），從描述兩個女人的愛怨開始，個性行事襯底，周芬伶偏愛小祖母而畏懼大祖母，到兩人相繼死亡後體悟到兩人一輩子的戰爭都是空茫，對大祖母與小祖母的愛都沒有分別了：「如今，珍珠與茉莉皆為我所愛，只是有時看著看著，把珍珠看成茉莉，又把茉莉看成珍珠」（《閣樓上的女子》：47）。到〈老電影〉、〈卿卿入夢來〉（《戀物人語》：67、103），周芬伶已展開她女史的精神，找出其小祖母的賣身契探尋她已被時間磨滅的身世；在〈自然的心〉中，對小祖母童年的精神虐待已能用自然心去看待，「怕看自己的文章，新書校對於我是莫大的折磨，披露的肝腸是那麼血淋淋赤裸裸。我不了解為什麼寫來寫去都是小祖母，這個與我無血緣之親的女子，籠罩我大半生，其中的情緒似乎永遠訴說不盡。」（《汝色》：184）如此的心路歷程也有十幾年的歲月。

如果說「潮州」是周芬伶心靈的依歸，那不斷迴旋往復的書寫主題則是一種「自我實現」的生命完成。藉由家族的蔓枝，溯往過去，推究現在，周芬伶以眼以心、以身體、感覺記錄，一個個的人物，一個個的故事，將生命的片段補綴，以實現自我的生命完整。這種迴旋往復，或稱為「互文性」（intertextuality）的書寫策略，必須數篇合看，或散文、小說互看，才能釐出一個完整的主題。這種反覆從不同角度敘寫，可以不斷地讓讀者加深人物形象的印象，挖掘作者更潛在的心理意識。特殊的是連作者都無法預測何時寫完這個主題，十年、二十年的時間是常有的事。而文本中的主角在現實中是活生生的人物，他／她亦會生、老、病、死，如此一路寫來的「周芬伶自傳體散文」除了讓讀者照見了她的家族史，經歷了她的悲歡離合，現實的人世變化有時比文本更戲劇化、對白比文學還精彩，是「生活促成了文學；文學表現了生活」。而周芬伶的生活經歷讓她的文學不同凡響。

周芬伶的單純、天真至今未變，她笑稱「讀文學，教文學，寫文學，三十年待在學院，等於沒有出過社會，文學純度高達百分之九十，這樣的人真的有點乏味」[4]，也因為這樣未被污染過的純然度，面對血淋淋的人性才能以赤裸裸的真誠相應，其不做作、不偽善的風格暴露很多「私密性」，端看她的文本大體說的都是她的故事，或以潮州／台北／東海生活交互點繪、或以親情／婚姻／世況

---

[4] 周芬伶，〈從高雅到俗辣〉，《紫蓮之歌》：32。

記憶醒悟了然、或以收藏／自然／旅行包圍沉靜明朗、或以文學／校園／研究鋪陳平凡況味。甚至周芬伶小說的創作更能貼近她的心，散文的「收」可在小說的「放」中找到故事的延續，情節的發展及「未說出」的幽暗面。散文是周芬伶的「經」，小說即是她的「註」。再如小祖母的故事，在散文中作者以第一人稱來描述她所見所感，小祖母是被描述的客體，但到了小說〈嬋娟〉小祖母的形象已然躍出，能說、能哭、有血有肉，嬋娟是故事的主體，「她的一生都在作蒲公英式的飛翔、寄生、逃亡，模糊的面目、虛幻的身姿，落在那裡，虛幻就在那裡生根長大。」（〈嬋娟〉，《妹妹向左轉》：167）這是周芬伶在小說中對小祖母的註解。

周芬伶的書寫讓人在閱讀上有很大「私」的挖掘感，常常以為故事發展到此，卻在下一文本中發現更多的「心靈意識」，讓讀者猶如拼圖般一片一片補上故事的片段，以為自己買的是二百片的拼圖，卻拼了六百片，不知何時何地讀者才又恍恍然的發現自己已拼了一千二百片，至於故事結束了嗎？只有周芬伶才知道。

二、苦悶的象徵

周芬伶的文本基調即「苦悶的象徵」，她常在文本中塑造主角的形象是遺傳父親的「怯懦的憂鬱」：一個膽小、愛哭、訥訥不語的女孩，常為了家族的「比較心態」而自縮、自卑、自我，又為了親情的疏離而感到被精神虐待。長大後，一直想逃離學院的腐制，卻意外的始終未離開。在愛情上溯洄往復，不是被崇拜就是被輕視，更椎心的是死別的傷痛。走入婚姻才要作夢，卻被打醒要尋覓情愛的浪漫此處無賣。面對唯一的骨肉卻是生離的悲苦。這樣自我形象的描述常是低抑的、罪惡感的、又帶點早熟的世故。

在〈素琴幽怨〉中她透過小女孩的眼睛看盡人世的無常：

> 我同時發覺大家庭的生活是學習人生最好的課本，你總是要過早地嚐到悲歡離合的滋味，會在同一天看到親人死去，又看到新生命降臨；看到親愛的人爭寵爭鬥，又常把對方當成暫時的敵人，在很小的年齡就要學習如何防衛自己，如何在適當的時刻哭泣與嘻笑，如何要求，如何拒絕；在血氣旺盛之時，你已翻完了這本人生的課本，因為眼看前人演出這齣戲；在好夢正酣時，要嘗試生老病死的滋味。（《絕美》：49）

這種早熟的世故，並沒有讓周芬伶八面玲瓏，加上陰鬱的個性反而像個小老頭般的在人性複雜面中冷眼以對；在青春作夢之際，卻已老到失去熱情的衝動，總在最歡愉的頂端無故墜落，一如走鋼索的人，腳下踩著的是空虛，背上擔負的是壓力，手中握著的長竹竿包含著無數的愛恨平衡著往前邁進的勇氣。如〈戲班去流浪〉中的一節：

> 而我，一直到西安的古城牆邊，被一個戲子追趕，在這段荒謬的過程裏，我的靈魂好像跟她交換過來，那個粗糙的舞台、令人心酸的後台、流浪的人生，在這個既熟悉又陌生的場景裏，我好像看到隔代的自己，她追我追得好緊，如果我不停下來，她也不會停止追趕吧！（《熱夜》：39）

周芬伶在戲子中看到自己，就像在鏡中看到自己的倒影，「粗糙／心酸／流浪」很貼切的暗喻了她的孤獨感與被放逐的邊緣性，或許這也是周芬伶對自我的過往所做的詮釋與告白，歷經了人生的挫折、疾病、死亡，她始終是一位「失落者」，枯寂與黯淡的色調，所以當她讀到龍瑛宗寫給兄長的信提到「人生是枷鎖的連續，個人的痛苦只有忍耐」時，不自覺的心酸落淚，那是一種切中心懷的雙關，往事竟是這般的不堪回首，所以她必需不斷地在往事中正視自己、瞭解自己，在文字中尋找出口：

> 必須要找尋一種語言，可以捕捉空中之音，水中之色。尋找多年，終於找到文字，透過文自我可以盡情訴說，我以為已經找到，你看我寫那麼多文章，我會說話唱歌，但是所謂言說之道，並非如此簡單。你倒下後，我只有更啞，更啞，那最絕望時閃現的脊冷，最喜悅時的空惘，深淵中的哀號，劫毀後的淡漠，生與死的相望，我無法訴說分毫。（〈那世界〉，《母系銀河》：32）

文字曾經帶給周芬伶一種出走的快感，但周芬伶亦在文字中傷痕累累；因著人世的錯忤、愛中的冷漠、孤獨的空寂，周芬伶的文本常常散發著一股淡淡的哀愁，在樂觀中陷入悲觀的思考，悲觀中又閃出一絲樂觀的箴言，她擅於用疏離、理性、冷靜保護自己，故有晶瑩、清脆、冷冽之說，如〈舊時月色〉、〈小王子〉、〈靜觀三則〉。然在《熱夜》中又迴盪的渾沌自語、隱澀意識的意象，到《戀物人語》才又從雜亂中轉向懷舊戀物的主題。繼而《汝色》至《母系銀河》則趨向論辯證明與婦女關照，和以前婉約沉靜的筆調又明顯差異。最近的輕文學《紫蓮之歌》更有些散的潑辣與幽默。前後相映，讓讀者看到研討會上的周芬伶和居家閒聊的周芬伶，散文家的多樣貌與包容性都在闡述生命。而周芬伶散文吸引人之處，即是在於大凶險之中仍能自我解嘲的開闊出不被拘束的心靈美感，她常以一體兩面的對照，或在於自我辯護，或在於自我懷疑，尤其擅長以在「露形」與「不露骨」中以「象徵」手法挖掘了人生的「黑暗面」，都是在闡述生命的殘缺不完美。

周芬伶認為自傳通常包含一個人的一生或大半生，而自傳性散文則集中於一個重點或主題。其中個人史、家族史的撰寫跟傳記不同，前者偏重「人」追求「美」，後者偏重「史」追求「真」。正因如此，作家一生的作品都帶有自傳性，他們一再地從自己或貼近自己的事物取材，形成獨樹一幟的個人風格，反而使「我」的個性更鮮明、作品更迷人。[5]周芬伶的散文即是以此為出發，亦如讀者印象中琦君的父親、母親，〈髻〉、《橘子紅了》都是寫家族故事，散文、小說一起看更能詮釋琦君內心的幽微寄託。周芬伶膾炙人口的，也是家族的故事，大、小祖母／母親／父親／姐姐妹妹／弟弟……，已成為周芬伶的獨特之處，但也因不斷地曝光家族親人的形象與過往，弄得眾叛親離，搞得自己痛苦不堪，她曾說「文章乍寫完，常是忐忑不安，甚至是後悔的。」但也承認「要我不寫等於要我的命」，（〈寫作之最惡〉，《紫蓮之歌》：184）這樣不保留的緣故，因此有人稱她的散文「很透明」，她自己則認為只算「半透明」，有一點淡漠的美，這樣剛剛好。在散文的「隔」與「不隔」，周芬伶在〈透明太透明〉中有這樣的看法：

> 散文是最透明的一種文類，以能最清晰地讓讀者看見作者的心靈為最美，不像詩以含蓄朦朧為美；小說以剝離作者的折射為美，散文雖也有含蓄隱晦的，但也要露出一點冰山之角才能觸動人心。（《紫蓮之歌》：38）

筆者認為周芬伶的透明在於對自己的真，一種書寫的自由，她將印象轉化為形象，形象要求的是明朗確切，不可模稜兩可，於是對於人物的塑造、事件的描述，周芬伶即以一種「形象透明」的策略直入人心。但文章太露骨則失去美感，無法留有餘韻，甚至像暴露狂令人噁心，於是隱晦的部分就成為一種「意象」或「象徵」的手

---

[5] 周芬伶，《豔異：張愛玲與中國文學》：158。

法，這冰山的一角，也是作者潛意識的表達。分析周芬伶的「不隔」，可以發現她擅長以「物」及「夢」來象徵。

（一）以物寄情

周芬伶擅用以動物、花卉象徵人物形象，在人與物的交疊中，人的個性特質烘托出物的意象；物的感官印象加深了人的形象。周芬伶更擅長器物寄託情感，一個氛圍的營造、一段記憶的感知、一個事件的過往、一個地點的印象……，她都能緊扣住器物與人事的變化交互渲染，主角的位移交待著情節，而器物就成了主角情緒的隱喻，兩線並進，作者能收住滿溢的情緒，達到「止」的餘韻；器物的象徵卻能適當的將餘韻繼續迴盪。「以物寄情」是周芬伶慣用的伎倆，也成功的塑造她的書寫風格。

從家族書寫中的人物分析，周芬伶以「茉莉」象徵小祖母在經濟上的寒酸，只能用鐵絲穿起園中的茉莉花當頭飾，小祖母的身世、在周家的身分地位與行事風格在在都深印在「茉莉花」的形象上。而與之比對的是大祖母，周芬伶以「珍珠」象徵大祖母的家世富裕，一貫而下的脾氣暴躁、行事有大氣度，以珍珠串成的髻飾在在顯露不示弱的個性。「虎姑婆」則扣住諧音與五姑婆聾啞又古怪的形象。「青鳥」則象徵了父親年輕時代的文藝氣質，他在日據時代防疫有功，卻因一次的誣陷事件抑制了其陽光面，加上國民政府的國語推行，文字語言的再學習讓父親的青春猶如「青鳥」飛去不回。「老鷹」則象徵趙滋蕃老師叛逆、挑戰與敢做的理想主義者精神，一生在文學中流離，卻始終以勇氣與愛追尋。「獅子」則紀念一段似有若無的感情，那個少了一隻眼睛的男孩充滿憤怒與仇恨的神情，以獅子的形象烙印在讀者的心中。至於耳熟能詳的「小王子」象徵了弟弟，此處不再贅述。作者投射下的主角形象，則以「醜小鴨」象徵，文本中一再提及因醜而沒有與人爭的條件，因而只能躲藏，小說中以醜小鴨角色為主題的，以《醜醜》、《藍裙子上的星星》、《妹妹向左轉》等為主，也因醜引發了對「美」的敏銳，及對「美」的重新定義。

在與 Eve 談性別、談吃、談錢、談故鄉、談記憶的過程中，周芬伶大膽的剖析自我，挖掘自我心靈的黑暗面，從失眠者談到家族的藥物癮再連到婚姻的結合竟是幾顆安眠藥；從吃談到童年刁嘴的養成，進而食物變成鄉愁、變成婚姻記憶，乃至憂鬱治療與幸福的簡單性；從談錢說到母親愛錢，享受豪華的排場，追根究柢是想跳脫童年物質匱乏的困窘感。如此以物為自白、自析、自述的重點式描寫，不但令人印象深刻，更讓人產生顛覆與瓦解的美感，牽動家族史更深更廣的歷史意義，這一點則顯露周芬伶的雅致與靈秀的才氣。

從家族故事一路寫來，周芬伶更關注女人的故事，以女性書寫的身分書寫女性，所以女人的身體、情慾、細瑣、戀物、自然等，就成為周芬伶陰柔的一面，這與一般女作家相同，「詠物」成了滄桑人世、情愛宣言，或生態保育、或花木飲食。周芬伶的「詠物」早期如〈秋扇〉（《花房之歌》：194）、〈影中人〉（《花房之歌》：187）、〈圍巾之秋〉（《閣樓上的女子》：113）只以物感興或回憶，後期則以勾勒人事滄桑無常的女性自覺為主，代表作可以《戀物人語》為要。

如〈酸柚與甜瓜〉（《戀物人語》：20）中作者的父親帶著十幾個葡萄柚從南部來看她，勸阻女兒為了孩子不能離婚。沉悶的空氣讓心情鬱抑的作者在父親走後天天對著葡萄柚泫然欲泣。曾經喜歡酸利味道的口感曾幾何時竟大翻轉，在現實生活中開始嗜吃甜份濃度高稠的食物，那是對甜瓜的美好記憶，來自婚姻被寵的幸福滋味，如今卻成為心酸的回憶。周芬伶利用酸柚與甜瓜的映襯，訴說「生命的滋味有時會有一百八十度翻轉，只是不知道在哪一時哪一刻。昔日的執念為今日的揚棄；昔日的幸福成為今日的痛苦；昔日的美夢恰是今日的惡夢。」全文瀰漫著一股「馱負十字」的人生矛盾與突兀之感，快樂與悲傷的一線之隔，其實什麼都沒有，當然什麼都沒有分別，只是混沌一片啊！末了對映龍瑛宗的感慨：「人生是枷鎖的連續，個人的痛苦只有忍耐」，飽滿辛酸之情，未言已溢於辭表。

〈窗紗情結〉（《戀物人語》：32）描述作者在挑選窗紗的那段日子與母親不合、即將出國、弟弟精神失常……。人事的錯迕比任何一塊布料還複雜多變。五年後，弟弟過世了，作者在白紗窗簾前回想往事，白紗也由原來的象牙白轉成灰白，並起了一層細毛球。當清晨的陽光照過窗紗，所有的醜陋與陳舊都在那裡一一蒸發，那一刻的美只有上帝明白。周芬伶藉窗紗來引渡人事無常的更迭，並隱含黯淡的愁悵之感，哀而不傷，怨而不恨。

相同的，〈六歲寫真〉（《戀物人語》：60）作者因著自己六歲的寫真，想起母親公平強沛的愛，引起下段對兒子六歲前的記憶。對於一位離開孩子的母親而言，收藏這些照片，是愛的印記，也有了一切的答案。〈老電影〉（《戀物人語》：67）作者喜歡電影緣起於小祖母，以五〇年代至七〇的電影歷史為副線，及小祖母的一生為主線，雙線並行，交叉出一個既富台灣電影史料又摻出人生況味的小品文。〈酒釀的年夜〉（《戀物人語》：99）藉酒引出童年的癡騃與濃濃的鄉土味，慨嘆歲月的過往與現在淚水汩汩而來的原因，並堅定自己勇往直前的決定。周芬伶在文本中轉化了童稚的天真與少女的單純，探索了對母親、小祖母與孩子的生命黑洞，一次次的給自己勇氣與答案，堅定的往前走。

另在〈櫃子的心〉（《戀物人語》：160）中探索婚姻。衣櫃裡過多的衣物代表主角的前塵往事，彷彿妖魔鬼怪般的混亂，主角只希望心靈和慾望能回到清新簡樸的狀態，寧靜的過自己。在〈衣魂〉中那個獨自擁有一個大衣櫃，卻開始懷疑過往的自己的主角說：「我遺失了一個衣櫃，那裡有我不忍回首的華美收藏，綺羅往事；還有一襲襲裝載過虛榮身軀的錦繡雲裳；屈辱壓迫和空洞的誓言。」（《戀物人語》：205）對於婚姻，周芬伶在櫃子裡找出她的見解，離開婚姻，她以一個意象概括了所有的情緒：

> 有時候想到那雙似乎閃著淚光的鑲鑽緞鞋，當我離它而去，它還在繼續行走，以我不知道的步伐，走向我不知道的未來。（〈衣魂〉，《戀物人語》：211）

或許在周芬伶的生命，一切看似華麗而甜美，然其命運的牽動卻有如她的〈夢幻小丑〉（《戀物人語》：211）般，在身穿華服的小丑身上展現著生命外在的同時，而局部特寫的臉部表情，似笑非笑、似哭非哭的誇張唇線卻展現生命的內在，周芬伶以笑對抗生命的痛苦，顯示的卻是「苦啊！人生」的本質。

（二）以夢寓言

周芬伶文本中常有「房子」和「家人」的夢的描述，「夢」對周芬伶而言彷如「莊周夢蝶」，在現實中被壓抑的到夢裡逃逸，在夢裡跳脫的在覺醒後困惑、思考，夢未必和現實相反，有時更是潛意識的渴望與生命的啟示。那房子和家人的夢在周芬伶的潛意識裡又有什麼樣的意義？背後隱藏的又是什麼樣的渴望？以下分析之。

關於「房子」的意象，筆者曾在第三章討論，是「心情的避風港」，是一種女性空間被剝奪的概念，所以後期的書寫中出現「女性烏托邦」的想像與建構。討論周芬伶的「夢和寓言」，房子是很重要的一環，整個周芬伶自傳體的書寫總是圍繞在潮州的房子作為背景，家人的夢更以房子為通道，從「房子和家人」所衍生出來的寓意更是錯綜複雜。此章節將以上章節為基礎做更深一層的剖析，從周芬伶年少的「夢想」，到成年後的「理想」，到與潛意識的「夢」做時間上推移的分析，最後再談及其他「象徵」的寓意。

1.房子的寓言

對房子情有獨鍾的周芬伶，常常夢想著有自己的房子，有自己的設計藍圖，最早周芬伶在〈「說」房子〉中勾勒出自己對房子的渴望及心目中美屋的藍圖：

> 最近突然夢想蓋一棟房子，就是白白的牆，紅紅的瓦那種，園裡什麼都不必有，只要有一棵大樹可供遮蔭，一片草地可供坐臥就可以。自以為這是一個很簡單的夢想，告訴別人，他們都說難如登天。又說那樣的房子是要用金子堆起來的，我既沒有錢，在這寸土寸金的世界，你到那裡找自己的一片土地？於是，這個夢想慢慢變成我的苦惱了。（《絕美》：153）

周芬伶嚮往白牆紅瓦有樹有草地的房子，礙於現實考量這僅只能當成夢想，因而變成她的苦惱，現實的壓抑。所以當她閱讀到約翰·史坦貝克的〈白鶺鶉〉便被深深吸引，她認為女主角就是房子，房子就是女主角，女人和房子劃上了等號，最後女主角嫁給願意為她蓋這樣房子的男人，以致這篇小說對周芬伶有了特殊的魅力。這段描述可以在〈今夜，心情微溫〉中透視女人對房子的理想與現實的衝突：

> 你說未來什麼都不要，只要擁有一塊小小的地可以種種花種種菜，於是，他訂購醫護郊區的房子，離上班地點得開一個多小時車程，你們覺得一切值得，但種出來的花被蟲子吃掉大半，種出來的菜吃不完，大多送給朋友和鄰居，原因是你家的冰箱太小。於是你想到生個孩子，孩子生下來果然可愛，說話呢呢喃喃，不時搬弄小指頭兒，為了這個，每個月採購他的尿布和奶粉，提得手膀扭傷，你甚至沒有時間好好看完一份報紙。

> 這是個陷阱，認識與幻覺惡性循環。當你的步履越來越沉重，走路時呼吸越來越喘急，你甚至聞到自己發出腐臭的氣息。（《熱夜》：7）

前段彷如童話故事般，一個美麗的前景令許多女性奮身的投入婚姻，王子和公主結完婚後才是現實的開始。作者因為房子而答應結婚，但女性的「浪漫」——花，卻被蟲啃食而光；「夢想」——菜，丈夫卻無法負荷（冰箱太小），以致於多半分送他人。周芬伶以「認識與幻覺」來表達婚姻的現實只是一股腐臭的氣息。

再看周芬伶理想的房子不可或缺的元素是「自然」：陽光、樹木、花草、湖邊……，自然就是房子身體的一部分，它們相依相存缺一不可，所以她看到沒有個性的公寓，心情就陷入低潮。這種單純的心是繁華過眼的沉澱，更有一股透徹，她在〈家在榕樹邊〉這樣描述著自然單純的力量：

> 我最喜歡看著一棟棟農舍傍榕樹，看著陽光如何伶俐地穿著樹梢，又如何溫柔地輕覆著地面。這時總有清風徐徐而過，有花香纏綿，有歌在心中。一個家，一棵樹，這樣的畫面單純得令人想落淚。（《絕美》：66）

周芬伶認為樹具有大自然最剛強的力量，像一座會生長的巖石，是土地的一部分，是「一切華美之王」，人終是要靠近否則將感到寂寞。這樣的寂寞可在〈給我一棵樹〉中有深刻的體悟，作者婚期決定時，母親追著問：「要什麼？」作者很想告訴她：「給我一棵樹吧！」卻因不成禮統而羞於開口，母親為她準備了滿卡車的嫁妝就是沒有一棵樹。而新郎笑著給她的答覆是：「好！有一天我會送你一棵樹。」於是作者為此感到無比的寂寞。作者曾經在外祖父的大果園中擁有一棵樹陪她度過一個夏天，因而她感到「擁有一棵樹是很幸福的，我深深記住這個幸福。」作者認為「給我一棵樹」等於「給我一個夢吧！」但母親和丈夫並不瞭解她內心的聲音，「一棵樹」所代表的意義是：

> 就像當我要母親給我一棵樹時，等於是在要求她給我一些保證：說生命確實存在著真善與美；說一切誓言都誠信無偽；說永恆不朽是可能；說婚姻是幸福與安全。我要她再告訴我，她愛這個家，珍惜她的婚姻，她愛我——是的，她愛我，因而我愛了世界。我也要她告訴我，說「去。」勇敢去做一個人的妻子，去成立一個家庭，生一群子女；說生命是場美好的夢。
>
> 當我要求他給我一棵樹，亦然是在要求他給我一些安慰：說人生不再寂寞；說兩個人比一個人好；說愛與自由並不違背；說愛沒有罪惡沒有成見；說愛情與婚姻可以相容並存；說生命是場美好的夢。（《花房之歌》：157）

周芬伶要的是一個「保證和安慰」，因為對婚姻缺乏安全感，對母親的愛不確定，對未來感到恐懼與不安，所以她在一棵樹裡寄望所有的夢想，彷彿擁有一棵樹就能擁有一切幸福的補償心態，很可惜，至終沒有人給她一棵樹。

分析周芬伶渴望擁有自己房子的心情，可以從她的成長背景來看，潮州的大家庭人口繁多，老房子破舊又無多餘的房間，她和姐姐與小祖母擠在天井旁的一間小屋，那間小屋常令她想到皇宮裡的冷宮，小祖母便是那失寵的妃子，甚至床底下還曾爬出一條蛇；她從小祖母身上了解傳統女人的悲哀與寂寞，一個被別人與自己禁錮的女人。這樣銘記的印象在《妹妹向左轉》中便以吳鎮的「美人井」及吳鎮鬧蛇向來有名的故事發展，甚至蛇成了美女的死後的化身，其中敬萱姑姑便以白蛇重生。「白蛇」後來在文本中逐漸象徵了「母系」：

> 白蛇即是母系社會的代表，是人類更原始更暴動的根源，法海代表的父系社會，終究要來消滅她，他顧不了兒子，因他已被父系力量鎮壓，而孩子一定會來尋，父系與母系對決，最後贏的是孩子。他才是這場對決的裁判，他孝養父親也解救母親，他是新世界的主人，他的愛新鮮廣大，沒有分裂，沒有缺憾。（〈還子〉，《母系銀河》：83）

人口複雜加上空間不足，手足之間常為了爭地盤，爭得頭破血流，最後終以和平解決：可以共用一個房間，卻得有自己的角落。於是周芬伶擁有自己的「哭牆」，在鎮日陰沉沉中透著小窗的光線神遊書中世界，對於她而言無異是最好的躲藏之地，無怪乎她說：「緊貼著牆壁，神遊小說世界，既安全又實在，那種感覺真好。如果有什麼委屈，抽一本書往那個小小的角落一躺，什麼憂愁都拋到九霄雲外。」（〈尋常人家〉）那時，她說：「最常作的夢，是將來要擁有自己的房子，絕不與人共用。」（〈自己的角落〉）[6]是那樣堅決又霸氣的口吻啊！以致於老宅決定要拆建之時，大家都鬆了一口氣；或在弟弟入獄時全家籌畫搬遷的事，周芬伶剛開始都興致勃勃的滿腦子裡盡是新家的藍圖。但當周芬伶找到一處較為理想的地點時，腦海中浮現的卻是父母親憂戚的面容，她一直在心底盤問自己：「這裡比得上故園的山水嗎？能讓他們重展歡顏嗎？」答案都是否定的。甚至她在〈失鄉人〉中想起祖父生前再三叮嚀的話：

---

[6] 周芬伶，〈尋常人家〉、〈自己的角落〉，《花房之歌》：59、174。

> 他說，家裡的地是塊好地，是「仙公地」，它給我們帶來繁榮，千萬不可放棄；他又說，不要玩火哪！那一年，一場大火幾乎燒去全家所有，記住，不要玩火，不要賣地。想到這裡，眼前的樂園都變成地獄了。（《花房之歌》：45）

祖父的話讓「房子」變得有意義，周芬伶體會了「生根容易去根難，家的意義不祇是一幢房子而已，而是鄉愁，是由多少糾纏不清的情意圍繞而成」、「如果失去故土，一切美好的回憶將有何依託？一切魂夢將有何縈繫？」（〈失鄉人〉：46）這就是潮州二進式的閩式老宅陰暗、壅塞的氛圍一直牽縈著周芬伶的記憶原因，「房子」並不等於「家」，而周芬伶的「家」只在潮州。又老宅已成歷史，那裡有童年與小祖母的記憶；「五角大廈」更包含了繁華、愛恨、死亡、官符、疾病、衰老的混雜氣味，所以周芬伶不斷地書寫，以各式的形式書寫，這是一條記憶的朝聖之路藉以書寫來建構她失去的、回不去的、遺憾的補償心理，至始至終周芬伶尋找的只是一個「家」，心理依託的處所，那裡還有家人的悲歡，血緣的依附。如是，她說：「每一棟建築都是一座神廟，裡面住著神的愛意。」（〈浮雕〉）卻也說：「生命真的如同一棟大建築麼？也許我比別人多了一棟，他築在無何人之地，無何有之鄉。我真的見過地獄的景象，但我無法告訴你它長什麼樣子；如同我見過天堂，這世上卻無話語可形容。」（〈力力社〉）[7]

這樣複雜虯結的鄉愁，移轉到〈惡靈〉（《粉紅樓窗》：138）這篇小說，「仙公地」成了全篇故事的引點，白色的天堂與地獄之火強烈對比出一個極欲逃脫家鄉年輕人的心理狀態，最後那場火熊熊地燃燒著神廟的景象，彷如天崩地裂，一片火海翻騰，父親、母親與反骨的建文全都置身於火山熔岩中。這樣的景象令人震

---

[7] 周芬伶，〈浮雕〉、〈力力社〉，《母系銀河》：135、143。

撼，是一種毀滅卻也是一種重生。在散文〈關鍵詞：2 建築〉對「家」未說出的情緒，至小說〈惡靈〉中找到了出口，周芬伶過早的體會人世的悲歡爭鬩，又經歷了家人的生死錯迕，在「潮州」她看見了生的天堂也見過了死的地獄，「邪惡與神聖是共生的瘤，越神聖之地越會開出邪惡之花」（〈惡靈〉，《粉紅樓窗》：143）正因如此的大起大落，周芬伶的書寫才被喻為「不以主義，以肉身迎向世俗，衝撞既有體系」（賴香吟語），唯有體驗過生命的人，才能了解何謂生命吧！故事最後以「我的肉身正漸漸融化」，正象徵著靈魂的昇華。

談到周芬伶的「房子」主題，〈未來之屋〉與〈卿卿入夢〉是很重要的指標，這是周芬伶談周芬伶房子的夢。在〈未來之屋〉，首先她先定義夢：「有些時刻，現實世界兀自作起夢來，而你所凝視的景物，回過身來凝視你。不帶一絲壓迫，就像隨口唱歌那樣自然」（《戀人物語》：86）接著她剖析自己有關房子的夢，「在我的人生轉折中，總是跟一棟房子有關」，房子記錄了她的人生（正如森林記憶著愛，見〈與愛的森林〉（《汝色》：147）），所以當歲月流逝後，留下的就是房子的印象，房子和當時的事件、情緒、感覺結合在一起而焦聚了意象，所以一棟小白房子、外祖父的房子都像一則寓言，可以作無窮的詮釋。最後產生結論：一、夢中之屋獨立存在，卻牽連著過去和未來。二、房子代表的是某個意識層。三、房子是意識的形式與內容。四、房子銜接著現實世界與心靈世界，那是慾望與夢想的出口。所以在〈卿卿入夢〉中，潮州的老家變成咆哮山莊，再擴大為曼斯菲爾莊園，房間多到數不清，……。周芬伶如此分析著自己「老家」的夢：

> 我一再夢見老家，已過度虛華的房子彌補童年的匱乏，大家庭空間不足卻充塞著敵意，你砍我一刀，我砍你一刀，彼此咬來咬去，真是個蛇窩呀！我從來不相信人與人之間能和平

相處，越是親愛的人越是彼此傷害，也許在內心深處從來沒有原諒那個家，才會在夢中不斷回去，回去再造一個新家。（〈卿卿入夢〉，《戀人物語》：111）

以此來看周芬伶的「房子」主題有著童年的匱乏與親情的遺憾，白牆紅瓦的房子、有陽光綠草大樹的房子、潮州二進式閩式的老宅、西式五角大廈的房子、台北、台中公寓的房子，裡面盛裝著每一個時期的周芬伶的慾望與出口，在過去與未來之間拴住了一個要道，緊緊咬住周芬伶的記憶，房子形式的流動代表著周芬伶生命的流動；在現實中壓抑／困頓／想望的，房子即以內心的慾望出現不同的樣貌，夢裡的情節則抒發了現實壓抑／延續的出口。

2.夢的寓言

人類因愛恨、渴望常有夢想的表達，被壓抑後的情緒常常在夢裡延伸，或飛翔的夢、或永遠寫不完的考卷、或被蜘蛛網困住的夢……，所以「夢」在清醒時候成為「理想／夢想」；在睡夢中出現就成為「潛意識」。佛洛依德認為，夢有兩層涵意：一層是表面意義，也就是我們所知道的夢的直接陳述；另一層是潛在意義，它是隱藏在夢的表象背後的內容，是不易被發現的，但卻是夢的真正意義。[8]這隱藏在夢背後的表象即是個人曲折隱晦的意識，所謂「日有所思，夜有所夢」，佛氏的學生榮格更認為夢不單代表做夢者過去的慾望，也是做夢者對未來憧憬的表現。榮格相信夢境和宗教有關連，也和民族性及人類進化的過程有關，並強調在我們的精神世界裡潛藏著一些與我們過去的經驗和記憶都難以解釋的東西，於是從「個人潛意識」推展出「集體潛意識」，所以潛意識透過夢帶給我們的智慧比實際意識的洞察力更優越。

---

[8] 王疊，《夢的解析者・佛洛依德》，台北：旭昇圖書有限公司，1999 年，頁 235-236。

周芬伶文本中的夢想很多，對美好的事物也稱為夢，但真正夢境的描述並不多，《熱夜》只有一篇，大多集中在《戀物人語》。在〈夢未老〉中：

> 做了一個怪異的夢。我看到你遠遠向我走來，我的心跳得多麼快啊！飛快地跑到盥洗室化妝，臉靠近鏡子，很細心地塗口紅，把嘴唇塗得很豔很滿。那是黑白的夢，就像二三十年代的黑白片，只有口紅的顏色，好嚇人。然後我跑出去，你剛從我面前走過，不知道從那裡忽然湧出一大堆人，把你整個吞沒了。我招手吶喊，而那無數個背影，個個都像你。
> 我為這個夢發抖，因為我已三十五歲，卻仍做著十八歲的夢。（《熱夜》：103）

「口紅的顏色」是這個夢的焦點，在黑白影像中相當突兀，飽滿的唇與性感的豔紅色，暗示著女人慾望著男人的慾望，女主角的「唇」與人群的「吞」做了相當的連接，現實中女主角與那位男性的關係是趨於冷漠的，所以在夢裡並未有互動，反而以無數個背影出現。這篇〈夢未老〉寓言著一位備受禮教、理性束縛的女性，在夢裡有了被壓抑的出口、有了補償或警示，或許人有時做了春夢，恍恍發癡，也只有在夢裡自己才會不理智一點。在〈卿卿入夢〉（《戀物人語》：103）中所描述的夢就顯得凌亂與深層。作者帶出傾訴的對象「妳」，兩線交叉並進談彼此的夢，作者一再地做著關於老家與小祖母的夢，「妳」卻重複著離家去趕赴某個男人約會的夢，作者一個夢一個夢的推進，讓夢與現實交互牽連交互發展，先看作者的夢：

> 我又夢見我們的老家，每次建築的樣式都不同，特徵卻相同，來去都是人堆人垛，房子大的離譜，就算有這麼多房間

> 還是很擁擠，我找不到自己的床，每張床都睡著人，家裡似乎在舉行婚禮，母親笑臉盈盈招呼客人，穿著大花大朵的衣服保持在最豐美的姿容（夢中母親永遠不老，而我已是滿面風霜倦遊歸來），我問母親：「怎麼沒有看見新郎新娘？」母親說：「你瘋癲，新娘就是你呀！」我一面說一面往樓上跑：「我不要結婚！結婚會害死我的。」房子的樓層很多，爬了無數個階梯，仍然爬不到頂樓。

作者又被潮州的五角大廈牽引回到生命最初之地，擁擠、無隱私是老宅的印象，作者找不到一處棲身之所，可呼應小時候擁有的只有一面「哭牆」及長大後仍是一位「失落者」的原因，在心理上作者始終在找一個「家」，具有安全感又溫暖的依歸，始終漂泊流浪，所以一再地回溯到童年的居所，一再地填補對家的缺憾。夢中的母親永遠不老的，代表著作者在心目中想當永遠長不大的小孩，想要一直依賴母親的愛。最恐怖的是「婚姻」對作者造成的震撼，「我不要結婚！結婚會害死我的。」在夢裡作者終能對母親一吐心中的委屈。一直爬不完的樓梯，則象徵著作者內心的焦慮、對未來的惶恐。

接著，作者又夢到小祖母，雖然在意識小祖母早已死去，但她還是問：「妳去的所在咁會艱苦？」小祖母回答說：「鱠，攏鱠艱苦。」小祖母是周芬伶書寫的主要靈魂人物，會一再地提到小祖母，周芬伶歸因於她們曾真實地相待過，之間的情感已超越一般的倫理親情。其次，小祖母的感情激烈坦率，愛憎分明，在舊時代的禮教是難能可貴的。自始自終，小祖母在她的心目中的影像仍是那樣強烈與鮮明。[9]

---

[9] 見周芬伶，〈舊時月色〉，《花房之歌》：100；〈卿卿入夢〉，《戀物人語》：107。

周芬伶藉由夢關心死去的小祖母過得好嗎？那是一種親情的牽掛，小祖母的回答也讓她獲得心靈上的慰藉。在《醜醜》中主角小秋也在夢中看見死去的「虎姑婆」，她變成一位穿白衣服的美麗仙子，在「完美之國」中過著快樂的日子。周芬伶似乎對「死亡」有更深一層的解釋，在她的文本中死亡象徵了超越與重生，如《妹妹向左轉》中常金嘎嘎將已死的姊妹埋在其房子的底下，每年約定的時刻已死的姊妹會回來相聚，在家鄉的玉米田的檳榔樹下一起說三天三夜的話；敬萱姑姑化身為一條白蛇；小祖母說她的世界不會艱苦；〈世界是薔薇的〉（《世界是薔薇的》：63）中女孩與傑死後化為薔薇；〈淚石〉（《世界是薔薇的》：147）中患有乳癌的珍妮，死後留下的蛋白石「淚之石」繼續生命；《浪子駭女》（頁86）中的英卡，身著紅衣從十二樓窗口跳下，躺在蒼白的路上，像血紅的鳳凰花，鳳凰有浴火重生之意；《母系銀河》的 S，死後仍以各種形式出現，若與主角對話等。周芬伶更建造了「天堂」的解釋：「這裡是完美之國，凡是以前長得醜的，遭受不幸的，現在都能在這裡找到補償。」（《醜醜》：116）周芬伶「死亡」的寓言，可以〈絕美〉中麗子拜別嬸婆淑子的骨灰時對嬸婆說的話做為註解：

> 人生好苦卻也好美。您的一生是美的，我終於知道什麼是絕美，絕美與絕滅相連，臨終之眼才能瞥見美麗與死亡的結合。死亡圍繞著我們，我們卻不自知；但我對死亡已不再懼怕，因為那裡有妳還有清吉。（《世界是薔薇的》：62）

周芬伶想表達的是：「生命是一首悲歌」，正因生命的苦多才能顯出歡的價值，人們總欣喜於漫長的生，懼怕於短暫的死，其實死亡一直存在，或說「人一生下來就在等待死亡」來解說，死亡也是生命的一部分。周芬伶賦予死的重生，讓人在生時學習死亡的功課——以「愛」創造天堂。

再看〈卿卿入夢〉中，「妳」離家出走的夢，為了奔赴某個男人的約會，「妳」坐上北行的列車：

> 然而一切那麼順利，妳踏上北行列車，在某個城市某個房間，那個男人焦躁地等待妳的到來。為了躲避別人的視線，妳假裝看報紙擋住自己的臉，座位旁邊坐著一個老男人，妳怕他跟妳搭訕，故意用報紙擋著他，火車前進不知穿越幾站，老男人要下車了，他站起來拿架上的行李，這時妳看見他的臉「爸爸！」驚駭與大叫令妳醒來。（《戀物人語》：104）

這是一個逃脫的潛意識，想要跳離現實的困頓感，並以火車急快的速度逃離，一刻也不想停留的急迫感。已婚者奔赴男人的約會是違反禮教，外遇者會被法律制裁，外遇的女性更不可原諒，所以周芬伶認為這個夢裡出現的父親代表權威與禁制。接著「妳」夢見被丈夫跟蹤，他拿著手槍逼問妳：「男人在哪裡？」妳說：「沒有男人，他走了。」丈夫朝妳開了一槍，妳倒在地上，卻沒有流血，丈夫說：「我不要妳死，我們重新開始吧！」妳說：「不！」接著場景突然轉換到妳拖著箱子在陌生城市遊走的夢：

> 箱子越來越沉重，妳懷疑箱子被掉包，打開箱子冒出一個人頭大罵：「這是我們的家，不要隨便開箱子！妳知道箱子是我們的大門嗎？」所有的人從箱子鑽入地下，那裡的構造如同普通住家，隔出許多房廳，也有電視、冰箱、家具，就是沒有桌子，大家席地而坐。妳發覺地面上到處是這種箱子，地上渺無人跡，妳想翻開別個箱子找尋那個男人，卻害怕遭到同樣的辱罵。妳徘徊於箱子之中，惶惶如喪家之犬。（《戀物人語》：109）

此段雖為散文形式，描寫卻頗有倪匡科幻小說的味道，劇情緊張、懸疑，充滿「幻」覺，兩性對峙，男性以陽具（父權）——槍，脅迫女性就範；女性在脅迫中卻嚮往以箱子鎖住祕密，屬於女性隱私權的渴望（空間）——箱子，尤其是一個旅行箱，可以自由來去，可以隨時放棄一切原有，於是原來的生活有了改變的「希望」。而「妳」渴望一個能夠給「家」的男人出現，於是箱子裡有「家」的象徵，但或許那男人也有自己的家，所以有人冒出頭來大罵：「這是我們的家，不要隨便開箱子！」正如潘朵拉的盒子，輕率的打開一切罪惡與痛苦將隨之而來。

周芬伶喜歡寫「箱子」（或稱閉鎖性的物件），這與她的成長背景、個性及收藏癖有很大的關係，每件箱子的描述都深具有寓意，她說：「從小便著迷於各式各樣的箱子。」（〈魔箱〉）、「我愛箱子，它是神祕的容器。」（〈兩口箱子〉）[10]文本中的大箱子（房子）、中箱子（房間：如五姑婆的房間佈置、《妹妹向左轉》（頁 983）中三個詭異色調的房間）、小箱子無處不在；或母親的黑色衣櫃、或祖母的舊木箱、或兒子的玩具箱、或自己的旅行箱、木盒、木箱、瓷盒、珠寶盒、絨盒、櫃子……等，常不經意的蹦出來，細數「箱子」裡的繁華過往、心情祕密。[11]周芬伶曾在〈魔箱〉中如此註解母親的箱子：「我越來越能了解母親愛物的心情，他箱子裡藏著的最大祕密，不過是『生命』罷了。我們唯其愛生所以愛物，這樣惜物愛物之情，也是生命力的一種表現。」（《花房之歌》：126）以此分析周芬伶「箱子」的象徵即是「生命」與「愛」的極致表現。

---

[10] 見周芬伶，〈魔箱〉，《花房之歌》：120；〈兩口箱子〉，《仙人掌女人收藏書》：100。

[11] 有關箱子的描述可見〈旅行箱〉，《花房之歌》：82；〈魔箱〉，《花房之歌》：120；〈五月翻箱記〉，《熱夜》：127；〈櫃子的心〉，《戀物人語》：160；〈兩口箱子〉，《仙人掌女人書》：100 等。

在〈夢顛倒〉中，周芬伶描述夢見去溜冰，她對照佛洛依德《夢的解析》卻常有相反的結果。對於一個不會溜冰卻羨慕溜冰的人來說，就像不會開車的人一直在夢裡重複開車的快感，所以周芬伶不願將溜冰的夢以性愛解釋，她為解夢做下了註解：

> 只能說，在木蓮花開的季節，我對自己感到陌生，人是不是永遠在真相之外？因為人的感知充滿漏洞，以致於對同一件事情會有不同的看法。所以夢是無解的。人生也是。（《戀物人語》：48）

「夢無解，人生也是無解」，這層生命體悟表現在二〇〇二年的《汝色》，書寫主題擴大至關注到女性的主體與意識，其中〈燕子啊〉的一段：

> 有關房子與家人的夢漸漸不再困擾我，常常夢見在曠野中，有花叢的陌上遇見陌生過客，我像詩經時代的採歌人敲著木鐸，問每一個過往的行人：「有歌嗎？」「唱個歌來聽。」有時獨自唱歌，沒有人聽，紫金色的夜快被我的歌聲撕裂。（《汝色》：192）

這也是一個宣告：在精神上，周芬伶已然走出「潮州」的心結，對童年的缺口已慢慢填補，並能在人間愛恨的消長及人世無常的體悟中，進而省思永恆的意義；在創作上，周芬伶轉向以「女性」為主題，不再侷限於家族親人的描寫，反以建構女性主體為主，她在〈燕子啊〉中闡述：「奇異的女人一個個逃出自己的家，丈夫的家，這才發現是自己的主人。」（《汝色》：192）女人應作自己的主人，所以她將自己比喻為「採歌人」，以「女人書寫女人」，反映社會對女性的種種壓抑，提醒著女性當需覺醒，也預言著未來將是女性的世界。

3.其他寓言

從創作過程中來看，周芬伶的小說充滿許多傳說與童話的寓言，早期童話版的《醜醜》與《小華麗在華麗小鎮》，少年版的《藍裙子上的星星》，至成人版的《妹妹向左轉》才算是周芬伶邁向「小說性」的誕生（雖仍被視為散文組曲）。故事以兩位個性截然不同的姊妹在自我追尋的歷程中對二元論的父權社會做不同角度的辯證，暴露出男性的自我中心與閉鎖正是女性困境與壓抑的主因，周芬伶以女性幽默、諷刺的筆法挾帶象徵的暗示來宣洩女性在現實的困頓與不公。陳芳明說：「整部《妹妹向左轉》是一部充滿高度隱喻的寓言。」點出「向左轉」即強調一位朝向開放思考的女性必然遭遇挫折，且付出的代價相當的高。本節即以《妹妹向左轉》為分析藍本，並探究「寓言」的運用對後期的書寫是否有影響？

周芬伶非常喜歡在小說中強調「森林」、「原住民」、「巫力」的意象，從《醜醜》、《小華麗在華麗小鎮》一路到《妹妹向左轉》、《影子情人》，這與她潮州故鄉的地理位置及母系的血緣有很大的關係，尤其在外祖父的果園她獲得了愛的補償，森林對她而言便寄予了「愛」的寓言；而排灣族的母權至高，他們異於漢族的風俗民情與神話傳說，對周芬伶而言更是一股魅力，加上血緣的探索便形成書寫的靈感來源。文本中的「仙女」、「美人」、「蛇」在周芬伶來說都是女人的代稱，這些意象亦在往後的創作中不斷地延用進而產生延異的效果。「蛇」的原型是出現在散文中對小祖母的描述，有一天從小祖母的房裡爬出了一條蛇，這樣的驚駭讓小周芬伶印象深刻，所以在《妹妹向左轉》中吳鎮的「美人井」、李家的「美人大會」鋪排了周芬伶家族的繁大與爭鬩。接著在妹妹 ms 馬克斯十二歲那年她如蛇的褪皮中有了「分裂」的意象，到《母系銀河》中以「白蛇傳」譬喻父系母系的對決，並要孩子以「愛」來弭平對立，創造未來。從「白蛇傳」中也延伸出「目蓮救母」的意象，都是周芬伶對親子關係的一種轉化，她對未來寄望於「愛」，能讓孩子了解為何當初要棄他而去，而今她日夜背負著棄子的罪惡感與孩子冷漠的撕裂感，竟猶如行走在地獄、雷峰塔壓頂的不見天日，孩子何時來救，她企盼著。而「游泳」與「仙女」的意象，則可在《妹妹向左轉》卷五〈美人快睡覺〉的睡眠主題與卷六〈裸體的告白〉婚姻主題中探究。

〈美人快睡覺〉是描寫主角在二十七歲的生日前夕進入了一個月的睡眠狀態前與睡夢中的景象。「睡眠無異泅泳」（頁 70），一開始周芬伶即開門見山點出主題，「這說明睡眠是一種如何款式不同性向不同的激烈運動」（頁 70），將睡眠比喻成運動而非休息，與作夢有很大的關係，或許夢裡的情景要比現實更為激烈、更耗損體力，「緊閉的五官讓你的臉有魚般痴呆的表情，岸上的人只看到你優游浮沉，看不見水底下激烈的划水動作，以及忍受著不能呼吸的痛苦。」（頁 70）夢境只有自己體會，他人所見只有睡著的表情，暗喻著人生的經歷別人無法替你承擔，冷暖感知、痛苦歡愉最後仍是自己一個人所要去面對的。

昏睡前五天是亢奮的，不斷地和人講電話，享受著強大的語流震麻神經的感覺後，接著是沉默的兩天，「瞌睡蟲」爬了出來，進入睡眠狀態後要盡量減少阻力，潛得越深所費的力氣越大，而深度的睡眠則是無雜念且接近樂土的：

> 水聲是極安靜的梵音，從海的中央傳來，一點點剝除雜念，這時的你就像嵌進布丁裡的櫻桃，光華圓滿。只有雜念才會製造夢境，真正的睡眠世界是靜止的空無的水藍的梵音的。（《妹妹向左轉》：75）

首先，她看到 ms 馬克斯像一尾淺海的魚，並感到妹妹比她快樂因而寂寞。接著她看見一具黝黑還有茸毛蠕動的男體大剌剌地向她游進，水開始變得渾濁，他的嘴像鯰魚寬闊而兇惡，吐出的氣泡有如泥漿，這樣霸氣的男體令她想閃躲，無奈他像章魚纏抱著她，這樣的感覺既痛苦又美妙，當他企圖與她交歡時，她猛力游開並大叫：「不行，不能在水中作愛，那會把水弄髒！」這不是她所要的男人，她依賴心中的「感應」，譬如她看見一具完美無缺的男體，他的身體閃著黑光，鱔魚般的滑溜矯捷，眼睛懶洋洋的開闔，像歌唱般對她說：「你的身體真好看。」並冒出粉紅色的泡泡，主角回應著說：「你也是。」並冒出藍色的泡泡。

周芬伶想描述的是一種「感應」的愛情觀，兩人穿越荊棘滿佈的珊瑚礁，即使痛苦也微笑，最後他們到達一處彷若天堂景象的聖地，那是「壯美、宏偉、博愛」的想像，「至樂的剎那，請為我停留一下！」這時主角的嘴冒出了金色的泡沫。最後主角感覺被人在額頭上吻了一下而結束了長達一個月的睡眠。很可惜沒有白雪公主的王子，一切只是夢裡的潛意識。

這段故事的男女觀很有「賈寶玉」的味道，「女人是水做的，清甜撲鼻；而男人則是泥做的，濁臭逼人。」所以當具有陽剛象徵——茸毛或解為體毛的鯰魚男人出現時，海水變得渾濁、吐出的泡泡如泥漿，在緊要的關頭上，主角做了逃兵；而讓主角攀登愛情天堂的男體卻如女體般的滑溜，對應後段主角與 ms 馬克斯的對話：「我曾經愛上一個男人，他告訴我無法愛女人。」「他」了解女人，所以他們像兩個手掌似的左右相合，因此，這段愛情無法實現，「他」終究要離去，當主角問誰吻了她時，這個人被消音了，被藏在記憶中。

〈美人快睡覺〉也闡述了周芬伶對「性／別」書寫的雛形，發展出〈虛妄之花〉中對「水仙癖」男子的愛戀情結：

> 這輩子能搖撼我的靈魂的大多是這樣的男人。不愛女人的男人，失去現實感與自虐式的感情一再重演。這令我對現實兩性愛情心不在焉，男人來了又去，能駐留我內心的不多。我

> 對純男性的愛是那樣虛弱無力，比較起來，我愛同性朋友和姊妹多一點，與我在一起的男性很快就會發現我的心根本不在。（《汝色》：174）

在〈影子家族〉（《影子情人》：116）中也有一段銀嬌與文甫的描寫，那個「水仙癖」的男子在心底始終有著國雲的影子。周芬伶說：「愛是一面鏡子，反照自己慾望的形式。」在周芬伶的文本中愛情的世界裡尚未出現「男子氣概」十足的男性形象。

結束了愛情觀，周芬伶接著帶領讀者進入婚姻觀，這篇〈裸體的告白〉很像「牛郎與織女」的現實家庭生活版。仙女被孝子的孝心感動因而留下為他織布，不久，仙女就成為下女了。仙女還發現孝子的兩個祕密，第一，孝子偷她的羽衣，是因為他喜歡看女人的裸體，第二，孝子之所以是孝子，是因為他永遠是父親的孩子，而且想成為孩子的父親。（《妹妹向左轉》：87）此處周芬伶首先披露兩個觀念，第一，女人進入婚姻之後，男人希望能掌控女人的一切，包括性與隱私權；第二，男人選擇婚姻多半來自傳宗接代的觀念，女人被賦予生子的責任。

接著孝子發現仙女尋找羽衣企圖飛翔時竟大怒大叫：「你沒看到它破了嗎！不靈了嗎？就是這件羽衣造成我們不和，燒了它！」，「我要燒了它，斷了你的念頭。」仙女掩面大哭，並進行裁製新羽衣的的計畫。（《妹妹向左轉》：92）如果說仙女必須在天空飛翔，天空才美，那麼西蘇在談到女性寫作時說：「她將自己顫抖的身體拋向前去；她毫不約束自己；她在飛翔……她通過身體將自己的想法物質化了；她用自己的肉體表達自己的思想。」（《美杜莎的笑聲》）似乎與周芬伶想表達得相當貼切，西蘇採取的女性寫作姿勢主要有兩種：一為游泳；一為飛翔，即海洋與天空，這兩種空間都區隔了被男性霸佔的陸地，這樣反而讓女性更為自由與快樂。所以，「羽衣」所象徵的就是「女性意識」，能編織羽衣的女人稱為「仙女」，強烈的女性意識多半造成婚姻的不和，她會讓女性意識到與男性的相處應該平等對待、要求擁有自我的空間、能夠追求職場上的榮譽、甚至是家事的分工……，可惜有女性意識的男性並不多，而有女性意識並敢以之向婚姻抗衡的女性也不多。因此，有女性意識，敢以之向父權抗衡的婦女即被稱為「妖女」，她一方面要掙脫千年的枷鎖騰空飛翔，一方面還要面對父權二元對立的包圍而傷痕累累。

最後仙女採用相反的方法裁製羽衣，人們只看到她的破壞，卻看不到她的創造，因此人們從中得到的是裁製羽衣的錯誤知識，他們不知道一切應當從相反的方向推敲，仙女也用相同的方法改變孝子對她的看法。終於在沒人窺視的好時機下，仙女以嫦娥奔月之姿，斜斜的飛進雲彩裡。（《妹妹向左轉》：94）這一段筆者將之解釋為周芬伶對於自己寫作的風格轉向所做的隱喻，對照〈聖與魔——俗世啟示錄〉中：「我寫小說從不易讀的反小說寫起，《妹妹向左轉》就不易讀」（《粉紅樓窗》：6）。

「解構」的目的在創新，「拆解羽衣」是創作的手段，或許讀者看到的是與早期寫《絕美》截然不同的周芬伶，而感到一九九六年的周芬伶變了，正如〈我的祕密情人〉中那名小說家的丈夫對著她的小說陰聲厲喊：「你變了，變得很可怕！」（《影子情人》序：15）是解構也是建構，對以前的拆解也是對未來的重組，「昨非今是」是周芬伶推翻自己的理由，一再地在寫作上的突破與對自我的改變是周芬伶的勇氣，這也是歷經生命大凶險後的醒世警言，以致讀者能見到《戀物人語》、《汝色》、《世界是薔薇的》、《影子情人》、《浪子駭女》、《母系銀河》等如此的「生命之書」，周芬伶的「仙女」飛回天空了，正如西蘇的飛翔姿態。

> 飛翔是婦女的姿勢——用語言飛翔也讓語言飛翔。（西蘇《美杜莎的笑聲》）

第二節　語言的多元實驗

周芬伶在〈從高雅到俗辣〉中說：「散文是語言的實驗室，不可能假裝不知道。」（《紫蓮之歌》：33）在她談論張愛玲的散文時，便以「語言煉金師」來形容張愛玲展現在散文中迥異傳統的「女性文體」是有其開創之處的。周芬伶讚賞張愛玲在散文結構上少用一氣呵成的章法，而是「解甲歸田」的分寫、散寫、雜寫、改寫；在文字上卻是高度集中的精美雕塑，如此力求多元、散漫之處恰與男性文體力求一元、統合，可以當作有趣的參照系統。「實驗室」與「煉金師」，也恰到好處的將散文的「形」與作者的「神」比喻出來。

在周芬伶的創作過程中，讀者可以看到她早期在中文系訓練出的柔美典雅的文學傳統；也可以看到近期「叛逆書寫」的差異對比美學，在結構與解構之中，周芬伶善用了散文文體的特長——散而自由，將語言做大斷裂，揉合小說的想像、詩的象徵、戲劇的意象、哲學的沉思，不斷地在其語言實驗室中以語言煉金師／文字的修行者之姿，調配出世紀末華麗與頹廢、青春與衰老、新生與死亡、聖與魔、男與女……的嚴肅生命主題。

周芬伶的語言實驗室，其不斷創新的文學形式與內涵也預告著她一次次的試驗與錘鍊的答案。此節即以散文的「散」為出發，從周芬伶「小本派」書寫方式所產生的「意識流」，探討其散文的「越界」手法。

一、筆記的書寫方式

周芬伶在〈心靈的首航〉中曾說她對創作抱持太嚴肅、太認真的信念，結果獲得的都是痛苦，灰心之餘便開始遊戲，並選擇形式自由的散文來玩個痛快。在《花房之歌》序中自稱為「懶人」的她，認為自己能出書全靠隨身攜帶的筆記簿：

> 之所以能夠斷斷續續地寫，除了好朋友的鼓動，最主要的是已經養成寫文章代替寫日記的習慣。多年來，我一直隨身攜帶一般學生使用的筆記簿，興來時便就案塗塗寫寫，遇如有可以示人的文章，使整整齊齊抄寫出來，通常是塗得多，抄得少，這也無妨。

接著在《閣樓上的女子》序中，周芬伶自稱是「小本派」，以小記事本記錄生活的片段、或一時的靈感、或一幅速描、或未完成的信……，作為寫作的材料、文章的原貌：

> 我也有許多小記事簿，上面除了文章的草稿，還有一些未完成的書信，有的還畫一張美人臉，做一道算術習題，有幾頁殘留一圈油漬，這些都是文章的原始面貌，油漬漬的。

關於「小本派」，是來自一九七八年左右參加趙滋蕃在台北開設的家塾班。因為上課內容五花八門，舉凡報導文學、詩評、小說、戲劇、影評、美學……無奇不有，但亦包括散文。那時老師上課總不帶任何講義，只有一疊小卡片，並要學生們上課也要帶一本小筆記本，隨時隨地將所見所聞所感寫下來，因此有人自稱為「小本派」，周芬伶也是從那時候開始養成記卡片寫筆記的習慣。

文字對於周芬伶而言，一開始只是日記本上的青春呢喃：「我要寫！我要寫！」，後來跟著姊姊讀《紅樓夢》；第一次以露珠筆名投稿知道自己能寫；愛上了赫曼．赫塞是一種流浪者之歌的吟唱；揚棄韓文進入中文系開始了文學之路；第一次獲得文學獎是耕莘寫作班的小說獎，卻一再地被小說出局，反以輕鬆、遊戲的態度書寫散文，意外地以散文在文壇佔了一席之地。散文越寫越感到「道德」的束縛，以「中文系女子」自居的周芬伶，體悟身處在傳統五千年虛擬老店中，看到自己走過的歲月，彷彿也憬悟什麼是道統，前人未完的理想。對於創作周芬伶在〈從高雅到俗辣〉有這樣的看法：

> 我試圖在形構傷痛與愉悅的地圖學，高雅與俗辣的地理學，精明與愚痴的都市學，以東南亞為中心，卻是意識流地自由遊走。多年的寫作經驗告訴我，計畫寫作不能太刻意，現在我並不那麼刻意。（《紫蓮之歌》：33）

周芬伶首先以筆記（日記）式的書寫方式攫住一個「意識」，任何題材皆可入筆：書信、圖畫甚至算數題……，周芬伶一路從家族、戀物、夢、性別、時尚到文學研究，包羅萬象。也許她的題材普通，就像發生在我們日常生活的小人物、小事件，但周芬伶的文字有絕大的魅惑力，或一篇喃喃自語的哀傷、或旅途自見自聞的體驗、或難以自拔的憤怒與喜悅、或暗夜的遊魂想找尋生命的終點，但終點又是什麼？周芬伶一再地在文字中尋找生命的答案，反映在文字上的卻是一場場驚心動魄的生命體驗。周芬伶明言了她的「地圖學」、「地理學」、「都市學」只以「東南亞」為中心，但基調是「意識流」，任其流動，不刻意的自由，如此片段的、筆記式的、日記的、書信的記錄方式，讓周芬伶的創作以自我為中心，跳脫了時間的順序流動，進入如意識流的心靈活動，或獨白或對話，時以小說的情節帶入事件的發生，時以詩的意象宣洩情緒，時以戲劇的手法表現主角渾沌的跳脫，或童話或寓言或神話……，在在都是周芬伶對自己進行的思索與建構。

周芬伶的創作基底是「意識流」。所謂意識流，原是心理學家威廉・詹姆士（1842－1910）所創。他在一九〇四年發表一篇〈意識存在嗎?〉的論文，主要目的是否定主體、客體的關繫是根本性的關繫。他認為「意識」僅有一種原始的素材或材料，這種素材他稱之為「純粹經驗」，而意識是一種川流不息的狀態，他稱之為「意識流」。意識流有四個特徵，即：個人的、經常變化的、連續不斷的和有選擇性的。[12]意識流的美學標榜：透過漫長的回憶、人物的追溯，等於讓主角重新瞭解了往事，而在最後的一瞬間獲得了嶄新的體悟。所以，意識流作家認為，剎那的頓悟所獲得的智慧是永恆的。[13]

經過張秀亞的移植，意識流也運用在散文的書寫技巧中，潛意識的挖掘讓散文從外在形式的書寫轉向內在心理層面的關照，周芬伶更是其間的能手，她以意識流的手法將散文向其他文類伸手，挖掘內在的靈魂深處，展現出「剎那即永恆」的醒悟，每每在末段總有周芬伶的「箴言」總結全文，形成東方道家的禪味。

周芬伶意識流的書寫從《熱夜》（1996）就已大量實驗，此書在主題方面偏重「中年女子的今昔感悟」與「沉悶的婚姻」，雖慣用以物穿插情感，或以人為敘述主線，物件／場景作為點綴突顯隱含未語的部分，但與前三本散文作品來看，舊有明朗透質的敘述隱退不見了，《熱夜》多了許多內心的呢喃及意識。如〈今夜，心情微溫〉、〈熱夜〉、〈狂愛〉、〈沼澤心中〉、〈夢見青春之一〉、〈紙氣球〉……，如此意識流的寫作模式多是心理狀態的書寫，較為抽象，常運用圖像式的畫面，或跳躍或越過時空，替代文字的書寫，尤其多了自我創作的詩句，以詩的凝鍊將巨大的鬱積化為輕忽飄渺的呼吸。

〈今夜，心情微溫〉大意：描寫作者在植物園的荷花池畔看見二十幾年前的自己走來，能透視昔日的自己卻對現在的自己無知，

---

[12] Duane P.Schl 著，楊麗英譯，《現代心理學史》，台北：五南出版社，2001 年。
[13] 蔡煌源，〈意識流〉，《從浪漫主義到後現代主義》，台北：雅典出版社，1990 年 7 月，頁 49。

「我們活著，因為有一部分在死去」。物質與心靈的平衡點在哪裡？如果科技發展至能用藥物去控制人的情感，人還有憂傷嗎？當人掉入物質作用的生命現象，便陷入了認識與幻覺的惡性循環。六、七歲的自己在愛犬身上第一次看見死亡；十三歲的自己在藍色體會憂鬱；二十五歲以後的自己在廚房燒出幸福滋味卻仍然憂傷。原來將過去的自己視同於現在的一部分，愛過去的自己如愛現在的自己才能開始釋放，以運動釋放，不斷的往前奔跑。只有讓過去的自己與現在的自己分割，才能讓現在的自己再生。作者技巧性的在「我、他、你」的使用上，讓不同時段的自己如鏡象／心象般交叉辯證生命的「真理」。

作者描述在看完長沙窰展，來到植物園的荷花池畔，因赤陽、荷風讓她陷入二十年前的恍惚：「炙熱的陽光照得人恍惚如夢，十里風荷四面埋伏而來，有種騷動自地面而來，我的內心有一小塊在崩解，我無法描述其中變化，只有讓自己陷入冥思中。」（頁 3）時序進入二十年前的夏日，作者和大姐來此拍照，彷如舞台劇般，聚光燈打在作者身上，獨白：「我變成一個冷靜的觀察者」，可以透視姊姊的一切，但想到自身卻突然跳回現實迷惘起來。如此自問自答，或你，或他，其實都是「我」。作者設計從現實世界的心靈作用及物質變化開始，談到藥物的過度化，可以掌控愛慾腺體的作用，那人還需要憂傷嗎？這一切都是「認識與幻覺的惡性循環」，於是作者又跌回七、八歲的自己，看見第一次生命的死亡、十三歲的自己正憂愁的少女、二十五歲的自己，那棲息在廚房的憂傷靈魂。於是自問自答：「至於你，你是誰？什麼樣貌？在什麼地方？那多不重要，我早將你視同自我的一部分。」（頁 10）作者在辯證過後決定拋棄的過去十年，寄予自由的渴望，或在花草間、在海中、在房間、在蒸汽中、在空洞洞的心中企圖出走，甚至人間蒸發，與過去的自己告別，重新出發，並有了新的體悟，她想到運動、想到再生、想到感應：

> 我想到再生。像細胞的增殖，舊的死去，新的再生，必須徹底將自我分割，讓過去的自己跟現在的自己劃分清楚，你只存在於此時此刻，眼前當下的一切即是真理，心靈的亦是物質的，物質的亦是心靈的。像蚯蚓般柔軟，分裂又再生，再生又分裂，只為鑽進柔軟的大地，找尋它真實的心。（〈今夜，心情微溫〉，《熱夜》：12）

這是一個意識的決斷，過去與現在的決斷，一個重新出發的決斷，周芬伶寄予詩的意象：

> 夜間之盡頭萬物回返至我的自然，當新
> 的白晝開始，我帶它們再進入光明
> 故經過我的自然我帶一切創造前進
> 且旋滾在時間的圓環內轉動
> 但是我並未被這開創的工作束縛
> 我在而且我留心觀察這戲劇的工作
> （〈今夜，心情微溫〉，《熱夜》：12）

詩中表露「我」就是創造者／開創者，面對生命的戲劇性，「我」敏銳地自由地走向光明。值得一提的是周芬伶是個多元的創作者，但「詩」且少，周芬伶創作的詩只在《熱夜》中才出現，很值得期待與探討。最後，現實又拉回那個夏日荷池，她說二十年前的荷花與二十年後的荷花並無兩樣，「當雀鳥在荷葉上跳動時，整個水池好像在晃動，荷花卻筆直不動，只有水紅的透明的花瓣一瓣瓣剝落。」（頁13）如哲理一般，留下令人回味的省思。

〈狂愛〉，大意是一棵老榕樹像陰謀般策動了四十幾年，用溫柔漸進的方式包圍房子、愛戀房子並與房子合而為一。終有一天，這愛慾的能量大到像火山爆發一樣，突破鋼筋水泥鑽出根鬚變成一隻可怕的異獸，人們開始紛紛走避。作者的自我分裂為二：一個泳游於地表之下的海洋世界與根鬚對話／奮戰（勇猛強韌的自己），一個坐在地表之上的咖啡館裡喝著薄荷茶（軟弱虛無的自己）。這就是人生吧，生活被某種圖像割裂成兩半，一個是軟弱虛無，一個是勇猛強韌，當夢中的圖形（人的愛慾／記憶／思維／網路）變得越來越繁複，則越來越不可解。

全文以「分裂」解析人生，頗有夢境象徵與蒙太奇的電影手法（非一鏡到底），或近年電視的畫面分割，一個畫面可同時出現二個以上的鏡頭效果。一開始以「房子浮起來了，被樹根穿破！」引起觀眾的注意，房子怎會浮起來？那又是怎樣的景象？接著這棵四十年以上的老榕樹登場，彷如潛意識的象徵，地表以上的老榕樹平淡無奇沉靜自然，令人忽視；地表下的樹根卻暗自的壯大生長，如鬚如角的擴張勢力，所以，「假設它是一棵溫和的樹根本就是個錯誤」，錯誤的觀念導致錯誤的判斷。

下一幕老榕樹巨大的根凝聚了潛伏已久的能量，一下子如火山爆發一樣，令昔日樹下嬉戲的孩子們紛紛走避，令大人們起了要剷毀這棵樹的念頭。作者因為這景象而開始自我分裂為二：一個選擇離開老榕樹，一個卻仍徘徊在清寂無人的危樓裡張望。接著舞台背景轉換至海底世界，那個張望的我可以透視到地底層根爪，猶如人體中的神經叢束，一直探測到土地的心跳。另一個「我」告訴我，在地底下幾乎是根鬚的世界，相思林、樟樹林、鳳凰樹糾結如海草的根綿延幾十公尺，連白蟻蚯蚓都不敢接近，地表底下的泥土如海，人的意識泅游在其中。

接著背景又轉換到咖啡館，另一個「我」正喝著薄荷茶，或去洗三溫暖跳下水後，彷如進入夢中的潛意識：

> 當我潛進水裡時，依稀聞到泥土的腥味和書根的辣香，但總是手腳合力地排開它們，猛力向前游，在水中，幻覺紛至沓來，連你也對自己感到陌生。」（〈狂愛〉，《熱夜》：57）

這是一段夢的描述，周芬伶的地表底下代表的是人類心靈最脆弱無知的地方，泥土與水中都是潛意識，如同水流一般以不知道的方向不停地流動著，所以在夢裡的潛意識是令人感到陌生的。

最後，很有戲劇效果的安排，另一個我在老榕樹的現場，隨著樹根越來越壯大，房子終和土地撕裂了，發出了顫抖的呻吟。當房子崩毀時，「我」轉換成「你」隨著掉落的瓦石進入土中，撥開根鬚，那是一個有生命的樹，「你」看到它的心臟如漩渦轉動、樹脂如琥珀、還有一對敏銳的眼睛在尋找水源，於是「你」拿出小刀刺向樹心，這時大樹狂吼了一聲。周芬伶將讀者帶入劇情的最高潮，令人情緒沸騰，卻像琴弦急轉而止，空留餘音迴盪。這時場景轉換到咖啡廳，「你」非常的疲累，「近來睡的不好，薄荷可以幫助睡眠」，「你」向朋友解釋著，「不知為什麼，她的聲音越飄越遠，只剩下嘴唇的張合。」（頁 58）鏡頭慢慢從遠拉近，最後嘴巴的閉合形成了巨大的影像，End。

這篇〈狂愛〉令人彷如置身一個魔幻空間，主角分裂為二，一個在老榕樹的現場，一個在咖啡館裡喝薄荷茶，但時間卻是同時在進行，主角有了分身，所以當另一個我刺殺老榕樹後，在咖啡館的我感到疲憊不堪。全篇敘述跳脫、不斷變換敘述者（雖然都是我），「老榕樹」、「地表底下」、「水」的意象豐富，每個段落都有作者思考的角度，最後串連成一個「分裂」的主題，在散文中並不多見，其小說、戲劇的手法使全文更具美感。

〈紙氣球〉，大意是丈夫總以為夫妻應該完全的屬於對方，但婚後夫妻要同時行動也很困難，弄得閒來只是默默相對，做做家事、看看孩子，只有這樣才對得起彼此。婚姻的沉悶跟童年的沉悶不同，孩童的沉悶是無意造成的；而婚姻的沉悶是有意造成的。孩童的沉悶是清風徐來水波不興；婚姻的沉悶是黃河結沙暗潮洶湧。只因太沉悶的緣故，不得不製造許多爭吵、外出、逃避的理由。婚姻是很原始的設計，越文明的人越難適應。獨幕劇「紙氣球」探討的婚姻生活，讓觀眾覺得太理想化，作者卻看到每個人的頭上飄出各式各樣顏色的紙氣球，那是象徵著童真的快樂在向她招手。

全文以獨幕劇方式探討「婚姻的沉悶」。作者以排「紙氣球」舞台劇與現實婚姻生活兩線並進，頗有劇中劇的味道。從童年摺紙的記憶帶出無聊、沉悶的印象，接著聯想到婚姻的沉悶讓彼此窒息，婚前的自由與浪漫被禁錮，「出去走走」卻成了奢華的罪惡。最後將女人進入婚姻的不自由與失落感，用極具戲劇的張力表現出來：

> 給我一個氣球／許多不曾仰望天空的日子裡／四周一絲風雲也無／你為何冷冰冰對我無言無語／我不相信我們之間再無愛情，也不相信愛情存在現實生活之可能／你的凝視是我的監獄／我們已被囚禁多年／讓靜默凝結成一面鏡子／照出男人與女人的距離／才知道所有的努力都無益／也許還需靜心等待／太遲了／一個氣球先你的擁抱而來／多麼飽滿的愛像夢／我願跟它一起飛／你不讓我我也不讓你不讓我不讓／我們合而為一／靈魂先我們的肉體擁抱／然而氣球破破破破了／還我！還我！（〈紙氣球〉，《熱夜》：139）

周芬伶不以詩的分行形式表現，反以「／」來區隔段落與段落之間，是為了強調舞台的效果與氣球被刺破「剝！剝！剝！」的音效，一段句子代表一顆氫氣球正努力的往上飛，舞台上那對夫妻奮力的搶著刺每一顆氣球，誇張的、戲劇的、舞台的，或單獨口白，或雙人合吟，背對背的、牽手面向觀眾的、擁抱一起的，吶喊出：「還我！還我！」獨幕劇閉。觀眾卻不甚滿意，認為不夠真實，這時主角卻在每個人的頭頂上看到無數個紙氣球往上飄，「最大的一個氣球上面坐著一個四五歲的小女孩，穿著小圍兜，臉上都是泥巴色彩，她在眨眼睛，她在跟我招手，她正在往上飛！」（頁 140）

作者又帶回主題，看到小時候的自己，對照現實的自己，心已經飛出了婚姻的沉悶，身體卻還在原地。

周芬伶的敘述是以個人獨特的感受與經驗為養料，她在回溯漫長的記憶中攫住某個印象，再經此印象牽引相互關連的人事物，如蜘蛛網般的密麻、流動而顯現，藉由這樣不斷地溯洄，以了解自己並追尋人生的真理。蔡煌源認為意識流技巧對文學最大的貢獻是：

> 使小說人物的刻繪從外在行為與現實的描述轉向內在的心靈的挖掘。這種轉變，不但賦與小說人物內在生命，而且也打破了傳統上對時間的認識。以往的小說，多半是以編年史的方式，逐年按月地來記述人物的行為。有了意識流技巧之後，作家筆下的人物可以隨興之所至，天南地北地自由聯想，在時間的隧道裡穿梭縱橫而無阻。這種自由聯想的脈絡，就好比一張蜘蛛網，四通八達，而人物的大腦就像穿梭於往上的蜘蛛。[14]

而意識流對周芬伶的影響：一、以自身的感痛知覺為主，除去了時間的連慣性，故有「去中心」化之稱；二、創造出獨特的形式結構，多線並進、獨白、對話與小說情節，散文出位；三、從外在形像的描寫進入到內心世界的剖析，強調生命力；四、追求自由的結果與「解構」相應，衍生出「越界」的觀念。

二、散文的話語

張堂錡在〈跨越邊界——現代散文的裂變與演化〉[15]中指出「閒話」與「獨白」這兩種方式，是現代散文發展歷程中最基本的

[14] 蔡煌源，〈意識流〉，《從浪漫主義到後現代主義》，台北：雅典出版社，1990年，7月，頁49。

[15] 張堂錡，〈跨越邊界——現代散文的裂變與演化〉，《文訊》，9月號，1999年。

話語方式。「閒話」指散文作者在敘述時採用一種「任意而談，無所顧忌」（魯迅語），彷彿在與知己好友縱意交談推心閒話。而「獨白」則可以讓讀者看到作者個人內心的探索，以思維持續不斷的進程取代敘述體慣用的形式，毫不隱蔽地開展自我，自由而隨性。被魯迅稱為「自言自語」的獨白方式，強調的是「心理現實」的呈現，而無意營造一個完整的事件或場景。假如，「閒話」方式在無形中建立起作者角色的全知導向與權威性格，那麼「獨白」方式恰好相反地企圖保有內斂私密的個人性格。「閒話」式的作者像長者，像朋友，如梁實秋、琦君、張秀亞；「獨白」式的作者像鏡子，讓讀者照見自己，如何其芳《畫夢錄》、張愛玲《流言》均是獨白式散文的傑作。而周芬伶的意識流加上託物寄情、以夢寓言的象徵形成其獨特的書寫形式：

（一）獨白與對話

周芬伶的意識流散文，要從《熱夜》說起。早期的「透明體」散文，周芬伶自認為半透明，事實上是停留在「形的書寫」，到了《熱夜》以後則進入「神的書寫」。所以「閒話」的熱情沒有，反而刻意拆解事件發展順序，以自我獨立的跳脫、自設的畫面、率性的以自我的思路牽引整篇結構，不企求讀者是否了解，只求個人心理的自我實現；不想對讀者交代什麼，只想對自我徹底了結。如此在散文形式上則出現與人對話、傾訴、辯解，常常以兩人（或多人）的故事穿插並行，如《汝色》的 Eve、《母系銀河》的 S 與 Year，你如何如何，我怎樣怎樣，從正文中事件進行人物互動，而形成獨特的形式結構。

周芬伶的「獨白」方式，使讀者將自己相似的經歷或感覺大量的投射其中，像「霧」般散漫，意象的範圍遼泛，往往在字句上像抓住了什麼又無從確定什麼，如此因句而謀篇的散文方式，全在神會不在授意，一如走鋼索的危險，完全沒有市場的考量，單憑自身的完成。

除了「獨白」的喃喃自語，「對話」也是周芬伶慣用的敘述方式，她不以標準的對話方式——引號下他說、你說，反倒剔除，流暢的使用引號將話語一洩而出，毫不滯礙，有時連續同一人的口白、有時互相穿插，並無規律可尋，周芬伶抓字精準、善用戲劇的場幕，「獨白」是一個聚光燈下的心裡陳述，「對話」是劇情張力、故事延續的流動，甚至她跳脫散文主線的「我」，以「他」、「你」代替「我」，這種主客體易位、第三人稱的小說觀照方式，主角有時是跳離的旁觀者，彷如一雙全知的眼照看事件的發展，讓她的散文散發一種冷靜理性的筆調。她對人生、情愛、時代、自我有敏銳的感受與深切的思考，卻不直接潑水直陳，反而喃喃自語或對話織構，一如小說、戲劇場景，若隱若現、半藏半露的佈景，比舞台劇還要抽象、還要意會。如此書寫的形式結構，形成周芬伶散文常有的故事情節，鮮以直接描述，大多以細節鋪陳，遂有襯托、隱喻與寓言的效果；以印象式描寫、超現實的心理意識為主；或以幻想、夢境變幻為真實，使得散文「真實／虛構」的交混，文體界線趨於模糊，周芬伶打破徒具形式的美，以顯真理的內涵，反使意義表達更為透徹。

（二）對比與映襯

對比與映襯是周芬伶最常慣用的書寫方式，她似乎特別喜歡用兩兩相對的手法，以此產生差異性的美感，美與醜、聖與魔、光明與黑暗、賢淑與悖德、男與女……。如〈酸柚與甜瓜〉（《戀物人語》：20）周芬伶主寫婚姻的主題，次則利用酸柚與甜瓜的對比，訴說痛苦的生命滋味。

〈死城餘淚〉（《世界是薔薇的》：169）中，以古代遼國公主墓的出土與地震後主角陪敬回墓園尋找母親的骨灰壇，雙線故事並行發展，最後醒世般言：「渾沌一片，終了都是灰飛湮滅，分不清誰是誰。」

〈月桃花十七八〉，作者描寫病中散步，見這麼美的苦瓜味道卻是苦的，這麼香的檸檬樹果子卻是酸的。感到萬事萬物都有個相對，沒有矛盾就不成真為人生。最軟弱的也最堅強，最甜美的是最酸苦。正如哲學家雅斯培提及的「限界情勢」，他說當你意識到所有的事物都無可依恃時，面對極端的痛苦，決定性的鬥爭，罪責的意識和死亡的逼近，這時人才有可能成為真正的自己。作者此時感悟了生命：

> 人必需活到無路可出，逼至某種極限，痛苦至極處無至極，那是一種病，病而至於死，在此時反歸自我，確認人身的孤獨，並感受到這是人類共同的痛苦。（《世界是薔薇的》：162）

〈美與呆〉（《世界是薔薇的》：164）中，趙老師說：「世界上最美的是理想。」美不在皮相，不在形體，美在追求，美在超越。醜之美比美之美更有生命，醜有千百種，美卻只有一種。看得見的美容易消失，看不見的美歷久彌新，每一個事物皆有其美。作者對「美」有新解。

這種「○與○」對比的形式到後來發展至《母系銀河》第三部 FOR YEAR 中大量的〈完整與愛〉、〈父家與母家〉、〈男人與女人〉、〈健康與疾病〉、〈考季與非考季〉用以與父權對比，企圖以母系平衡社會的性別差異。

周芬伶也喜歡用兩兩相襯的方式讓主題更具開闊性，如〈席夢思與虎姑婆〉（《絕美》：60）那豪華舒適的名床襯托出聾啞愛美五姑婆寂寞又乖逆的一生。

〈珍珠與茉莉〉（《閣樓上的女子》：44），用映襯法把愛穿棕色系列／在髻上插珍珠的大祖母與酷愛藍色系列／插茉莉花串的小祖母並寫，盪出時過境遷的親情，沒有珍珠就顯不出茉莉的雅致；沒有茉莉就顯不出珍珠的尊貴，而珍珠與茉莉其實都是傳統社會的受害者。

〈夢見青春之一〉（《熱夜》：107）中，作者與孩子在同一時空，卻是兩個不同的主體，兩線並行發展，偶爾眼神交會、言語對答，讓空間感不致脫線，實際上兩者可以分開獨立成一個內容。看著孩子對著臉盆玩耍，作者有感而發：青春是指一個人享有時感受不到，而在過去後才強烈感到失落的混合物。它並非單純地指少年、活力、稚嫩，而是在回顧生命時所產生的美好情愫。焦點又聚集在孩子將船放進盆中，此時作者看見前世的自己正穿過種有茉莉花的天井，想放棄逃走的念頭，但門外有人等著她；看見少年清湯掛麵、白衣黑裙的自己，長得這麼完好聖潔，內心的巨大陰影卻佔去大半；看見年輕時的自己，穿晨袍叼淡煙，為著不知穿哪件衣服而煩惱；看見初為人母的自己，有著從來沒有過的端莊自珍。作者不斷地在回顧往事，又不斷地被孩子拉回現實。主角感嘆青春就像無數隻飛蛾的翅膀斷落，那聲音比任何美妙的樂曲強烈。行文最後又拉回孩子的身上：「媽媽，我剛才在水裡看到一隻大水怪我把它打死。」回憶成為虛幻，孩子提醒現實，周芬伶表達出：「青春是永遠回不去的美好」。

這種兩兩相襯，主題並進的書寫方式，周芬伶加入更多的小說手法，從《汝色》中可以看見實驗的成果。周芬伶使用細明體和標楷體進行兩線或多線的主題敘述，主要以細明體為主線，標楷體為副線穿插其中，既是主線的註解也是作者主題的中心思想，它們互相呼應、對照，若將標楷體抽離，也可單獨成為一篇小短文，如〈與夜〉、〈與愛的森林〉、〈與童心齊飛〉、〈關鍵詞 4：吉凶〉。

以〈關鍵詞 4：吉凶〉為例，周芬伶以標楷體描述朋友送自己一條繫有紅豆的吉祥腕帶可以消災解厄，因而聯想到自己家鄉盛產紅豆卻不自知，離鄉後許多人以紅豆表相思，於是想尋找紅豆樹。

一段人事過往後，作者走在東海的相思樹下，脫鞋行走，手腕上的紅豆帶不知何時脫落了，以此回憶著一九九五年開始的凶險：在寫張愛玲論文時，情人與丈夫交織出的複雜情緒，摻和弟弟、田啟元、林燿德的死訊，繼而被自己的謝格連氏症困擾，感到人生悽愴。一九九六年，從邱妙津以自殺表現她的行動美學中，跳離了弟弟的死亡陰影、徹悟了愛與婚姻的枯竭、總統大選的變天與自己的疾病，都是福禍相依。二〇〇二年走了黃國峻，隔年袁哲生，至此，周芬伶看淡一切，不再抗爭，心已被馴服，不再有恨。

文中周芬伶使用細明體與標楷體進行兩線主題敘述，細明體依時間順序敘述事件發生，標楷體為副線穿插其中，似點題、增加事件的餘味，又可單獨成為小品文，非常獨特。

（三）其他形式

周芬伶對文章的形式結構也力求多元化，例如在許多篇章中以短標題的句子起筆，或重複使用，或以類字類文，或以詩句斷開：

如〈有時候〉中有五段的開頭是「有時候，⋯⋯」，倒數第二段甚至以「有時候」貫穿全段，形成複沓迴旋的詩歌之感：

> 有時候，我們悲哀；有時候，我們喜悅。有時候，生命之流高湧；有時候，命運直往下墜。有時候你被掌聲包圍；有時候，你黯然步下舞台。有時候，你勇往直前；有時候，你憂懼如焚。有時候，熱情冷卻，心如死灰；有時候，慷慨激昂，情難自已。有時候，心境蒙塵，無名無覺；有時候，心境無垢，清明圓覺。我們畢竟是宇宙的矛盾體，是一個追尋快樂又常被憂愁絆倒的人。（《絕美》：136）

〈娃娃定律〉（《絕美》：145），則為「定律一：」、「定律二：」⋯⋯到「定律五：」。或〈隱約之歌〉（《閣樓上的女子》：78）中「我之愛歌，……」。〈夢見青春之二〉（《熱夜》：117）中「第一次……第一次……」。〈寄詩〉（《花房之歌》：131）則以晉陶弘景的〈答詔問山中何所有〉為每一段的開頭，「山中何所有——」、「嶺上白雲多——」、「只可自愉悅——」、「不堪持贈君——」。相同的手法在〈讀詩〉（《閣樓上的女子》：83）則以〈飲馬長城窟行〉為每句的開頭。〈萬花之國〉（《熱夜》：159）以「雨中行舟」、「雨中行車」、「雨中如晦」、「雨中作樂」、「雨中回航」做每句開頭。

如此重章複沓的形式，使讀者在段落間有明顯的區隔、停頓，並能與前後連貫，馬上彙整出作者想要表達的主題。以詩入文，使散文中增加音調的諧美，更能延展詩的意象，增加中國古典風，形成富有詩意的美文。

另〈今夜，心情微溫〉（《熱夜》：3）中，在文章中抽出如警語、箴言的句子，以粗體十四級字特別條列為文的方式，形成文字的跳動感與閱讀上的視覺效果：

> **我們活著，因為有一部分在死去**
> 某個夏日，看完長沙窯展，走到植物園的荷花池畔，炙熱的陽光照得人恍惚如夢，……。
>
> **這個時代，一半人否認物質，**
> **一半人否認意識，結果兩者皆落空**
> 我們的確生活在過度物化的世界，居然企圖利用藥物扭轉心靈，抵抗死亡。……

或在題目之下，又有許多子題目的「連綴體」：

〈南國〉，（《閣樓上的女子》：19）題目下又分〈大老婆與小老婆〉、〈舞者盈盈〉、〈黑豆情史〉三個小品文組成這篇文章。

〈木蓮日〉（《戀物人語》：44），用木蓮的七回生死，來襯托邂逅後心情。下面用了〈作夢的樹〉、〈關於嫉妒〉、〈消失〉、〈夢顛倒〉、〈書信戀〉、〈我憐汝色〉、〈大凋零〉，七個子標題來闡述愛情的輪迴：初識——嫉妒——消失——懷疑——解釋——真相——釋放。

〈汝身〉（《汝色》：11），用〈水晶日〉、〈水仙日〉、〈火蓮日〉、〈苦楝日〉，四個小子題來闡述女人四個階段，完成「汝身」即女人的一生。

另〈關鍵詞 1：密碼〉（《母系銀河》：99），以〈楓港〉——〈忠孝東路〉〈西嶼〉——〈車城〉——〈忠孝東路〉——〈東京〉——〈東海〉——〈歸來〉——〈基隆〉——〈東海〉——〈忠孝東路〉——〈潮州〉——〈東京〉——〈潮州〉——〈四淋〉——〈瑞芳〉——〈潮州〉——〈台南〉——〈四淋〉——〈木柵〉——〈東京〉——〈基隆〉——〈歸來〉，這些地名反覆的、沒有順序的、以自身感覺的、用傾訴的方式闡述主角和友人的故事。

或在行文之中完全沒有標點符號，如〈蓮蓬乾枯以後〉：

> 你說他只把你當作公車站牌，因為他不能選擇只能偶爾上車偶爾下車來不及看清是哪一站我看到的只是他的正面背面背面有時比正面多從不知他側面長成什麼樣子我沒有選擇只能作一支站牌偶爾看他偶爾送他不能動，又說，當他不在這城市時我覺得心慌甜蜜地心碎寧願他留在妻子的旁邊自己的家裡他離開這城市城市失去了心跳但我不會讓他知道我是這樣在意他我的在意只是他的負擔。（《熱夜》：144）

及〈問名〉中：

> 誰不難過我每天走來走去走得腳好瘦我丟了好多東西我要去找走了好多好多路我的腳快斷了我想睡一下睡不著就走來走

去如果能睡一下多好但是我沒有把我丟掉的東西找回來我就睡不著睡不著有難過妳知道嗎……（《汝色》：27）

標點符號是為了幫助閱讀，沒有標點符號的用意是讓讀者在閱讀時能夠反覆咀嚼文意；或用讀者自己的意思來解讀文意；或作者有自己的解讀，不願拘泥於標點符號；或作者寫至此處一筆而下，不願用標點符號打斷；或顯示發話者的焦慮、神經質的語無倫次，所以周芬伶用得不多，目前的文本中只有這兩個地方。

第三節　從解構到越界

周芬伶的筆記書寫方式形成挖掘心靈的意識流，這種轉變，不但豐富人物的內在生命，而且也打破了傳統上對時間的認知，隨興所至的「自由」開始讓周芬伶感到散文背後的「不自由」，所謂的「真實／虛構」竟形成「道德／悖德」的落差，於是她向「解構」靠攏，不但將語言當作遊戲來實驗，形成「文體越界」的形式，更在意識型態上以「性別越界」作為女性自我反省的態度，打破性別迷思，以「陰性書寫」的多元、流動、開放、包容與擴散的概念，跨越二元對立的思考模式，重建時代的社會價值觀。

解構主義其代表人物首推法國人文社會學家德希達（Jacques Derrida，1930－），他在一九六六年由約翰．霍普金斯大學（John Hopkins University）主辦的結構主義論辯大會上，發表了〈人文科學話語中的結構、符號與遊戲〉（”Structure，Sign and Play in the Discourse of the Human Science”），解構了李維史陀（Claude LeviStrauss）的「深層結構」語素，並指出結構主義的二元對立敘述意義的矛盾與謬誤。他繼承了海德格（Martin Heidegger）的後期思想，以「天地神人」[16]的觀念出發，揚棄了「此在在場和聲音」[17]的優越性，不管作者還是讀者，都不存在有理解的「善良意志」，所有人都直接進入到閱讀的遊戲裡面，這樣文本就產生了意義的播散，也造成理解的困難。[18]

簡單地說，德希達認為在文本的結構裡面沒有一定的邏輯法則，也沒有終極的絕對，所有人，包含作者和讀者，都是這個閱讀遊戲裡的參與者，每個人都依照自己的經驗去解讀和創造出文本的新意義，這種創造性是來自於對邏輯中心的破壞，試圖重建一個新的閱讀精神，讓文本的意義更加貼近生命以及存在的現實。不過也因為這樣多元化的可能，讓解構的閱讀詮釋權不在作者本身，也不見得正確的落在讀者身上，一切的意義只是如同「流浪漢」一般，沒有歸鄉，也沒有定所。

德希達的解構思想最主要表現在透過不斷的思考與辯論的方式，對於邏各斯中心提出一種顛覆的質疑、解放，並由內部找出彼此差異的根源，將差異的因子特別顯現，因而看出彼此衝突的力量，讓文學不再受嚴謹的文法或是傳統制約的法則框架，圖使文學像呼吸的有機生命體。相同的，這種思想也表現在其他藝文創作的特質上，這種遊戲性的、非單一的、不固定的、流動性的、多元化的以及去主體中心化的特質，讓解構主義成為二十世紀思想解放運動的主要思潮，並帶動了「後」時代的研究趨勢；以「解構觀念」重新思考各個學術領域在知識演變過程中的自我定位及歷史的功能。因此，這股思潮主導了「跨學科研究」（interdisciplinary studies）和「文化批評」（cultural critique）的蓬勃發展。

---

[16] 簡單的說，跟我們所謂的天人感應一樣，人活在世界上不是孤單一個人的，要靠天地宇宙神鬼人物彼此互相感應才會有真實生命的存在。

[17] 「此在」是當下的存在，是屬於我自己本身的存在不是別人所規定的或評價的，「此在在場」就是說我自己的存在是真正存在的，是真實的在這個世界。

[18] 楊大春著，《解構理論》，台北：揚智文化，1994年，頁45。

周芬伶以「解構」觀念與文字實驗的具體行動為標，企圖在二元對立的思考模式中大翻轉父權所形成的意識形態，讓「散文」與「女性」能在邊緣中突破思路的死巷，殺出一條血（寫）路，以宏觀的眼光創造歷史的新思／文潮。本節筆者即以德希達（Jacques Derrida）的「解構」觀念分析周芬伶在書寫策略上的試驗與錘鍊的答案。

一、解中心（de-centering）手法

「解中心」，有人譯為「去中心化」，楊容認為是一種解構概念的思考或行動。[19]周芬伶「解構」的觀念與實驗行動最為明顯的時期應推為《汝色》與《世界是薔薇的》，她以強烈的質疑、拆解社會二元對立的思考模式所形成的意識型態，以「解構」的概念闡述真亦假、假亦真、虛虛實實的界線，讓讀者更能從宏觀的角度來看待歷史（事件）演變的過程。

《世界是薔薇的》中如〈綠背心〉（頁 31）有語言解構傾向，闡述海德格（Heidegger）、德希達（Derrida）「言不盡意」以及語言構設的自行解構。即語言無法將一個預期的意義完全說明白，語言的執著與自信應適可而止，意符（signifier）與意指（signified）之間並無絕對的關係可言。[20]〈母親十六歲〉（頁 83）解構傳統歌頌母愛偉大，女兒貼心孝順的母女關係。〈音聲之藪〉（頁 95）解構器物的便利性，手機從偉大的發明到奪命連環叩的殺手，被物役的恐怖竟到達暴行的程度。周芬伶藉著一體多面的說法，企圖打破世俗的觀想，如果能放下「我執」的成見，很多事情轉個彎就有不同的人生風景。

---

[19] 楊容，《解構思考》，台北：商鼎出版社，2002 年，頁 XI。

[20] 蔡煌源，〈語言的解構傾向〉，《從浪漫主義到後現代主義》，台北：雅典出版社，1990 年 7 月，頁 257。

更令人意外的是散文《汝色》寫得比《世界是薔薇的》還解構，越界的手法新穎，更看出周芬伶「解中心」、「無立場」（non-position）的解構思考。首先讀者可以很驚異的發現，在「Eve」中周芬伶花了很長的篇幅帶出 Eve 這位似有若無的角色，與 Eve 的心靈對談如對鏡自照，將種種昨非今是幽幽傾洩，無論是談失眠、談性向、談吃、談錢或故鄉，Eve 有時是對象，有時是鏡像，如希臘故事的水仙，都是周芬伶「靈魂中隱微幽深的一部份」（頁 11）。周芬伶設計了 Eve 這個兼有雙性特質的女人，熱情勇敢，明朗單純，充滿奇特的能量，超越了性別，並懂得愛女人；而悠悠雖然擁有女性化的外表，卻富有強悍的靈魂，在男性面前扮演小女人令她覺得虛假，只有 Eve 讓她「自由地愛與活」。周芬伶「性／別越界」想表達的是一個純粹的女性世界，那種無拘束、無偽飾的自由自在是一種從禁錮的靈魂中解放的性與愛。然周芬伶的企圖心更為宏大，除了訴說不完的家族故事外，「雌雄同體」與「女性烏托邦」的「陰性書寫」更是文本的主旨，周芬伶以此來解構父權二元對立的社會。

對文字的解構，周芬伶在《汝色》序言〈與文字〉中便大談與「小蒙恬輸入法」的爭論不休，書寫形式的改變，文字也成了虛幻的符號，在虛實之間證明的只是「生命是則簡短的寓言」。而身為一位文字創作者，周芬伶感嘆世人對女散文作家的嚴厲要求真善美，但生命本身具有的戲劇性並不能一味的流入二元對立的世界，在死亡陰影下寫出的哀狂文字涉及的情慾／性別或叛逆書寫，只是在尋求真理的過程中所激發出來的火花。周芬伶說：「書寫的同時被書寫。」當一個作品完成後，作者就不再是讀者在探索意義時的唯一源頭了，正如羅蘭・巴特（Roland Barthes）在一九六八年撰寫

〈作者之死〉一文時便說：「書寫成章（作品）的統一性，關鍵不在於它的源頭（作者），而在於它的目的地（讀者）。」[21]

這樣作者與讀者置換空間；或作者跳出來分享編寫的過程；或小說中的小說（如劇中劇）的實驗，也是周芬伶「解中心」的手法。例如〈淚石〉（《世界是薔薇的》：147），大意以女性割除乳房後的心情轉折與遭遇來訴說女人比男人多一個靈魂，一個屬於她自己，一個屬於宇宙，表達了女性身體的憂傷，沒有了性特徵，並非世界的毀滅，也能活得自在。周芬伶設計故事發展至主角因切除乳房而沮喪昏睡多日時，周芬伶的作者身分竟跳出來，現身於故事之中：

> 故事寫到這裡，妳可以想像得到它會變成一個勵志小說，或是一個浴火重生的故事。小說的發展有時連作者也控制不住，就好比猜燈謎寫對聯，「春滿乾坤福滿門」下面接的是「天增歲月人增壽」，人類的潛意識裡有些定型的邏輯，它是最簡單的邏輯，可也是千古不易的原型思考。我極力想掙脫它，可它卻有自己的路要走……（〈淚石〉，《世界是薔薇的》：150）

當故事發展至主角與珍妮訴說「淚之石」的心願，珍妮要主角去參加國際珠寶設計比賽時，周芬伶作者的身分又跳出來：

> 結局讀者一定可以想出來，她一定會得獎，獲得尊榮補償她的失落，至於珍妮？是該永遠追隨她呢？或讓她們悲傷地分離？寫到這，我很難下決定，疲累地睡去，噩夢不斷讓我驚醒又跌入，……我為什麼要寫這篇小說，過程如此漫長艱

---

[21] 蔡煌源，《從浪漫主義到後現代主義》，台北：雅典出版社，1990 年 7 月，頁 249。

> 鉅，原來想寫一個沒有子宮的女人，……我不想寫勵志小說，只想表達女人身體的憂傷，多難啊！……重點不是寶石，每個女人都有孕育與創造生命的慾望，她只是千萬人中的一個，她必須走自己的路。（《世界是薔薇的》：157）

最後，主角無意間在珍妮父親的珠寶店買了珍妮設計鑲有蛋白石的手鐲。此時周芬伶讓作者的身分回歸到主角的身上：

> 她細看那只手鐲，的確美得非人間之品，珍妮沒有白活，這只手鐲說明了她的存在。她離開那家珠寶店，走回自己的公寓，坐在書桌前，拿出稿紙，開始寫一篇名叫〈淚石〉的故事……（《世界是薔薇的》2002：159）

如此不時跳出來參與討論與編寫過程的分享很後現代。周芬伶文字間的戲耍在〈笑臉〉（《粉紅樓窗》：114）中也可見到。一開始即以作家的死亡做種種猜測，在葬禮後發現殘存在電腦裡一篇未完成的小說〈那笑臉的少年〉，這篇小說的內容與作家的背景人物很相似，細節卻是虛構，但那少年充滿離奇性。〈那笑臉的少年〉的故事嘎然而止，作家便離奇的死亡，有人猜測作家透過書寫預演他的死亡？或他真的遇見穿微笑 T 恤的少年？作家的死因最後不可得知。當讀者以為少年或許為虛構時，末段少年卻和作家的靈魂一起出現在海邊。

如此虛實交構，令人分不清周芬伶最初的構思脈絡為何，或她想表達的主旨是什麼？而開始延異出各種解讀，正如故事中每個人對作家的死有各種說法猜測一般，如此繁複的解中心書寫方式讓讀者有別於單一、直線思考的閱讀突破，若以周芬伶〈那笑臉的少年〉來表達現今網路文學的討論書寫非常貼切，作者貼上一篇文章後，來自四面八方的讀者便參與討論與書寫，讀者變成作者；作者又能及時與讀者互動，產生新的書寫，羅蘭．巴特說「作者已死」即是如此，這是周芬伶的實驗性。

然周芬伶「解中心」的概念卻要到紀大偉的評論後才被重視。紀大偉在〈歷史的天使〉（《影子情人》序：11）中讚譽《影子情人》在眾多以男性觀點的歷史小說、政治小說中難能可貴的以「女性」為敘述主體，並認為此書「去中心」狀態的長處是呈現百花齊放的野史，並不要求唯我獨尊的解讀方式。

紀大偉提到《影子情人》的兩個重點：一、對「性」社會關係的刻畫可圈可點；二、「去中心」狀態的書寫方式鼓勵讀者開發出沒有標準答案的時間觀（temporality）。紀大偉說周芬伶《影子情人》「企圖宏大」，但只限於關照的對象，筆者更見「去中心狀態」的「解構」力量在於創造「新散文」與婦女本位的突破，「解構」是周芬伶的一種雙重策略。周芬伶在解中心的「思考」上以「性／別書寫」、「母系」來解構由父權意識虛構產生的女性形象，並希望能透過社會的參與和兩性的溝通，重新塑造適當的女性與男性形象，而非以妖女／瘋婦／野女人／怪女人來代稱那些不遵循「理性中心主義」（phallogocentrism）規範的女人，而性別亦不再只有兩性的可能；在解中心的「行動」上則表現在文體與書寫形式上的突破。周芬伶挑戰、實驗與行動三體合一，堪稱實力派。

周芬伶的「解中心」從「質疑」開始，落實於行動，可歸納出下列幾點：

1.去男性中心

周芬伶明言：「女人不能等待男人來解救；我關注的只是人，尤其是女人。」（《妹妹向左轉》後記：175），從《妹妹向左轉》、《汝色》與《世界是薔薇的》到《母系銀河》與《仙人掌女人收藏書》，光以書名來看，不難發現其「去男性中心」強烈，書寫內容更為女人發聲，而成性／別越界。

2.國族主義隱退

周芬伶以身邊的小人物、家族故事為主，失婚者、瘋癲者、精神疾病者、同性戀、變性人……之邊緣人物書寫，企圖以邊緣顛覆中央威權人物的神話型構。

3.去時間順序。

陽性思考為單一、直線，周芬伶呈現的是女性的差異性、跳躍的、斷裂的感性思考模式，以女性的身體感知、記憶去書寫故事的發展，故捨棄時間單一直線的模式，而形成散文的越界。

4.去核心人物

周芬伶在〈與紫羅蘭之家〉、《影子情人》中設計以各獨立的短篇故事組成一部長篇小說，而各短篇故事中各有其主角與故事背景，故事中的人物也會在各篇故事中游走，形成沒有核心人物、核心事件，甚至沒有故事的開頭與結尾。而人物在各篇游走的手法，在散文中可見 Eve，另《粉紅樓窗》中有九個故事，在最後一篇〈桃花〉的最末段，前六個故事人物出現在劉仙設計的醫院裡，令讀者有收束的感覺。

5.自我解構

此為解構影響周芬伶最深的部分，也是所有文本創作的原動力。德希達表示，「解構的效果，在於它能質疑權威的激進概念，而它的偉大，在於它的謙遜（modesty）含意。」[22]解構喚醒周芬伶的自覺，在不斷的反省思索中，追求所謂的真理，即生命力與創造力的實現。

周芬伶是以「女性敘述」的小敘述補充傳統「父權文學」的大敘述；以個人情事／複雜的／細節的／多元的／開放的／隱喻的／

[22] 楊容，《解構思考》，台北：商鼎文化出版社，2002 年，頁 19。

細瑣的女性特質補充國家大業／單一的／革命的／權威的／規律的／宏偉的／理論的／絕對的的男性史觀。

二、延異（Différence）概念

「延異」，是德希達所創造出來的新詞（或 différence、差異、衍異、分延、延遲），此詞的用意在突顯文字符號的特性，它是不遵守文法規範的，而是一種多方位、無秩序的複雜結構。它真正的含意在於「產生差異的差異」，是一種差異化過程的本身。簡單的說，延異即是在原本字面上的意思，經過重新的組合排列後，有了新的意思，或重新解讀，或誤讀／誤解。是德希達用來批判結構主義者索緒爾和李維史陀用「能指」和「所指」的「在場／不在場」的遊戲進行各種知識和道德價值觀的建構，並且賦予某種被典範化和被標準化的意義系統。德希達認為語言應該先於書寫，而符號體系中以「能指」和「所指」的二元對立操縱著許多本體論和認知論的核心價值，形成語音中心主義或邏各斯中心主義，進而代表著西方文明的標誌，所以德希達的延異觀點，本質上就是反中心和無中心的，他的「延異」即是致力於摧毀各種歷史的傳統二元對立模式。[23]

周芬伶運用延異的概念，在符號與文字間啟動了自由思考的鑰匙，顯示一種深邃的策略性含意，開放重設符號關係的行動並跳脫語言文字的階級觀念。分析周芬伶的書寫主題，可以發現其在「女性意識」上的延異歷程堪稱最具特色。最早其〈紅唇與領帶〉（《花房之歌》：34）以幽默及自嘲的口吻突顯一位朝向開放思考的女性，進入封建男性體系中是如何的隱藏與困頓。至《女阿甘正傳》中對父權結構中賦予女性的形象做了很徹底的反省與重建，並對兩性固著的標準有了鬆動的拆解，所謂的「男子氣概」與「女人

[23] 參考林東泰，〈笑看「鐵獅玉玲瓏」：語音延異遊戲〉，國立台灣師範大學大眾傳播研究所，http://commdb.nccu.edu.tw/ccs/oldccs/con2002/conworks/4B-1.doc。

味」並非架構在男女性別之上，她提出這兩者並容於一人身上時可愛的地方才多：

> 當性別性質不再那麼僵硬之後，陰柔的男性、陽剛的男性、中性化的男性、中性化的女性、陽剛的女性、陰柔的女性皆可愛，那時性徵更多采多姿，選擇更多樣，大家各取所需各投所好，那不是更好嗎？（〈男子氣概與女人味〉，《女阿甘正傳》：71）

但周芬伶並不鼓勵「中性」，因為現時的觀念尚未能以「中性」化解存在於兩性之間的隔閡，對打扮成女性的男性符碼仍趨於低級、娘娘腔；打扮成男性的女性則以有智慧、能力的表現，結果仍未脫離二元對立的符碼。所以，周芬伶認為不論男女都要有自覺，不再受單一思維的桎梏，能剛則剛，能柔則柔，剛柔並濟才是完全的人。至此，周芬伶的性別延異已從「男」／「女」的差異中延伸出「剛柔並濟」的完全人。

《妹妹向左轉》中 ms 馬克斯的角色則能完全的詮釋「剛柔並濟」的完全人。ms 馬克斯既有熱情又愛美及社會主義的理想，她可以戴著解放軍帽，騎著腳踏車在天安門廣場逛，也可以穿著滾有蕾絲的白色胸罩和絲質內褲為愛準備。這位兼具男性剛強與女性陰柔的角色，遇到穿解放軍外套的男人時，她變成女人；感應到際遇與她相同的晶時，她變成男人，她愛男人也愛女人。可見周芬伶「剛柔並濟」完全延伸到「生理性別」、「社會性別」與「性意識」了，也延異了 Eve、悠悠、〈與紫羅蘭之家〉（《汝色》：100）、《影子情人》、〈T 天使〉（《粉紅樓窗》：161）等文本的誕生，這階段的周芬伶「去男性中心」的意圖相當明顯，女性已然到可以獨自建立自己的「烏托邦」，甚至在〈與悠悠〉（《汝色》：28）中還談到無性生殖的工程一旦完成，女人將可創造自己的王國。周芬伶延異的概念不斷地延伸出差異。〈浪子駭雲〉中那些失婚者、精神疾病者、同性戀者、變性人……陸續登場，周芬伶以「邊緣畸零」的差異中延異出 T、婆、Gay、變性人，如此不斷地擴大符碼的意義，從男、女兩性到多性的同性戀主題，周芬伶展演的是「差異中的差異」，利用其在不斷開展的運動狀態中所形成的多樣性，用來打破固定而封閉式的結構理論，近年更以父系／母系的差異對照，延異出《母系銀河》的觀念，這樣「擴散」的概念，她超越的不只是意義的多樣性，而是意義的本身。周芬伶二十幾年書寫的痕跡中，看到她不斷地反思並與社會接軌，進而詮釋相關議題，以期在書寫與符碼中賦予最符合時代的意義。

相同的，在「妖女」／「巫女」／「瘋婦」的所指中，一般定義為「妖怪，神話傳說或童話中所說形狀奇怪、可怕害人的女人；過分豔麗、不正派的女性」／「以裝神弄鬼替人祈禱、治病等為職業的女人」／「瘋癲的女人」，但在文學延異中，被父權體制拿來二分女性形象非天使即妖女；非賢妻即瘋婦。進而引起桑德拉・吉爾伯特與蘇珊・古芭（Sandra Gilbert & Susan Gubar）所合著的《閣樓上的瘋婦》（The Madwoma in the Attic），以「瘋婦」的黑暗形象代表「拒絕父權為女性設定為從屬角色的女性形象」，這個「瘋婦替身」正為女性創作身分的焦慮提出了解答。據此，十九世紀女作家的創作就以此「瘋婦」負面形象示人，並展現其正面的意義，以對抗父權的壓抑，另一方面批評家也進一步提出「瘋婦」的形象不是別人，正是女作家對於自我創作的身分感到壓抑、焦慮所投射出來的瘋狂替身。周芬伶在《影子情人》序中說寫小說的自己是「妖女」：

> 寫小說的女人難道是妖女？具有令人未具的巫力？那是我第一次覺得必須隱藏寫小說這回事。（《影子情人》：13）

那是對照寫散文的「道德感」及八〇年代的中文系形象所延異出來的定義，周芬伶藉由西方女性主義者所延異出來的意義，有了自己對自己的解讀，「妖女」／「背德」都是借用父權對叛逃三從四德規律的女性所下的定義，周芬伶以「罪名」反「罪名」的手段，讓讀者在閱讀的過程中「不辯自明」的了解何謂「妖女」，何謂「背德」？都是父權禁錮女性荒謬的手段。在〈與文字〉中，她寫出了「道德」對女散文家的桎梏：

> 人們在散文中尋找理想人格和文字，散文背負沉重的道德負擔，要不文以載道，要不詩以言志，所有慷慨風流任情放誕之事，詩人小說家皆謂之藝術家本色。男散文家如果有再婚風流情事，皆遭嚴厲指責；女散文家亦只能是宜家宜室完美的女人，很少人涉及情慾性別或叛逆書寫。（《汝色》：6）

散文的「真實性」與父權的「道德感」緊緊相擁，周芬伶將散文等同於女性的地位看待，被結構的、被父權的、被邊緣化的，一旦她觸及「散文的禁區」，瘋狂的撻伐則接踵而來，首先厲聲指責的便是婚姻制度，因為她破壞了「完美女人」的形象，接著她的書寫受到負面的批評，直言不能接受周芬伶的大多為異性戀者，「彷彿是侵犯到某個臨界，對於文中那個不一樣的她，不甚喜歡，他們仍懷念那個甜美委婉的散文周芬伶，是楚楚可憐，是可疼可愛的」。（吳億偉採訪）於是周芬伶便以「妖女」／「背德」來闡述其間的差異與辯解。但周芬伶也說「背德的背後是真誠」，也讓許多誤讀或誤解的人有了延異的思考。

周芬伶其他的延異可見於第四章第一節「苦悶的象徵」，其延異的手法不但令文本充滿流動性，其死亡／病痛／性別／戀物的書寫主題，與早期甜美／委婉的書寫有極大的落差，渲染出渾沌／毀滅／曖昧／陰柔／矛盾／衝突／神話的暈眩美感。這種逆轉的延異一直到《仙人掌女人收藏書》又有了明朗、節奏輕快與潑墨的即興主義之感。

以上結論周芬伶延異的特色有：1.尊重差異。2.賦予新意。3.具有擴散作用。4.宏觀的眼光。5.具歷史意義。

周芬伶的解構觀念表現在文本中，最早可追溯到一九九六年的《妹妹向左轉》、《熱夜》及《女阿甘正傳》。周芬伶用雜文書寫在《女阿甘正傳》，從歷史學、社會學、文學的角度闡述女性在父權社會下的種種難題，也主張女性應如何認識自己、愛惜自己，進而找到女性的主體，活出自我，尤其對男女平等的觀念有耳目一新的見解。她關懷兩性的生態平衡、思索家庭與社會的互動，令人看到往昔溫婉學院派的周芬伶女性意識強烈的一面。散文《熱夜》則是她書寫的實驗成果，意識流的以心靈的時間、空間為主，造成跳躍、斷裂、夢囈般的喃喃自語，結合詩的意象，小說的情節，形成高度渾沌不明、隱喻的作品。在形式上字體、級數變換運用，對話或獨白交互，具有長鏡頭與短鏡頭畫面的特殊效果，其細節的繁細也讓作品呈現陰性書寫的特點。雖《熱夜》不受市場的青睞，對散文的挑戰性卻極高，也可作為周芬伶創作歷程中的一個重要指標。《妹妹向左轉》被陳芳明視為散文的組曲，事實上周芬伶的創作皆以散文的「散」為出發，所以順著看、倒著看、或隨意撿一篇來看，都不影響作品的好看。

第四節　小結

分析周芬伶的創作策略，可以說一開始即以「自傳式」的書寫為出發，而其獨特之處即在於其「私」的部分非常「寫實」，讀者可以透過她的文本了解她的真實生活面貌。舉凡她的個人史、家族史、愛情史、一張照片、一雙鞋子、一襲窗紗、一棟房子、一棵樹……等，都是作家生活的點滴、自我追尋的記錄，潛意識的表達，讀者都可以如數家珍的為她畫出系譜。如此「真實／全貌」的外顯家族／親友關係之外，內心情感與作家自覺反省的披露，都是周芬伶與其他以寫「我」的散文家最大的不同之處。尤其是許多作家都不想碰觸的「個人黑暗禁區」——人我的關係的評論、自我情感的曝露、心靈私密的夢境與渴望……，如林清玄、侯文詠等因婚變而影響讀者對其文學上的評價，周芬伶皆「表裡如一」的展現她的生命基調與情感思想。周芬伶的「真誠」反映自我，更以「散文」直探女子的幽微情慾／身體毫不隱蔽，展現出一個現代女子的「真性情」。

周芬伶以個人史與家族史連綿二十幾年的創作，在個人史中她力求「美」：從各式人物遭遇形繪出來的華美高潔／卑鄙猥瑣／寬宥溫慈／嫉妒暴虐……，兩兩相襯，映出美的暴烈、惡的高華。在家族史上周芬伶偏好血液的遺傳基因描寫，如〈小王子〉、〈與沉重的黑〉，加上田野調查與歷史考據佐證的「真」，如〈我的紅河〉、〈影子同志〉，來闡述生命不完整中的「善」。遺傳有著神祕的不可知，直接遺傳、隔代遺傳、甥姪的姑舅相像、姑婆姨媽的小細小節……，你不知道究竟會在哪一個發生？哪一處結上複雜如絲的 DNA？身體的血液有祖先的遺跡，存在的、已逝的、近親的、遠房的，個人即成一部人類史，這就是周芬伶不斷追尋的部分。就連收藏，周芬伶亦能找出器物的歷史，從頭細數，如《仙人掌女人收藏書》研究的精神頗佳。周芬伶以此建構自己的存在，猶如追尋自己的歷史，這一點可與琦君相當，也和八〇年代的學院女作家如出一轍，如陳幸蕙、廖玉蕙、曾麗華、張曼娟等，她們常以第一人稱展現主角的形象，容易令人有移情作用與感同身受的好處，讀者追隨文本而喜怒哀樂，並從中獲得美感的昇華，是「自傳式」策略的成功之處。

然而，周芬伶又與其他女散文家不同之處則在於不斷地在黑暗心靈中回溯往復，在傷逝的週期中以證辯自己內部真實的聲音為目標，尤其在風格與人格仍混為一談的觀念裡，開始思考所謂最自由的散文是否背後隱藏著最大的父權框架？周芬伶文本的「透明、赤誠、生動」在文學傳統中背負著「文以載道」的道德束縛，這種「理想化」的人格常常壓迫著創作者的「意象」，在尋求書寫「質」的生命力中，周芬伶轉而以「解構」（deconstruction）的概念解構自己與書寫，「延異」（différance）的結果顛覆了散文的「結構性」，將自己歸零，重頭再來，竟與早期的書寫風格迥異，渲染出逆轉與暈眩之美感，也與其他散文女作家的風格有了明顯的差異。

周芬伶更擅長以詠物、夢境與寓言來闡述「人生的苦悶」，從其找到「苦悶的出口」。她將「物」人格化，象徵著人生中難忘的人、事，其實都含藏著她自己。她的「夢」解析，有房子的夢想，代表的是年少天真時期對未來美好的藍圖；有房子的理想，說明剛有社會經濟能力的她，期待能將家人帶離潮州老家落敗後的氛圍；有潛意識的夢，代表她開始在複雜的現實中無法解決的分裂，夢境有時是現實的出口，有時是現實的警醒，故周芬伶常以夢做莊周寓言式的手法，往往在夢境的描述後能跳脫現實的束縛。其他寓言，則展現周芬伶無限想像的童心，一種暫時脫離現實、玩心大起的「心理旅行」，不僅讓文章有不同線路的變化，也讓人產生三度空間的美感。她改寫的西方童話、中國民間故事大多是耳熟能詳的，能讓人馬上進入故事的架構，情節卻一再令人驚奇，而想繼續探索下去。以上寓言式的寫法，除了緊扣原本的主題外，還能給人耳目一新的感覺，樹立出「周芬伶體」的獨特書寫風格。

進入周芬伶的書寫實驗室，則發現其「筆記的」書寫方式是來自趙滋蕃私塾班的養成，她稱為「小本派」。因為是隨時隨地記載所觀所想，故皆是片段的「意識」。周芬伶的「意識流」即是承續「筆記的書寫方式」，她擷取一個主題，隨著自己的「感覺」流洩而下，形成一種「跳脫的」、「無序的」、「意象的」寫作風格。

為了要營造「感覺」，故周芬伶的散文常拋棄傳統直線的敘述法，以小說的對話、舞台劇的背景、詩的韻律……架構散文的發展，便形成散文「越界」的故事性與形式的美感，其對話、背景、氣味、服飾、擺設、道具、氛圍……，或文字的大小、標點符號的位置、母題與子題的設計、複沓重疊文字的鋪設，就成了她散文中很重要的部分，因而發展出前述的戀物／寓言／夢境的書寫，也解構了以父權中心的主流敘述，以女性的瑣碎話語建立了自己的主體性，這就是她獨特的藝術美學。

追究周芬伶的書寫歷程可以從結構──解構──越界統稱，尤其近年「文體／性別越界」如此「解中心」（de-centering），實承襲著德希達「解構」的概念，也是周芬伶「追求前衛的文學形式」與接觸網路衝擊後相互交融的結果。在周芬伶的文本中開始挖剖生命的黑暗面，以不逃避、真誠的態度面對，相信與魔鬼交手後能倖存的人必能得到真正的救贖，表現在文學上，必有引人入善美、光明的一面。所以她欣賞柯慈的《屈辱》，她也喜歡米蘭昆德拉、三島由紀夫、莒哈絲等人的作品，敢以真面目示人，夠真誠。周芬伶發現生為女人才是黑暗的根源，在網路接觸各層的邊緣人之後，她認為社會上還有更多需要被關懷的族群，如精神病者、同性戀者、原住民等，於是在文本中一個個女人與邊緣人的故事牽引出現存二元對立中心思想的矛盾。

對女性主義頗有研究的周芬伶，發現「性別」、「政治」、「書寫」牽扯著莫大的「階級」制度，探究其邊緣化的根源與「父權結構」觀念有很大的關係，父權結構往往結合宗教、政治及文化形式，將粗暴的權力本質加諸在弱勢團體之中，於是性別之下還有種族；種族之下還有階級等等層層疊疊的關係。所以，歐洲白人女性比黑人男性地位高、在亞洲說英文比說中文吃香、在性別上同性戀歧視變性人……，於是，周芬伶在《汝色》與《世界是薔薇的》說出女性的幽暗情事、身體密語；在《影子情人》中企圖於紊亂的時代中，找出女性身分的自我定位、建構女性主體；在《浪子駭女》中為邊緣人發聲，請社會正視他們的處境。在《母系銀河》中建構母系歷史，作為父系的參照體系，以更遠的眼光看待傳統社會。總觀周芬伶的書寫策略，所營造的「陰暗岐異」，在在都顯露其精神的「光明面」。

第五章　周芬伶的文學觀

周芬伶二十多年的創作中，其序（前言）與跋（後記）透露了不少她在每一個創作時期迂迴曲折的心路歷程與獨特的文學眼光，加上其評論，都是可以窺探周芬伶寫作觀念的角度。以下就其序與跋分析周芬伶的創作理念。在評論部分，周芬伶對張愛玲用力甚巨，有長達三十幾萬字的《豔遇：張愛玲與中國文學》，但因需與《孔雀藍調》合論，故將口述歷史《憤怒的白鴿：走過台灣百年歷史的女性》一同放列於「女性文學研究」一節。近年的《芳香的祕教：性別、愛欲、自傳書寫論述》與《聖與魔：台灣戰後小說的心靈圖像 1945－2006》則可做文學觀的分析整理。

第一節　周芬伶序和跋中透露的創作理念

周芬伶長達二十幾年的創作，筆者將教材及劇本扣除，詳細羅列其序和跋的出處與內容摘要於附錄四，以便做下文的論述參考。

周芬伶於《絕美》〈心靈的首航〉中說：「生命原是一場痛苦的遊戲，創作何嘗不是？」因為凡事抱持太嚴肅、太認真信念的個性使然，讓她看待生命便有了潔癖性的「完美要求」，因而走了許多迂迴且錯誤的路途。

周芬伶的書寫從早期自傳式的散文、家族書寫、口述歷史的女史記錄至近期的女性身體與病痛書寫，她所關注的都是女人。周芬伶從探索自身出發，以「情」為寫作主題，圍繞著所生、所長、所見、所聞的特殊人生經歷，她推崇人生「自然真誠」、「光明高華」的文學寫作，至婚變與一場生命轉折的大病及車禍之後，她的女性意識崛然甦醒，「所有的嘲諷與思考都是自我辯證的結果」（《妹妹向左轉》後記：175）周芬伶從「懷疑」作為反思的開始；以「自由」作為挑戰的踰越，《熱夜》、《妹妹向左轉》、《女阿甘正傳》一系列的女性書寫讓人開始注意到她寫作風格丕變與文本的價值。口述歷史與張愛玲文學研究更讓女性「未說出」的怯懦憂鬱浮出歷史表面。

周芬伶的「生命傷痛書寫」，或許是家族的衰退與婚姻的崩裂讓她在大凶險中渾沌浮沉，接續《戀物人語》中以「物」宣情的主題開始今昔對照釋放，「生命誠短暫，憂傷卻深長」、「試著撫去憂傷，留住琥珀光」（《戀物人語》後記：220）她選擇真誠的面對自己，在《汝色》、《世界是薔薇的》運用跨文類的寫作及「解構」的概念將女性的身體／情慾／自主性一一剖析，周芬伶女史「身體寫作」由此開始，所創造的「陰暗歧異」竟與早期的散文風格截然不同。周芬伶在生命的淬礪之下，認為「生命中有種種凶險，大凶險才有大美麗。」（《世界是薔薇的》後記：197）吐露出要以「悲觀中的樂觀」看待人生，才覺值得一活。

另在「性／別」及「書寫」上，周芬伶找到女性書寫的另一個可能，「在這裡性別越界文體越界為一體之兩面。越界即翻轉，倒陰以為陽，倒濁以為清，倒黑以為白，另構一新世界。」（《影子情人》序：17）這是周芬伶建構的女性王國，也讓人照見台灣女性的歷史與對台灣女性意識的啟發與振盪。但切勿以此對周芬伶有任何結論，她說：「我在這裡並非做現身表演，而是創作存有無限可能，女性追尋之路崎嶇難尋，至於我是什麼，連我都不知道。」（《影子情人》序：17）所以，《仙人掌女人收藏書》與《紫蓮之歌》問市後，筆者看到那以「妖女」反「妖女」的周芬伶，回到最初「心靈首航」的時候。抱持「以天真、清新與美挑戰」的周芬伶不曾老去，在〈聖與魔：俗世啟示錄〉更可以看見周芬伶在世紀末再度以「挑戰」的美學，闡述人類靈魂的饑渴，追求生命的極限

——「只有通過寓言中腐爛和死亡的形式向永恆乞靈，它所體現的是一種贖救的功能。小說家除了是說書人，他也是文字的修行者，不管是聖道或魔道，皆是心靈極限追求的表現。」（《粉紅樓窗》序：7）文壇二十多年來，周芬伶的創作理念表現在序和跋中，有以下數項要點：

一、從單純天真出發

趙滋蕃曾以「以天真與美挑戰」來讚美周芬伶，又以「天真沉靜」蓋括她的性格與風格。從《絕美》、《花房之歌》、《醜醜》、《閣樓上的女子》、《藍裙子上的星星》到《小華麗在華麗小鎮》等，一路而來周芬伶在其單純的活動圈子（潮州故鄉／各級學校／社會），以一顆敏感敦厚的心關注周遭，以一雙透徹之眼細察情理，作品真摯充滿感染力，天真單純出發最具真實。即便周芬伶已屆中年，歷經了人事的滄海桑田，人我關係的糾葛難測，從《汝色》、《世界是薔薇的》到《影子情人》、《浪子駭女》、《母系銀河》，更能在生命覺悟與捨棄之後自我燒出光芒。她說：「背德的背後是真誠。」真與誠的背後是從單純天真的出發，所以她能很慷慨的分享自己的故事、家族的故事，笑著說著說著流出了眼淚也罷，孤燈下寫著寫著難眠也好，旁人看此書尚不可聞，況字字血淚的織女，賴香伶看周芬伶「則是一旦進入寫作狀態，天真而強悍，想像齊飛，宛若通靈，藝術的無畏／謂性，她是天賦般地把握住了，可也是這些無畏／謂，才使得她傷痕累累吧。」[1]而周芬伶近期書寫的轉變，雖對情慾、情緒、情感等等私密的議題進行深挖、鑽研、追索，但她的文字仍具明冽、婉約，甚至嚴謹古典，其不感官、不露骨的含蓄讓人忘卻文字的雕琢，只剩餘韻充塞胸臆。

---

[1] 賴香吟，〈童女之戰〉，收錄周芬伶，《母系銀河》序，台北：印刻出版社，2005 年 4 月，頁 9-10。

周芬伶從單純天真出發，其永遠的少女情懷讓文本呈現永遠的「周芬伶體」，真正撼動人心的，是其天真明朗熱情如兒童的本質。

二、照見自我的靈魂

周芬伶從散文出發，一路寫來的大、小祖母，眾家姊妹與乖違的弟弟，潮州故鄉，母系追尋……，不斷往復的主題／人物，穿越了時空，解開了重重迷障，面對自己的書寫特色，周芬伶的說法是：「如果我是不斷追溯過去，那是因為我對生命產生新的迷惑，我不明白一心嚮往真誠與自由的人，為什麼會帶給自己或他人深刻的痛苦？也許真誠與自由都要付出生命同等的代價。」[2]在美國心理學家馬斯洛（Abraham Maslow）「需求階層論（Maslow's Hierarchy of Needs Theory）」中提出人人有求取安全、被接納、表現佳及有成就感的需求，有些人將之發展為強烈的成就動機，因為沒有人喜歡失敗，讓人覺得一無是處。而人類的「成長需求（growth needs）」獲得滿足則會形成永無止盡的動力，以達完美的境界。「自我實現需求」使各人在行動上不斷要求自我突破，全心投注，不斷精進。「自我實現」並不在乎個人做什麼，而在於「對自己所做的感受」如何。[3]周芬伶不斷對生命產生新迷惑，想從過往的點滴建構自己的生命價值，存在的意義，這就是馬氏所謂的「自我實現需求」，當她在書寫中尋求「自我」的時候，「私」的書寫便啟動了她的能量，而不斷叢集回返是心靈與身體的聯結。

> 自我是什麼構成的？心靈與肉體在那一點聯結？當那一點快要斷裂，自我能察覺嗎？我的書寫總是從自我出發，正是那

---

2 周芬伶，〈與文字〉，收錄《汝色》代序，台北：二魚出版社，2002 年 4 月。

3 朱敬先，〈馬氏需求階層〉，《教育心理學》，台北：五南出版社，1997 年，頁 279。

> 一點不斷叢集回返，如遊魂遊絲守護那一點似連似斷。（《浪子駭女》：27）。

無論是自我建構的「家族書寫」或女性意識的「陰性書寫」，周芬伶照見的都是自我的靈魂，追求的是人生的「自我實現」。

三、勇於挑戰與實踐

周芬伶研究所休學時，參加了趙滋蕃開的文學寫作班，主張「文學的生命學派」，趙老師的文學主張與頑強的生命力影響周芬伶極大，她稱他為「老鷹」，認為他是個徹底的理想主義者，在〈一扇永不關閉的門〉（《閣樓上的女子》：153）中周芬伶緬懷了恩師，並從其行事作風的描述中表露趙滋蕃對文學的堅持、對生命的熱愛。趙滋蕃提倡「老鷹精神」，要學生「勇敢」、「頑強」，他說好文章是「有話要說」，做事原則是「一個時間一個地點只做一件事」，認為「天真冠冕一切德行」，奉行「簡單的生活，深刻的思想」。而自認為「叛逆」的周芬伶，在三進三出學院中，老師用他的死教她「順服」，在文學創作這條路上，趙滋蕃無疑是她的心靈領航員，在文學精神的形塑上，更是她的拉胚手。

在〈人敵〉中，周芬伶說：「我的靈魂告誡我，要做一隻棲息於絕壁的蒼鷹，不要變成被豢養的孔雀」（《絕美》：85），憑著這股「勇敢、超越」，面對時代的衝突與生命的漩渦，周芬伶總能將自身的經歷、困厄、疑惑、反思在文本中尋求一種「心靈的平衡」。從《絕美》到《汝色》，周芬伶不斷的自我解構，不斷的從信仰——實驗——修正——行動，去找尋一種流動的完整；從《世界是薔薇的》到《影子情人》，周芬伶建構了女性獨特的多元面貌，挑戰父權中心的二元對立。周芬伶大膽的在散文界提出「越界」的觀念，挑戰真實與虛構的「文如其人」觀念並徹底實行，以散文為體架構「去中心化」的小說，如《妹妹向左轉》、

〈Eve〉、〈與紫羅蘭之家〉、《影子情人》、〈浪子駭雲〉等，多元的流動、越界的逆轉正是周芬伶的挑戰與行動，如此不斷的自我崩裂再塑造，顛覆再統一，性別越界與文體越界都是對父權結構的拆解、再思考的訴求。而二〇〇六年，周芬伶在〈寫專欄運動〉中，表達自己一向走精緻路線，平均三年出一本書的長跑者，竟然一口氣在二〇〇五年的《自由時報》與《中國時報》寫了兩個專欄，這無疑是一個新嘗試，也是對自我的突破。周芬伶說專欄運動讓她的寫作不但變快，居然很快樂，「對於跑萬米的人來說，她認為寫專欄像賽前的百米練習，每次練習都不盡理想，但對跑萬米一定有幫助。」而〈仙人掌女人〉則寫出周芬伶對「永恆之美」的追求，靜物、古物，甚至文學的「乾燥」也是潔淨到極致的永恆之美，這些都是出於靈魂的飢渴，才能徹底吶喊出最原始的生命力。

在《粉紅樓窗》序言，〈聖與魔：俗世啟示錄〉中周芬伶更提出：「小說讓我找到更自由的表達方式，散文還有道德束縛，小說可以完全逍遙法外。」，「有人說我的小說更貼近我的心情，可能是這種日記式的寫法造成。」（頁 5）這種說法完全顛覆了散文是最自由的表達方式，並闡明在散文道德的束縛下，周芬伶以小說註解她的心情，所以，她提出「越界」的觀念，當文體越趨於沒有界線，所得到的「自由度」就越大。這就是她勇於挑戰與實踐的精神：

> 寫文章對現實的我，最大的愉悅在於能夠一步步邁向自由，自由行走於真實與虛幻之間，如果現實拘限我們，那就潛進心靈；如果道德束綁我們，那就向它挑戰；如果感情軟化我們，那就向自己挑戰。（《熱夜》後記：166）

再回到小本派的書寫方式，她說：「我是小本派下一名小小旗手。我打的旗語也許你懂也許你不懂，但旗自有心有口，會狂嘯會高歌哩！」（《閣樓上的女子》序：5）或許能說明星夜光下的一點交會。由此來看，周芬伶文學作品的價值即在於她「挑戰的美學」，因為只有勇敢面對挑戰才能活出完整。

四、以女性書寫女性

周芬伶的書寫特色在於「女人」，關注的焦點大多也是從「女性」出發。她主張女人的壓迫與剝削來自於最古老的文字符號深層，在漫長的歷史文明發展過程中，形成了以男性話語為主的文化中心，父權觀念左右了政治、社會、宗教、經濟……無所不在的普遍性。當一切利益給了男性，男為尊為天，社會文化的意識形態造就了女性的聲音被淡漠、忽略、排斥的特殊性，女性則成為歷史的緘默者。

從一九九六年時期開始，周芬伶以積極的態度立於女性主義之場域，為女性在歷史上重建無名的自己。在《妹妹向左轉》後序中她明言自己的書寫主題：

> 我關注的只是人，尤其是女人。女人不能得到自由與快樂，那是誰的罪過？所有的男性大師，都將女性問題視為枝微末節，我們不能等待男人解救女人。（《妹妹向左轉》後序：176）

《妹妹向左轉》暗示的正如摩根（Robin Morgan）所宣告的「婦女是真正的左派」（Morgan, 1977），其所受到的壓迫是所有壓迫的根源，而這壓迫的根源便是來自「父權制度」，雖然周芬伶說她企圖向左派靠攏，但終究落空。又如《憤怒的白鴿：走過台灣百年的歷史女性》，周芬伶在後記中感慨的認為：「女性只有生命而無歷史」，因為「她們」不被書寫，被抵制閱讀因而形成蘇珊・古芭

（Susan Gubar）所謂的「空白之頁」[4]，而要填補這巨大的空白必須從「我」開始敘述：

> 女人在文本中的位格，起先是「她」，她被觀看、被詮釋；然後是「你」，從別人眼中照見自己；當女人演述「我……」時，女性的歷史就開始了。（《憤怒的白鴿》後記：191）

周芬伶找到婦女擺脫壓迫的途徑，便是從女性文本的「我」開始敘述，是一己之我，也是集體的我，在現實中，女性是命運共同體，在心靈中，不同的女性各有體驗。周芬伶以女性書寫女性，更有其女人的共通性與了解之處，她擅長將女性切身的議題切入性別角色、母子關係、經血、愛情、婚姻、家庭、妊娠、哺育、情色、強暴等敘述觸及女人最窈深的靈魂，赤裸裸的吶喊最真摯的情感，並將女性特有的身體與心理變化的幽微細膩之處展現無遺。

周芬伶以一位 radical 自許，大聲說：「我正在塑造一個女性的世代，女性王國。」（《影子情人》序：16）翻看周芬伶近十年的創作，《憤怒的白鴿：走過台灣百年的歷史女性》在台灣歷史上她為那些無名英雌留下聲音、印下足跡；《豔異：張愛玲與中國文學》、《孔雀藍調》在文學史上為張愛玲再定位、重圓四〇年代的生命圖像；《汝色》、《世界是薔薇的》到《母系銀河》，企圖在文本的創作中以「母親」的名義重建無名的「自己」，彰顯新女性及新女性觀，所以周芬伶不斷書寫的母女關係、女性情誼、女性特質，這個永遠的女性王國，是女性介入文學、介入歷史書寫的必然策略。

---

[4] 蘇珊・古芭（Susan Gubar），〈「空白」之頁與女性創造力問題（"The Blank page" and The Issues of Female Creativity）〉，收錄張京媛主編，《當代女性主義文學批評》，北京：北京大學出版社，1992 年，頁 165。

第二節　女性文學的研究

陳建忠在〈女性主體的追尋：日據時期的台灣女性小說〉[5]中提到：

> 二十世紀初，以男性為主導的台灣新文學運動中，雖然身為被殖民者，但男性擘畫的文學解殖藍圖中，依然「後設」地將民族國家或種族存亡賦予較高的價值位階，女性除了是文學中有待拯救的對象外，女性作家對於女性主體感覺世界的追尋，遂被歸入王昶雄所謂的「寫小巫的、自娛的、閨情的文學之列」。

此處陳建忠表達出無論中西方各種文學的建構，長久以來皆以男性史觀的「大敘述」（grand narrative）出發，而女性文學史觀的「小敘述」（little narrative）卻被視為枝微末節的「寫小巫的、自娛的、閨情的文學之列」，頗被貶抑。故當台灣文學史在壓迫／反壓迫、殖民／反殖民、父權／反父權、官方文學／民間文學的論述模式中力建版圖之時，給予女性文學的位置卻如蜻蜓點水般寥寥無幾，殘缺不全。時至今日，後現代主義、解構主義興起後，許多學者才開始對女性文學建構有了新的切入點與研究方向，顛覆了過去對女性文學的論述，使女性文學有了主體性，創造出有別於男性史觀的文學史實向度。以此來看，周芬伶對女性文學的建構亦在於「民族大敘述之外的邊緣敘述」／「男性時間之外的女性空間」。周芬伶除了致力於女性文學的創作，在研究上也以「陰性」出發，尤以張愛玲研究為最，本節以「女性觀點」出發，探究周芬玲研究

---

[5] 陳建忠，〈女性主體的追尋：日據時期的台灣女性小說〉，《自由時報》副刊，2004 年，8 月 8 日。

張愛玲與做女性口述歷史的觀點，並分析出這兩項研究對周芬伶的文學創作有何影響。

一、豔遇張愛玲

首先談論耗費周芬伶十年光陰的張愛玲研究，周芬伶只出版了《豔異：張愛玲與中國文學》（1999）與《孔雀藍調：張愛玲評傳》（2005）兩本評論集，及〈在豔異的空氣中：張愛玲的散文魅力〉、〈張愛玲小說的女性敘述〉、〈愛之憂鬱：論張愛玲《半生緣》〉、〈反諷與倒寫：張愛玲〈紅玫瑰與白玫瑰〉〉、〈芳香的祕教：張愛玲與女同書寫〉、〈移民女作家的困與逃：張愛玲的〈浮花浪蕊〉與聶華苓《桑青與桃紅》的離散書寫與空間隱喻〉六篇論文。書寫張愛玲的起點，周芬伶歸於四〇年代的的氛圍令她著迷：是新舊勢力交替的大時代，國際交通／戰爭／政治／個人主義等無可阻擋的光芒閃現，也無預警地被打壓，生命的戲劇性與創作的故事性同樣絢爛、驚異，尤其四〇年代的「黑暗」直接穿透作家心靈的暗室，她追溯這黑暗，正如時代的命運常有著不可言說的傷痛。

周芬伶一九九九年出版的《豔異：張愛玲與中國文學》是近幾年來對張愛玲用力甚深的論文，認為以往從小說或單篇作品的討論雖然精闢者不在少數，卻予人「以偏概全」（《豔異》：36），最重要的是，張愛玲全面性的研究因作品數量太多、文類太廣，內容複雜，資料難全，仍無人敢冒然嘗試，周芬伶本書一出，在學術上做了不小的貢獻。

周芬伶的《豔異：張愛玲與中國文學》分為兩大部分，一部分是張愛玲的傳記，她查閱了美國馬里蘭大學圖書館存檔的兩三麻袋賴雅的日記、書信和照片，這些都是第一手的資料，這就使著作兼顧了傳主生平的完整性和女性傳記的特色，呈現出張愛玲的藝術心靈週期：啟蒙——叛逆——放逐——回歸。另一部分周芬伶用了大量篇幅，十分透徹地分析了張愛玲的散文、小說、電影劇本和小說考證和譯注等作品，指出張愛玲的作品「外在風貌是豔異的，內在精神是自由與叛逆的。」著作探討了張愛玲與中國文學之間千絲萬縷的聯繫，為我們展現出她的作品的獨特風貌所在。並在〈序論〉中說明，傳記部分從女性傳記著重母女關係、女性情誼、女性寫作的特質出發；散文部分從後殖民與女性主義的觀點探討她多樣化的題材、怪誕美學、女性書寫及文體魅力；小說部分引用女性主義理論、符號學及解構主義來凸顯她的邊緣性及叛逆書寫；電影劇本部分採用女性電影理論探討她劇作的「對抗」精神及男性凝視；小說考證與譯註成果部分以懷疑精神探究。（《豔異》：36-40）周芬伶的獨特之處在於：1.運用心理分析及女性主義／精神分析的觀點，詮釋張愛玲的生命史，針對每個事件的發生分析張愛玲創作的因果，賦予資料更深層的意義，如張愛玲的絕對孤獨／女性認同發展／圓形的生命回歸／尋找生命的根源／蚤子幻覺。2.資料收集詳盡，如賴雅的日記，更能深入細微處論述張愛玲的生命史與作品之間的互涉影響。3.能以田野調查補足書面資料的不足及閉門造車的想像與誇大，如訪問張愛玲的表妹／表弟／弟弟，更能凸顯作家傳記的真實性與多元特色。4.分析張學的註釋非常詳細。大體來說此書最大的特色是「以女性學者兼作家的角度照看女性藝術家的生命史」。

因張愛玲的死亡讓周芬伶照見女性的生命週期，在《豔異》〈卷首語〉中，她自言選擇研究張愛玲的動機是：

> 她選擇孤獨地活著與死去。從未違背自己生活的信念，而她是個新舊交替之間的女性，經歷過女性共同的苦痛經驗，在死前與生命妥協並回歸了愛。女性的生命猶如四季循環，而我們是同時代的人，我沒見過她的生，但我了解她的死亡，甚至她的思想；我選擇如果要看她，就要正視她，並深刻地了解她的作品。

「生命」的主題是周芬伶書寫的重點，她感動於張愛玲堅持的生活態度，尤其是張愛玲的死亡帶給她心靈的衝擊。研究張愛玲是一種女性對女性的照看，是周芬伶在心靈契合上了張愛玲。

以女史為任務的周芬伶從早期的創作便開始探訪女性在歷史上的黑暗之地，試以史家之筆補綴女性在歷史上的「空白之頁」。一九九八年出版的《憤怒的白鴿：走過台灣百年歷史的女性》，企圖完成「百年來的百位女性」，書中採訪的六位女主角分別代表著不同的生命典範，讓人看見女性在歷史中活著的痕跡。隔年，《豔異：張愛玲與中國文學》則是周芬伶為女性在文學史上建立了座標，在序言中她說：

> 抱持著「不可能讓每個人滿意，也不可能有所謂的完美研究」一路硬走下來，在舊問題中發現新問題，在女性創作留下的空白中發現更多的空白，這是女作家的宿命，也是研究者的宿命。

女性的文學歷史就此劃開一頁。此時周芬伶的書寫層面已開始從自身到家族到女性的歷史價值，她的多元化與敏銳度讓她在「生命」的主題上不斷的尋求／實驗／行動／證明自我的存在價值，雖然外界與她本身都說她在建構婦女生活史／生命史，但從她不斷地挑戰自我、不斷地書寫自我的勇氣，無寧說她也在建構她自己的生命完整性，周芬伶從自身的生命困頓而看見女性的生命歷程，以女史之筆寫出女性的生命的主題，在時間之河裡她尋找女性的歷史空間，而自己也成歷史。她在書寫，同時也被書寫。這是一個宣示：《豔異：張愛玲與中國文學》的完成讓她從張愛玲的一生正視自己個體的獨立性、生命的價值性，進而也體認出一個作家必須的孤獨感。

二、周芬伶與張愛玲「對照記」

研究者與其研究領域的關係，複雜難言，不足以外人道，而論文的產生譬如嬰兒的誕生，母子的相連將是一輩子也難以切斷的。周芬伶一九九九年完成《豔異：張愛玲與中國文學》，三十幾萬字的巨作尚不足以傾洩完她對張愛玲的生命與文字的糾葛，因手上的資料還有一九五六年至一九六三年的賴雅日記，令她感到這是一條漫長而沒完沒了的的追尋：「寫一個人就是這樣，有時候變成一輩子的事」（《孔雀藍調》：7），這比母子關係還要綿密，周芬伶感到《豔異：張愛玲與中國文學》的沉重，在閱讀與流傳上皆有困難，彷如棄嬰。故至二〇〇五年出版了《孔雀藍調》，其將張愛玲傳記的部分重新編輯，再補上「張愛玲的六封家書」及「賴雅日記中的張愛玲」等新出土的資料，成為另一個研究張愛玲重要的資料參考。

關於「張愛玲的六封家書」，周芬伶說明這些資料的意義是：1.張愛玲對賴雅的真情，2.自覺創作力正旺盛，3.與宋淇因寫劇本交惡，4.她想定居紐約的夢想。讀者可以在期間看出壯年的張愛玲仍對自己深具信心，其創作力更加豐潤，無奈時代的大轉彎、地域人文的錯置與她對自身的信仰，一塊塊的吞噬她的「天才夢」，彷如曇花乍現的哀榮，枯萎再掉落。

在「賴雅日記中的張愛玲」裡，周芬伶分析了兩人為互補的結合，推翻了前人認為賴雅是張愛玲寫作的絆腳石，或他們的婚姻是基於現實上的結合。在張愛玲的書信與賴雅日記中，讓人感到「愛情」可以讓人義無反顧的拋棄過往而變得驚世駭俗；「婚姻生活」卻讓再如何天才的人陷入現實的沉悶而乾枯。是的，張愛玲夠天才，也夠努力，但命運之神要成就一位「秀異」，就硬是不給她「痛快」，讓張愛玲晚年如自閉的到處搬家，孤絕的在行軍床上走完人生之路。當筆者看到張愛玲晚年戴著假髮的照片出現在文本中，不禁也看到周芬伶書寫張愛玲的心情。周芬伶自薦《孔雀藍調》的價值在於：女性書寫與歷史未完成的與未說出的。

書寫與被書寫原本就在延異中蔓延擴張，形成時代的文學基調。周芬伶書寫張愛玲，便有人書寫周芬伶，此處僅就閱讀張愛玲的傳記部分，發現一個很有趣的現象：雖周芬伶在〈卷首〉中一再表示對張愛玲的作品並非最愛，甚至有一陣子疏離她，至《孔雀藍調》也再次強調「我不是張派」。但在張愛玲傳記中，周芬伶的成長背景與書寫竟與張愛玲有著生命的巧合：

項目	張愛玲	周芬伶	《豔異》頁數
相貌、個性	與祖父相似、叛逆	與祖父、父親相似、叛逆	P.47
家族權力	古怪家族母權至上、女強男弱	複雜家族母權當家、女強男弱	P.48
弟弟主題	懦弱	墜毀的青春	P.49
年代	新舊交替的年代：傳統與現代	新舊交替的年代：現代與後現代	P.51
書寫策略	家族書寫：不斷往復，以小說展現	家族書寫：不斷往復，以散文展現	P.51
寫作文類	散文、小說、電影劇本、小說考證與譯註	散文、小說、兒童文學、劇本、學術專論	P.71
房子主題	張家沒落的歷史和夢魘的童年和少年	周家老宅與新宅的故事、未來之屋	P.52
閱讀古典	幼年開始母親啟蒙私塾奠基	小時候跟從姐姐一起閱讀	P.53
寫作基調	蒼涼：表現女性在男性社會的痛苦和悲涼	痛苦：表現在生命中的種種凶險	P.55
女性情誼	散文和小說中不斷延續的主題：母親、表姊、炎櫻、姑姑張茂淵	散文和小說中不斷延續的主題、自家姊妹、小祖母、母系阿姨、同學朋友……	P.55
女權	反傳統、挖掘女性內心深層的憤怒與瘋狂	反父權、替邊緣人、女性從身體、情慾發聲	P.56
顏色	善用顏色渲染	對顏色敏感	P.58
虐待	少年父親的監禁與母親的疏離	小祖母的精神虐待與母親的強勢	P.59
死亡的問題	因孤獨與受虐，創造女	因家族的紛爭與親友的死亡，創	P.59

	性永生意象	造母系追尋的天堂	
母親形象	夾雜愛恨、認同與否定、矛盾	夾雜愛恨、認同與否定、矛盾	P.60
天才論	自視天才〈天才夢〉可見其自傲與困頓	被譽天才，痛苦與煩惱，化為女巫與仙女的出現，或飛翔的意象	P.61
逃離	逃離家庭、父親、母親、婚姻、家國	逃離家庭、母親、婚姻	P.64
轉捩點	戰爭	婚姻	P.67
婚姻另一伴	因文學而結識：個性互補	因文學而結識：個性相似	P.76
服飾	敏感、喜好、自創	對時尚的熟稔、對穿著有自見	P.84
文本主角	愛男人也帶著同性情誼的不離棄	愛男人也愛女人、雌雄同體	P.90
創作理念	忠於自己	不迎合市場	P.127
生命中的獨特小說	紅樓夢	紅樓夢	P.136
回歸	排除男人、回歸自己的母性血緣	排除男人、回歸自己的母性血緣	P.148

除了上述，周芬伶在《絕美》〈心靈的首航〉中說：「這本集子仍然來得太遲，太遲。」正可對照張愛玲在〈《傳奇》再版的話〉中說「出名要趁早，來得晚了，快樂也不那麼痛快。」這樣的不痛快與周芬伶的人生基調「痛苦」相襯，形成她的生命書寫。或許與她拘謹、要求完美的個性有關，所以在創作上周芬伶一直在「矛盾與掙扎」中力圖尋找「自由」的意識非常強烈，形成一種對比的美學。

在小說《妹妹向左轉》中，ms 馬克斯於北京昏倒，一個男人強而有力地背起她奔逃，兩人遂展開一段愛情：

> 日後她深為錯過那件歷史上的大事而深深遺憾，天安門事件犧牲了無數條人命，卻成就了她與那男人的愛情。（〈偉大的情人〉，《妹妹向左轉》：44））

這裡頗有張愛玲〈傾城之戀〉的味道，一場戰爭成就了兩個自私靈魂的愛情：范柳原與白流蘇的結合：

> 香港的陷落成全了她。但是在這不可理喻的世界裡，誰知道什麼是原因？什麼是果？誰知道呢？也許就因為要成全她，一個大都市傾覆了。成千上萬的人死去，成千上萬的人痛苦著，跟著是驚天動地的大改革……流蘇並不覺得她在歷史上的地位有什麼微妙之點。她只是笑吟吟的站起身來，將蚊烟香盤踢到桌子底下去。（張愛玲，〈傾城之戀〉，1968）

再看《汝色》中〈Eve〉與 Eve 談失眠、談性向、談吃、談錢或故鄉的主題與張愛玲〈童言無忌〉中分「錢」、「穿」、「吃」、「上大人」、「弟弟」的寫法頗為類似。周芬伶或許不是張派，但好的書寫則會令人一再地延異，正如年輕學子延異徐志摩的〈再別康橋〉、朱自清的〈背影〉或席慕蓉的詩。

此處無意將周芬伶的文學與張愛玲相比較，兩個年代的女作家在時空的氛圍中畢竟無法相提並論，回顧周芬伶的研究動機，她說除了「瞭解」，尚有一份女性生命的「相似」之處。女性透過書寫建構女性，對照其生命的週期，一部女性史就其展現，無論是何年代、地域、種族，女性的「共通性」，正是周芬伶認為張愛玲並不「寂寞」之處。筆者想探討的是周芬伶一直強調的「女作家的共通性」或「共鳴度」，是否也是大多數女作家的書寫題材常圍繞在家庭、情愛、生活的原因？……這就是女作家的普遍性與共同性。周芬伶不斷在其家族史／兩性議題的探討／女性形象的描述上奮力，頗有張愛玲的筆調，同樣擅長改寫、分寫、散寫，力求文體的多元；同樣寫出世間真性情的女子百態，這些應該更切合周芬伶與張愛玲在女性書寫上相同的致力之處。

周芬伶說沒見過張愛玲的生，但了解她的死亡，甚至她的思想，那是屬於無語的「相知」——透過文本閱讀的細膩洞見。若說張愛玲之於蘇青，那周芬伶之於張愛玲則更甚。周芬伶在《孔雀藍調：張愛玲評傳》序中說：

> 從來女性作家只能從男性大師身上尋求文學典範，然而女性自身的生命自有其走向，其受父權之宰制與壓迫是共同的，其孤獨之追求與痛苦也是共同的。

周芬伶檢視過去張愛玲傳記的書寫，不是過於著重其「貴族」的身世，就是在於「傳奇」的愛情。周芬伶認為張愛玲一生中從未有過錢，在愛情上則頻頻吃悶虧。所以周芬伶以女性的身分去書寫張愛玲的「女性」，這是周芬伶有別於男性撰寫者之幽微之處，也是她與張愛玲相通之處。

至此筆者更有興趣去探討：1.當研究者選定某位對象為研究主體之時，是否在心裡意識上或生命基調上有某種密碼牽引著，是精巧的嵌合或是相斥的吸引？2.周芬伶文風與寫作技巧的改變是否受研究張愛玲影響？其實筆者更發現《豔異：張愛玲與中國文學》評論的部分，亦可套用在周芬伶創作主題與策略上。對此，周芬伶並不排斥第一種說法：

> 我對張愛玲涉入不深，但我也覺得很難走出來。我們重疊的部分可能是大家庭複雜的人際關係，其中有諸多變態情事，那種經驗根深柢固，簡直在潛意識生根，因為小時候不能談，也沒人想談，被壓抑成情結，你要花一輩子才能打開，況且都是受虐兒，他受虐於父親，我受虐於小祖母。那其中的糾葛只有《紅樓夢》說得明白。（《孔雀藍調》：204-205）

看來周芬伶屬於前者，都是挖掘人性幽暗面的高手，只是張愛玲趨於孤冷的尖刻，而周芬伶則在寒風中仍能開出一朵花的美麗。在〈芳香的祕教：張愛玲與女同書寫〉周芬伶點出張愛玲《同學少年都不賤》的女同氣味，令人眼睛一亮的是周芬伶大膽推測「假如一切是真的」，這是前所未有的研究方向，或許周芬伶想表達的只是張愛玲的愛／無愛的孤獨感與戀愛至上論者的瘋狂，但「女性情誼」的整理／歸納正是周芬伶與其他研究者不同之處。張愛玲生命中兩個男人皆讓她傾盡心力，無疑的她是位異性戀者，但其文本中始終不離不棄同性情誼：或耍點小嫉妒、或打破醋罈子、或含蓄的刺探，在在洩露了張愛玲是否在異性戀的盟約中受到了挫折，轉而在同性之愛中獲得歷久彌新的感動，歌詠同性愛的無目的、無肉慾、無壓迫的精神之戀？張愛玲是被書寫過度了，但張愛玲的研究仍未完成。周芬伶這十幾年來為張愛玲在女性文學史上建構了不一樣的座標，屬於母女的／女性情誼的／女性特質的／心靈最底層的處境與變遷，透過書寫，張愛玲雖然孤絕而死，但她的女性書寫並不寂寞。正如周芬伶《豔異》（頁148）中說的：

> ……女人生命猶如天體的循環，是圓形的、滋長的、回歸自己，也回歸自己的血源。
> 她死在自己的孤絕之屋中，但並不寂寞。

三、女性的口述歷史

周芬伶從自身的家族史一路寫來，女性成為她特別關注的對象，她看到女性心中的「怯懦的憂鬱」是來自大文化與歷史的叢結，而女性「未說出的」已成黑暗大陸，不斷的提醒著「女性只有生命而無歷史」。所以她在《憤怒的白鴿》後記中說：

> 從無歷史中要建構歷史是如何困難的一件事，要填補這巨大的空白，只有從「我」的指標，「我」的敘述開始，女性文本中的我是一己的我，也是集體的我，在現實中，女性是命運共同體，在心靈中，不同的女性各有體驗。這，生、老、病、死、情愛與感謝，我從沒有發現女性是如此貼近歷史，她們讓我觸摸到生命。

周芬伶認為女性以情感為中心的生活，她們關心生活、生產以及人際關係的細微變化，食、衣、住、行、配給、黑市、亂離與苦痛。她們「未說出的」比「已說出的」重要，而周芬伶提出女性在歷史上的「巨大空白」便與蘇珊．古芭的「空白之頁」有相同的論點：

> 陰莖之筆在處女膜之紙上書寫的模式參與了源遠流長的傳統的創造。這個傳統規定了男性作家在創作中是主體，是基本的一方；而女性作為他的被動的創造物——一種缺乏自主能力的次等客體，常常被強加以相互矛盾的含義，卻從來沒有意義。[6]（〈「空白之頁」與女性創造力問題〉）

女性成為次等客體、被動的創造物與無意義者，然而女性在社會上的分工、生育、勞動、家庭婚姻等的身影卻是不容忽視的，周芬伶找出了女性書寫的另一個可能，即是在尋求男性創作主體中將女性的創作視為被動性與附屬性的謬誤，企圖在空間中挖掘女性的發聲——那些拋棄自我、犧牲奉獻的無名英雌。此時的周芬伶已從家族／個人的情愛向外推升，注意到社會／歷史上被一筆勾消的「女人」，她們真實存在過，也背負起男性無法承載的部份，卻在歷史上成為「不存在的姓名」。

---

[6] 收入張京媛編《當代女性主義文學批評》，北京大學：北京，1992年，頁165。

格蕾・格林與考比里亞・庫恩在〈女權主義學術與女性的社會構成〉中也指出：「女性歷史學家的任務就是，重建女性的經驗，『那被掩埋的和被忽略的女性的過去』，來充實「空白之頁」，使沉默的發聲言語。」[7]以女史為任務的周芬伶開始探訪女性在歷史上的黑暗之地，試以史家之筆補綴女性在歷史上的「空白之頁」：一九九八年出版的《憤怒的白鴿：走過台灣百年歷史的女性》口述歷史是周芬伶為女性史料記載的發端，企圖完成「百年來的百位女性」，書中採訪的六位女主角分別代表著不同的生命典範，讓人看見女性在歷史活著的痕跡及在新舊交替的年代中女性角色之變遷。筆者整理如下：

類型	篇名／傳主	族群	身分階級	女性形象
舊時代的傳統婦女	作家的妻子：李耐的婚姻故事	客家	作家龍瑛宗之妻	李耐與伊蘇生長在父權宰制的社會，婚配後的人生由丈夫決定。這類女性以丈夫為生活中心，以家務及孩子為半徑，畫成自己的人生圓周，一生就在此一範圍如陀螺般的旋轉，永遠跳脫不出自己的小圈圈。因為沒有自己的思想，為失去靈魂的軀殼，因此失去自我的價值感，過著不快樂的生活。
	布農伊蘇生命之旅：伊蘇	原住民	原住民巫師	
舊時代的新女性	憤怒的白鴿：馮守娥	閩籍	中產階級知識份子	馮守娥與許金玉為白色恐怖政治犯的「同學」，她們接受過教育，經濟自主，為職業婦女。經自由戀愛（政治婚姻）而結婚。她們的思想前衛，勇於突破舊社會的框架，顛覆傳統婦女的價值觀，深具女性自覺與危機感，對自我充滿自信，清楚自己要的是什麼，不受世俗價值觀影響，為獨立、堅毅的新女性典範。其一生看似坎坷，內心卻豐沛、遼闊，絕不後悔。
	不悔來時路：許金玉	閩籍	勞動階級	

[7] 收入在 GAYLE GREENE AND COPPELIA KAHN 編，陳引馳譯，《女性主義文學批評》，台北：駱駝出版社，1995 年 7 月 12 日，頁 12。

舊時代的藝人	歌仔仙：楊秀卿的台灣唸歌藝術	閩籍	民間藝術家	楊秀卿的身世坎坷，為人養女又是殘障人士，生活貧病交迫。其學藝乃趨於謀生工具，以唸歌走唱方式成了江湖賣藥的藝人，嚴格的師徒制，致使她無法接受正規的學校教育。而人生重要的婚姻、生子全在居無定所的走唱生涯中完就了。後在朋友的介紹下進入電台開始有了歇腳的定點。楊秀卿歌聲貼近市井小民的心靈，一生為藝術奉獻，卻沒沒無聞，始終貧窮，但她沒有怨天尤人，一顆感恩的心讓笑容永遠掛在臉上。
舊時代的上流名媛	煊赫舊家聲：黃家瑞的家族傳奇	外省	上層階級，為張愛玲表妹，張小燕母親	黃家瑞出身上海名門，父親是大家庭的遺少，與張愛玲的母親是雙胞胎，吸食鴉片，身體孱弱。母親因丈夫愛玩，對女兒的婚姻干涉很多。黃家瑞從小衣食無缺、往來親朋好友皆為上層社會階級。戀愛結婚，丈夫是警官大隊長，歷經戰爭、遷台、喪女，對小女兒張小燕呵護倍至，是個外表新潮，思想守舊的上一代婦女，但對下一代的教育仍堅持新思想，一生乃以先生、孩子為中心。

由上表可以看出周芬伶選取的這六位女性，她們大約出生於民國初年，或稍晚，分別代表不同的族群與社會階級，她們在自己的生活展現了各自的面目、性情、想法與觀念。從她們的口述中可以瞭解到上一世紀末與本世紀初以來的新舊交替，亦顯現了女性在時代中的覺醒與力量。

周芬伶利用口述的第一手資料企圖重回歷史的現實中，並多線進行主題採訪，以多重覆疊的姿態讓歷史拼貼重現，力求客觀、真實。在此文本中可以見到舊時代的傳統婦女，因媒妁之言結合，雖隔閡如壁，仍固守婦道，未曾離婚，一生孤獨。如〈布農伊蘇生命之旅：伊蘇〉及〈作家的妻子：李耐的婚姻故事〉。前者因主角伊蘇只能操布農族與會話程度的日語，所以作者透過伊蘇女兒蔡梅花及鄰人布農族中年男子沙里旦翻譯轉述。敘述布農族婦女將大部分的時間耗費在龐雜的家務、如何走上巫師的緣分及一生都在施法救人的經歷，最後周芬伶因語言隔閡的遺憾，省思著弱勢族群的哀戚；體會「世界公民的本質都是一樣的，所有奇異的文化都應該被疼惜，自以為猥瑣的靈魂都可以抬頭昂揚。」從邊緣的婦女身上，我們看到的是她們的生命旅程正如一部布農族婦女的歷史，而她們發出生活體悟之語卻如哲學大師般令人震懾，至此結論不管何種階級與民族，生命的原型都呈現出其血液的光彩。

後者的前言由周芬伶引述作家龍瑛宗的婚姻境況，再分別由龍瑛宗妻子李耐、媳婦郭淑惠、兒子劉知甫的第一人稱口述中相互交錯，貫穿成文。其間探討了龍瑛宗與李耐的婚姻，經由媒妁之言締結姻緣的兩個人，縱然早知道個性不合，但在風氣保守的當時也不敢提出退婚。一個沉靜、木訥，只知讀書和寫作的作家，完全將自己封閉在自我的世界裡。而「查某仔王」的李耐，沒有受過教育，操持家務、生兒育女、憂煩生計，以致和丈夫在思想上完全無法溝通，兩人的婚姻僅在生活實際層面上相依倚。男人可以為事業／興趣躲避家務，耽溺於寫作填補心中空虛；女人卻仍須一手撐起整個家庭而憂煩，其間的孤獨與苦悶只能化為對世界與丈夫的怨懟與折磨。這樣的氛圍使家庭氣氛僵化，大兒子因此遠居日本不敢回家，二兒子一家人也在此痛苦中忍耐、逃避度日。在兒子與媳婦的口述中亦責難於李耐的蠻橫不講理，並對龍瑛宗的境遇感到同情，這樣的痛苦，實無法言喻。創作原本是豐富的感知與細膩的觀察，周芬伶揭開作家婚姻生活的真實面，讓人看到創作的苦悶與壓抑，雖然同情作家「置身沙漠」，但想到那不幸的妻子，只能以粗暴與孤僻來發洩「心中未說出的」，正如周芬伶在〈作家的妻子：李耐的婚姻故事〉的前言所說：

> 在不幸的婚姻中，男人較不幸，或女人較不幸，這很難論定；不過很肯定的，男作家在婚姻中的不幸，較被注意也較

> 被同情，至於那不幸的妻子則隱匿在史頁中，哀哀哭泣至於暗啞無聲。（《憤怒的白鴿》：19）

而女性歷史的建立就在聆聽那瘖啞的哭聲，並探索不幸的來源。世界可以看見龍瑛宗的文學光彩，文學史亦逐漸為其給予定位，但那始終無法走入丈夫內心世界與分享榮耀的妻子，也許終其一生哀悔的自問自答，或在自築的王國裡稱后來建立自信與安全感。歷來文豪的感情世界讓人好奇與稱羨，背後的推手卻常常沒沒無聞。在此周芬伶從另一角度切入了浪漫後面的真實，亦帶出了舊時代傳統婦女的悲哀，更讓人不禁聯想到，逐漸走向男女平等的今日，女作家背後的推手，是否也有著暴躁、歇斯底里，無法與伴侶溝通的苦惱。

此書採訪了舊時代的新女性，她們接受過正規的教育制度，經歷日本殖民統治與國民政府的白色恐怖年代；她們有自覺與反省能力，能找尋問題的解決方法；她們不隨命運的安排，不等待別人的救助，她們對國家、社會、婦女問題有比別人更深一層的看法，並瞭解自己的時代意義與價值，例如馮守娥與許金玉兩位女性戰鬥者。周芬伶這篇〈憤怒的白鴿：馮守娥〉，作者以第三人稱及馮守娥第一人稱的交錯敘述觀點寫成。從日據時代到台灣光復至二二八事件的國民黨白色恐怖政治為主軸，及馮守娥從小時候到今日的線性時間為緯線，交織出馮守娥的童年啟蒙、十年牢獄、婚姻境況及丈夫陳明忠二度入獄事件等內容，並佐以陳明忠口述，以另一角度觀察補全此段歷史。馮守娥口述從日據時代到台灣光復間自己曾以「國語家庭」自居，如何在父親與兄長的引導之下體察次等國民的悲哀；在母親的身上看到女性的在家務／生育與父權制度下的悲苦，所以她很早就對「和平／自由／平等」有了思想與追求，對婦女的觀念有了同情與認識，尤其對女性受歧視的現象很反感。而〈不悔來時路：許金玉〉的時代背景與馮守娥相同，帶出許金玉從一位幸福的養女、女工生涯、郵局新生活到認識改變她一生的計老師，因而女性意識的覺醒，又從「改班」事件到入獄十五年、政治犯出獄的婚姻／生活帶出她堅毅的人生觀。兩位女性皆從大時代的環境中感到「階級壓迫」的不公，進而力爭；亦從母親與自己的身上醒悟「性別壓迫」的差別，進而自省。許金玉從女人自覺出發：

> 過去我覺得女人不是為自己而活，而是為了家，但是家的全權又在男人身上，整個社會都是以男人為主，女人都是服從的，沒有辦法提出建議或是什麼。（〈不悔來時路：許金玉〉，《憤怒的白鴿》：184）

而馮守娥則在十五歲就已寫下〈台灣解放的一天〉論述日本如何欺負台灣人及迎接國軍的歡欣鼓舞。在〈論中國教育〉中提及日本教育與中國教育優缺點的比較；在〈論台灣婦女〉馮守娥認為：

> 台灣在日據時代仍然擺脫不了封建思想，教育婦女的無非是三從四德，這是錯誤的，但是解放婦女不能學習美國的女尊男卑，女人應該從本身做起，提高自己的能力，不能要求別人同情；我也分析到，為什麼婦女比較欠缺知識，那是因為瑣碎的家務封閉她們的心靈；如果能夠多讀書，多關心社會，眼界自然提高。（〈憤怒的白鴿：馮守娥〉，《憤怒的白鴿》：51）

在五〇年代，這是很新的觀念，不僅能提出國人對婦女教育的缺失、西方女性運動並不能全然適應國人，並能一針見血的指出封閉婦女能力的要點在於「家務」的承擔，女性要講求男女平等，首要必需先從提昇自己的能力開始做起。這與前述許金玉的看法是相同的，許金玉認為：

> 我們女性若有什麼事情想做，不可以處處依賴男性，我們應該要做的就去做，女性份內的事，男性不可能幫我們做，要有這份自覺，但是在做之前，必須充實自己。（〈不悔來時路：許金玉〉，《憤怒的白鴿》：167）

在新舊時代的交替中，馮守娥與許金玉翻新了我們對五〇年代女性的看法，她們甚至比現代女性的觀念還前衛、還先進，直至八〇年代馮守娥仍感到：「資本主義只注重利益的結合，不能解決不公平、不合理的問題，婦女問題的解決是要靠制度配合的，否則女性永遠沒有辦法解脫束縛」，令人不得不佩服這是一位當年年近六旬的婦女對時事的真言。日本治台已成歷史，二二八事件得以反正，但如馮守娥與許金玉的故事卻千千萬萬猶暗層結冰，周芬伶的口述歷史不僅讓大敘述的歷史有了另一個發展的可能，也讓處於社會底層被遮蔽的婦女，逐漸走出陰影。更難能可貴的是歷經生死悲痛的兩位女性，在訪談末尾對過去沒有後悔、對國家沒有怨懟，她們以堅實的步伐，一步一步的踏過坎坷的人生，並以親身的經歷和努力，活出女性的自信與尊嚴，這正是口述歷史背後的精神。而我們亦看見舊時代新女性的歷史精神：

> 一個人需要能夠不自憐自哀的去追求夢中徘徊的理想時，他才能解放自己，去追求更高的夢想和權利……（馮守娥語，〈憤怒的白鴿：馮守娥〉，《憤怒的白鴿》：51）

周芬伶後來亦將許金玉的故事改寫成舞台劇劇本《春天的我們》，並擔任舞台總監，由十三月劇團演出。而後許金玉與馮守娥的故事也改寫至《影子情人》裡。對於女性歷史的建構，周芬伶以多元的方式進行，正如楊渡在《憤怒的白鴿：走過台灣百年歷史的女性》的導讀〈台灣女人的命運：《憤怒的白鴿》的隨想〉中所言：「它或許是一種起點，一個看女性歷史的開端」，有了開端，女性歷史的建構就開始有了輪廓，開始真實而有血肉的存在。這也是周芬伶因收集口述歷史而對「女性階級」問題思考的開始，轉而在文本中不斷地探討「女性」議題，並目前仍繼續帶領著學生做口述歷史的原因。

第三節　近年學術著作中的文學觀

是作家也是研究者的周芬伶，將七、八年來的文學研究成果收錄在《芳香的祕教：性別、愛欲、自傳書寫論述》，謙虛的說沒有越寫越好，只能說斷斷續續的成果，認為系統較為完整，也有歷史脈絡的是《聖與魔：台灣戰後小說的心靈圖像 1945－2006》。

《芳香的祕教：性別、愛欲、自傳書寫論述》，大多為周芬伶發表於學術研討會及期刊的單篇研究，主題較為零散，正如其所言「斷斷續續」，但可考察周芬伶階段性的文學理念。《聖與魔：台灣戰後小說的心靈圖像 1945－2006》，周芬伶設定為「台灣」、戰後「一九四五至二〇〇六年」間以「心靈」主題的小說為研究脈絡，方向一貫。故兩本書論以下分開討論：

一、《芳香的祕教：性別、愛欲、自傳書寫論述》

《芳香的祕教：性別、愛欲、自傳書寫論述》，此書收錄了九篇論文：〈龍瑛宗與其女性描寫〉、〈龍瑛宗與杜南遠的自傳書寫〉、〈迷走《忠孝公園》：陳映真近期小說的女性缺位〉、〈移民女作家的困與逃：張愛玲的〈浮花浪蕊〉與聶華苓《桑青與桃紅》的離散書寫與空間隱喻〉、〈夢之華：張秀亞詩小說與散文詩的文體實驗〉、〈戰慄之歌：趙滋蕃小說《半下流社會》與《重生島》的流放主題與離散書寫〉、〈讀人如讀史：口述歷史與作家傳記研究〉、〈芳香的祕教：張愛玲與女同書寫〉、〈邱妙津的死亡行動美學與書寫〉，詳細研究內容與周芬伶書寫傳記的背後意義，筆者詳列於附錄五。

從附錄五的詳細歸納與整理中，筆者結論出幾個方向來看周芬伶近年的研究：

第一，從女性觀點出發。〈龍瑛宗與其女性描寫〉及〈迷走《忠孝公園》——陳映真近期小說的女性缺位〉，周芬伶以女性的視角來看男作家的文本，龍瑛宗敏感、細膩的陰性筆觸與陳映真近年的女性缺位形成對比，恰可呈現周芬伶近年致力以「陰性書寫」消解父權二元對立的文學觀。

第二，傳記的研究。〈龍瑛宗與杜南遠的自傳書寫〉和〈讀人如讀史：口述歷史與作家傳記研究〉的理念上，周芬伶認為作家研究需建立在傳記與美學這兩個基礎上，作為文學史研究的補充。而傳記又需在自傳書寫與傳記中雙軌進行。周芬伶特別重視傳記部分的「年表」及田野調查的口述資料，於是形成她在性別／傳記／心理／美學的主題上的關注與書寫。這也是周芬伶關注台灣文學史的部分。

第三，離散主題。〈移民女作家的困與逃：張愛玲的〈浮花浪蕊〉與聶華苓《桑青與桃紅》的離散書寫與空間隱喻〉與〈戰慄之歌：趙滋蕃小說《半下流社會》與《重生島》的流放主題與離散書寫〉兩篇顯示離散與認同有關。薩依德的移民論，讓流離失所的靈魂在重重限制下的種族、地域、文化、階級中被放逐，形成不斷「回歸的漂泊」，以此來看周芬伶文本中如蜻蛉無家的女性，亦擺盪在「離散」的主題上。

第四，越界的美學觀。〈夢之華：張秀亞詩小說與散文詩的文體實驗〉、〈芳香的祕教：張愛玲與女同書寫〉、〈邱妙津的死亡行動美學與書寫〉，三篇關照面頗廣，張秀亞的文體越界；張愛玲的性別越界；邱妙津的書寫與行動越界，開啟下一世界女性文學的新視野。

周芬伶的研究傳達了她階段性的文學觀，文學觀影響了文本創作，從上述看來她這七、八年來的小說研究，主題雖非一致，但隱隱其實有一共同意念，和創作一樣，做著越界與挑戰努力的方向。

二、《聖與魔：台灣戰後小說的心靈圖像 1945－2006》

新世紀的來臨，文學史不斷地在論述中產生修正，「大中國」意識已然崩解，以「台灣」重現歷史面貌的文學史新起一時，以「女性」視角介入文學脈絡者也漸露頭角。然周芬伶《聖與魔：台灣戰後小說的心靈圖像 1945－2006》卻以她獨特的史觀──「心靈」為出發點，為一九四五至二〇〇六年的台灣建立一套「心靈文學史」的脈絡，別具一格，企圖心宏大，其每個章節都可以依此為基礎做更深入的探討，周芬伶於此書中特別偏重幽黯扭曲的心靈，舞鶴、七等生、駱以軍、白先勇、陳映真等，呈現了有別於傳統小說史的邊緣視野。

周芬伶在此書的〈序言〉中說，目前台灣文學史研究以歷史研究與政治文化角度切入為多，都是傾向文學的外緣研究，對美學、傳記與作品內在研究較為缺乏，因而缺少作品的靈魂，傳記與美學不能脫離作者，所謂「作者已死」就等於使研究失去了生命線，故周芬伶提倡文學史的撰寫不能脫離作者本身及其美學建構。另「台灣」在多重邊緣的歷史角度上，其多角「離散」的形成，周芬伶以「心靈」為探討，也顯現了建立自我主體性的歷程。

傳記與美學研究上，周芬伶以「回歸作者中心」的意圖頗大，尤其是自傳書寫與傳記的雙軌研究，她企望讓研究多一點「人味」，少一點機械理論操作。至於同時是創作者與研究者的身分，她認為創作要越早越好，研究則有一點年齡的成熟度更為恰當，研究並非自比，寄託的成分要多一些。周芬伶說她的研究精神受王國維影響，尤以「文學的心靈與思想深度」為要，美學則重「神韻」，一流的作品皆以「血」書寫之，文學的血肉形體皆具。西方學者薩依德與傅科將知識的考掘回歸研究者本體，影響周芬伶找回研究的主體性，也找到關懷點，因而打破研究者與創作者的對立與分裂，形成理論與敘述主體相契合的通關。

《聖與魔：台灣戰後小說的心靈圖像 1945－2006》此書共分十二章，筆者將其分為五類，茲列如下：

分類	心靈小說特色（內容摘要）	文學背景與代表人物
宗教小說	戰後小說，由五〇年代宗教小說談起較為清晰，其時基督教天主教小說，對於聖境的追求極為激切，也許是現實的逃避或者是理想的寄託，而祈求「救主」的到來，那時小說家的角色或化為「聖女」（如張秀亞），或牧師（如趙滋蕃），皆為聖靈感召的聖徒，在此基督天主教是追求「他救」的宗教，後來佛教日盛，佛化文學興起，這是人心由「他救」轉向「自救」的徵兆。（頁 16）	1. 聖徒小說 張秀亞將「聖女」與「詩人」的意象重疊，以自身的體驗證明聖道之可尋。趙滋蕃提出「廣」與「愛」，讓流離失所的人，得到心靈庇護。朱西甯提出魔道與聖道的衝突，而「寬恕」與「愛」是唯一的救贖。張曉風將基督教義與儒道思想結合，讓天上的義行在人間，並指出人類的原罪與愚昧。（以上頁 55） 2. 內省小說 戰後第一代作家，親身經歷儒家與基督教交融的蔣家思想，具強烈的宗教情懷與懷疑精神，質疑宗教存在的黑洞，回歸以人為中心的思想，如張系國較接近人文主義，王文興回歸傳統人文主義，陳映真是左翼知識分子代表，七等生則是新時代思想的先聲。（頁 93） 3. 佛化小說 蕭麗紅的佛理小說，男女主角皆有光明磊落的胸襟，及對人世的大信大愛；東年以小說之筆詮釋佛理，論及人生因緣與情感迷悟；陳若曦書寫宗教女性的困境，肯定出家入世的精神。（頁 170-196）
鄉土小說	進入六、七〇年代，鄉土小說家成為「道德」與「良知」的代言，其時，小說家神化「土地」，「美化」鄉土小人物，成為新的「造神」運動，解	1. 鄉土小說 台灣二、三〇年代的殖民地與反殖民小說，為文學近程上的第一高峰，在社會的「總體感」表現最好，強調個別的事物不是完全孤立與自律的，必須透過社會的唯物辯證史觀來瞭解，因此要求社會透過「革命」達到進化，代表人物為賴和、楊逵、呂赫

	嚴後，虛構與謊言比鄰，沒有真理，沒有神祇，文學也進入心靈的晦暗期。（頁 16）	若、楊華等。第二高峰為六、七〇年代的鄉土小說，沒有前輩的「激切」，然「改革」的願望相當明顯，如黃春明小說中的悲憫與「卑鄙」、王禎和小說的嘲諷技巧與語言劇場、王拓在小說家中扮演理論與戰將的角色，他們的貢獻在人物的典型上特別卓越。（頁 98-117） 2. 後鄉土小說 鄉土論戰後，「鄉土」轉為「本土」，它一方面朝更典型的寫實主義邁進，一方面結合現代主義技巧而成新鄉土，於是在八〇年代形成實錄與虛構，嚴肅和通俗，鄉土和現代，主流和非主流的競逐。如李喬《寒夜三部曲》建構客家文學的史觀；東方白《浪淘沙》以漢人為中心建構台灣主體；呂則之《澎湖三部曲》延伸至離島的建構；楊照以《黯魂》、《暗夜迷巷》側寫二二八與白色恐怖；林燿德以《一九四七．高沙百合》改寫台灣歷史；李昂的《迷園》交織兩性情戲與台灣政治歷史；王幼華《土地與靈魂》、《東魚國戰記》批判現實政治的虛妄與漢人的沙文主義；周芬伶《影子情人》、陳玉慧《海神家族》以女性的觀點建構父權中心的史觀。（頁 120-121） 3. 後設與魔幻小說 魔幻寫實與後設小說追求的是美學與存在的真相。以虛構與謊言與真相交織，以懷疑取代悲憫，在諧擬與框架與遊戲間反映了後設小說的不定與懷疑精神。創造時空穿梭的新悲劇英雄，興起都會小說與後現代美學，但路途似乎艱難。林燿德英年早逝、黃凡輟筆十年後再出發已不復當年銳利、張啟疆作品不多、剩張大春獨扛大旗。但他們影響了舞鶴與童偉格跳脫傳統鄉土寫實，在美學上顯現前衛的姿態。（頁 200-216）
頹廢小說	世紀末的頹廢，造就一批「新遺民」與「後殖民」，小說家自況為「荒人」、「無用之人」、「廢人」、「人渣」，小說家自我毀容與自厭自棄達到頂點。（頁 16）	1. 張派小說 民國以來，偏向魔性探討的文學以魯迅、張愛玲為代表；這一條文學生命線的影響頗為深遠，不寫人性光明面而寫人性黑暗面。魯迅不講禪，但禪機時時顯露；張愛玲仙氣與鬼氣交加的文學來自禪；胡蘭成將儒道禪三體融一，奉張愛玲為教主，影響了朱天文、朱天心姐妹。「三三」的朱天文、朱天心她們東西縱走，上天入地求索，要逃避的正是認同台灣這塊

		土地，或者說是超越這塊土地，造成書寫與心靈的張力，外在是極度瑣碎，抓住現實細節；內在是逃亡與浪遊，不著地的心靈探求，種種烏托邦、淨土、都受胡蘭成亡命哲學影響，朱天文以「荒人」自許，朱天心以「漫遊者」命名。林俊穎以「善女人與阿修羅」的迷亂書寫充滿倫理暗示，將純情化為激憤。（頁138-167） 2. 頹廢小說 從舞鶴〈拾骨〉到駱以軍〈運屍人〉、童偉格〈無傷時代〉，寫的都是死物與怪物的世界，而且以自我的心靈獨白出發，不管是舞鶴的「無用」說，駱以軍的「人渣」學，或是童偉格的「廢物」論，在一個威權崩塌，他們自稱在邊緣游走，自毀的傾向相當明顯，彷佛回到原我的狀態。（頁246-274）
女性小說	台灣女性文學的發展分為四期：一、以控訴父權對女性的壓迫，二、改寫男尊女卑的歷史，三、建構以女性為中心的歷史觀，四、開創獨特的女性書寫與美學。	1. 第一個高峰期以大陸來台女作家為主，以男性理想的女性形象出現，如林海音、郭良蕙、羅蘭、琦君、潘人木、孟瑤……。 2. 六〇年代至七〇年代受到西方現代主義思潮影響，女性的個性與自我受到強調，如陳若曦、歐陽子、施叔青、叢甦……。 3. 解嚴後李昂、蘇偉貞、朱天文、朱天心寫出女性小說的多樣化。 4. 九〇年代後，邱妙津、洪凌、陳雪的女同宣言，成英姝展現的女性困境，平路、李昂、郝譽翔、張惠菁在國族與家族史上多有成績。（頁220-243）
聖境小說	二〇〇〇年，失序的狀態不亞於戰亂，部落格時代來臨，文學形態勢必再做調整，宗教團體救苦救難的精神吸引大批信徒，新世紀的文學期待一個「和平時代」、「賢明時代」的開始，那時將有新的神祇誕生，並歌詠青春與愛情。（頁16）	也許新世紀的作家更能感受內在的神性，他們或涉及一「發光靈體」的追尋，如李渝的白鶴、金佛、金絲猿；阮慶岳的天使論；張惠菁的死亡寓言；朱西甯的天啟之追尋，都可以看出濃厚的救贖意味，以及千禧迷狂。（頁278-308）

《聖與魔：台灣戰後小說的心靈圖像 1945－2006》選取文本的角度，無疑非屬主流，然而周芬伶在每一種小說中先溯及源頭，進而開展，闡述影響，以求整個文學脈絡連貫。每個題目都很大，周芬伶能以清晰的條理提述重點，推究到「心靈書寫」的主題上，實屬不易，這個記錄，顯示出周芬伶在新世紀初所關注的——「回歸作者心中的渴」。因為「渴」，每個世代的作者寫出了人類最基本的需求，形成時代之聲。從周芬伶選出的作者來看，發現她特別注意到那些邊緣的、畸零的、放逐的、原罪的、左翼的、救贖的、懷疑的、魔幻的、前衛的、女性的「渴」，這與她的文學理念與創作方向相符。如，在宗教小說中她推崇張秀亞、張曉風的「聖女」形象帶給讀者光明；也讚揚趙滋蕃、七等生能以惡之華關注到底層的餓靈。在鄉土小說中，讚賞李喬、東方白的大歷史敘述，也觀察到舞鶴、童偉格「頹廢／前衛」的美學。她認為女性小說的變貌，已開啟性別／文體越界的「渴」能，但男性作家卻從「無用論」、「廢人論」到「後遺民書」，喧囂荒廢時代虛無的「渴」，顯露的卻是無能的「自私」感。

周芬伶在《聖與魔：台灣戰後小說的心靈圖像 1945－2006》第一章〈心靈的歷史〉中，認為心靈的規律即文學的規律，盛極而衰，物極必反，當分裂已無可分裂，我們要求的不是虛空，而是整合，找回完整的自我，故末預言，未來將是聖境小說的到來，人們將在神祇、青春與愛情的歌詠中獲得「心靈」的「解渴」。小說是人類生活的歷史，也是心靈的歷史，所以，小說的誕生正是和諧性消解之際。而周芬伶企圖在本書集中建構小說多元的「心靈歷史」，以對抗無處不在的敵人（歷史）。人類追求幸福必須仰賴心靈的覺醒，靈性的復興只能說是科學與宗教，聖與魔的和解。她說：

> 光明與黑暗，心靈與物質對峙，聖與魔合體，「心靈」在這個世紀舞台恐怕是主角。（《聖與魔：台灣戰後小說的心靈圖像 1945－2006》：9）

故此書點出目前台灣社會的亂象，秩序的大崩解，人們心靈的失序，作家在作品中反映出「時代」、反應出「情感」。周芬伶採用心靈觀照與印象批評法為主，心理與神話批評為輔；從宗教、哲學、心理學的角度出發，以補足小說形而上的討論，是為探尋現代小說家的心靈歷史。並預言未來文學的走向，已朝著有關「道德／教養／品格」良知的論戰出發，是一種「渴求超越與神性」的呼聲，一種人心徬徨尋找光明的心靈圖像。而作為一個小說評論家的道德觀必須宏大，能體察出「作家真實傳達一個時代的重要價值與小說美學觀」最為重要，周芬伶看小說的觀點，像搜集了許多碎瓷片，拼成另一尊寶相尊嚴的神祇，《聖與魔：台灣戰後小說的心靈圖像 1945－2006》迥異於傳統小說史家的取材，是別具隻眼，慧心獨具之作。

第四節　小結

周芬伶從文本中的序和跋顯現其書寫的觀念首為「真誠」，她從「單純天真」出發，讓人在文本中醇飲天真明朗如兒童的本質；她直探「自我靈魂」，將文學從人類的靈魂中提煉，建構自我的生命價值；她的「挑戰」精神，讓她不斷在書寫中突破自我，欲求「前衛」；她以「女性觀點」補充男性視野，所以特別重視女性的生活空間與心靈意識的傳達；形成以「作者為中心」，並兼顧「美學」與「生命」的文學觀。

第六章　結論

周芬伶早期出身中文系，書寫總為繞著自身的所見所聞，與之同期發表散文的女作家有林文月、曾麗華、張曼娟、張曉風、洪素麗、廖玉蕙、簡媜等，一路而下，目前林文月以飲食散文稱著；張曉風歷經散文寫作三期變，逐漸含蓄蘊藉；曾麗華處於停筆狀態；洪素麗的自然散文啟發了後起的生活散文；廖玉蕙在熱鬧人生的戲劇中活出嫵媚；張曼娟在大眾文學與嚴肅創作中找到一片天；簡媜從性別意識到母職省思再到家國書寫，昔日的中文系女作家在今日各走出自己的路，在書寫主題上與周芬伶同具重要性的要算簡媜了：相同的中文系出身、具有女性意識、力求多變的實驗文體、充滿母性掙扎與家國的迷惘，可謂九〇年代獨領風騷的散文女作家，是散文的經典。但仔細劃分，周芬伶的生命歷程似乎為她帶來質變的主要因素，因而周芬伶的散文之書有了「血」的顏色，簡媜則較在散文的「形」上發光。

近年來盛行的女性家／國族書寫，與周芬伶並列的有鍾文音、利格拉樂．阿𡠄、簡媜、陳玉慧、郝譽翔，同樣是女性意識的身世探索、同樣欲以女性觀點打破男性史家的「大敘述」，郝譽翔的《逆旅》就顯得「以父之名」，以外省第二代的凝視，追尋父親在中國大陸的原鄉情懷；利格拉樂．阿𡠄則處於原住民女性的獨特書寫位置，或代表著漢文化之下的更底層的女性聲音；陳玉慧的《海神家族》描寫著從日據時代至今母女三代的台灣認同的故事，其與周芬伶《影子情人》的背景極為接近，敘述的手法也頗為相近的以「去中心」為結構，但長年旅居國外的陳玉慧與其說追尋母體的認同，無寧說她在拼貼對父親的缺位，就這一點來看便與周芬伶有很大的出入。周芬伶的本土性與母體（女性）認同中所加入的酷兒理論，大大的拉開了與上列的女性作家的同質性。值得一提的是，同樣以散文建構家族書寫的鍾文音，其《昨日重現──物件和影像的家族史》以老照片重現家族歷史的光影，與周芬伶文本相同的有：母親形象壯碩、主角與父親之間的關係有著沉默的距離。周芬伶在《戀物人語》封面也有一幀家族照，訴說著女性的細瑣紛繁，然周芬伶的「詠物」讓記憶的流逝、人情的離別全都寄託在「物」上，餘情裊裊；鍾文音則以物來顯見歷史，以鏡頭重現當時的味道，她與周芬伶不同的是，周芬伶企圖「隱匿」，鍾文音則更注重影象的重構，以照片真實的呈現整個家族與歷史的氛圍。

周芬伶近來以性／別、文類越界書寫，甚至以散文涉及身體／情慾書寫，在《影子情人》自序中有很好的註解：文中她雖然與西蘇一般認為「陰性書寫」並非女性獨有，但女性的曲折往復、隱匿性、分裂性，男性只有同性戀者較為「接近」，卻缺乏女性的清朗柔媚。而異性戀的陰性書寫仍被父權框架，站在矛盾嗚咽抗拒的邊緣，如張愛玲；同性戀的陰性書寫，男性則被拋棄於國度之外，如《寂寞之井》；雙性戀的陰性書寫，則如離群索居，孤獨中的孤獨，如維吉尼亞・吳爾芙。所以周芬伶認為「陰性書寫」仍然要以「女性」書寫才能散發女性的陰性、多元，此處她跳脫了西蘇的矛盾，增強了女性應該書寫女性的獨特性。而周芬伶也看出了散文的侷限性，亦如女性的地位一般，她說：「散文是一種失落的文體。」而周芬伶文本中的女性則是失落的人類，需要從不斷地分裂中找尋自我的主體性。散文亦然，跨文類就成為突破的手段。女性要突破的是父權的框架；散文要突破的亦是父權「道德」的框架，這與散文的紀實性有關。散文的「我」為第一敘述觀點，若脫離了「我」，則歸類於小說，如此形成了「紀實與虛構」的論戰，周芬伶的「越界觀」即以「虛／實交構」的散文越界與性別越界，來達到一體兩面「創造新空間」的策略。昔人以「文心雕龍」喻之散文的「文以載道」，時至今日所謂的「文心」，顏崑陽在〈現代散文長河中的一段風景：寫在《九十二年散文選》之前〉中這樣說：「是一種對宇宙人生現象洞察、詮釋、批判、感覺、想像而創獲獨見的意義或意象，並能運用靈活的敘述形式與精美的修辭表現出來的心靈能力；散文作品的『文學性』就是依靠這種心靈能力所創獲的內容和形式去具現。」一筆劃開了現今對散文的「紀實」要求，而創作的「想像虛構」原本就是所有文學的基石，即便虛構的小說也有現實中「紀實」的經驗為藍圖，更遑論紀實的散文也會有作者「虛構」的想像為旁枝。

至此，可以看出周芬伶在文壇中以「中生代學院派／本土性家族／散文性別／情慾」書寫，特立於女散文作家中。少有作家的書寫風格可以如此多變，周芬伶卻在新舊交融中創造出多樣貌的散文書寫，在不同階段勇於蛻變，她擺脫的不是同質性的創作，是向自己挑戰，一再的解構再建構。這樣不斷突破的實驗與堅持不輟的實踐，在文學之路已綻放出綺麗的花朵。尤其「散文越界」的手法，雖然早在八〇年代即成泛論，但將此轉換成文學的觀念卻並不多見。周芬伶的越界觀已走向殊異的性別／情慾／身體書寫，以挖掘心靈幽暗痛苦的意識對比出光明華美的純善，所散發的虛構與真實的交混文體，令人不易歸類，也讓許多越界的文體走向散文的新紀元。同樣地，多元的身分讓周芬伶對文學有一套自我的視野與專業角度，在文學獎的評定、學術著述與教學的位置上，她以過來人的經驗提攜後進，傳達理念，帶領學生做口述歷史與文學研究，對於文學傳承不遺餘力。

周芬伶的書寫，在個人／家庭／學校／社會／國際，皆有她獨特的女性見解，雖然文本充滿著「女性意識」，但她反而更以女性的陰柔來闡述一個具有開放性的女性位處於父權籠罩陰影下的種種困頓與壓迫。在「女性主義」階段的周芬伶，一開始呈現出一種

「天真、清新、孤絕、冷靜」的本色，代表作如《絕美》、《花房之歌》、《閣樓上的女子》、《戀物人語》。接著她因接觸婦運與採訪二二八婦女因而逐漸向左靠攏，一連串的失落感中引發她對父權的質疑與反抗，文本遂以兩性平等與女性意識張揚，如《女阿甘正傳》、《妹妹向左轉》、《熱夜》、《憤怒的白鴿：走過台灣百年歷史的女性》。隨著婚姻失敗、分居、與死神交手的經驗，她從生命中徹底醒悟，這股力量讓她能拋棄過去種種的道德束縛，面對真實的自己，一系列「自傳」文本，如《汝色》、《世界是薔薇的》、《浪子駭女》，處處碰撞著父權結構／散文的禁區／過去的形象，如此的大翻轉，周芬伶並非以虛構的小說瓦解體制，而是以「真誠」的散文敘述。隨即面對的是撻伐、懷疑、難堪。若非有十足的勇氣與篤定，是無法安然面對的。周芬伶選擇了錐心泣血的經驗「面對」，以大崩解之後的大建構，重新思考了「所謂女人」，以「新女性」的時代來臨，將男性社會、父權中心等意識形態當做論而不述的大前提，進而標榜女性的獨特性；以「真女人」的觀點向下探看女性成為「黑暗叢結」的歷史過程，如《影子情人》、《母系銀河》，男性的缺位或被閹割，女性的強悍與壯大，以上都是以「陰性書寫」做為回歸女性生命的自我反省、跨越框架與建立主體，並從母系細膩、反覆、愛與包容的闡述中對照父系體制。

周芬伶明言她只關注於女人，她不斷地在其生命歷程中追求「真理」，正如她從女性的邊緣出發，以女性的角度去思考「何謂真理」，這樣反覆辯證的結果使得周芬伶擅長透過邊緣人或客體的位置，以兩兩相對的方式凸顯出其中複雜曲折的難題。她的真理沒有標準答案，一切的答案都是兩物相對的差異結果，所以她的主體建構因為遭遇的大逆境才有大徹悟；她的家族書寫因為生命的大崩裂才有大光明；她的戀物書寫因為有過大揮霍才懂大物用。周芬伶亦言喜歡兒童本質的書寫，與西蘇一樣將書寫的現實與政治面推向「朦朧、神話、矛盾」的態度，將父權意識形態的衝突納置在前伊底帕斯期兒童的多變形態，周芬伶的「童話」觀，從《醜醜》、《藍裙子上的星星》、《小華麗在華麗小鎮》的童話包裝，至《妹妹向左轉》中白蛇傳、白雪公主、牛郎織女、小美人魚及睡美人等傳說、童話的改寫，侯文詠說「周芬伶不是要寫那種甜甜淡淡涼涼的兒童故事」，在每個文本下周芬伶都有一個主軸在運轉，故事背後的意義更甚於故事的精彩。但不可否認的是，周芬伶的童話觀讓文本散發出「兒童本質」——單純明朗，這與陰鬱、悲觀的散文不同，可以說是周芬伶一直在文本中所保有的個人魅力——「永遠的女兒性」，所以文本中母親彷彿永遠不老，主角處於一種女孩的期待與撒嬌；面對姊妹們永遠處於十八歲以前的女孩話；面對婚姻永遠處於新嫁娘「烹調天才」的浪漫與「出去走走」的天真。《仙人掌女人收藏書》中更展現了永遠天真的周芬伶。正因這股「天真」，周芬伶敢於挑戰世俗的道德眼光，活得理直氣壯、抬頭挺胸。她的「童話觀」亦為邊緣人塑造了理想國度，彷如童話故事的典型情節：跨越——遭遇——征服——歡慶，一個烏托邦的想像。雖然與西蘇「陰性書寫」的缺點一樣，缺乏「理性與現實」的考量及「男性缺位」，但其所創造的「越界觀」卻帶給台灣女性散文書寫嶄新的視野。

周芬伶從八〇年代的散文婉約風格走來，之後隨著人生的曲折乖迕與時代的變動，隱隱牽引出內心叛逆與挑戰的血液，在大凶險的生命中淬礪出晶瑩的琥珀光；在道德框架的散文中解構出奇瑰的虛妄花。她的散文以「私」出發，以自己的生活經歷／體驗為主軸，畫出其間的感痛知覺；以女性意識為經，懷疑和覺醒為緯，編織出前衛的「越界文學觀」，欲以文體越界及性別越界的書寫打破父權的結構與意識型態。她伸手抓取小說的故事情節，交揉出既古典又現代的書寫技巧，反映出女性的焦困與桎梏，塑造出一系列「雌雄同體」鮮明的女性形象：母親、大、小祖母、洪賽娥、ms 馬克斯、Eve、悠悠、九英、九雄、九陽、銀嬌……，她們與之卓文君、蔡琰、武則天、李冶、薛濤、魚玄機、慈禧、秋瑾……等同樣在時代中活出永恆。周芬伶融合戲劇的手法與詩的意象，以「意識流」的象徵寄託情感，從收藏癖到戀物癖，每一個物件包含著女人細膩的心思和記憶，「物」成為第二種「女人話」，是性別與潛意識的代言，是自我概念的形成；她的文論以女性之眼，探看文學之河，從「回歸作者中心」補白傳記與美學的女性的「空白之頁」，並實踐在其文本的創作與理論中；她的小說實驗手法強烈，展現散文的自由與後現代的跳脫、斷裂、迴復的多重形式；她的少年小說以「同理心」為引，探溯深層心理意識為主，以建構自我為中心，跳脫二元對立思維，朝女性自我實現的完形發展努力。

周芬伶向來不是搖旗吶喊的女性主義者，正如西蘇從不明言自己是女性主義者。她們同樣不受限在理論之中，但她們以創作與行動實踐為女性瘖啞發聲，她們都推崇從差異／多元中凸顯「女性特質」，並強調「另類雙性性慾質素」的開發性與包容性；她們都期待女人能從自我省思的核心中進而認同自己／掌握自己的身體／慾望；她們的策略都是具有變動性與不斷被重組的過程，以此來瓦解性別對立／文化霸權、鬆動父權二元的僵化思考。而近年來周芬伶更致力於台灣文學系統的整理，企圖歸納出屬於台灣文學的理論。她曾在《芳香的祕教：性別、愛欲、自傳書寫論述》序中說：「創作不能等，研究越成熟越好」，二〇〇七年的《聖與魔：台灣戰後小說的心靈圖像 1945－2006》即是她自認為系統完整也有歷史脈絡的文學理論。生命力與創作力如此旺盛的周芬伶、多元的創作與身分的周芬伶，其「陰性書寫」所持的「越界觀」站在台灣女性散文的點上已具有承先啟後的位置，她自謂「創作存有無限可能，女性追尋之路崎嶇難尋」（《影子情人》序：17），周芬伶正以跑萬米之姿迎向未來。於此，周芬伶在台灣文學史上至少可稱為：

1. 散文跨世代的作者。
2. 建構女性主體的實驗者。

3. 站在尖端前衛的創作者。

4. 勇於嘗試改變的挑戰者。

5. 研究與創作並行的力行者。

本書即以「台灣女性書寫」與「周芬伶在當今散文書寫的位置」研究為基點，首要著力之處是對周芬伶的書寫精神與文本做一較完整性的耙梳，分析歸納出其創作的理念與西蘇的「陰性書寫」相吻合之處有：

1. 雙性觀念；

2. 身體書寫；

3. 他者關懷；

4. 離散放逐的經驗入文；

5. 流動多變的文風與書寫；

6. 緊扣住「陰性書寫」精神並企圖顛覆父系社會霸權。

並以此為研究基礎對其透明自傳體、家族書寫、性／別書寫、戀物書寫的主題做詳盡的整理與分析，深入探求其「物的象徵」、「夢的寓言」所代表的精神層面；其「意識流」與「筆記式」書寫所形成的獨特形式；其「解構」延展出來的「越界」觀，創造出來的前衛書寫與文學理念。站在前人研究的基礎上，對周芬伶做更深入的、詳盡的探究，可視為目前周芬伶研究中有較完整脈絡與歷史進程的研究與補白。

其次，以周芬伶為樣本，做陰性書寫研究。作家隨著個人生活經歷的改變，形成截然不同的文風與書寫特質的過程，可視為一部獨立的演變史。以此觀察出八〇年代的女性散文家仍被父權桎梏，其書寫歷程發展與蕭華特在《她們自己的文學》所持的女性文學歷史相同，從「女人氣質的（feminine）」——「女性主義的（feminist）」——「女性的（female）」，女性文本總是具有雙重性的意涵，在一個「檯面上的文本」下隱藏著「未說出的文本」，「未說出的」才是女性作家「真正的文本」。而台灣散文女作家對女性意識的覺醒，似乎來得比小說與詩晚了許多，她們仍從模仿開始，以表現父權下的女性角色、尋求正典下的書寫並相應時代的潮流，有些女作家的書寫風格甚至一輩子未曾改變，停留在女人氣質的階段；有些女作家則具有強烈女性意識的「自覺」，在父權結構的體制中不斷地失落後，便開始質疑與反抗，繼而走出自己的形象與風格。筆者發現散文女作家大多不透過所謂的改革主義，她們只對權力最脆弱的地方進行策略性的局部打擊，形成多元的、複雜的、權宜的、策略的文本意涵。以此來看周芬伶的書寫策略無疑是「故意的」、「計畫的」甚至是「遊戲的」，就連出版的文類與時間也是頗具安排與互連一氣的故意／計畫／遊戲，如一九九六年的《熱夜》、《女阿甘正傳》、《妹妹向左轉》；二〇〇二年的《汝色》與《世界是薔薇的》；二〇〇三年的《影子情人》與《浪子駭女》；二〇〇六年的《紫蓮之歌》、《仙人掌女人收藏書》、《粉紅樓窗》、《芳香的祕教：性別、愛欲、自傳書寫》，這些同年所出版的文本以橫切面來看，可以互相參照、補充，散文未說出的可在小說裡表達；小說的細節與情緒可在散文中閱讀，至於某個階段的觀念與文學理論就可在雜文中或文學論述中印證了。

周芬伶陰性書寫中的「女性氣質」，在具有女性意識的作家創作中是揚棄或保留？結果令人意外的是，大多數的作家更以「頌讚」的角度推崇「女性的特質」，她們以直覺、細膩、瑣碎、敏感、往復、神經質、愛、耐心、感激、信任以及尊重差異、生命等，創造了多元、開放且具包容的世界，她們認同於這些被男性「貶抑」的女性「優點」，更認為這些優點對於創造平衡與和諧的世界具有關鍵的重要性。這樣的觀念影響到九〇年代以後的女性作家，她們以原有的女性心理特質或更以女性的生理特質：經血、妊娠、子宮、胸部或陰穴等來打造自我的定位；二〇〇〇年以後的新生女作家甚至以旅行、不婚、疾病、拜物、拼貼、暴露、同女、變性人……等或網路上千奇百怪的主題部落格來定位自我，直接跳脫了模仿男性結構中心的歷程，以五彩繽紛的方式為女性歷史留下定位。這無疑是新紀元的「女性書寫史觀」研究的創新點，二十一世紀的來臨，網路成為書寫的新區塊，部落格讓人人可以書寫、可以傳播，「作家」的再定義、時代影響文學的再出發，所謂的陰性書寫更具廣大延異的挑戰性，這些都需要研究者以更前瞻性的眼光去看待文學的脈絡。

另外，「戀物書寫」是最具女性特質的陰性書寫，通常它與性別、情慾、精神分析及馬克斯政治／霸權壓迫有關，在台灣散文研究中尚無相關論文的出現。本書以周芬伶的「戀物書寫」為基礎，來看女性如何以「物」來建構自我形象、收藏對女作家而言所具何義，以及女作家戀物意義轉換的情操如何，藉此分析出以時尚拜物與古物收藏為主題的文學性，提供後續研究者對女性戀物的另一視角。

囿於時間及能力，本書重點不在對女性主義或西方理論提出異見，只是試著引用外來觀點詮釋本土創作。西方理論以小說、詩、戲劇運用最為廣泛，加上現代科技與傳媒的發達，台灣學院的研究似乎不斷地在翻版西方文化藝術的進程，以「追隨者」的姿態遙遙相望世界的文學殿堂。台灣的散文發展因有中國傳統「散文」的脈絡，甚少可套用西方理論，故仍保有「文以載道」、「文如其人」的崇高道德感，兩方相互箝制的結果，「現代散文」研究要比小說與詩落後。「西方理論」對現代散文是助力或阻力？我們需要「理論」嗎？或者以文學觀來看，我們更需要一套屬於台灣的、具歷史脈絡的、邏輯性的現代散文理論。

另，本書未及詳論的尚有周芬伶其他散篇及戲劇、論述，不過這些作品卻成為筆者詮釋周芬伶的重要養分。

1.散文：一九八七年由林錫嘉、陳幸蕙、蕭蕭、吳鳴、陳煌及當時還用「沉靜」為筆名的周芬伶以同一個主題，六個人不同書寫的《六六集》；及一九九四年與栞涵魚雁往返的合集《百合雲梯》，這兩本書可以補充周芬伶的早期書寫。

2.少年小說：一九九一年的《醜醜》、一九九二年的《藍裙子上的星星》、一九九三年的《小華麗在華麗小鎮》，這三本書可共建周芬伶的少年文學觀。

3.研究論述：一九九六年的〈在豔異的空氣中：張愛玲的散文魅力〉、一九九七年的〈張愛玲小說的女性敘述〉、一九九九年的〈愛之憂鬱：論張愛玲《半生緣》〉及《豔異：張愛玲與中國文學》、二〇〇四年的〈反諷與倒寫〉、二〇〇五年的《孔雀藍調》及〈芳香的祕教：張愛玲與女同書寫〉、二〇〇六年〈移民女作家的困與逃：張愛玲的〈浮花浪蕊〉與聶華苓《桑青與桃紅》的離散書寫與空間隱喻〉，以上可做為「周芬伶對張愛玲研究」的研究。

4.劇本：《春天的我們》，周芬伶撰寫劇本，吳德淳導演，是講述許金玉的故事，由十三月劇團於二〇〇一年七月六日至七月八日在華山藝文特區表演。這是周芬伶第一本大型公開演出的劇本，可與曾改拍為連續劇的《藍裙子上的星星》，及其一九八三年至二〇〇一年的劇團時期共同做為周芬伶戲劇的補充資料。

本書以年表、記事做為第二章〈周芬伶的生命歷程〉敘述，而不以與作家面對面訪談作為理解重點，希望能呈現客觀評論的本質。周芬伶曾說她心嚮往左派，又接觸八〇年代的婦運及在做口述中了解二二八婦女的遭遇，台灣婦運對周芬伶文學的影響如何？這倒是可再作深入探討，而本書未暇旁及的。

更重要的是，「周芬伶研究」才剛啟航，本書第三、四、五章的研究成果，將是提供研究周芬伶的後繼者的一個參考點。回顧整個研究過程，周芬伶的「回歸作者中心」，一直是影響本書脈絡發展的「基準點」，從研究周芬伶的歷史文獻中發現，大多評論者皆以《熱夜》與《汝色》作為周芬伶「散文變」的兩個關鍵點，並視作前後期書寫的對照——「光明華美」／「陰暗歧異」，對其「妖女」／「巫力」過於妖魔化，進而對其「同性戀」的書寫解讀為「厭憎男性」的性別轉向，以「母系銀河」推向最後的書寫。「解構」與「作者已死」，引用大量的理論解剖文本，往往忽略了作者以「良善」為書寫的最初，以尋找「生命」為終極關懷。本書以「真誠」出發，論述周芬伶「家族書寫」的部分，強調周芬伶實以「母系」做為「父系」的參看，以「愛」做為「缺憾」的彌補；「性／別書寫」的部分，觀察到周芬伶從「女性觀點」著眼，期待達到性別特質的「平衡」，便不涉及同性戀論述；「戀物書寫」的部分，將周芬伶的戀物昇華到去我執的愛物境界，非耽溺的物質沉淪，以上在在將周芬伶文本中強調的「黑色血液／雌雄同體／越界」做最詳盡的分析。拉遠來看都是周芬伶「陰性書寫」的策略、文字風格的求新求變，其文本背後擁有強大、未說出的「生命力／美學／光明」力量，筆者將之視為周芬伶以「女子」命名的「巫力」，具有平衡世界的魔力。

在生命中，命運之神給了周芬伶不一樣的道路，面對親人／婚姻的離散之後，與其「耽溺自毀」不如選擇「勇敢面對」。周芬伶甚至因為在散文中將「家醜外揚」，因而引起親人的責難與社會「道德」的撻伐。當他人戲稱周芬伶「自傳體」書寫成「暴露狂」時，周芬伶也僅以淡然一笑，「金風體露」，這是何等氣度？我見到了她的「大解脫」，外柔內剛的周芬伶，將其「生活禪學」投射在一個個「雌雄同體」的自在女子身上，面對生命的打擊，展露了堅強的一面，她甚至自嘲的說：「我的婚姻發生問題，感覺上是個悲劇，可對我在創作上卻是個喜劇。」有幾個女作家能有如此的大割捨？乖違的挫折反而激發她創作的才華，近年以驚人的速度創作出版，成績優異，見解獨特，由此可以看出她的潛力。創作與研究都需要「孤獨」，越孤獨越能探觸到自己心底層的聲音，一種純淨無雜質的感應，將這種感應化為文字才能受到感動。先能感動自己才能感動別人，她的自傳體書寫讓人看到了「血」的顏色。

談到張愛玲研究，周芬伶有其重要的地位，這兩個不同年代的女子，因著研究與被研究冥冥中牽連在一起，本書以「巧然的命運安排」做為研究的另類出發，探討的是研究與被研究的關係，以此推衍周芬伶說「我不是張派」的意涵，結論是一種「超越」的反應。在一片「張派」、「三三」、「胡言」之浪潮中，八〇年代走來的周芬伶顯然不願附麗他人。這與她的個性有關，正如她給人古典／時尚、柔婉／剛強、保守／前衛、懶散／愛美的矛盾混融感覺；正如她研究張愛玲從「女性關懷」出發，論述台灣小說史以「心靈」為主旨一樣，她要的是「與眾不同」的獨特視角。張愛玲最後走向「孤獨／自閉」，愛情給她救贖，婚姻卻淹沒她的天才；周芬伶的天分卻因孤獨而馳騁，成功的文學家，以生命書寫文學，張愛玲／周芬伶因書寫生命，讓文本更顯得「傳奇」。

最後，本書的撰述結果，筆者希望藉周芬伶的生命及其創作歷程來檢視其寫作的轉折，在不同的時期中受到哪些不同的影響，及在不同的影響中她所展現的獨特意義。這樣的意義作為樣本，筆者希冀在未來能延伸出更深廣的研究，置放在文學研究的橫切面，可以做每個年代中以散文做為陰性書寫的作家圖像參照；在縱切面上，可以釐清台灣陰性書寫的歷史脈絡。微觀上，本書以周芬伶文本中所產生的共鳴，探究出女性的渴望與投射，了解女性理性與感性軌跡；巨觀中，本書可與相關聯的陰性書寫做統合研究並與陽性書寫的參照；女性散文可做男性散文的參照；家族書寫可做家國書寫的參照；性別書寫可做異性戀／同性戀／雙性戀／另類性慾書寫的參照；戀物書寫可做拜物／政治／精神分析的參照，進而拼成台灣散文寫作巨幅中的一片。

本書於文學研究的位置，只是文學洪流的一個小點，企圖以《周芬伶論——從「閨秀」到「越界」書寫》承接八〇年代的女性散文之風，下接後現代女性散文陰性書寫研究之窗。在此借用兩位對本書影響深刻的女性的話，張瑞芬說：「台灣女性散文研究是邊緣中的邊緣」，周芬伶則說：「我要建立一個女性的王國」，兩相對應，一方面說明了女性散文研究的是塊開發未成熟之地；另一方面正是預告了未來女性書寫多樣化的世代的來臨。

參考文獻

一、中文文獻

1. 王德威，《如何現代，怎樣文學：19、20 世紀中文小說新論》，台北：麥田，1998 年。
2. 王德威，《眾聲喧嘩以後：點評當代中文小說》，台北：麥田，2001 年。
3. 王德威，《跨世紀風華：當代小說 20 家》，臺北：麥田，2002 年。
4. 王壘，《夢的解析者・佛洛依德》，台北：旭昇，1999 年。
5. 朱敬先，《教育心理學》，台北：五南，1997 年。
6. 朱天文，《荒人手記》，台北：時報，1997 年。
7. 伍寶珠，《從反思到反叛：八、九零年代台灣女性主義小說探究》，台北：大安，2001 年。
8. 朱雙一，《戰後台灣新世代文學論》，台北：揚智，2002 年 2 月。
9. 余光中，《焚鶴人》，台北：藍星，1972 年。
10. 余光中，《逍遙遊》，台北：時報，1984 年。
11. 李豐楙，《中國現代散文選析 2》，台北：長安，1992 年。
12. 呂正惠，《殖民地的傷痕：臺灣文學問題》，台北：人間，2002 年。
13. 李癸雲，《朦朧、清明與流動：論台灣現代女性詩作中的女性主體》，台北：萬卷樓，2002 年 5 月。
14. 李昂，《花間迷情》，台北：大塊，2005 年。
15. 李欣頻，《戀物百科全書》，台北：東觀，2005 年。
16. 林文月，《遙遠》，台北：洪範，1981 年。
17. 邱妙津，《鱷魚手記》，台北：時報，1994。
18. 邱妙津，《蒙馬特遺書》，台北：聯合文學，1996。
19. 周慶華，《台灣文學與「台灣文學」》，台北：生智，1997 年 8 月。
20. 邱貴芬，《仲介台灣・女人：後殖民女性觀點的台灣閱讀》，台北：元尊，1997 年 9 月 1 日。

21. 邱貴芬，《日據以來台灣女作家小說選讀》，台北：女書，2001 年。
22. 林丹婭，《當代中國女性文學史論》，廈門：廈門大學，2003 年 3 月。
23. 洪素麗，《十年散記》，台北：時報，1981 年。
24. 郝譽翔，《逆旅》，台北：聯合，2000 年。
25. 郝譽翔，《情慾世紀末》，台北：聯合，2002 年。
26. 唐荷，《女性主義文學理論》，台北：揚智，2003 年 2 月。
27. 張健，《張愛玲的小說世界》，台北：學生書局，1984 年。
28. 張愛玲，《流言》，台北：皇冠，1982 年。
29. 張愛玲，《傾城之戀》，台北：皇冠，1997 年。
30. 張曼娟，《緣起不滅》，台北：皇冠，1988 年。
31. 張小虹，《性別越界：女性主義文學理論與批評》，台北：聯合，1995 年 3 月。
32. 張小虹，《慾望新地圖》，台北：聯合，1996 年 10 月。
33. 張小虹，《情慾微物論》，台北：聯合，1999 年。
34. 張小虹，《在百貨公司遇見狼》，台北：聯合，2002 年。
35. 陳雪，《惡女書》，台北：平氏，1995 年 9 月。
36. 陳雪，《惡魔的女兒》，台北：平氏，1999 年。
37. 陳雪，《橋上的孩子》，台北：平氏，2004 年。
38. 陳義芝主編，《1978～1998 臺灣文學二十年集（二）散文二十家》，台北：九歌，1998 年。
39. 陳芳明，《深山夜讀》，台北：聯合，2001 年 3 月。
40. 陳芳明，《後殖民臺灣：文學史論及其周邊：essays on Taiwanese literary history and beyond》，台北：麥田，2002 年。
41. 陳芳明，《殖民地摩登：現代性與臺灣史觀：historical and literary perspectives on Taiwan》，台北：麥田，2004 年。
42. 張誦聖，《文學場域的變遷》，台北：聯合，2001 年 6 月。
43. 范銘如，《眾裡尋她：台灣女性小說縱論》，台北：麥田，2002 年。
44. 張瑞芬，《未竟的探訪：瞭望文學新版圖》，台北：麥田，2002 年。
45. 張瑞芬，《五十年來臺灣女性散文：評論篇》，台北：麥田，2006 年。
46. 張瑞芬，《台灣當代女性散文史論》，台北：麥田，2007 年。
47. 張瑞芬，《狩獵月光：當代文學及散文論評》，台北：聯合，2007 年。
48. 張大春，《聆聽父親》，台北：時報，2003 年。
49. 陳玉慧，《海神家族》，台北：印刻，2004 年。

50. 梅家伶，《性別，還是家國？五〇與八、九〇年代台灣小說論》，台北：麥田，2004 年 9 月。
51. 曾麗華，《流過的季節》，台北：洪範，1987 年。
52. 曾麗華，《旅途冰涼》，台北：洪範，2001 年。
53. 楊牧，《文學知識》，台北：洪範，1975 年。
54. 楊大春，《解構理論》，台北：揚智，1994 年。
55. 鹿憶鹿，《走看台灣九〇年代的散文》，台北：學生，1998 年 4 月。
56. 楊錦郁，《嚴肅的遊戲：當代文藝訪談錄》，台北：三民，1994 年。
57. 楊容，《解構思考》，台北：商鼎，2002 年。
58. 廖玉蕙，《閒情》，台北：圓神，1986 年。
59. 廖玉蕙，《讓我說個故事給你們聽》，台北：九歌，2000 年。
60. 趙滋蕃，《文學原理》，台北：東大，1988 年 3 月。
61. 蔡源煌，《從浪漫主義到後現代主義》，台北：雅典，1990 年 7 月。
62. 廖炳惠，《關鍵詞 200》，台北：麥田，2003 年 9 月。
63. 鄭明娳，《現代散文縱橫論》，台北：長安，1986 年 10 月。
64. 鄭明娳，《現代散文類型論》，台北：大安，1987 年 2 月。
65. 鄭明娳，《現代散文構成論》，台北：大安，1989 年 3 月。
66. 鄭明娳，《現代散文現象論》，台北：大安，1992 年 8 月。
67. 錢鍾書，《管錐篇》第三卌，香港：中華，1990 年。
68. 駱以軍，《月球姓氏》，台北：聯合，2000 年。
69. 簡媜，《水問》，台北：洪範，1985 年。
70. 簡媜，《月娘照眠床》，台北：洪範，1987 年。
71. 簡媜，《天涯海角：福爾摩沙抒情誌》，台北：聯合，2002 年。
72. 簡媜，《好一座浮島》，台北：洪範，2004 年。
73. 鍾文音，《寫給你的日記》，台北：大田，1999 年。
74. 鍾文音，《昨日重現》，台北：大田，2001 年。
75. 鍾怡雯，《我和我豢養的宇宙》，台北：聯合，2002 年。
76. 龔鵬程，《文學散步》，台北：漢光，1985 年 9 月。
77. 龔顯宗，《女性文學百家傳》，台南：真平，2001 年。

二、外文翻譯文獻

1. Simone de Beauvir（西蒙・波娃）著，陶鐵柱譯，《第二性》，台北：城邦，2000 年 11 月。
2. Chris Weedon（克莉絲・維登）著，白曉紅譯，《女性主義實踐與後結構主義理論》，台北：桂冠，1994 年 8 月。
3. Duane P.Schl 著，楊麗英譯，《現代心理學史》，台北：五南，2001 年。
4. Elizabeth Wright 著，楊久穎譯，《拉岡與後女性主義》台北：貓頭鷹，2002 年。
5. Freud Sigmund 著，楊紹剛譯，《佛洛依德之精神分析論》，台北：百善，2004 年。
6. GAYLE GREENE AND COPPELIA KAHN 編，陳引馳譯，《女性主義文學批評》，台北：駱駝，1995 年 7 月 12 日。
7. Helene Cixous（伊蓮・西蘇）著，黃曉紅譯，〈美杜莎的笑聲〉，收錄於顧燕翎、鄭至慧主編，《女性主義經典：十八世紀歐洲啟蒙，二十世紀本土反思》，台北：女書，1999 年。
8. Roland Barthes（羅蘭・巴特）著，李幼蒸譯，《寫作的零度：結構主義文學理論文選》，台北：久大，1993 年 11 月。
9. Tamsin Spargo 著，林文源譯，《傅科與酷兒理論》，台北：貓頭鷹，2002 年 2 月。
10. Toril Moi（托莉・莫）著，國立編譯館主譯，王奕婷譯，《性／文本政治：女性主義文學理論》，台北：巨流，2005 年 9 月。
11. Virginia Woolf 著，張秀亞譯，《自己的房間》，台北：天培，2000 年。

三、其他文獻

1. 仁林出版社編輯，《台灣歷史演進圖》，台北：仁林，2006 年。
2. 古繼堂等著，《簡明臺灣文學史》，台北：人間，2003 年。
3. 李豐楙等編著，《中國現代散文選析 1、2》，台北：長安，1992 年 3 月。
4. 何寄澎編，《散文批評》，台北：正中書局，1993 年。
5. 何寄澎主編、鄭明娳總編《當代台灣文學評論大系 5：散文批評》，台北：正中書局，1993 年 5 月。

6. 周英雄、劉紀蕙編，《書寫臺灣：文學史、後殖民與後現代：strategies of representation》，台北：麥田，2000 年。
7. 林燿德、鄭明娳編著，《時代之風：當代文學入門》，台北：幼獅，1991 年。
8. 林燿德主編、鄭明娳總編《當代台灣文學評論大系 2：文學現象》，台北：正中書局，1993 年 5 月。
9. 林錫嘉編，《七十年散文選》，台北：九歌，1982 年。
10. 林錫嘉、陳煌、林文義編，《七十一年散文選》，台北：九歌，1983 年。
11. 林錫嘉、陳幸蕙、蕭蕭編，《七十二年散文選》，台北：九歌，1984 年。
12. 林錫嘉、陳幸蕙、蕭蕭編，《七十三年散文選》，台北：九歌，1985 年。
13. 林錫嘉、陳幸蕙、蕭蕭編，《七十四年散文選》，台北：九歌，1986 年。
14. 林錫嘉、陳幸蕙、蕭蕭、奚淞編，《七十五年散文選》，台北：九歌，1987 年。
15. 林錫嘉、陳幸蕙、蕭蕭、林明德編，《七十六年散文選》，台北：九歌，1988 年。
16. 林錫嘉、陳幸蕙、蕭蕭、吳鳴編，《七十七年散文選》，台北：九歌，1989 年。
17. 林錫嘉、陳幸蕙、蕭蕭、陳義芝編，《七十八年散文選》，台北：九歌，1990 年。
18. 林錫嘉、陳幸蕙、蕭蕭、李瑞騰編，《七十九年散文選》，台北：九歌，1991 年。
19. 林錫嘉、蕭蕭、簡媜、履彊編，《八十年散文選》，台北：九歌，1992 年。
20. 林錫嘉、蕭蕭、簡媜、陳義芝編，《八十一年散文選》，台北：九歌，1993 年。
21. 林錫嘉、簡媜、蕭蕭、焦桐編，《八十二年散文選》，台北：九歌，1994 年。
22. 林錫嘉、簡媜、蕭蕭、向明編，《八十三年散文選》，台北：九歌，1995 年。
23. 林錫嘉、簡媜、蕭蕭、陳義芝編，《八十四年散文選》，台北：九歌，1996 年。
24. 林錫嘉、簡媜、蕭蕭、陳信元編，《八十五年散文選》，台北：九歌，1997 年。
25. 林錫嘉、簡媜、蕭蕭、陳銘磻編，《八十六年散文選》，台北：九歌，1998 年。
26. 林錫嘉、簡媜、蕭蕭、焦桐編，《八十七年散文選》，台北：九歌，1999 年。
27. 紀大偉編，《酷兒啟示錄》，台北：元尊，1997 年 12 月。
28. 席慕蓉編，《九十一年散文選》，台北：九歌，2003 年。

29. 張默、張漢良、辛鬱、菩提、管管等編輯，《中國當代十大散文家選集》，台北：濂美，1977 年。
30. 張京媛編，《當代女性主義文學批評》，北京：北京大學出版社，1992 年。
31. 國立台灣師範大學國文系主編，《解嚴以來台灣文學國際學術研討會論文集》，台北：萬卷樓，2000 年 9 月。
32. 張曉風編，《九十年散文選》，台北：九歌，2002 年。
33. 陳義芝主編，《1978－1998 台灣文學二十年集（二）散文家》，台北：九歌，1998 年。
34. 陳義芝主編，《新世紀散文家 4：周芬伶精選集》，台北：九歌，2002 年。
35. 陳映真等著，《反對言偽而辯：陳芳明臺灣文學論、後現代論、後殖民論的批判》，台北：人間，2002 年。
36. 陳芳明編，《九十三年散文選》，台北：九歌，2005 年。
37. 焦桐編，《八十八年散文選》，台北：九歌，2000 年。
38. 趙遐秋、呂正惠主編，《臺灣新文學思潮史綱》，台北：人間，2002 年。
39. 廖玉蕙編，《八十九年散文選》，台北：九歌，2001 年。
40. 鄭明娳編，《當代台灣女性文學論》，台北：時報，1993 年。
41. 鄭振偉編，《女性與文學：女性主義文學國際研討會論文集》，香港：嶺南學院出版，1996 年 11 月。
42. 簡瑛瑛主編，《認同、差異、主體性：從女性主義到後殖民文化想像》，台北：立緒，1997 年。
43. 鍾怡雯編，《九十四年散文選》，台北：九歌，2006 年。
44. 顏崑陽編，《九十二年散文選》，台北：九歌，2004 年。
45. 蕭蕭編，《九十五年散文選》，台北：九歌，2007 年。
46. 顧燕翎主編，《女性主義理論與流派》，台北：女書，1996 年 9 月。

四、學位論文

1. 吳婉茹，《八〇年代台灣女作家小說中女性意識之研究》，淡江大學中文所碩士論文，1993 年。
2. 江足滿，《「陰性書寫／圖像」之比較文學論述：西蘇與臺灣女性文學、藝術家的對話》，輔仁大學比較文學研究所博士論文，2003 年。
3. 林思玲，《簡媜《女兒紅》女性書寫研究》，彰化師範國文學系碩士論文，2003 年。

4. 林榮昌，《航向色情烏托邦：論蘇偉貞《沉默之島》與朱天文《荒人手記》的情慾書寫》，台南語文教育學系碩士論文，2004 年。
5. 林璟薇，《台灣當代女作家小說中的女性意識：一九七〇至二〇〇〇年》，國立臺灣師範大學國文系在職進修碩士論文，2004 年。
6. 唐毓麗，《平路小說研究》，南華文學院碩士論文，1999 年。
7. 徐蘭英，《邊緣敘事：周芬伶小說研究》，東海大學中國文學系碩士論文，2005 年。
8. 張佩珍，《台灣當代女性文學中的母女關係探討》，南華文學院碩士論文，2000 年。
9. 張瑛姿，《驛動的後現代女性書寫：陳雪小說論》，成功台灣文學院碩士論文，2005 年。
10. 楊翠，《鄉土與記憶：七〇年代以來台灣女性小說中的時間意識與空間語境》，台灣大學歷史學研究所博士論文，2002 年。
11. 簡君玲，《若即若離：八、九〇年代臺灣女性文學中的「母女角色」探討》，國立清華大學中國文學系碩士論文，2003 年。
12. 蔡素英，《從邱妙津《鱷魚手記》及《蒙馬特遺書》探討女性主體意識之認同建構》，南華文學院碩士論文，2004 年。
13. 戴玲，《陳玉玲文學思想與創作研究》，靜宜中國文學院碩士論文，2004 年。
14. 魏偉莉，《異鄉與夢土：郭松棻思想與文學研究》，成功文學院碩士論文，2003 年。
15. 蕭義玲，《台灣當代小說的世紀末圖像研究：以解嚴後十年（一九八七～一九九七）為觀察對象》，台灣師範大學國文所博士論文，1998 年。

五、期刊文獻

1. 王瑞香，〈女性解放的根本契機〉，收錄收入於顧燕翎主編，《女性主義理論與流派》，台北：女書，1996 年 9 月 20 日，頁 128。
2. 王德威，〈典律的生成〉，《如何現代，怎樣文學：19、20 世紀中文小說新論》，台北：麥田，1998 年，頁 428-430。
3. 石曉楓，〈解嚴後台灣女作家文中的性別書寫〉，收錄於國立台灣師範大學國文系主編，《解嚴以來台灣文學國際學術研討會論文集》，台北：萬卷樓，2000 年 9 月，頁 453-485。
4. 江文瑜，〈憤怒的白鴿〉，《中國時報》，第 43 版，1998 年 8 月 20 日。

5. 余光中，〈剪掉散文的辮子〉，《逍遙遊》，台北：時報，1984，頁38-40。
6. 吳鳴，〈孤絕之美：試評沉靜文集《絕美》〉，《文訊》，第43期，1985年12月，頁231-236。
7. 吳鳴，〈透明的自傳散文：試評周芬伶《花房之歌》〉，《文訊》，第43期，1989年5月，頁47-48。
8. 巫維珍，〈周芬伶享春天的收成〉，《中國時報》39版，2002年5月1日。
9. 李癸雲，〈寫作的女人最美麗：周芬伶散文綜論〉，《周芬伶精選集》前序，台北：九歌，2002年7月10日，頁15-28。
10. 李欣倫，〈自己的房間自己的家：周芬伶（1955-）的《汝色》散文變〉，中央大學「第九屆全國中國文學研究生論文研討會」，2003年11月29日。
11. 李欣倫，〈肉感的女人最美麗：讀周芬伶的《浪子駭女》、《影子情人》〉，《明道文藝》，2004年2月，頁59-61。
12. 吳億偉，〈寫作是一種勇氣：訪問周芬伶女士〉，《文訊月刊》，2004年2月，頁113-117。
13. 林央敏，〈散文出位〉，原載《文訊》第十四期，1984年12月。後收入何寄澎編，《散文批評》，台北：正中書局，1993年，頁114-120。
14. 林錫嘉，〈散文心情〉，《七十七年散文選》序，台北：九歌，1989年，頁2。
15. 侯文詠，〈華麗的冒險〉，《小華麗在華麗小鎮》序，台北：皇冠，1993年，頁3-5。
16. 邱貴芬，〈族國建構與當代台灣女性小說的認同政治〉，《仲介台灣・女人：後殖民女性觀點的台灣閱讀》，台北：元尊，1997年9月1日，頁37-73。
17. 邱貴芬，〈日據以來台灣女作家小說選讀導論〉，《日據以來臺灣女作家小說選讀》，台北：女書，2001年。
18. 雨人，〈女性寫作研究前景可觀〉，《北京日報》，2001年9月20日。
19. 洛夫，〈詩與散文〉，《中外文學》第6期，1977年。
20. 紀大偉，〈帶餓思潑辣：《荒人手記》的酷兒閱讀〉，《中外文學》第24卷第3期，1995年8月。
21. 紀大偉，〈伊底帕斯王之後〉，《浪子駭女》推薦序，台北：二魚，2003年，頁13-17。
22. 紀大偉，〈歷史天使〉，《影子情人》推薦序，台北：二魚，2003年，頁7-11。

23. 孫安玲、張耐，〈《藍裙子上的星星》評介〉，《書評》，第6期，1993年12月，頁15-17。
24. 翁繪棻，〈當「婆／female」遇上「T／male」：解讀《影子情人》〉，《中國現代文學》，2005年3月，頁111-128。
25. 徐力，〈女人應該書寫女人：法國女性書寫大家伊蓮．西蘇演講現場直擊〉，《自由時報》副刊，2005年10月21日。
26. 張健，《張愛玲的小說世界》序，台北：學生書局，1984年。
27. 陳幸蕙，〈碧樹的年輪〉，《七十五年散文選》序，1987年2月10日，頁5。
28. 郭明福，〈歲月來去總關情：讀《花房之歌》〉，《國文天地》，5卷8期，1990年1月，頁101-103。
29. 張堂錡，〈跨越邊界：現代散文的裂變與演化〉，《文訊》，九月號，1999年。
30. 張春榮，〈青鳥與烏鴉：讀周芬伶《閣樓上的女子》〉，《台灣新聞報》，13版，1992年8月23日。
31. 張春榮，〈自照鑑人的琥珀光：周芬伶《戀人物語》〉，《文訊》184卷，2001年2月，頁23-24。
32. 范銘如，〈台灣新故鄉：五十年代女性小說〉，《中外文學》，第28卷，第4期，1999年9月，頁106-125。
33. 張瑞芬，〈鞦韆外的天空：學院閨秀散文的特質與演變〉，逢甲大學人文社會學院：《逢甲人文社會學報第2期》，2001年5月，頁73-96。
34. 張瑞芬，〈建構女性散文在當今臺灣文學史的地位〉，「臺灣文學史書寫國際學術研討會」，成功大學台灣文學研究所主辦，2002年11月23日。
35. 張瑞芬，〈追憶往事如煙：周芬伶《戀物人語》、張讓《剎那之眼》、隱地《漲潮日》〉，《未竟的探訪：瞭望文學新版圖》，台北：麥田，2002年12月，頁39-50。
36. 張瑞芬，〈血色黃昏，末日薔薇：黃碧雲《血卡門》、譚恩美《接骨師父的女兒》、周芬伶《世界是薔薇的》〉，《未竟的探訪：瞭望文學新版圖》，台北：麥田，2002年12月，頁213-230。
37. 張瑞芬，〈辛酸的幸福滋味：評周芬伶〈酸柚與甜瓜〉〉，《寫作教室－閱讀文學名家》，台北：麥田，2004年3月，頁431-437。
38. 張瑞芬，〈絕美汝色：讀周芬伶《母系銀河》〉，《文訊》，第236期，2005年6月，頁32-34。

39. 陳芳明，〈夜讀周芬伶〉，《深山夜讀》，台北：聯合，2001 年 3 月，頁 30-35。收錄在《熱夜》前序，台北：遠流，1996 年，頁 5-12。
40. 陳芳明，〈她的絕美與絕情：周芬伶的《汝色》及其風格轉變〉，《聯合文學》，2002 年 9 月，頁 153-155。
41. 陳芳明，〈以擦亮每一顆文字刷新歷史〉，《九十三年散文選》序，台北：九歌，2004 年。
42. 許正平，〈徬徨的散文新世代〉，《聯合文學》第 227 期，2003 年 9 月，頁 107-111。
43. 陳建忠，〈女性主體的追尋：日據時期的台灣女性小說 〉，《自由時報》副刊，2004 年，8 月 8 日。
44. 張瑛姿，〈後現代觀點中的女性主義書寫：周芬伶《汝色》探析〉，彰化縣主辦「2004 年第十三屆賴和獎：台灣文學研究論文獎」，未印成冊。
45. 栞涵，〈成長的故事：我讀《藍裙子上的星星》〉，《台灣日報》，第 9 版，1992 年 12 月 8 日。
46. 黃淑玲，〈烏托邦的追尋與失落〉，收入顧燕翎主編《女性主義理論與流派》，台北：女書，1996 年 9 月 20 日，頁 71。
47. 鹿憶鹿，〈海峽兩岸的現代散文研究〉，《中國現代文學理論》季刊，第 3 期，1996 年。
48. 焦桐，〈博觀約取的敘述藝術〉，《八十八年散文選》序，台北：九歌，2000 年，4 月 10 日，頁 16-17。
49. 黃錦珠，〈焦困中尋覓愛與自由：讀周芬伶《世界是薔薇的》〉，《文訊》，第 205 卷，2002 年 11 月，頁 27-28。
50. 黃錦珠，〈囈語與意識：讀周芬伶《浪子駭女》〉，《文訊》，第 218 卷，2003 年 12 月，頁 33-34。
51. 楊牧，〈現代散文〉，《文學知識》，台北：洪範，1975 年，頁 25-27。《搜索者》前記，台北：洪範，1982 年，頁 3。
52. 楊錦郁，〈另一個自己〉，《嚴肅的遊戲：當代文藝訪談錄》，台北：三民，1994 年。
53. 莊子秀，〈後現代女性主義：多元、差異的突顯與尊重〉，收錄《女性主義理論與流派》，台北：女書，2000 年，頁 299-338。
54. 趙滋蕃，〈以天真、清新與美挑戰〉，見《絕美》初版代序，台北：前衛，1985 年。亦收錄於《絕美》，台北：九歌，1995 年，頁 7-15。

55. 劉心皇，〈自由中國五十年代的散文〉，《文訊》，第九期，1984 年 3 月，頁 73。
56. 蔡煌源，〈意識流〉，《從浪漫主義到後現代主義》，台北：雅典，1990 年，7 月，頁 49。
57. 蔡源煌，〈從浪漫主義到後現代主義〉，《從浪漫主義到後現代主義》，台北：雅典，1990 年 7 月，頁 76-89。
58. 蔡源煌，〈後現代的文化問題：訪詹明信教授〉，《從浪漫主義到後現代主義》，台北：雅典，1990 年，頁 345-352。
59. 劉佳玲，〈影子情人〉，《中央日報》，17 版，2003 年 10 月 21 日。
60. 劉梓潔，〈女性評論家眾聲喧嘩〉，《中國時報》開卷版，2004 年 11 月 15 日。
61. 劉叔慧，〈不尋常的悲涼〉，《聯合報》C4 版，2005 年 4 月。
62. 賴香吟，〈童女之戰〉，《母系銀河》序，台北：印刻，2005 年 4 月，頁 7-13。
63. 簡媜，〈繁茂的庭園〉，《八十一年散文選》編後記，台北：九歌，1993 年，頁 392。
64. 鍾怡雯，〈散文浮世繪〉，《九十四年散文選》序，台北：九歌，2005 年。
65. 鍾怡雯，〈掘洞人獻寶：評周芬伶《仙人掌女人收藏書》〉，《聯合報》E5 版，2006 年 8 月 6 日。
66. 顏元叔，〈散文語言與詩語言〉，《幼獅文藝》32 期，1970 年。
67. 顏崑陽，〈現代散文長河中的一段風景〉，《九十二年散文選》序，台北：九歌，2004 年。
68. 蕭蕭，〈散文的溫暖〉，《七十三年散文選》後記，1984 年 3 月 10 日，頁 321。
69. 蘇惠昭，〈寫作的女人尋找台灣的女人——周芬伶《妹妹向左轉》〉，《台灣時報》，第 28 版，1997 年 1 月 17 日。

六、網路資料

1. 李鈞，〈書介：張愛玲，一株臨水自照的水仙〉，《中國書報刊博覽》，見「人民網」，網址：
http://www.people.com.cn/GB/wenhua/1086/2104290.html。

2. 何春蕤，〈叫我「跨性人」：跨性別主體與性別解放運動〉，見「性政治網頁」，網址：
http://intermargins.net/repression/deviant/transgender/trans_index.htm。
3. 「找回原初想望的性躍動：跨越藝術座談會之四（上），影像創作者黃玉珊 V.S 文學創作者周芬伶真情對話」，2003 年 7 月 12 日，主辦：高雄市政府社會局，地點：高雄市三民區九如一路 777 號婦女館 B1 視聽室，網址：
http://city.udn.com/v1/city/forum/article.jsp?aid=178758&no=1240&raid=178765#rep178765。
4. 林東泰，〈笑看「鐵獅玉玲瓏」：語音延異遊戲〉，國立台灣師範大學大眾傳播研究所，http://commdb.nccu.edu.tw/ccs/oldccs/con2002/conworks/4B-1.doc。
5. 「孤獨與創作之間」，陳列與周芬伶的對話，2006 年 4 月 14 日於台南一中，聯合副刊、台機電文教基金會主辦。網址：http://203.68.192.5/～huanyin/tt/index.php?pl=497。

附錄一　周芬伶文本的相關評論

定位	評論者／篇名／出處	重要評語
學院派作家的正典傳承	1. 趙滋蕃，〈以天真、清新與美挑戰〉，見《絕美》初版代序，台北：前衛出版社，1985 年。前衛停版後，1995 年台北：九歌出版社再次刊行，收錄在頁 7-15。	以天真、清新與美，挑戰湯恩比預言的「創造的報應」，而回應卡本特的「創造的反叛」，單就這一點而言，《絕美》就非比尋常。
	2. 吳鳴，〈孤絕之美：試評沉靜文集《絕美》〉，《文訊》，1985 年 12 月，頁 231-236。 3.〈透明的自傳散文：試評周芬伶《花房之歌》〉，《文訊》，1989 年 5 月，頁 47-48。	從卷一「海國」所收錄的篇章來看，作者嘗試以史家之筆記錄這個時代，記錄作者生長的大地，無疑是有立意的。……收錄於本書中的篇章乃能構築一理性清明兼具浪漫情懷之世界。
	4. 郭明福，〈歲月來去總關情：讀《花房之歌》〉，《國文天地》，5 卷 8 期，1990 年 1 月，頁 101-103。	《花房之歌》是本「情書」——鋪陳的是對親人、對萬物、對天地的關愛。
	5. 張春榮，〈青鳥與烏鴉：讀周芬伶《閣樓上的女子》〉，《台灣新聞報》，第 13 版，1992 年 8 月 23 日。	「坦然」二字，道出生命的正軌，在於全副承擔，不再逃避遮掩；而此哲思火花的乍顯，當是我們在欣賞全書可驚可嘆的人物描繪之餘，應加以凝定捕捉的。

	6. 琹涵，〈成長的故事：我讀《藍裙子上的星星》〉，《台灣日報》，第 9 版，1992 年12月8日。	我們在成長的過程中，有過種種的不如意，於是，我們極易認同書中的主角「醜醜」，從她的故事裡，我們也看到了自己的影子以及許多複雜卻又如此相似的心情。
	7. 張耐、孫安玲，〈《藍裙子上的星星》評介〉，《書評》，第 6 期，1993 年 12 月，頁15-17。	《藍裙子上的星星》作者周芬伶是位年輕的作家，她文筆流暢，筆觸溫馨，人物刻畫入微，且對青少年有份「同理心」。
女性意識的陰性書寫	1. 蘇惠昭，〈寫作的女人尋找台灣的女人：周芬伶《妹妹向左轉》〉，《台灣時報》，第 28 版，1997 年 1 月 17 日。	《女阿甘》是雜文，成長於屏東潮州大家族，並且「認同母親傳統」的周芬伶的叛逆是潛在的，甚至是壓抑的。……到了《妹妹向左轉》，周芬伶開始嘗試一種跨散文與小說的書寫風格，……口述歷史計畫，透過深度的訪問，她希望如拼圖一般的去理解台灣女性的生命故事、對人生的看法，以及她們如何與父系社會對峙，這張拼圖如果完整，呈現的將是台灣的女性文化和女性美學。藉此，走過幼年時的自閉與閉塞的周芬伶，同時也在重建自己。
	2. 江文瑜，〈憤怒的白鴿〉，《中國時報》，第 43 版，1998 年 8 月20日。	近年來婦女運動風起雲湧，其中最大的成果之一是透過「女性書寫」與「書寫女性」，徹底打破過去歷史詮釋權掌握在男性手中而衍生的盲點，進而一步一步以女性口述歷史、自傳、傳記去累積、建構婦女生活史／生命史。共同投入這一波婦女的建構過程，周芬伶所著的《憤怒的白鴿：走過台灣百年歷史的女性》，又增加了六位女性的生命故事。
	3. 張春榮，〈自照鑑人的琥珀光：周芬伶《戀人物語》〉，《文訊》，第 184 卷，2001 年 2 月，頁 23-24。	自第一本散文集《絕美》起，周芬伶的筆觸即繚繞於人情與物趣的溫婉細膩間；而後經由《花房之歌》、《閣樓上的女子》、《熱夜》的凝澈朗照，走過親情的酸甜苦辣，走過人倫的相磨相刃，益發深於世味，堅實綿密。逮及近作《戀人物語》以「生命之真在無常」為基調，迸射「生命之美在纏綿」的深切關切，特顯其經「物」折光返照的生活美學。

	4. 陳芳明，〈夜讀周芬伶〉，見周芬伶《妹妹向左轉》序，台北：遠流出版，1996年。	整部《妹妹向左轉》，是一部充滿高度隱喻的寓言。周芬伶總是適時暴露男性的閉鎖與自我中心，也恰到好處地勾勒現代女性面臨的困境。……她沒有某些女性主義者的矯情，在很大程度上，她還刻意保留女性的柔情，而且還細緻地展示出來。但是，她對男性文化的諷刺，也是毫不留情的。周芬伶的絕美，便是在欲言又止的地方很自信地表現出來。……神話般的想像，為文字的極限開闢另一層想像，這正是周芬伶拿手的散文技巧。
	5. 李癸雲，〈寫作的女人最美麗：周芬伶散文綜論〉，《周芬伶精選集》前序，台北：九歌出版，2002年7月10日，頁15-28。	寫作是夢想的實踐，是心靈的停泊處，小周芬伶的渴望，出於隱然感受寫作世界的無所不能，得以摒除現實的怯懦，更因文字如同知己，了解並接受所有不欲人知的想法。 周芬伶從不明言欲改寫女人的存在樣貌，甚或搶奪文字的主宰權。寫作是一種快樂的事，寫作讓人感覺有力量，最要緊的是，寫作讓她更貼近自己，她以文字來構築一個角落，檢視傷口、照亮陰影，並與外界保持完美的距離，可以介入、可以抽離。 周芬伶在文中直言她愛美，愛美讓她與血淋淋的殘酷、醜惡隔起較厚的帷幕，她試圖在陳述時，分離、歧出、竄逃、重塑這些事物或情感，讓文學作品呈現更多的自在、悠游與生動，即使悲傷，也是美麗的。 周芬伶寫女人是從家族女人開始，她們的生命源流彼此匯流、導引，這些女人在文字間，不斷被複述，幾乎成為典型。……周芬伶找到了一種愛她的方式——詮釋她。 女性寫作的力量根源於母親，母親不僅生養她的形體，更賦予她智慧與心靈，這些原始的美好，周芬伶欲以寫作來歸還。 周芬伶的瑣碎敘述，總可讀到她的反省與超脫，於執著處見執著，於執著處見情緣。……她不沉於寫物，但是善用物與人的比喻，共通之處，再深入人性，直指幽微。

		周芬伶自言在《閣樓上的女子》與小說集《妹妹向左轉》之後，明顯較為關注女人的心情與故事，敘述方式也游移在真實與虛構之間。 這些女人故事的訴說，除了可見周芬伶心裡多重的形貌，更有為女人命名的意圖。寫作她們，就是在詮釋她們，也就是給予她們文學時間的永恆。
	6. 陳芳明，〈她的絕美與絕情：周芬伶的《汝色》及其風格轉變〉，《聯合文學》，2002 年 9 月，頁 153-155。	背對著溫柔、婉約的傳統女性風格，她選擇了正視自己的欲望與感覺，採取挑戰與挑釁的態度，跨越男性設立的準則規範，而創造一個完全屬於女性私密的空間。 周芬伶式的自剖，最值得注意的是，她已拒絕歌頌男女之間的歡愛。男性的身影，在她的文字裡越來越淡，終至消失。 周芬伶的散文不再尊崇傳統美文的形式，不再尊重庸俗道德的模式，而自有一番格局。
	7. 黃錦珠，〈焦困中尋覓愛與自由：讀周芬伶《世界是薔薇的》〉，《文訊》，第 205 卷，2002 年 11 月，頁 27-28。	女人的焦困有其根本性、制度性的成因。女人是孕育生命的載體，但很多時候她連自己的生命都難以經管。父系社會把她當成財產、玩物，囿錮她的自主、扃鎖她的身心，使她的身體既是創造與新生的泉源，又是恥辱與羞罪的標記。
	8. 張瑞芬，〈追憶往事如煙：周芬伶《戀物人語》、張讓《剎那之眼》、隱地《漲潮日》〉、〈血色黃昏，末日薔薇：黃碧雲《血卡門》、譚恩美《接骨師父的女兒》、周芬伶《世界是薔薇的》〉，收錄於《未竟的探訪：瞭望文學新版圖》，台北：麥田出版社，2002 年，頁 39-50、頁 213-230。	細看她的作品，很快就知道複雜的只是表象世界與真實人生，真正和動人的是作者天真明朗熱情如兒童的本質。 在《汝色》、《世界是薔薇的》中，深入到身體與情慾中，周芬伶勇往不懼的探看著自己最原始幽深，也最卑微不堪的內在。就這點自覺（尚且談不上惡女），就使她的文字意義和一般的女性抒情散文區隔開來。 周芬伶內心那個有水仙癖的自我和戀戀難忘的小祖母（母親角色），其實都早在體現女性發覺了自我存在的過程。

	9. 黃錦珠，〈囈語與意識：讀周芬伶《浪子駭女》〉，《文訊》，第218卷，2003年12月，頁33-34。	當「我」的囈語穿插在弟弟與精神病患者的力爭「正」游之中、夾雜在姊妹的回憶追想和現實的敘述進程裡面，「我」的夢魅也逐漸得到釐清，意識像一片片崩散的羽毛逐漸聚攏來，片片飛羽得到洗滌、裁製、最後新的羽衣終於裁製完成。
	10. 李欣倫，〈肉感的女人最美麗：讀周芬伶的《浪子駭女》、《影子情人》〉，《明道文藝》，2004年2月，頁59-61。	周芬伶試圖給這些過去默默存在的影子一個鮮明的肉體。在編纂女性史詩的同時，勾勒出一幅具有現實血肉感的女子圖譜，而不是男性所褒揚所崇揚的貞潔女性肖像走廊。
	11. 張瑞芬，〈辛酸的幸福滋味：評周芬伶〈酸柚與甜瓜〉〉，《寫作教室：閱讀文學名家》，台北：麥田出版，2004年3月，頁431-437。	周芬伶不甚願意承認自己是張派作家，然而她的文本，和張愛玲一起挑戰著男性書寫的「真女子」姿態，又鮮烈無比。二人都強調差異，擅分寫、散寫、改寫（或分韻合題），力求文體多元。這種獨特的女性書寫（或叛逆書寫），正如法國女性主義者 Helene Cixous（伊蓮．西蘇）所強調的，是一種位置（a position），或一種語言建構（a linguistic construct），女性的主體性於焉彰顯。
	12. 張瑛姿，〈後現代觀點中的女性主義書寫：周芬伶《汝色》探析〉，彰化縣主辦「2004年第十三屆賴和獎：台灣文學研究論文獎」，未印成冊。	《汝色》一書總地來說，其整體風格以及書寫策略就是西蘇「陰性書寫」的中心思維的完美實踐，從上述二個部分（鬆動父權、陰陽同體論、酷兒美學）的討論中，其結論不言而喻地都是在「探發女性權能」、「跨越男性的束縛」、「對差異的肯定」以及「尋找自我」，因此綜合上述三個部分討論的結果，「陰性書寫」遂成為《汝色》最精緻的註解。
	13. 賴香吟，〈童女之戰〉，《母系銀河》序，台北：印刻出版，2005年4月。	這些可能被稱為「陰性史觀的書寫」，以芬伶的命名為例，企圖照亮的是一條來自母系的銀河，以及由之形成的女性小宇宙。我們從哪裡來、往哪裡去，現下我們又被拋棄在哪裡。這些貌似哀愁實則激情的摸索與探照，是女性隻身尋找自我所在的努力，其中不免隱藏對未來身世的惶然，然而亦是一種幻滅之後的重建。

越界觀念的創作手法	1. 李欣倫，〈自己的房間自己的家：周芬伶（1955-）的《汝色》散文變〉，中央大學「第九屆全國中國文學研究生論文研討會」，2003年11月29日。	從周芬伶《汝色》的出發，我們看見女人「家」之「變」、散文之「變」雙重出軌的可能，她照見女性新的影像，許諾女性散文新的未來。
	2. 吳億偉，〈寫作是一種勇氣：訪問周芬伶女士〉，《文訊月刊》，2004年2月，頁113-117。	「真實」，也是周芬伶重要的文學觀。《影子情人》中，周芬伶使用了「家族歷史」的形式，講述了以女性為主幹，切入種種現代敏感議題，從白色恐怖到當下，從父權體制壓制到女性自我覺醒，其中包括女同志議題及女性自主。而《浪子駭女》中〈浪子駭雲〉則是以小説談述一個女性在婚傷、病痛中和身邊的邊緣族朋友互動之生活，頗有自傳況味。周芬伶並不認為書寫可以療傷，最多揭開傷疤，不見得能癒合，或許只是更痛。寫作對她來説，就是對自己説話，對自己進行思索。 周芬伶心目中的「大河」，意指小説敘事方式的流動與多元，因為不羈與特別，實驗性的小説往往帶領讀者感覺到一些美好的東西，或許説不出來，總是能隱隱流過。 結合女性主義的研究精神，結合性別議題的關懷，這樣的邊緣化往往關係到性別，性別之下還有種族，種族之下還有階級等等層層疊疊的關係，她表示，《影子情人》便想要談述這樣關係紊亂的時代，身分的危機，正視自我處境，説出另一個族群的話語。
	3. 紀大偉，〈伊底帕斯王之後〉，《浪子駭女》推薦序，台北：二魚文化出版社，2003年，頁13－17。	另類家庭和主流價值觀所肯定的家庭模式（一夫一妻外加模範子女）較勁卡位。形形色色的社會邊緣人（失婚婦女、同性戀者、變性人、精神病人等等）組成挑戰佛洛伊德公式的另類家庭，而符合佛洛伊德公式的家庭龜裂破功。周芬伶的小説並非狂想曲，她描繪的另類家庭已經是台灣社會俯拾皆是的日常事實。

	4. 紀大偉，〈歷史天使〉，《影子情人》推薦序，台北：二魚文化出版社，2003 年，頁 7－11。	《影子情人》以多篇各自獨立的短篇小說組成，組合成為一部長篇。每篇小說有自己的主角和年代，而這個主角和年代也會潛入別篇小說客串。這樣的網狀結構，讓此書呈現出一種「去中心」的狀態：因為書中沒有核心人物（每個角色都很重要），也沒有核心事件，甚至分不出小說的開頭和結尾為何。
	5. 張瑞芬，〈絕美汝色：讀周芬伶《母系銀河》〉，《文訊》，第 236 期，2005 年 6 月，頁 32-33。	周芬伶近年來捨棄語言的精簡與結構，出之以喃喃囈語、長篇獨白，說明她的文字技巧已然轉向。穿越文類限制後，文本向內性（自傳性質）愈發增強。而她的「背德」與「有病」宣言（「自稱浪子浪女」、「帶著病態的血液」、「背負著不知所以的罪名」），從《浪子駭女》到《母系銀河》一脈相承而下，完全擺脫了躲在文字後面的躊躇、慣常以小說遮掩的顧忌，並跨越了真假實相、文類、性別認同諸多界限。

附錄二　周芬伶文本

序號	書名	出版社	出版年	文類	附註
1	《絕美》	前衛	1985 年	散文	
2	《六六集》	九歌	1987 年	散文	林錫嘉、陳幸蕙、蕭蕭、吳鳴、陳煌、沉靜（周芬伶）六人合集
3	《花房之歌》	九歌	1989 年	散文	
4	《醜醜》	九歌	1991 年	少年小說	
5	《閣樓上的女子》	九歌	1992 年	散文	
6	《藍裙子上的星星》	皇冠	1992 年	少年小說	
7	《小華麗在華麗小鎮》	皇冠	1993 年	少年小說	
8	《百合雲梯》	皇冠	1994 年	散文	周芬伶、琹涵合著
9	《絕美》	九歌	1995 年	散文	原 1985 年前衛出版
10	《女阿甘正傳》	健行	1996 年	雜文	
11	《妹妹向左轉》	遠流	1996 年	小說	
12	《熱夜》	遠流	1996 年	散文	
13	《現代文學》	國立空中大學	1997 年	教材	周芬伶、簡恩定、唐翼明、張堂錡主編
14	《憤怒的白鴿：走過台灣百年歷史的女性》	元尊	1998 年	口述歷史	
15	《豔異：張愛玲與中國文學》	元尊	1999 年	論著	
16	《戀物人語》	九歌	2000 年	散文	
17	《春天的我們》		2001 年	劇本	
18	《汝色》	二魚	2002 年	散文	
19	《世界是薔薇的》	麥田	2002 年	小說	
20	《台灣現代文學教程：散文讀本》	二魚	2002 年	教材	周芬伶、鍾怡雯主編
21	《女人，是變色的玫瑰》	健行	2003 年	雜文	原《女阿甘正傳》
22	《影子情人》	二魚	2003 年	小說	

23	《浪子駭女》	二魚	2003 年	小說	
24	《豔遇才子書：四大古典小說中的絕妙好辭》	麥田	2003 年	教材	
25	《繁花盛景：臺灣當代文學新選》	正中	2003 年	教材	周芬伶、廖玉蕙、陳義芝合編
26	《 臺灣後現代小說選》	二魚	2004 年	教材	周芬伶、許建崑、彭錦堂、阮桃園合編
27	《母系銀河》	印刻	2005 年	散文	
28	《孔雀藍調》	麥田	2005 年	傳記	
29	《仙人掌女人收藏書》	麥田	2006 年	散文	
30	《粉紅樓窗》	印刻	2006 年	小說	
31	《紫蓮之歌》	九歌	2006 年	散文	
32	《芳香的祕教：性別、愛欲、自傳書寫論述》	麥田	2006 年	論著	
33	《聖與魔：台灣戰後小說的心靈圖像 1945-2006》	印刻	2007 年	論著	

附錄三　周芬伶的收藏

種類	出處	細類	比喻
玉	〈愛玉〉，（《絕美》：137）。〈一時眼睛快活〉（《仙人掌女人收藏書》：131）	四塊玉：玉犬、瑗、劍飾、蝙蝠	君子、高潔純美的象徵，永生不朽的信仰
寶石	〈寶石情事〉（《戀物人語》：185）。〈跳蚤之家〉（頁 21）、〈珍珠與鐵鍊〉（頁 71）、〈絕色〉（頁 78）皆收錄在《仙人掌女人收藏書》	1. 藍寶石 2. 珍珠 3. 亞歷山大變色貓眼石 4. 喀什米爾心型藍寶石 5. 蛋白石 6. 丹泉石 7. 綠石榴	夢想、 溫婉內斂、 美
水晶	〈水晶迷狂〉（《仙人掌女人收藏書》：69）		美的不可思議；像鏡子照見貪慾
帽子	〈帽子風光歲月〉（《戀物人語》：164）	1. 紅豆色的碗公帽（毛線帽） 2. 綠豆色的短緣便帽（毛線帽） 3. 黑色圓筒氈帽 4. GUCCI 漁夫帽 5. PRADA 喀什米爾織的高筒緣帽 6. PRADA 孔雀圖案拼貼的草帽 7. 黑色俄羅斯帽	美好回憶、鮮明的自我意識
絲絨	〈絲絨情迷〉（《仙人掌女人收藏書》：92）	1. 黑色絲絨長大衣 2. 高腰珠灰色長洋裝 3. 黑色絲絨外套 4. 綠豆色高腰娃娃上衣 5. 煙燻藍高腰公主上衣	復古華麗、繁華夢一場
蕾絲	〈蕾絲麼〉（《仙人掌女人收藏書》：97）	1. 白色細棉布蕾絲長洋裝 2. 粉藍馬甲上衣	神祕的遙遠國度、更美好的生活、初戀與神聖

鞋子	〈靚鞋〉（《仙人掌女人收藏書》：104）	1. 黑絲緞鑲水鑽和白絲緞珠花鞋 2. CHANEL 雙色中高跟馬麗珍鞋 3. 噶巴拿設計的鑲水鑽雙帶麻布鞋 4. CELINE 平底休閒鞋 5. FENDI 平底拖鞋 6. GUCCI 葛麗絲王妃設計的花朵圖樣圓頭 7. GUCCI 尖頭酒杯跟可可色淑女鞋	畫龍點睛效果、讓心情變年輕
錶	〈撿到一個時間〉（《仙人掌女人收藏書》：23）	1.六○年代勞力士錶 2.蕭邦自動上鍊 K 金錶	完美主義者
包包	〈2.55 及其他〉（頁 35）〈二手天堂〉（頁 40）〈包包家族〉（頁 46）皆收錄於《仙人掌女人收藏書》	1. CHANEL 黑色經典 CO CO 包 2. LV 休閒款旅行包 3. LV 村上隆櫻花包 4. GUCCI 竹節包 5. CHANEL 黑色皮夾 6.CHANEL 手工米色鉤紗西瓜包	女人細密的心思及自我形象
小布娃娃	〈我女小布〉（頁 59）〈五姊妹〉（頁 64）皆收錄在《仙人掌女人收藏書》	1. 翠翠：愛在蔓延小布 2. 蛋蛋：新靈感小布 3. 捲捲：迪斯可小布 4. 小新：星期天小布 5.五兒：法國小布	創作靈感、童心、可愛或成熟、周家五姊妹
陶瓷	〈汝心勝雪〉（頁 111）、〈杯戀〉（頁 115）、〈影青〉（頁 123）、〈動物瓷小可愛〉（頁 136）、〈高麗青瓷〉（頁 151）皆收錄在《仙人掌女人收藏書》	1. 定窯劃花盤 2. 印花瓷盤 3. 成化青花回文杯 4. 康熙粉彩福海壽山杯 5. 乾隆荷花珐瑯彩杯 6. 乾隆粉彩三多杯 7. 明末仿鬥彩葡萄彩杯 8. KENZO 設計的豔麗花卉咖啡杯 9. 影青梅瓶 10. 吉州窯黑釉玳瑁斑纏枝紋梅瓶插初雪草 11. 明青大花盤擺南瓜 12. 琉璃缽養小菊花、大陶缸養浮萍 13. 唐長沙窯鳥形笛	古人心、歷史的痕跡、耽溺、空靈、死亡；充滿女性特質的；美到極致的寬容與從容

		14. 越窯水注 15. 高麗青瓷	
箱子	〈魔箱〉（《花房之歌》：120）。 〈兩口箱子〉（《仙人掌女人收藏書》：100）	1. 淡綠色木箱：火柴盒 2. 棕色木盒：古玉和扇子 3. 瓷盒：耳環 4. 五角形金碧輝煌的珠寶盒：珊瑚項鍊及常用配飾 5. 灰藍色的絨盒：珍珠項鍊、紅寶墜子、寶石戒指 6. 韓國的木箱 7. 蒙古貴族的裡奩 8.村上隆設計的珠寶箱	神祕的容器、母愛的極致表現
家具	〈老家具〉（《仙人掌女人收藏書》：145）	1.老家具：紅眠床、老書桌、紅檜高個子櫃 2.現代感：西式沙發、三宅一生床單、滕編的藍色箱子、LV 珠寶盒、KENZO 杯	化醜為美的力量
舊書	〈書經〉（《花房之歌》：181）。 〈三千煩惱書〉（《仙人掌女人收藏書》：176）	1. 五十六年印行的《紅樓夢》 2. 赫曼．赫塞十四本作品 3. 光緒年間印行的繡像小說 4. 絕版鍾曉陽詩集《槁木死灰》 5. 印有「左舜生藏書」的《中法戰爭文學集》 6. 張愛玲出版的《十八春》	往事、意義的轉換
畫	〈歡喜讚嘆〉（《仙人掌女人收藏書》：186）	1. 陳景榮的版畫〈尼泊爾琴師〉 2. 徐悲鴻的馬 3. 梁丹丰水彩畫〈黃水仙〉 4. 秦惠浪題有「夏天到了」的畫 5. 美東的小幅版畫 6. 西安碑林拓印的王羲之〈蘭亭集序〉 7. 岳飛的〈滿江紅〉 8. 麒麟	古人生活、文化
花	〈花娘〉（《仙人掌女人收藏書》：171）	愛花：蘭花、姬百合、滿大心、初雪草、白石竹、小柑橘、桑樹、茉莉	永保清新，愛花即是愛自己的本心
紅樓人物收藏	〈汝心勝雪〉（頁 111）、〈杯戀〉（頁 115）、〈探	1.寶釵用土定瓶插菊花，極簡美學 2.妙玉是杯子迷，有潔癖，預告了	以古照今；以物照己

	春的骨董收藏〉（頁120）、〈影青〉（頁123）皆收錄在《仙人掌女人收藏書》	悲劇的下場 3.探春是骨董與瓷器收藏家，但不求甚解 4.寶玉房中擺影青連珠瓶供桂花，正邪兩面、聞香惜香的個性	

附錄四　周芬伶的序和跋

書名	序或跋	年代	內容摘要
1. 絕美	〈心靈的首航〉初版自序	1985	1. 這本集子仍然來得太遲，生命原是一場痛苦的遊戲，創作何嘗不是？ 2. 痛苦灰心之餘，我便開始遊戲，並選擇形式最自由的散文來玩個痛快。 3. 企圖留住一些什麼，放下一些什麼，並企圖在往後的歲月裡，原諒生命的不完整。
2. 花房之歌	序	1989	1. 婚姻生活成為懶人最難的事。 2. 筆記本寫文章。 3. 把寫散文的人分成兩種人。始於人類最自然真誠的感情，終於對未來世界的美好期望。 4. 偏愛文學作品中的兒童品質，那種天真、明朗、熱情的本質。
3. 醜醜	〈我曾經是醜小鴨〉代序	1991	我也曾經是醜小鴨。我的姐妹長得太漂亮，相形之下，我黯然無光。
4. 閣樓上的女子	〈不負江湖〉代序	1992	1. 小本派：卡片寫筆記的習慣。 2. 趙滋蕃的文學主張及頑強的生命力
	後記	1992	1. 我正站在人生最疲累的中年倉皇回顧，回想以往，事事驚心。 2. 有人說我的文章很透明，大概是因為毫不保留的緣故；我並不以為自己全然透明，至少還隔著一層玻璃帷幕，於危樓之上，於薄霧之中，只能算是半透明。
5. 藍裙子上的星星	〈記錄一位醜女孩〉	1992	有人說，童話是一種補償，有時不免過度。是呀！如果生命不是存在這麼多缺口，我們也不需要那麼多童話。
6. 小華麗在華麗小鎮	侯文詠序	1993	
7. 女阿甘正傳	〈女阿甘正傳〉代	1996	媽媽告訴我，人生像一盒巧克力，你不知道將會吃到什麼口味。唯一可以肯定的是，如果你是男的，

	序		你將有更多的可能，如果你是女的，你的選擇將會很少很少。
8. 妹妹向左轉	後記	1996	1. 所有的嘲諷與思考都是自我辯證的結果。我曾經走過迂迴且錯誤的路途，作為一個資本主義社會下的女人，長期物化與異化的結果，令我們對自己也感到陌生。 2. 我關注的只是人，尤其是女人。女人不能得到自由與快樂，那是誰的罪過？所有的男性大師，都將女性問題視為枝微末節，我們不能等待男人解救女人。
9. 熱夜	後記	1996	1. 寫作對我最大的障礙，是被無涯無際的懷疑感和虛無感湮沒。我懷疑以前捏造過虛妄的熱情；我懷疑塑造了一個連我也不認識的自我；我更懷疑我正在冒充一個寫作者，其實我更適合做一個服裝設計師或者探險家。 2. 寫文章對現實的我，最大的愉悅在於能夠一步步邁向自由，自由行走於真實與虛幻之間，如果現實拘限我們，那就潛進心靈；如果道德束縛我們，那就向它挑戰；如果感情軟化我們，那就向自己挑戰。
10. 憤怒的白鴿	後記	1998	1. 女性以情感為中心的生活，使她們心中懷有「怯懦的憂鬱」，深植於女性心中的憂鬱，無疑是一大文化叢結，歷史叢結。我一直認為女性的敘述中「未説出的」比「已説出的」重要，這些已說出的只是冰山一角，那未説出的仍隱藏在幽深的海底。 2. 女人在文本中的位格，起先是「她」，她被觀看、被詮釋；然後是「你」，從別人眼中照見自己；當女人演述「我……」時，女性的歷史就開始了。
11. 豔異	卷首語	1999	從未違背自己生活的信念，而她是個新舊交替之間的女性，經歷過女性共有的苦痛經驗，在死前與生命妥協並回歸了愛。女性的生命猶如四季循環，而我們是同時代的人，我沒見過她的生，但我了解她的死亡，甚至她的思想；我選擇如果要看她，就正視她，並深刻地了解她的作品。
12. 戀物人語	〈長髮為己留〉代	2000	1. 準備留長髮以終老，看白髮如潮，漲起漲落，皆有情有信。

	序		2. 長髮為己留，找回三十五歲以前的自己，熟悉的神情與鏡中影像。
	〈無患子〉後記		1. 生命誠短暫，憂傷卻深長。 2. 不知誰在多年前為我種了一棵無患子，那是一棵自生自長的心靈之樹。我寫著散文亦是散漫地自生自長，試著撫去憂傷，留住琥珀光。
13. 汝色	〈與文字〉代序	2002	1. 車禍療傷困居家中三個月，習得小蒙恬遭受文字浩劫。 2. 書寫成後，似乎是遺書的延長，都在死亡的陰影下寫出的哀狂文字。文字是否可以掌握真實？妳越費力書寫自己，自己越虛誕不實。真實總在裂縫中出現，這些看起來像懺情錄回憶錄的東西，夾纏著奇異的人事物，就把他當作生命或死亡意象吧！我在電腦中找到新的文字新的書寫方式。 3. 因為文字是如此虛弱，更加強意象與形式之堅定，它是在一個有計畫與計畫之間的產物。題材與形式是有計畫的，內容與書寫則是自然流動。如果我是不斷追溯過去，那是因為我對生命產生新的迷惑，我不明白一心嚮往真誠與自由的人，為什麼會帶給自己或他人深刻的痛苦？也許真誠與自由都要付出與生命同等的代價。 4. 女散文家亦只能宜家宜室完美的女人，很少人涉及情慾性別或叛逆書寫。我並非刻意流入陰暗歧異之處，而是在尋求真理的過程中，黑與白，明與暗，美與醜，正與奇，兩極相激，在原始意識中，本來就是二元對立的世界，這也是生命本身具有的戲劇性。 5. 我嚮往遠古時代老莊的世界，原始思考直覺關照，我的內心世界住著一個原始人。然而我們所處的世界是這麼奇異，多元分化，割離認同，身分不明。 6. 文字也是一種對抗。
14. 世界是薔薇的	序曲〈她的城市〉	2002	1. 肉身太神祕太具體，每一條曲線都令她畏懼，她以城市的區為分別稱呼它們…… 2. 我們居住在地球上最虛幻的島嶼，我們的城市是有史以來最虛幻的城市，沒有實體，沒有真理，虛幻助長虛幻，就像蜻蜓永遠飛不出池塘，有一天，我們終將被這巨大的虛幻毀滅……

	後記	2002	1. 我們的孤島難以定名，身世不明如女子之身世。虛幻的極點不是更虛幻；虛幻也不能帶來更大的自由，而是死中求生，在虛幻中硬是開出一朵花來。 2. 生命中有種種凶險，大凶險才有大美麗。 3. 女性書寫不是子虛烏有，它始終存在，只是沒被看見。
15. 影子情人	〈我的祕密情人〉自序	2003	1. 寫小說的女人難道是妖女？具有令人畏懼的巫力？ 2.《女阿甘正傳》仍停留在貞操處女膜和兩性平等。 3.《妹妹向左轉》表現女性二元思考，企圖向左靠攏而終至落空。我終於尋找到自己的聲音，女性書寫的另一個可能。 4. 一九九五年，我在瘋狂的婚變與報復中狼狽出走，組成的女性劇團又遭男性威權介入而變質。 5. 寫《汝色》與《世界是薔薇的》是我一生中最悲慘的時刻，卻讓我碰觸到不同以往的創作方式。我已變成 radical。我正在塑造一個女性的世代，女性的王國。我假裝愛男人，其實從無男子真正獲得我的心。 6. 寫散文像呼吸；寫小說像走鋼索，散文是自己，小說是情人。你能只愛自己，不愛情人嗎？ 7.〈妹妹向左轉〉、〈影子情人〉是神話時間，〈浪子駭雲〉是心理時空。我排斥甜美，不排斥解構荒誕，更不排斥好看。 8. 在這裡性別越界文體越界為一體之兩面。 9. 越界即翻轉，倒陰以為陽，倒濁以為清，倒黑以為白，另構一新世界。 10. 我在這裡並非做現身表演，而是創作存有無限可能，女性追尋之路崎嶇難尋，至於我是什麼，連我都不知道。
16. 浪子駭女	同上	2003	同上
17. 母系銀河	賴香吟序	2005	
18. 孔雀藍調	〈雕刻與銘刻序〉	2005	1. 張愛玲的一生，就有濃濃的憂鬱與壓抑，雖然她給人的印象是張狂的。 2. 在大凶險中開出的花特別詭麗，也特別短暫，他們的寫作命運多麼相似，同樣崛起於四〇年代，

			作品是民族人敘述之外的邊緣敘述，血池中開出的虛無之花，…… 3. 張愛玲同時創作作品與生命，她的作品與人生同樣精彩。我書寫張愛玲介於雕刻與銘記之間，有隔與不隔。 4. 不隔的部分是女性的，從來女性作家只能從男性大師身上尋求文學典範，然而女性自身的生命有其走向，其受父權宰制與壓迫是共同的，其孤獨之追求與痛苦也是共同的。 5. 如果談價值，無非是女性書寫與歷史未完成的與未說出的。
19. 仙人掌女人收藏書	〈仙人掌女人〉代序	2006	1. 生活只剩下呼吸，極少量的水，飢餓時才出門覓食。 2. 我喜歡靜物，尤其是古物，因古物皆有長遠歷史，動物會死，古物不死，帶著那麼一點永恆的意味，又或者歷史不久，已然散發出乾燥之美的物品。 3. 我患的病也叫「乾燥症」，並把生活中的水分一點點抽乾，名符其實的仙人掌女人。這種女人討厭流行的潮騷，或者公共場合的混濁，廚房的油污，甚至潮濕的性。潔淨到極致也有一點乾燥，仙人掌女人有著病態的潔癖。
20. 粉紅樓窗	〈聖與魔：俗世啟示錄〉	2006	1. 漸漸的，寫小說變成一種心情記錄，或者夢的殘餘，散文無法表達的複雜情緒全在這裡了。……小說讓我找到更自由的表達方式，散文還有道德束縛，小說可以完全逍遙法外。……有人說我的小說更貼近我的心情，可能是這種日記式的寫法造成。 2. 我寫小說從不易讀的反小說寫起，《妹妹想左轉》就不易讀，……我喜歡連綴短篇成長篇，像一個蛋成形，然後在蛋殼上敲一個小洞，讓它小碎裂，這樣各篇互通聲氣，多頭並進，打破小說之一元性統一性，這在《妹妹向左轉》、《影子情人》中已有雛型；然小說之易讀其實也是陷阱，因為在這些偽俗世小說背後，埋藏著對生命的激辯。是哲學的小說。 3. 只有通過寓言中腐爛和死亡的形式向永恆乞靈，它所體現的是一種贖救的功能。

			4. 小說家除了是說書人，他也是文字的修行者不管是聖道或魔道，皆是心靈極限追求的表現。 5. 書寫本身即是道德與不道德的實踐。 6. 未來新世紀小說家是對神聖的渴求。 7. 所謂的「小說性」，是指作家創造出的小說世界，它疏離於真實世界，卻比真實世界更鮮活更真實，更是意義的宇宙。 8. 我覺得這三年來的「小說練習」與「摸索」，恰恰呈現從說到說故事到小說、小說性的完整過程。一直寫到〈樓窗〉才掌握到小說性的端倪，故以此篇為書名。
21. 紫蓮之歌	〈寫專欄運動〉後記	2006	1. 寫作近三十年，我不太刻意去想下一步寫什麼，只剩等待、發動兩個動作。 2. 專欄寫作讓我速度也可以很快、居然很快樂、全年無休文字黑手、昏倒、讀者來信令人膽顫心寒、悔恨與羨慕。 3. 專欄文章不適合抒情表現，只能作雜文處理，但需要一個大架構。 4. 寫作如跑步，從寫《汝色》之後，創作方法改變，我從百米選手變萬米選手。對於跑萬米的人來說，寫專欄像賽前的百米練習，每次練習都不盡理想，但對跑萬米一定有幫助。
22. 芳香祕教：性別、愛欲、自傳書寫論述	序言	2006	1. 文學史的撰寫不能脫離作者本身及其美學建構，論文學史缺了傳記與美學這一塊，等於失去生命線。 2. 近年來我的關注在性別與傳記與美學上，做得雖然七零八落，然回歸作者中心的意圖頗為明顯，尤其是自傳書寫與傳記的雙軌研究，讓研究多一點「人味」，少一點機械理論操作。 3. 美學在把「神韻」學提升至「神聖」學，一流作品皆以「血書」稱之，可視之為超驗的心理批評，……將知識的考掘回歸研究者本體，找回主體性，也找到關懷點，以形成理論架構。 4. ……作家真實傳達一個時代的重要價值與小說美學觀，最為重要，……
23. 聖與魔：台灣戰後小說的心靈圖像 1945-2006	序言	2007	內容同《芳香祕教：性別、愛欲、自傳書寫論述》序

附錄五　《芳香的祕教：性別、愛欲、自傳書寫論述》

論文名稱（原發表處與時間）	研究內容	周芬伶書寫傳記的背後意義（頁 13-14）
1.〈龍瑛宗與其女性描寫〉，《東海學報》，1999 年 7 月，頁 17-37。	探討龍瑛宗是日據時代到戰後初期少數討論女性問題的作家，他塑造的女性形象也許是他陰性心靈的表現，也是對醜陋現實的反抗，這使得他跟大多數陽剛型的作家不同，他把關懷的眼光投向女性，正是他同情弱勢，由邊緣抵抗中央的進步姿態。本書即以《女性描寫》一書討論龍瑛宗對女性問題的廣大關懷，以顯現他較隱性與特異的一面。	較為熟悉的作家，也做過田野與口述歷史。
2.〈龍瑛宗與杜南遠的自傳書寫〉，《中國文化月刊》，第 231 期，1999 年，6 月，頁 78-99。	本篇論文集中討論龍瑛宗以杜南遠為主角的自傳性作品，藉此探討作者的生命歷程及深層心理。	
3.〈迷走《忠孝公園》：陳映真近期小說的女性缺位〉，「二十世紀台灣男性書寫的再閱讀——完全女性觀點學術研討會」，政治大學中文所主辦，2003 年 10 月 18 日。	本書試從後殖民與女性觀點切入，說明男性文本在民族忠孝大義之前提下，女性如何淪入沉默、空白；並進一步闡釋解嚴後女性書寫之限制與艱困。	陳映真則做過詳細年表，論文的靈感常在做年表中湧現，為何他在每一次的讀書會與牢獄之災之後，往往另創一寫作高峰？何以晚年的作品度變大，美學的力量轉弱，周芬伶認為是陳映真沒有把力氣用在寫長篇，而把長篇的題材化為短篇的結果，作者從迷你小說出發，

		到華盛頓大樓系列與政治小說，皆為中篇的連綴，已有長篇的企圖與架構，接下來應是長篇了，可惜並未突破。
4.〈移民女作家的困與逃：張愛玲的〈浮花浪蕊〉與聶華苓《桑青與桃紅》的離散書寫與空間隱喻〉，《台灣文學研究學報第二期》，台南：國家臺灣文學館籌備處，2006 年 4 月 30 日。	周芬伶將這兩篇發表時間相當並具有自傳性質的小說放在性別與空間理論中討論，是為更可以看出移民女性的困境，與空間隱喻，顯示女性離散書寫的複雜性與多元性，她們擴充女性文學的深度與廣度，文學作品終需回歸文學與美學探討，此為本書致力的目標。	張愛玲為較熟悉的作家，也做過田野與口述歷史。
5.〈夢之華：張秀亞詩小說與散文詩的文體實驗〉，《永不凋謝的三色董：張秀亞文學研討會論文集》，台南：國家台灣文學館，2005 年，10 月 1 日，頁 11-40，	本書討論非跨類書寫，而是越界書寫，針對張氏「詩小說」、「散文詩」進行討論，比對這些作品，可看出作者的創作特色，以及其時對文類之觀念。	較為熟悉的作家，也做過田野與口述歷史。此處關注的是張秀亞的越界書寫，沿著她的生命歷程追溯文體之形成。
6.〈戰慄之歌：趙滋蕃小說《半下流社會》與《重生島》的流放主題與離散書寫〉，東海大學中國文學系：緬懷與傳承—東海中文系五十年學術傳承研討會」，2005 年 10 月 30 日。	趙滋蕃文學成就尚未定位，周芬伶企圖以這兩篇小說的流亡與離散意義開其研究的端緒。	主要是以周芬伶對趙滋蕃的生平與作品的熟悉度，我不做，誰來做？他的作品是否仍有討論的空間？我不能追隨他的遺志，建構中國人（台灣人）的文學理論，然心嚮往之，早在七〇年代，他的「東方主義」已相當明確。
7.〈讀人如讀史：口述歷史與作家傳記研究〉（2005）	周芬伶與東海大學中文研究所學生進行的作家口述歷史，做為傳記書寫之前置作業，就其年表與作家親自修訂的完整性，分析出作家的成長背景與過程，並瞭解作家何以成為作家。	
8.〈芳香的祕教：張愛玲	本書周芬伶先從傳記與其所做的	較為熟悉的作家，也做過田

與女同書寫〉，《印刻生活文學誌》，2005年5月，頁66-72。後收錄於《孔雀藍調：張愛玲評傳》，2005年。	採訪下手，探討性別書寫與美學問題。	野與口述歷史。張愛玲晚期小說，在性別與離散書寫的新開拓，不能說完全成功，但也可見她並未從「前衛」的位置上敗退，也跟她的流放與海外經驗密切相關。
9.〈邱妙津的死亡行動美學與書寫〉，《印刻生活文學誌》，2005年6月，頁84-90。	本書一方面整理邱妙津的作品，找出各階段的寫作重點，一方面追溯她的性別扮演，引用女同志理論說明她的扮演挫敗，因挫敗而導向另一種扮演，及死亡行動扮演，由個人的走向公眾且儀式化，這裡撼動異性戀體制，具有革命性的意義。	邱妙津是長期觀察的作家，她留下的一手資料與自製年表，相當珍貴，她已再三為自己做傳，無須錦上添花，從傳記資料中，她扮演自己生命的張老師與創作者，當致命的打擊來臨，她創作與導演自己的死亡，美學的意義大過心理學意義。

附錄六　周芬伶年表及相關記事

西元	年齡	生命歷程	寫作相關記事	台灣政治、散文文壇紀事（九歌年度散文選／主編）
1930～1940				1943 年中、美、英發表開羅宣言，提及戰後中國東北、臺灣、澎湖應歸還中華民國。 1945 年日本無條件投降，台灣光復。 1947 年發生二二八事件。 1949 年台灣全省戒嚴，進入動員勘亂時期。金門古寧頭戰役。國民黨遷台。胡適、雷震等發行《自由中國》。
1950				1950 年韓戰爆發後美經援台灣。實施縣、市地方自治。 五〇年代寫實主義的發韌。
1953		年初父母結婚。12 月大姊周芬娜出生。		
1954				
1955	1	周芬伶出生於屏東潮州。		
1956	2			
1957	3	大妹芬青出生。		
1958	4			1958 年發生金門八二三炮戰。
1959	5			
1960	6	二妹芬宜出生。		1960 年雷震成立中國民主黨被捕。 六〇年代寫實主義的成熟。余光中提出中國文字必須改造的主張，「現代散文」一詞成立。散文不再只是寫實而已，它也可以

				用來挖掘內心的意識流動，可以使私密的慾望與想像裸裎。
1961	7	入潮州國小一年級。		
1962	8	三妹芬姿出生。小一～小二，課後喜到附近書店看書或同小祖母看電影。		
1963	9	小二～小三。		
1964	10	大弟出生。小三～小四。		
1965	11	小四～小五。		
1966	12	小五～小六。		
1967	13	小六～屏東女中初中部一年級。第一次投稿〈遺書〉入選，得獎金。		
1968	14	二弟出生。初一～初二，受國文老師張晴美老師鼓勵，作品常發表學校刊物並立志以寫作為志向。		1968 年實施九年國民教育。
1969	15	初二～初三。		
1970	16	初三～高一。		七〇年代寫實主義開展此後三十年。
1971	17	高一～高二。		1971 年台灣退出聯合國。
1972	18	高二～高三。		
1973	19	高三～考入政大韓語系一年級。		1973 鄉土文學運動揭開序幕。
1974	20	大一～大二。轉中文系二年級。任屏東同鄉會會長。大姊周芬娜		

		就讀政大東亞研究所。		
1975	21	大二～大三。		
1976	22	大三～大四。參加「耕莘寫作班」，作品獲小說組第二名。演出〈黛玉葬花〉裡的黛玉角色。		「閨秀文學現象」肇端於 1976 蔣曉雲以〈掉傘天〉奪得「聯合報第一屆小說獎」第二獎（第一獎從缺，同時朱天文的〈喬太守新記〉和朱天心的〈天涼好個秋〉也分獲第三獎與佳作），1980 年蕭麗紅《千江有水千江月》得到聯合報首度頒發的長篇小說獎及兩大報有史最高額獎金時達到巔峰。台灣女性小說能在 1980 年初期前後光芒四射，主要也是因為這批女作家取得了以往難以得其門而入的文學生產消費管道。（邱貴芬，1997）
1977	23	大四～研一。獲政大文學獎小說組第二名，曲組第一名。考上東海大學中文研究所一年級。趙滋蕃為研一時的教授。		1977、1978 年間爆發「鄉土文學論戰」，打開了 1980 年以後台灣朝野各種形式的「本土化運動」。七〇年代中期以後盛行結構主義。
1978	24	研一～研二。住台中大里玫瑰新城，擔任台灣日報編輯工作。研二休學，北上工作，在台北傳播公司擔任總編輯工作。至趙滋蕃在台北開設的私塾班上課，此後追隨趙滋蕃研究學問十餘年。		

1979	25	復學研二。25、26、27 歲任台灣日報編輯工作。		1979 年中美斷交。發生美麗島事件。
1980	26	研二～研三。		
1981	27	研究所畢業。任職東海大學中文系講師，兼職台灣日報編輯工作（1985 辭職）。住中興大學附近，作品發表於各大報章雜誌。三妹芬姿同住。		
1982	28		〈傳熱〉獲聯合報散文獎。	1982 林錫嘉： 1. 散文為文學性的純文學。 2. 詩化散文的開始。 3. 編選工作在於反映現代的生活、語言和思想。 4. 散文除講求語言結構的完美之外，應充滿熟潤的智慧，即理想、熱愛、希望與純情。
1983	29		〈小大一〉刊登於《中國時報》副刊，獲得主編金恆煒賞識，散文作品屢屢發表。1983.12.11〈愛玉〉刊登於《中國時報》，入選九歌年度散文選。	1983 陳幸蕙： 選文分六類：天地歲月／金色印象（寫景詠物）／人物誌／心的掙扎（知性散文）／田園今昔（自然生態環境保護）／故鄉泥土。
1984	30		1984.12.18〈東西南北〉刊登於《中國時報》，入選九歌年度散文選。	1984 蕭蕭： 1. 點出顏元叔與簡媜三年內的寫作改變。 2. 強調愛、溫暖與親切的散文主體。 3. 余阿勳（1935-1984）、鍾梅音（1922-1984）、蕭毅虹（1948-1984）去世。
1985	31	住東海理想國附	1. 周芬伶第一本散文	1985 林錫嘉：

		近。	集《絕美》前衛出版，筆名沉靜。 2. 趙滋蕃，〈以天真、清新與美挑戰〉，《絕美》代序。 3. 吳鳴，〈孤絕之美：試評沉靜文集《絕美》〉，《文訊》，21 期，1985 年 12 月，頁 231～236。 4. 1985.5.14〈只緣那陽光〉刊登於《中華日報》，入選九歌年度散文選。	1. 散文代表著時代的聲音。 2. 散文含有「語言工具」和「文學體式」的雙重身份，造成散文在創作與評論上處再混淆情況，文學散文的地位仍未能確立是其原因之一。 3. 雜文與文學散文的劃分有其必要。
1986	32	結婚。公婆與小叔同住台北，經常往返台北台中兩地，教書與照顧家庭，逢年過節回澎湖祭拜祖先。	周芬伶，〈千里懷人月在峰：與琦君越洋筆談〉，《中國時報》，1986 年 8 月 22 日。	1986 年江鵬堅成立民主進步黨。 1986 陳幸蕙： 1.「事出於沉思，義歸乎翰藻」為選文判準依據。 2. 書簡體裁／專欄方塊／序跋／幽默諷刺類散文增多。而開放觀光後，記遊文字大增。
1987	33	1. 兒子奇翰出生。 2. 在東海開設戲劇課程，擔任「代面劇團」（實驗劇團）的指導老師。	林錫嘉、陳幸蕙、蕭蕭、吳鳴、沉靜、陳煌共同執筆，散文合集，《六六集》，九歌出版。	1987 解除戒嚴、辦報禁令、組黨禁令、開放大陸探親。此時「批判理論」、新馬克斯主義和後結構學派注入年輕知識份子的思想與語彙。 1987 蕭蕭： 1. 解嚴／開放大陸探親／報禁解除，政治的開放呈現了文學的多種可能，並開放了大陸出版品。 2. 經濟奇蹟。 3. 手記文學與描寫老兵坎坷／返鄉內心轉折文字大增。
1988	34		周芬伶，〈紅唇與領	1988 林錫嘉：

			帶〉、〈今夜心情微溫〉入選《散文二十家》，陳義芝主編，台北：九歌出版社，1988年。	1. 選文反映出:抒發情感的柔性散文。環境生態的理性散文。富裕社會／奢迷情景的批判。.返鄉探親／近鄉情怯的激情。開放報禁的省思和慨喟。 2. 行政院文建會和中華日報合辦第一屆梁實秋文學獎。
1989	35		1. 周芬伶散文《花房之歌》九歌出版，改以本名發表。此書獲得中國文化協會散文獎及中山文藝散文獎。 2. 吳鳴，〈透明的自傳散文：試評周芬伶《花房之歌》〉，《文訊》，43期，1989年5月，頁47-48。 3. 周芬伶，〈眼眸〉刊登於《聯合報》，1989年8月9日，入選九歌年度散文選。	六四天安門事件。 1989陳幸蕙： 1. 題材上已無疆域之分。 2. 形式上袖珍小品（輕文學）當道。 3. 文學方向多元化，散文向詩與小說的技巧借兵，現代散文混血成分出現，綜合文體或文類定義成模稜地帶。 4. 環保問題柏林圍牆坍圮／羅馬尼亞獨裁被推翻，散文關懷種種，種種關懷。
1990	36	周芬伶以文化訪問團身分至中國大陸訪問。	郭明福，〈歲月來去總關情：讀花房之歌〉，《國文天地》，5卷8期，1990年1月，頁101-103。	1990蕭蕭： 1. 不再單純以漢族沙文主義出現。例：劉靜娟〈同胞〉、席慕蓉〈源〉、阮義忠〈四季的故事〉，以西藏／蒙古／原住民主題書寫。 2. 臺靜農（1902-1990）去世。

1991	37		二月，周芬伶少年小說《醜醜》九歌出版。	1991 年終止動員勘亂時期。 1991 林錫嘉： 1. 社會屬於鋼筋水泥的冷酷社會，人為的、小我的。 2.現代散文要求： a. 感動人為首要。 b. 傾向裸露社會病態現象與批判。 3. 文學應找出人生的變遷痕跡和新的感動。 4. 王大空（1920-1991）、三毛（1943-1991）去世。
1992	38	周芬伶至美國東麻州擔任交換教授兼訪問學者。	1. 散文集《閣樓上的女子》，九歌出版。少年小說《藍裙子上的星星》，皇冠出版，後被改編為連續劇。 2. 張春榮，〈青鳥與烏鴉：讀周芬伶《閣樓上的女子》〉，《台灣新聞報》，13 版，1992 年 8 月 23 日。 3. 琹涵，〈成長的故事：我讀《藍裙子上的星星》〉《台灣日報》，9 版，1992 年 12 月 8 日。	1992 簡媜： 1. 探親、大陸旅遊題材眾聲喧譁。 2. 生態保育等反思社會發展與自然倫理文章風行。 3. 相異過去散文前輩廣涉生活風貌的題材，1992 年散文作家有意識地尋找自己的焦點題材，並以接近專業的學養作深耕，有計畫地撰寫一系列連作，為自己定位與塑型。
1993	39	周芬伶從美國回來。	1. 少年小說《小華麗在華麗小鎮》，皇冠出版。侯文詠，〈華麗的冒險〉，《小華麗在華麗小鎮》序，頁 2-6。 2. 張耐、孫安玲，	1993 蕭蕭： 1. 為國際原住民節。 2. 隱地認為七〇年代是台灣從樸素跨入多元社會的分水嶺。 3. 自然寫作風行。例林文月、劉還月、凌拂。 4. 運動散文受矚目。

			〈《藍裙子上的星星》評介〉，《書評》，6期，1993年12月，頁15-17。	
1994	40		周芬伶與栞涵合著《百合雲梯》，皇冠出版。	1994林錫嘉： 1. 散文變化最大的年代。 2. 七〇年代為「自我」意識的年代。 3. 報導文學受矚目。 4. 文壇新銳激增。
1995	41	1. 周芬伶大弟往生。 2. 周芬伶正在做張愛玲研究。	周芬伶散文集《絕美》，九歌重新出版。	1995簡媜： 1. 歷史應有男性與女性兩種版本。特輯：「阿媽歷史」。 2. 核心／邊緣。 3. 空間是人外在經驗；而時間是人的內在經驗。 4. 自然寫作與都市生活的描寫與電腦網路的開放式書寫與閱讀有關，散文的界線開始模糊化。 5. 邱妙津、張繼高、張愛玲、林燿德去世。
1996	42		1. 周芬伶雜文集《女阿甘正傳》，健行出版。散文集《熱夜》、小說集《妹妹向左轉》，遠流出版。 2. 蘇惠昭，〈寫作的女人尋找台灣的女人：周芬伶《妹妹向左轉》〉，《台灣時報》，28版，1997年1月17日。 3. 周芬伶，〈在豔異的空氣中：張愛玲	1996年第一屆正、副總統民選。 1996蕭蕭： 1. 散文：無物不可為文，無事不可成篇。 2. 六〇年代留學生生活為文學主要內容；七〇年代鄉土文學；八〇年代中期返鄉運動；九〇年代運動文學。 3. 遊記盛行。

			的散文魅力〉，中華民國行政院文化建設委員會主辦「張愛玲國際研討會」，1996年5月25日。	
1997	43	1. 周芬伶任「十三月劇團」的藝術總監，學生長期以周芬伶東海的住所為據點，上課、排戲。 2. 周芬伶至馬里蘭州大學圖書館借閱賴雅日記。	1. 周芬伶、簡恩定、唐翼明、張堂錡主編，《現代文學》，台北：國立空中大學出版。擔任當代小說介紹，將當代小說分為鄉土小說（含後鄉土小說與台語小說）、政治小說、女性小說、後設小說、性小說（含同性戀小說與情色小說）、原住民小說。 2. 周芬伶，〈張愛玲小說的女性敘述〉，此文收入鍾慧玲主編，《女性主義與中國文學》，台北：里仁書局出版社，1997年4月。	1997林錫嘉： 1. 遊記散文盛行：華航旅行文學獎。 2. 鍾怡雯〈垂釣睡眠〉備受矚目。 3. 朱西甯（1927-1997）去世。
1998	44	周芬伶與丈夫分居。	1. 周芬伶，《憤怒的白鴿：台灣百年歷史的女性》，元尊文化出版。 2. 周芬伶，〈紅唇與領帶〉入選《散文二十家》，九歌出版。6月13日〈汝身〉，刊《聯	1998簡媜：堪稱「余光中」年。

			副》，入選九歌年度散文選。 3. 江文瑜，〈憤怒的白鴿〉，《中國時報》，43 版，1998 年 8 月 20 日。 4. 阿盛，〈周芬伶的散文特質〉，《聯合報》，36 版，1998 年 10 月 20 日。 5. 周芬伶作品《熱夜》等散文集六種獲 1998 年吳魯芹先生散文獎。	
1999	45	周芬伶至上海訪問張愛玲之弟張子靜。	1. 周芬伶，《豔異：張愛玲與中國文學》，元尊文化出版。 3. 周芬伶，〈龍瑛宗與杜南遠的自傳書寫〉，《中國文化月刊》，第 231 期，1999 年，6 月，頁 78- 99。 4. 周芬伶，〈龍瑛宗與其女性描寫〉，《東海學報》，1999 年 7 月，頁 17－37。 5. 周芬伶，〈愛之憂鬱：論張愛玲《半生緣》〉，收錄於陳義芝編，《台灣文學經典研討會論文集》，台北：聯經，1999 年。 6. 周芬伶〈穿牆的孩	1999 焦桐： 1. 期望散文以魯迅的「匕首」和「投槍」之姿並存。 2. 為飲食文學節慶年。例：林文月《飲膳札記》、蔡珠兒、李黎。 3. 散文向虛構發展，時報文學散文獎最明顯，1996 張啟疆《失聰者》、1998 郝譽翔《午後電話》、1999 張瀛太《豎琴海域》。這種現象之流行，意味著散文需附麗於故事性？抑或散文已經存在著某種敘述瓶頸？文本的藝術手段是否高明以如何敘述才重要。 4. 推薦簡媜《紅嬰仔》。

			子〉刊登於《台灣日報》，1999 年 7 月 17 日入選九歌年度散文選。	
2000	46	升副教授。	1. 周芬伶，《戀人物語》，九歌出版。 2. 周芬伶，〈散文如醇酒孩子可飲〉，《中國時報》，第 46 版，2000 年 1 月 13 日。 3. 周芬伶〈衣魂〉刊於《中國時報》，2000 年 4 月 21 日，入選九歌年度散文選。	2000 廖玉蕙： 1. 散文沿襲孔門尚文／尚用、南北朝文／筆、唐宋致用／明道。 2. 以真摯動人、深刻豐富、明朗流暢為選文三大指標。 3. 深度旅遊／精緻飲膳成為文壇焦點。 4. 921 大地震。
2001	47	車禍困居家中三個月。	1. 張春榮，〈自照鑑人的琥珀光：周芬伶《戀人物語》〉，《文訊》，184 卷，2001 年 2 月，頁 23-24。 2. 陳芳明，〈夜讀周芬伶：寫在《妹妹向左轉》〉，《深山夜讀》，聯合文學出版社，2001 年 3 月，頁 30-35。 3. 周芬伶刊於《聯合報副刊》：〈十三月〉4 月 21 日、〈玫瑰紅玫瑰白〉10 月 16 日。 4. 刊於《中華日報》：〈愛的森林〉1 月 3 日、〈歷代馳名第一兵，懷才不遇孫悟	2001 張曉風：.懷舊、死亡、家族傳記、飲膳主題特多。 散文紀事，杜秀卿： 1. 皇冠舉辦「三毛逝世十年紀念追思會」。 2. 作家李牧、許振江、應未遲、張秀亞、童世章、林海音去世。 3. 東海中文系主辦「台灣自然生態文學研討會」。 4. 元智大學中語系主辦「新世紀華文文學發展國際學術研討會」，與散文相關議題有〈女性自傳文學的重建與再現〉、〈從莫言《會唱歌的牆》論散文的暴露與雄辯〉、〈現代散文三題：破體、出位、本色〉。 5. 「原住民文學對話」研討會在台北市長官邸藝文沙龍舉行。 6. 文訊主辦第五屆青年文學會議「跨世紀的挑戰：最新世代作

			空〉1月19日、〈美與呆〉2月7日、〈憂鬱與幽默〉2月8日、〈金心碧血〉3月14日、〈虛妄之花〉3月28日、〈食事美好〉4月11日、〈月桃花〉5月30日、〈沉重的黑〉6月6日、〈丁曼〉6月14日、〈愛上天才〉6月27日、〈男半女半〉7月11日、〈春去夏來〉8月8日、〈青青〉10月17日、〈蜻蛉飛飛〉11月19日。 6. 刊於《台灣日報》:〈音生之藪〉5月8日。	家的崛起及其表現主題」,網路文學/同志文學/原住民文學為熱門討論話題。
2002	48		1. 周芬伶,《汝色》,二魚文化出版。小說集《世界是薔薇的》,麥田出版。 2. 陳義芝主編,《新世紀散文家:周芬伶精選集》九歌出版。 3. 周芬伶、鍾怡雯主編,《台灣現代文學教程:散文讀本》,二魚文化出版。 5. 周芬伶,〈美神啊!我要經歷你〉	2002席慕蓉:散文不論真實與虛構,只論是否「真摯」與「動人」。 散文紀事,洪士惠: 1. 文訊主辦第六屆青年文學會議,主題「一個獨立文本的細部解讀」。 2. 佛光大學人文社會學院主辦「2002年兩岸報導(告)文學的發展與未來討論研討會」。 3. 文化資產保存中心籌備,國立中央大學中文系策劃「林海音及同輩女作家學術研討會」。 3. 王靜芝、何凡去世。

			刊於《白由時報》，2001 年 8 月 3 日，入選九歌年度散文選。 6. 巫維珍，〈周芬伶享春天的收成〉，《中國時報》39 版，2002 年 5 月 1 日。 7. 李癸雲，〈寫作的女人最美麗：周芬伶散文綜論〉，《周芬伶精選集》前序，九歌出版，2002 年 7 月 10 日，頁 15-28。 8. 陳芳明，〈她的絕美與絕情：周芬伶的《汝色》及其風格轉變〉，《聯合文學》，2002 年 9 月，頁 153-155。 9. 黃錦珠，〈焦困中尋覓愛與自由：讀周芬伶《世界是薔薇的》〉，《文訊》，205 卷，2002 年 11 月，頁 27-28。 10. 張瑞芬，〈追憶往事如煙：周芬伶《戀物人語》、張讓《剎那之眼》、隱地《漲潮日》〉《未竟的探訪：瞭望文學新版圖》，麥田出版社，2002 年	

			12月，頁39-50。 11. 張瑞芬，〈血色黃昏，末日薔薇：黃碧雲《血卡門》、譚恩美《接骨師父的女兒》、周芬伶《世界是薔薇的》〉，《未竟的探訪：瞭望文學新版圖》，麥田出版社，2002年12月，頁213-230。 12. 衣若芬，〈女女之愛：讀周芬伶《世界是薔薇的》和《汝色》〉，《中央日報》。 13. 《汝色》獲聯合報讀書人週報公佈「讀書人2002最佳書獎文學類推薦書單」。 14. 罌粟紅，〈汝色〉，《自由時報》，39版，91年5月7日。 15. 周芬伶刊《中國時報副刊》作品：〈未央的童歌〉4月5日、〈在巷尾遇見楊逵〉6月23日、〈燒烤憂鬱台中港〉7月20日、〈淡妝濃憶〉7月24日、〈相思何罪〉9月15日、〈騎著單車快倒〉10月3日。	

			17. 刊於《中華日報》：〈與紫羅蘭之家〉2月5日、〈紅樓夢的談色技巧與象徵〉7月15日、〈愛歌的少年〉12月10日、〈男人與女人〉12月24日。 18. 刊於《台灣日報》：〈與夜〉1月3日、〈女人走進劇場而後空白〉3月25日、〈與錢〉4月2日、〈與悠悠〉5月13日。 19. 刊於《聯合報》：〈與吃〉2月8日、〈浪子駭雲〉7月26日。	
2003	49		1. 周芬伶，《女人，是變色的玫瑰》健行出版，此書原名為《女阿甘正傳》。 2. 周芬伶，《豔遇才子書：四大古典中的絕妙好辭》，麥田出版。 3. 周芬伶、廖玉蕙、陳義芝主編《繁花盛景：台灣當代文學新選》，正中書局出版。 4. 周芬伶《豔異：張愛玲與中國文學》，大陸華僑出	2003 顏崑陽： 1. 網路文學的急速擴張。 2. 副刊是「一個企劃生產的文字手工業區」，企畫性的專題或專欄出現。這種「針對讀者市場，企劃生產」的文章是否有文學性？又與「純文學散文」有何不同？取決在於「文心」。 3. 早期「文士階級意識」的十字架卸下了，道德解咒了。九〇年代至今的散文走向專業知識化、資訊化與常業化的趨向。以貼緊在地經驗、關懷本土自然與文化的「主體意識」為明顯創作。 4. 本輯共選九類：社會文化評論

			版社在大陸發行。 5. 周芬伶小說《影子情人》、《浪子駭女》，二魚文化出版。 6. 劉佳玲，〈影子情人〉，《中央日報》，17 版，2003 年 10 月 21 日。 7. 黃錦珠，〈囈語與意識：讀周芬伶《浪子駭女》〉，《文訊》，218 卷，2003 年 12 月，頁 33-34。 8. 周芬伶，〈迷走《忠孝公園》：陳映真後期小說的女性缺位〉，「二十世紀台灣男性書寫的再閱讀：完全女性觀點學術研討會」，2003 年 10 月 18 日。 9. 周芬伶，〈走在相思林〉，《文訊》，92 年 5 月，頁 48-50 9. 李欣倫，〈自己的房間自己的家：周芬伶（1955-）的《汝色》散文變〉，中央大學「第九屆全國中國文學研究生論文研討會」，2003 年 11 月 29 日。	／關懷鄉土，書寫台灣經驗／旅行文學／生活之美／生命感情之美／「邊緣性」文學／散文跨文類寫作／小品。 散文紀事，杜秀卿： 1. 王生善、劉俠、林太乙、伍鳴皋、張天心、周腓力、王藍、司徒衛、姜穆辭世。 2. 九歌出版《中華現代文學大系（貳）：台灣一九八九～二〇〇三》。 3. 第二十屆吳魯芹散文獎由蔡珠兒獲得。 4. 淡江大學中文系主辦「第八屆文學與美學國際學術研討會」以兩岸文學為研討對象。 5. 政治大學中文系主辦「台灣男性書寫的再閱讀——完全女性觀點學術研討會」，以女性的角度詮釋、研究難作家的作品。 6. 佛光人文社會學院主辦「兩岸女性文學發展學術研討會」，探討兩岸、古今的女性文學。 7. 暨南國際大學與美國哥倫比亞大學合作舉辦「第一屆國際青年學者和學會議」，以「現代文學的歷史迷魅」為題。 8. 文訊舉辦「第七屆青年文學會議」，以「台灣文學的比較研究」為題。

2004	50		1. 周芬伶，《影子情人》獲吳魯芹小說獎。 2. 周芬伶、許建崑、彭錦堂、阮桃園主編，《台灣後現代小說選》，二魚文化出版。 3. 周芬伶、許建崑、彭錦堂、阮桃園主編，《寫作教室：閱讀文學家》，麥田出版。 4. 周芬伶〈反諷與倒寫〉，評寫張愛玲小說〈紅玫瑰與白玫瑰〉。 5. 周芬伶，〈建築〉，《中國時報》E7版，2004年6月1日。 6. 周芬伶，〈最藍〉，《中國時報》，2004年12月29日。 7. 張瑞芬〈辛酸的幸福滋味〉評寫周芬伶散文〈酸柚與甜瓜〉。 8. 李欣倫，〈肉感的女人最美麗：讀周芬伶的《浪子駭女》、《影子情人》〉《明道文藝》，2004年2月，頁59-61。 9. 吳億偉，〈寫作是一種勇氣：訪問周	2004陳芳明： 1. 六、七年級的作者正式宣告登場。 2. 現代主義運動帶來第一次美學斷裂，從寫實技巧轉換為象徵技巧。後現代主義思潮造成第二次美學斷裂，從美學的層面跳到文字與意義之間的拆解，也是文體與形式之間的重整，後設敘事（metanarrative）的散文，逐漸臻於盛況，是新歷史到來相當明顯的一個方向。 3. 文體越界的時代來臨： a. 女性散文已撐起文壇半片天。例周芬伶的身體書寫／陳玉慧的家族書寫／鍾文音與黃寶蓮在異鄉旅行中體悟女性的身分認同。 b. 後設敘事高手駱以軍，及以疾病的隱喻來轉喻女性身體書寫的李欣倫都將散文呈現多樣貌。八〇年代現代主義運動使台灣作家獲得啟悟，找到無意識挖掘的途徑，讓女性作家也因此而開始對長期被壓抑的記憶進行探勘。八〇年代女性散文書寫已經撐起文壇半片天。重要作者如周芬伶、蘇偉貞、簡媜、沈花末、張讓、鍾文音、黃寶蓮、張曼娟、廖玉蕙、陳玉慧，以形成產量豐碩的族群。把他們的名字拿掉，年度散文選必將傾斜。她們透過文學獎而嶄露頭角。 4. 季季以寫實手法，揭露台灣社會被遺忘、被壓抑的人與事的創作證明書寫可以抗拒歲月，

			芬伶女士〉，《文訊月刊》，2004年2月，頁113-117。 10. 張瑛姿，〈後現代觀點中的女性主義書寫：周芬伶《汝色》探析〉，彰化縣主辦「2004年第十三屆賴和獎：台灣文學研究論文獎」，未印成冊。	文字可以留住生命。 散文紀事，杜秀卿： 1. 修平技術學院主辦，文建會指導的「二〇〇四年戰後台灣文學學術研討會」，論題涵蓋現代詩美學、女性散文、創作歌謠及原住民文學等。 2. 清華大學台灣文學研究院主辦「台灣文學研究生學術研討會」。 3. 靜宜大學舉辦「楊逵文學國際學術研討會」。 4. 第二十一屆吳魯芹散文獎得主為劉克襄。 5. 中華發展基金管理委員會主辦，佛光人文社會學院文學系承辦「兩岸現代文學發展與思潮學術研討會」，散文部分有〈論進二〇年台灣散文的變異〉及〈昨日重現的記憶：台灣九〇年代已降女性家族史書寫〉。 6. 國家台灣文學館主辦，聯合報副刊承辦「台灣新文學發展重大事件研討會」。 7. 國家台灣文學館主辦，台灣文學發展基金會、文訊雜誌社承辦「文學與社會學術研討會：二〇〇四青年文學會議」。 8. 苗栗文化局主辦，聯合大學全球客家研究中心承辦「第四屆台灣客家文學研討會」。 9. 袁哲生、沈登恩、胡秋源、蔡濯堂、王祿松、蔡孟能、李潼辭世。
2005	51		1. 周芬伶，《母系銀河》印刻出版。 2. 周芬伶，《孔雀藍	2005 鍾怡雯：選集過多，對文學史造成干擾和影響，點出她汲選散文的標準：

			調：張愛玲評傳》麥田出版。 3. 翁繪棻，〈當「婆／female」遇上「T／male」：解讀《影子情人》〉，《中國現代文學》，2005年3月，頁111-128。 4. 周芬伶，〈芳香的祕教：張愛玲與女同書寫〉，《印刻生活文學誌》，2005年5月，頁66-72。 5. 周芬伶，〈邱妙津的死亡行動美學與書寫……〉，《印刻生沽文學誌》，2005年6月，頁84-90。 6. 徐蘭英，《邊緣敘事：周芬伶小說研究》，東海大學中國文學系碩士論文，2005年7月。 7. 周芬伶，〈戰慄之歌：趙滋蕃小說《半下流社會》與《重生島》的流放主題與離散書寫〉，東海大學中國文學系：「中華文化與文學學術研討系列，第十一次會議，緬懷與傳承：東海中文系五十年學術傳承研討	1. 過去四年飲食散文熾熱，但也顯示已經有乏力和窠臼之態。 2. 2005的主流仍為懷舊。 3. 推薦如舒國治〈癮〉、楊澤〈悄悄告訴你〉、夏佐〈貓孩〉此類隨手拈來，筆到意到，具備詩的靈光，透視生活的慧黠。 4. 生命原象的散文直逼本質性殘忍，令人低徊，卻又有被虐待癖似的一讀在嘆。 5. 越界散文的折射生活又橫切現實的特質，可以看見散文的自由和包容。 6. 潘人木、郭松棻、巴金辭世。 7. 沈君山〈二進宮〉獲得年度散文獎。

			會」，2005 年 10 月 30 日。 8. 周芬伶，〈夢之華：張秀亞詩小説與散文詩的文體實驗〉，《永不凋謝的三色堇：張秀亞文學研討會論文集》，頁 11-40，台南：國家台灣文學館，2005 年，10 月 1 日。 9. 周芬伶，〈最藍〉，入選九歌 94 年度散文選。	
2006	52		1. 陳伯軒，〈論周芬伶散文中房屋意象的雙重涵義〉，《東方人文學誌》，2006 年 3 月，頁 221-236。 2.「孤獨與創作之間」，陳列與周芬伶的對話，2006 年 4 月 14 日於台南一中，聯合副刊、台機電文教基金會主辦。 3. 周芬伶，〈移民女作家的困與逃：張愛玲的〈浮花浪蕊〉與聶華苓《桑青與桃紅》的離散書寫與空間隱喻〉，《台灣文學研究學報 第二期》，台南：國家臺灣文學館籌備	2006 蕭蕭：所有的散文都服膺在「人的文學」之下，散文是一步一腳印的步兵，踏踏實實。 1. 散文的焦點：人——人人。 2. 散文的軌跡：事——情、理、物——事。 3. 散文的轉換：排他性——借代性——互文性。 4. 2006 年「作文」方法論的探求成為全民運動。

			處，2006 年 4 月 30 日。 4. 周芬伶，《仙人掌女人收藏書》，台北：麥田，2006 年 7 月 2 日。 5. 鍾怡雯，〈評《仙人掌女人收藏書》〉，《聯合報》E5 版，2006 年 8 月 6 日。 6. 周芬伶，《粉紅樓窗》，台北：印刻，2006 年 8 月 30 日。 7. 周芬伶參加「女性文學學術研討會」，台中縣：靜宜大學中文系主辦，2006 年 10 月 1 日，第九場散文主題：「用肉身，孤獨高歌」。李欣倫，〈「真實女人，小說人生」讀周芬伶散文《汝色》〉、陳佳琦，〈跨越散文，編織小說：試以周芬伶的《妹妹向左轉》為起點〉與之對談。 8. 周芬伶，《紫蓮之歌》，台北：九歌，2006 年 10 月 1 日。 9. 周芬伶，《芳香的祕教：性別、愛	

			欲、自傳書寫論述》，台北：麥田，2006 年 12 月。 10. 2006 年林榮三文學獎散文、小品文獎評審，與會者有陳芳明、陳列、顏崑陽、周芬伶、張曼娟，時間於 2006 年 10 月 14 日下午 2 時 30 分。 11. 周芬伶，〈欲世界〉，入選九歌 95 年度散文選。	
2007	53		1. 周芬伶，《聖與魔：台灣戰後小說的心靈圖像 1945-2006》，台北：印刻。 2. 周芬伶，〈青春一條街〉，入選九歌 96 年度散文選。 3. 周芬伶，〈香雲紗〉，《中華副刊》，2007 年 3 月 9 日。	

國家圖書館出版品預行編目

周芬伶論：從「閨秀」到「越界」書寫 / 黃益珠著. -- 一版.-- 臺北市：秀威資訊科技, 2008.06

面；　公分. (語言文學類；AG0089)

參考書目：面

ISBN 978-986-221-023-9 (平裝)

1.周芬伶 2.傳記 3.學術思想 4.文學評論

848.6　　97009581

語言文學類　AG0089

周芬伶論
——從「閨秀」到「越界」書寫

作　　者 / 黃益珠
發 行 人 / 宋政坤
執行編輯 / 詹靚秋
圖文排版 / 郭雅雯
封面設計 / 莊芯媚、黃益峰
數位轉譯 / 徐真玉　沈裕閔
圖書銷售 / 林怡君
法律顧問 / 毛國樑　律師
出版印製 / 秀威資訊科技股份有限公司
台北市內湖區瑞光路 583 巷 25 號 1 樓
電話：02-2657-9211　　傳真：02-2657-9106
E-mail：service@showwe.com.tw
經 銷 商 / 紅螞蟻圖書有限公司
台北市內湖區舊宗路二段 121 巷 28、32 號 4 樓
電話：02-2795-3656　　傳真：02-2795-4100
http://www.e-redant.com

2008 年 6 月 BOD 一版
定價：430 元

・請尊重著作權・
Copyright©2008 by Showwe Information Co.,Ltd.

讀　者　回　函　卡

感謝您購買本書，為提升服務品質，煩請填寫以下問卷，收到您的寶貴意見後，我們會仔細收藏記錄並回贈紀念品，謝謝！

1.您購買的書名：____________________________

2.您從何得知本書的消息？

□網路書店　□部落格　□資料庫搜尋　□書訊　□電子報　□書店

□平面媒體　□ 朋友推薦　□網站推薦　□其他__________

3.您對本書的評價：(請填代號　1.非常滿意 2.滿意 3.尚可 4.再改進)

封面設計____　版面編排____　內容____　文/譯筆____　價格____

4.讀完書後您覺得：

□很有收獲　□有收獲　□收獲不多　□沒收獲

5.您會推薦本書給朋友嗎？

□會　□不會，為什麼？____________________________________

6.其他寶貴的意見：____________________________________

____

____

____

讀者基本資料

姓名：____________________ 年齡：______ 性別：□女 □男

聯絡電話：________________ E-mail：____________________

地址：____

學歷：□高中(含)以下　□高中　□專科學校　□大學

□研究所(含)以上 □其他________________

職業：□製造業 □金融業 □資訊業 □軍警 □傳播業 □自由業

□服務業 □公務員 □教職　□學生 □其他__________

請貼
郵票

To：114

台北市內湖區瑞光路 583 巷 25 號 1 樓

秀威資訊科技股份有限公司　　收

寄件人姓名：

寄件人地址：□□□

- -

(請沿線對摺寄回,謝謝!)

秀威與 BOD

BOD（Books On Demand）是數位出版的大趨勢，秀威資訊率先運用 POD 數位印刷設備來生產書籍，並提供作者全程數位出版服務，致使書籍產銷零庫存，知識傳承不絕版，目前已開闢以下書系：

一、BOD 學術著作—專業論述的閱讀延伸
二、BOD 個人著作—分享生命的心路歷程
三、BOD 旅遊著作—個人深度旅遊文學創作
四、BOD 大陸學者—大陸專業學者學術出版
五、POD 獨家經銷—數位產製的代發行書籍

BOD 秀威網路書店：www.showwe.com.tw
政府出版品網路書店：www.*gov*books.com.tw

永不絕版的故事・自己寫・永不休止的音符・自己唱